등대로

등대로

버지니아 울프

정영문 옮김

은행나무

차례

일러두기

1 번역 대본으로는 Virginia Woolf, *To the Lighthouse* (Penguin Classics, 2020)를 사용했다.

2 본문 하단의 각주는 모두 옮긴이의 것이다.

1부

창문

1

"그래, 물론이지, 내일 날씨가 좋으면." 램지 부인이 말했다. "하지만 종달새와 함께* 일어나야 할 거야." 그녀가 덧붙였다.

이 말은 아들에게 마치 그 탐험이 반드시 이루어지기로 결정이 난 것처럼 놀라운 기쁨을 안겨주었다. 하룻밤 어둠을 보내고 하룻낮 항해만 하면 몇 년간 그가 고대했던 경이로움에 손이 닿을 것만 같았다. 여섯 살임에도 불구하고, 이런저런 감정을 구분하지는 못하지만 자신들의 기쁨과 슬픔이 실린 미래의 전망이 실제로 눈앞에 있는 것을 흐리는 저 위대한 일족에 속해 있기 때문에, 그리고 그런 사람들은 아주 어린 시절에도 감정의 바퀴

---

* '아주 이른 새벽에'라는 뜻.

가 회전할 때마다 그것의 그늘이나 광채가 머무는 순간을 결정화(結晶化)하고 고정하는 힘을 갖고 있기 때문에, 바닥에 앉아 육해군 백화점*의 삽화 카탈로그에서 그림들을 오려내고 있던 제임스 램지는 어머니가 말하는 동안 냉장고 그림에 천상의 희열을 부여했다. 그것은 기쁨으로 가장자리가 장식되었다. 외바퀴 손수레, 잔디깎이, 소리 내는 포플러 나무들, 비가 오기 전 하얗게 변하는 나뭇잎들, 까악까악 우는 당까마귀들, 부딪히는 빗자루들, 바스락거리는 옷들―이 모든 것들이 그의 마음속에서 너무도 선명히 색으로 물들고 분명해, 이미 그는 자신의 은밀한 암호와 비밀스러운 언어를 갖고 있었다. 물론 넓은 이마와, 인간의 약점을 보게 되면 약간 찌푸리는, 나무랄 데 없이 솔직하고 순수한, 강렬한 파란색 눈을 갖고 있는 그는 냉혹하고 비타협적인 엄격한 이미지로 보였고, 그래서 어머니는 그가 가위로 냉장고 둘레를 깔끔하게 자르는 것을 지켜보면서 흰담비 모피로 가선을 두른 온통 붉은 판사복을 입고 있거나, 국무상의 어떤 위기 속에서 엄중하고 중대한 계획을 지휘하고 있는 그를 상상했다.

"하지만" 하고 아버지가 응접실 창문 앞에서 걸음을 멈추며 말했다. "날씨는 좋지 않을 거야."

* 주로 중산층이 찾는 백화점.

10

만약 도끼나 부지깽이, 아니면 그 순간 거기서 아버지의 가슴에 구멍을 내어 죽일 수 있는 어떤 무기든 바로 곁에 있었다면 제임스는 그것을 움켜쥐었을 것이다. 그처럼 램지 씨는 존재만으로 아이들의 가슴속에 극단적인 감정들을 불러일으켰다. 지금처럼, 칼처럼 깡마르고 칼날처럼 좁은 그가 아들에게 환멸을 안겨주고, 자신보다 모든 면에서 만 배는 더 나은 아내(제임스의 생각이었다)를 조롱하는 기쁨뿐만 아니라 자신의 정확한 판단에 어떤 비밀스러운 자만을 느끼면서 비꼬는 듯이 히죽 웃으며 서 있을 때도 그랬다. 그가 말한 것은 사실이었다. 그가 말한 것은 늘 사실이었다. 그는 거짓말을 못했고, 사실을 왜곡한 적이 없었으며, 사멸할 수밖에 없는 존재의 기쁨이나 편의를 위해 상대의 비위에 거슬리는 말을 고친 적이 없었다. 그리고 그 짐에서 아이들 모두에게는 더욱 가차 없었다. 그의 사타구니에서 튀어나온 아이들은 어렸을 때부터 삶이 힘들다는 것을 알아야만 한다. 사실들은 타협할 수 없다. 가장 밝은 희망들이 꺼져 있고 연약한 돛단배들이 어둠 속에서 침몰하는 저 전설적인 땅으로 가는 데에는(여기서 램지 씨는 등을 똑바로 펴고 작고 파란 눈을 가늘게 떠 수평선 위로 향한다) 무엇보다도 용기와 진리와 인내력이 필요한 법이다.

"하지만 날씨는 좋을 수도 있어요―나는 날씨가 좋을 걸로

예상해요." 램지 부인이 짜고 있던 불그스름한 갈색 양말을 약
간 비틀며 조급하게 말했다. 만약 오늘 밤 그녀가 양말 짜기를
끝내고, 마침내 그들이 등대에 가게 되면, 결핵성 고관절염을 앓
고 있는, 등대지기의 어린 아들에게 줄 생각이었다. 오래된 잡지
뭉치와 약간의 담배, 꼭 필요하지도 않은데 방을 어질러놓기만
하는, 그녀의 눈에 띄는 널려 있는 모든 것들을 그 불쌍한 사람
들에게 줄 작정이었다. 그들은 등을 닦고, 심지를 다듬고, 뜰 한
뙈기에서 갈퀴질하는 일 외에는 하루 종일 아무 할 일 없이 앉
아 죽도록 지루해하며 있을 것이 분명했기에 뭔가 기분 전환거
리를 주려는 것이었다. 램지 부인은 한번 들어가면 한 달 내내,
혹은 폭풍이 부는 날씨에는 한 달 넘게, 정구장만 한 크기의 바
위 위에 갇힌 채로, 편지도 신문도 없고 아무도 못 보는 것이 어
떨지 묻곤 했다. 만약 결혼을 했는데 아내를 못 보고, 아이들이
어떤지 알 수 없으면? 아이들이 병이 나거나, 넘어져서 다리나
팔이 부러졌는지도 모르면? 몇 주간 똑같이 적적한 파도가 치
는 것을 보고 나자 무시무시한 폭풍우가 몰려오고, 창문은 물보
라로 뒤덮이고, 새들이 등대에 부딪히고, 그곳 전체가 흔들리고,
바닷속으로 휩쓸려 들어갈까 두려워 문밖으로 코조차 내밀 수
없다면? 그렇다면 어떨 것 같니, 하고 그녀는 특히 딸들에게 물
었다. 그래서 그녀는 따로 하는 말처럼, 위안이 될 만한 것이라

면 뭐든 그들에게 가져가야 한다고 덧붙였다.

"정서풍이군요." 무신론자 탠슬리가 앙상한 손가락들을 펴 바람이 그 사이로 지나가게 하며 말했는데, 그는 램지 씨와 함께 테라스를 왔다 갔다 하는 저녁 산책을 하고 있었다. 말하자면 바람은 등대에 내리기에는 최악의 방향에서 불어오고 있었다. 그래, 그는 고약하게 말했어, 하고 램지 부인은 인정했다. 굳이 그 말을 해 제임스를 더욱더 실망시키는 그가 밉살스러웠다. 하지만 동시에 그녀는 아이들이 그를 비웃지 못하게 할 것이었다. 아이들은 그를 "무신론자"라고, "꼬마 무신론자"라고 불렀다. 로즈도 그를 조롱했고, 프루도 그를 조롱했으며, 앤드루, 재스퍼, 로저도 그를 조롱했다. 심지어는 주둥이에 이빨이 하나도 없는 늙은 배저*도 그를 문 적이 있었는데, 그것은 가족들끼리 있는 것이 훨씬 더 나은데도 헤브리디스제도**까지 그들을 쫓아온 백열한 번째(낸시의 표현에 의하면) 젊은이였기 때문이다.

"말도 안 되는 소리." 램지 부인이 엄중하게 말했다. 아이들이 그녀에게서 물려받은 과장벽과, 그녀가 너무 많은 사람에게 머물러달라고 부탁해 그중 몇 명은 시내에 투숙시켜야 했다는 암

---

*   램지 가족의 개.
**   스코틀랜드 서북쪽 기슭에 있는 영국령 열도.

시(이것은 사실이었다)와는 별문제로, 그녀는 아이들이 손님들에게, 특히 교회의 생쥐들처럼 가난하고, 남편의 말에 따르면 "비상하게 유능한" 젊은이들에게, 남편의 대단한 예찬자들로, 휴일을 보내러 그곳에 오는 젊은이들에게 예절 바르지 않게 대하는 것은 참을 수 없었다. 실제로 그녀는 남성 전체를 자신의 보호하에 두고 있었다. 설명할 수 없는 이유 때문에, 그들의 기사도 정신과 용맹 때문에, 그들이 조약을 체결하고 인도를 지배하고 금융을 관리하기 때문에. 마지막으로 여자라면 틀림없이 느끼고 기분 좋아할, 그녀를 향한 태도, 신뢰를 보내는, 어린아이 같은, 존경을 표시하는 어떤 태도 때문에. 그리고 그 태도는 나이 든 여자가 위엄을 잃지 않고 젊은 남자에게서 얻을 수 있는 것이었다. 그것의 가치를, 그리고 그것이 암시하는 모든 것을 골수로 느끼지 못하는 소녀에게는 화가 따르기를—그녀의 딸들은 그렇지 않기를 하늘에 기도하노니!

그녀는 근엄하게 낸시에게로 고개를 돌렸다. 그는 우리를 쫓아온 게 아냐, 하고 그녀는 말했다. 그는 초청을 받은 것이었다.

그들이 그 모든 것에서 벗어날 방법을 찾아야만 한다. 좀 더 간단한 방법이, 덜 힘든 길이 있을 텐데, 하고 그녀는 한숨을 쉬었다. 그녀는 거울을 들여다볼 때면, 쉰이라는 나이에 머리칼은 세었고 뺨은 움푹 팬 것을 보고, 남편과 돈과 그의 책들을 좀 더 잘 관리할 수도 있었다는 생각을 했다. 하지만 그녀 자신과 관련해서는 결코 단 1초도 자신의 결정을 후회하지 않았고, 어려움들을 회피하거나 의무를 소홀히 하지도 않았다. 그녀는 이제 바라보기가 무서울 정도였고, 딸들—프루, 낸시, 로즈— 은 그녀가 찰스 탠슬리에 대해 그토록 엄중하게 이야기한 후, 자신들의 접시에서 고개를 들며 침묵 속에서만 그녀의 인생과는 다른 자신들의 인생—어쩌면 늘 이 남자 저 남자를 돌봐야 하는 것이 아닌, 파리에서의 좀 더 자유분방한 인생—에 대한 이단적인 생각들을 즐길 수 있었다. 그들 모두의 마음속에는 공손함과 기사도 정신, 영국 중앙은행과 인도제국, 반지를 낀 손가락*과 레이스에 관한 암묵적인 회의(懷疑)가 있었던 것이다. 물론 그들 모두 이 안에서 아름다움의 정수 같은 뭔가를 느꼈는데, 그것은 그들의 소녀다운 마음속에서 남성다움을 불러냈으며, 스카이섬까지 그들을 쫓아온—혹은 정확하게 말하면 그들과 머물도록 초대를 받은—가련한 무신론자와 관련해 어머니가 그렇게 호되게 훈계했을 때, 어머니의 시선 아래 식탁에 앉아 있는 그들로 하여금 마치 여왕이 진창에서 거지의 더러운 발을 들어 올려 씻겨주는 것과 비슷한 어머니의 이상한 엄중함과 극

* 결혼했다는 의미.

단적인 예절을 존중하게 만들었다.

"내일 등대에 내리는 것은 불가능할 거예요." 남편과 함께 창가에 서 있던 찰스 탠슬리가 손뼉을 치며 말했다. 확실히 그는 지나친 말을 했다. 그녀는 그들이 자신과 제임스는 놔두고 자기들끼리 이야기를 계속했으면 했다. 그녀는 그를 바라다보았다. 아이들은 그가 비참하고 별난 인간으로, 온통 울퉁불퉁하다고 했다. 그는 크리켓을 할 줄 몰랐고, 빈둥거렸으며, 다리를 질질 끌며 걸었다. 앤드루는 그가 빈정대기나 하는 지겨운 인간이라고 말했다. 아이들은 그가 가장 좋아하는 것이 무엇인지를 알고 있었다. 그것은 계속해서 램지 씨와 왔다 갔다 걸어 다니면서 누가 이 상을 탔고, 누가 저 상을 탔는지, 누가 라틴어 시의 "제일인자인지", 누가 "명석하지만 근본적으로 불건전하다고 생각되는지", 누가 의심할 여지 없이 "베일리얼에서 가장 유능한 친구인지", 누가 브리스틀이나 베드퍼드에서 일시적으로 재능이 묻히고 있지만 나중에 틀림없이 수학이나 철학의 어떤 분야의 서설—탠슬리 씨는 그 앞부분 교정쇄를 갖고 있는데 램지 씨가 보고자 할 경우 보여줄 수 있었다—이 빛을 보게 될 때에 명성을 얻게 될 것인지에 관해 이야기하는 것이었다. 그들은 그런 이야기들을 나누었다.

그녀는 때때로 혼자 웃지 않을 수 없었다. 일전에 그녀는 "산처럼 높은 파도"에 대해 말했다. 찰스 탠슬리는, 그래요, 약간 거칠었죠, 하고 말했다. "속까지 흠뻑 젖지 않았어요?" 그녀가 말했었다. "축축했지만, 흠뻑 젖지는 않았어요." 탠슬리 씨는 소매를 쥐어짜고 양말을 만져보면서 말했다.

하지만 자신들이 언짢아하는 것은 그게 아니라고 아이들은 말했다. 그의 얼굴도, 그의 태도도 아니었다. 그 자신—그의 관점—이 문제였다. 아이들이 흥미로운 어떤 것, 즉 인물, 음악, 역사, 그 밖의 모든 것에 대해 말하면, 심지어는 멋진 저녁이니 바깥에 나가 앉는 것이 어떻겠느냐고 말하면—그런데 이 점이 그들이 찰스 탠슬리에 대해 불평하는 것인데—그는 모든 것을 뒤집어 그것이 어떤 식으로든 자신을 비추게 하고, 그들을 깎아내리게 만들고, 모든 것에서 살과 피를 벗겨내는 그의 신랄한 방식으로 어쨌든 그들 모두를 초조하게 하기 전까지는 만족하지 않는다는 것이었다. 그리고 그는 화랑에 가서 만나는 누군가에게 자기 넥타이가 마음에 드는지 묻곤 한다고 그들은 말했다. 아무도 마음에 들어 하지 않는다는 것은 하느님이 알고 계셔, 하고 로즈는 말했다.

램지 부부의 여덟 명의 아들딸들은 식사가 끝나면 저녁 식탁에서 곧장 살금살금 사라져 그들의 침실로 갔다. 사생활이 전혀 없는 집 안에서 그들의 요새인 그곳에서는 모든 것에 대해 토론

할 수 있었다. 그들은 그곳에서 탠슬리 씨의 넥타이, 선거법 개정안 통과, 해조와 나비, 사람들에 관해 얘기했다. 널빤지 하나만으로 각 방이 분리되어 있어 모든 발소리가 똑똑히 들리고, 그리종*의 골짜기에서 암으로 죽어가고 있는 아버지 때문에 흐느끼는 스위스 하녀의 소리도 들리는 그 다락방들에 햇빛이 쏟아져 들어와 박쥐와 플란넬 옷가지, 밀짚모자, 잉크병, 물감 통, 딱정벌레들, 작은 새의 두개골들을 비추었고, 벽에 핀으로 꽂아놓은, 길고 쭈글쭈글한 띠 모양의 해초에서 소금과 잡초 냄새를 끌어냈다. 그 냄새는 해수욕을 해 모래가 묻은 타월 속에도 있었다.

분쟁, 분열, 이견, 편견들이 존재의 섬유 조직 속으로 얽혀 들어갔다. 오, 그것들이 그렇게 일찍 시작되다니, 하고 램지 부인은 한탄했다. 아이들은 너무도 비판적이었다. 그렇게 말도 안 되는 얘기들을 했다. 그녀는 제임스가 다른 사람들과는 가지 않으려 했기 때문에 그의 손을 잡고 식당에서 나왔다. 사람들이 차이를 만들어내는 것은 그녀에게 너무도 말이 안 되는 것처럼 보였다. 그렇지 않아도 사람들은 충분히 다르지 않은가. 실제 차이들은 충분하다고, 아주 충분하다고, 그녀는 응접실 창가에 서서 생

---

* 스위스연방의 주 이름.

각했다. 그 순간 그녀가 생각한 것은 부유함과 가난함, 그리고 신분의 높음과 낮음이었다. 출신 성분이 높은 사람들은 그녀에게서 다소 탐탁지 않은 약간의 존경을 받고 있었다. 그녀 자신도 핏줄 속에 무척이나 귀족적이고 약간 신화적인, 이탈리아 집안의 피를 지녔다. 그 집안의 딸들은 19세기 영국의 응접실 이곳저곳에 흩어져서 너무도 매력적으로 혀 짧은 소리로 말하며 격렬히 휘몰아쳤는데, 그녀의 재치와 몸가짐, 기질도 모두 그들에게서 온 것이지, 굼뜬 영국인이나 냉정한 스코틀랜드인에게서 온 것은 아니었다. 하지만 그녀는 좀 더 심오하게 빈부와 관련된 다른 문제와, 그녀가 이곳에서나 런던에서 매주 매일같이 직접 목격하게 되는 일들에 관해서 골똘히 생각했다. 팔에는 가방을 끼고, 이런저런 과부나 고생하는 아내를 직접 방문해, 공책에다 칸에 따라 임금과 지출, 고용과 실업 상태를 연필로 조심스럽게 기록했을 때를. 그렇게 함으로써 그녀는 자신이 자선을 통해 반쯤은 분노를 삭히고, 반쯤은 호기심을 충족하는 그런 사사로운 여자가 아니기를, 그리고 그녀가 무척 예찬하는, 지적인 훈련을 받지 않고도 사회적 문제를 해명하는 조사원이 되기를 희망했다.

제임스의 손을 잡고 거기에 서 있는 그녀에게 그 문제들은 해결이 불가능한 것처럼 보였다. 아이들이 조롱했던 그 젊은이는 그녀를 따라 응접실로 들어와 탁자 옆에 서서 어색하게 뭔가를 만지작거리며 겸연쩍어하고 있었다. 그녀는 돌아보지 않고도 그것을 알고 있었다. 아이들은 모두 사라진 뒤였다. 민터 도일과 폴 레일리, 어거스터스 카마이클, 남편, 모두 사라진 뒤였다. 그래서 그녀는 한숨을 쉬며 돌아서면서 "탠슬리 씨, 나와 함께 가는 게 따분할까요?" 하고 말했다.

그녀는 시내에 대단찮은 볼일이 있었다. 한두 통의 편지를 써야 했는데, 아마 10분이면 될 것이었다. 모자도 써야 했다. 아니나 다를까 10분 후에 그녀는 바구니와 양산을 들고 다시 나타나, 준비가 되었다는, 나들이 갈 채비를 갖췄다는 느낌을 주었다. 하지만 그들이 정구장을 지나갈 때 그녀는 카마이클 씨에게 원하는 것이 있느냐고 묻느라 잠시 걸음을 멈춰야 했다. 그는 노란 고양이 눈을 살짝 뜨고 햇볕을 쬐고 있었고, 그래서 그의 눈은 고양이의 눈처럼, 움직이는 나뭇가지나 지나가는 구름을 반사하지만 내적인 생각이나 감정은 전혀 드러내지 않는 것 같았다.

자신들이 대단한 탐험을 하고 있기 때문이라고 그녀는 웃으면서 말했다. 그들은 시내에 가고 있었다. "우표, 편지지, 담배?" 그녀는 카마이클 씨 옆에서 걸음을 멈추며 말했다. 하지만 그는 필요한 것이 아무것도 없었다. 그의 양손은 널찍한 배 위에 깍지를 끼고 있었고, 두 눈은 껌벅거리고 있었다. 마치 그는 이 감언들에 친절하게 대답하고 싶지만 (그녀는 매혹적이지만 약간 초조해했

다) 말이 필요 없는, 거대하고 자비로운 선의의 나태함 속에 모든 집과 온 세상과 그 안에 있는 모든 사람을 감싸는 회녹색의 비몽사몽 상태에 빠져 있었기에 대답할 수 없는 것 같았다. 그는 점심 때 술잔에 뭔가를 몇 방울 슬쩍 넣었는데, 아이들은 그 때문에 우유처럼 하얘야 할 콧수염과 턱수염에 선명한 노란 줄이 생긴 것이라고 생각했다. 그는 필요한 것이 아무것도 없다고 중얼거렸다.

그들이 어촌으로 난 길을 내려갈 때 램지 부인은 카마이클 씨가 위대한 철학자가 되었어야 했다고 말했다. 하지만 그는 불행한 결혼을 하고 말았다고. 그녀는 검은색 양산을 똑바로 치켜들고, 마치 모퉁이를 돌아 누군가를 만나기로 되어 있는 것처럼 기대에 찬, 뭐라 묘사할 수 없는 분위기를 풍기며 걸어가면서 이야기했다. 옥스퍼드에서 있었던 어떤 여자와의 연애, 이른 결혼, 가난, 인도로 간 일, 짧은 시 한 편을 "내 생각엔 대단히 아름답게" 번역한 일, 남학생들에게 페르시아어 혹은 힌디어를 기꺼이 가르친 일 ─ 그런데 실제로 그것이 무슨 소용이 있겠는가? 마침내는 그들이 본 대로 잔디 위에 누워 있는 것이었다.

램지 부인이 자신에게 그 말을 해주자 기가 꺾여 있던 그는 우쭐해졌고 마음도 달래졌다. 찰스 탠슬리는 활기를 되찾았다. 또한 그녀가 남자들의 지력은 쇠퇴하고 있을 때조차도 위대하다는 사실을 넌지시 비추고 모든 아내 ─ 그녀가 그렇다고 그 여자를 탓하는 것은 아니며 그 결혼도 충분히 행복했으리라고 믿지만—가 남편의 노동에 종속되어 있음을 암시하자, 그는 그전 어떤 때보다도 더 기분이 좋아졌다. 그래서 그는 가령 그들이 택시를 탔더라면 자신이 택시 요금을 내고 싶을 정도였다. 그녀의 작은 가방으로 말할 것 같으면 그가 들어주면 안 될까? 됐다고, 됐다고, 그녀는 말했다. 그녀는 **그 가방은** 항상 자신이 들고 다녔다. 실제로 그랬다. 그렇다, 그는 그녀에게서 그것을 느꼈다. 그는 많은 것을 느꼈는데, 특히 설명할 수 없는 이유로 그를 흥분시키면서 마음을 산란하게 만드는 무언가를 느꼈다. 그는 학위 가운을 입고 휘장을 걸친 채로 행렬 속에서 걸어가는 자신의 모습을 그녀가 보기를 바랐다. 그는 특별 연구원이고 교수고 무엇이건 할 수 있을 것 같았고, 그러한 자신을 볼 수 있었다. 한데 그녀는 무엇을 바라보고 있는 것인가? 전단을 붙이고 있는 한 남자를 보고 있었다. 바람에 펄럭이는 커다란 종이가 펼쳐지며, 남자가 붓질을 할 때마다 생기 넘치는 다리들과 후프와 말들, 아름답고 매끈하며 반짝이는 붉은색과 파란색이 모습을 드러내었고, 마침내는 벽의 절반이 서커스 광고로 뒤덮였다. 백 명의 기수, 스무 마리의 재주 부리는 물개, 사자, 호랑이…… 근시인 그녀는 고개를 앞으로 내밀어 전단을 읽어나갔다. "……이 도시를 방문하게 될 겁니다." 그녀는 팔이 하나인 사람이 저렇게 사다리의 꼭대기에 서 있는 것은 대단히 위험한 일이라고 소리쳤다. 그의 왼팔은 2년 전 탈곡기에 잘렸다.

"우리 모두 가요!" 부인은 계속 나아가면서, 마치 그 모든 기수와 말들이 그녀를 어린아이가 느끼는 것 같은 기쁨으로 채우고 그녀의 연민을 망각하게 하기라도 한 것처럼 소리쳤다.

"가요." 찰스는 그녀의 말을 되풀이했다. 하지만 그는 그 말을 스스로를 의식하며 했고, 그 때문에 그녀는 움츠러들었다. "우리 서커스에 가요." 아니다. 그는 그 말을 제대로 할 수 없었다. 그는 그것을 제대로 느낄 수 없었다. 그런데 왜 못 하는 것인가, 하고 그녀는 의아하게 생각했다. 그러면 그에게 무슨 잘못이 있는 것인가? 그 순간 그녀는 그에게 다정한 마음이 들었다. 그들이 어렸을 때 누군가가 서커스에 데리고 간 적이 없는지 그녀는 물었다. 마치 바로 그 질문에 대해 대답하기를 기다린 것처럼 그는 한 번도 그런 적이 없었다고 답했다. 그는 지금껏 어떻게 그들이 서커스에 가지 않았는지 말할 수 있기를 갈망한 것 같았다. 그의 집안은 아홉 명의 형제자매가 있는 대가족이었고, 아버지는 노동을 하는 사람이었다. "아버지는 약제사예요, 램지 부인. 약국을 열고 있죠." 그는 열세 살 때부터 스스로 벌이를 했다. 종종 그는 겨울에 길고 두꺼운 외투 없이 지냈다. 대학에 다닐 때는 "대접에 대한 답례"(그의 건조하고 뻣뻣한 표현)를 전혀 할 수 없었다. 그는 물건들을 다른 사람들보다 두 배는 더 오래 써야 했으며, 담배는 제일 싼, 부두에서 늙은이들이 피우는 독한 살담배를 피웠다. 그는 하루에 일곱 시간씩, 열심히 연구를 했다. 현재 하고 있는 연구의 주제는 뭔가가 누군가에게 미치는 영향이었다. 그들은 계속해서 걸었고, 램지 부인은 이따금 논문…… 연구원직…… 강사직…… 교수직…… 같은 단어들만 주워들을 수 있을 뿐 의미는 제대로 파악하지 못했다. 그녀는 학계의 볼품없는 은어는 이해할 수 없었는데, 너무도 그럴듯하게 지껄여지고 있지만, 속으로는 왜 서커스에 가는 것이 가엾은 그의 콧대를 꺾었는지, 그리고 왜 그가 곧바로 부모와 형제자매에 관한 그 모든 이야기를 하게 되었는지를 이제 알게 되었다고 생각했다. 그녀는 아이들이 더 이상 그를 비웃지 못하도록 할 것이었다. 프루에게도 말할 생각이었다. 그녀는 그가 램지가의 사람들과 서커스가 아니라 입센의 연극을 보러 갔었다고 말하고 싶으리라는 생각을 했다. 그는 대단히 유식한 체하는 사람이었고, 참을 수 없이 지겨운 사람이었다. 이제 그들은 시내에 이르러, 자갈을 깐 길 위로 마차들이 요란한 소리를 내며 지나가는 중심가에 있었음에도 그는 계속해서 사회복지사업과 교육, 노동자들, 자신이 속한 계층을 돕는 일, 강의 등에 대해 이야기했고, 마침내 그녀는 그가 완전히 자신감을 되찾고, 서커스의 충격에서 회복되었으며, 이제 곧 그녀에게 어떤 말을 하려 한다고 생각했다(그리고 그녀는 이제 다시 그에게 푸근한 마음이 들었다). 하지만 길 양쪽의 집들이 멀어지는 가운데 그들은 부두로 나왔고, 만 전체가 그들 앞에 펼쳐져 램지 부인은 "오, 정말 아름다워요!" 하고 외치지 않을 수 없었다. 거대한 접시에 담긴 것 같은 푸른 바다가 앞에 있었기 때문이다. 바다 한가운데에는 멀리 근엄한 하얀 등대가 있었고, 오른쪽으로는 시선이 닿는 곳까지 초록색 모래언덕들이 부드럽고 낮게 주름진 형태로 희미해지며 하강하고 있었는데, 그 위에는 흐르는 듯한 야생의 풀들이 나 있었다. 마치 사람이 살지 않는 어느 달나라로 늘 달아나고 있는 것처럼 보였다.

그녀는 걸음을 멈추고 눈은 더욱 진한 회색빛을 띠며, 저것이 남편이 좋아하는 전망이라고 말했다.

그녀는 잠시 말을 멈추었다가, 최근에 화가들이 여기에 왔다고 말했다. 실제로 몇 걸음 떨어지지 않은 곳에 파나마모자를 쓰고 노란 장화를 신은 화가 한 사람이 서 있었다. 열 명의 어린 소년들이 지켜보고 있었음에도 불구하고, 그는 심각하고 부드럽게 몰두한 모습으로, 둥글고 붉은 얼굴에 심오한 만족의 기색을 지으며 먼 곳을 바라보다가 초록색이나 분홍색의 부드러운 물감 덩어리에 붓 끝을 듬뿍 적셨다. 3년 전 폰스포트 씨가 이곳을 다녀간 이후로 모든 그림이 저런 식이라고 그녀가 말했다.

즉, 그림들은 초록색과 회색을 띠었으며, 레몬색 돛단배들과 해변의 분홍색 여자들이 그려졌다.

하지만 그녀는 지나갈 때 그림을 조심스럽게 흘끗 보면서 할머니의 친구들이 고생을 아주 많이 했다고 말했다. 그들은 먼저 색채 안료를 섞은 다음 곱게 갈고 나서, 촉촉하도록 젖은 천으로 덮어두었다.

그래서 탠슬리 씨는 그 사람의 그림이 빈약하다는 사실을 그녀가 알려주려 한다고 생각했다. 빈약하다는 말인가? 색채가 어설픈가? 그런 말인가? 예외적인 감정, 그녀의 가방을 들어주고 싶었던 정원에서 시작되었고, 걸어오는 내내 자랐으며, 그녀에게 자신에 관한 모든 것을 말하고 싶었던, 시내에서 커진 그 예외적인 감정의 영향하에 있었던 그는 자기 자신을 바라보기에 이르렀고, 그가 그때까지 알아온 모든 것이 약간 비뚤어졌었다는 것을 깨달았다. 그것은 무척이나 이상했다.

그는 그녀가 그를 데리고 간 초라한 작은 집의 응접실에서 그녀를 기다리며 서 있었고, 그녀는 어떤 여자를 만나러 잠시 2층에 올라가 있었다. 그는 위쪽에서 나는 그녀의 빠른 걸음 소리를, 명랑했다가 낮아진 그녀의 목소리를 들었고, 깔개와 차통들과 유리 갓을 보며 무척 초조하게 기다리고 있었다. 그녀의 가방을 반드시 들어주리라고 생각하며 집으로 돌아가기를 간

절히 고대했다. 그때 그녀가 나오는 소리가 들렸다. 문이 닫히는 소리와, 창문은 반드시 열어놓고 문은 닫아놓아야 한다는 말과, 필요한 것이 있으면 뭐든 그 집에 부탁하라는 얘기가 (그녀는 어떤 아이에게 말하고 있는 게 틀림없었다) 들렸다. 그때 갑자기 그녀가 들어와서 잠시 조용히(마치 그녀가 2층에서는 가장을 했다가 이제 잠시 본래의 모습으로 돌아간 것처럼), 그리고 파란색 가터 훈장* 리본을 두르고 있는 빅토리아 여왕의 초상을 배경으로 꼼짝 않고 서 있었는데, 그 순간 문득 그는 그녀가 자신이 지금껏 본 가장 아름다운 사람이라는 사실을 깨달았다.

그녀의 눈 속에는 별들이, 머리칼 속에는 베일이, 시클라멘과 야생 제비꽃을 꽂은—그는 무슨 말도 안 되는 생각을 하고 있는 것인가? 그녀는 적어도 쉰은 되었고, 아이들이 여덟이었다. 꽃밭을 지나며, 막 터진 봉오리들과 방금 태어난 양들을 가슴에 안고, 눈 속에는 별들이, 머리칼 속에는 바람이—그는 그녀의 가방을 들었다.

"잘 있어, 엘지." 그녀가 말했고, 그들은 거리를 걸어갔다. 그녀는 양산을 꼿꼿이 든 채로 마치 모퉁이를 돌아서면 누군가를

---

*   영국의 최고 훈장.

만나기라도 할 것처럼 걸었고, 찰스 탠슬리는 생전 처음으로 비상한 자부심을 느꼈다. 배수로를 파고 있던 한 남자가 수로를 파다 말고 그녀를 보았다. 그는 팔을 떨어뜨리고 그녀를 쳐다보았다. 찰스 탠슬리는 비상한 자부심을 느꼈으며, 생전 처음으로 아름다운 여자와 함께 걷고 있었기에 바람과 시클라멘과 제비꽃을 느꼈다. 그는 그녀의 가방을 꽉 쥐고 있었다.

2

"등대에는 못 가, 제임스." 그가 말했다. 그는 창가에 서서 어색하게, 하지만 램지 부인에게 경의를 표하느라 목소리가 적어도 상냥하게 들리도록 부드럽게 하려고 애쓰면서 말하고 있었다.

밉살스러운 사람 같으니, 왜 계속 저런 말을 하는 것인가, 하고 램지 부인은 생각했다.

3

"잠에서 깨면 햇빛이 반짝이고 새들이 노래하는 걸 보게 될 수도 있어." 그녀는 남편이 날씨가 좋지 않을 거라는 신랄한 말로 어린 아들의 기를 꺾은 것을 알 수 있었기 때문에 아이의 머리칼을 어루만지며 연민을 갖고 말했다. 이 등대행이 아들의 열정임을 그녀는 알 수 있었다. 그런데 남편이 내일 날씨가 좋지 않을 거라고 신랄하게 말한 것이 모자라기라도 한 것처럼 밉살스러운 이 남자는 굳이 그 말을 되풀이했다.

"내일은 날씨가 좋을 거야." 그녀는 아들의 머리칼을 어루만지며 말했다.

이제 그녀가 할 수 있는 것은 냉장고를 칭찬해주고, 뾰족한 끝부분과 손잡이가 달려 있어 오려내는 데 고도의 기술과 주의가 필요한 갈퀴나 잔디깎이와 같은 것들을 찾아내길 바라면서 백화점 상품 목록 페이지들을 넘기는 것뿐이었다. 그녀는 이 젊은이들 모두가 남편을 흉내 내고 있다고 생각했다. 그가 비가 올 것이라고 말하면 그들은 폭풍이 몰아칠 것이 틀림없다고 했다.

하지만 이때, 페이지들을 넘기며 갈퀴나 잔디깎이의 그림을 찾던 그녀가 갑자기 방해를 받았다. 비록 무슨 이야기인지는 들을 수 없었지만(그녀가 창문 안쪽에 앉아 있었기 때문이다) 남자들이 행복하게 이야기를 하고 있다는 확신을 준 거친 웅얼거림이 멈춘 것이다. 파이프에서 담배를 꺼내고 집어넣느라 불규칙하게 중단되곤 하던 그 소리는 30분간 계속되며, 그녀의 위쪽에서 들려오는, 공이 배트에 맞는 소리와, 크리켓을 하는 아이들이 갑자기 날카롭게 "어때? 어때?" 하고 외치는 소리의 음계 속에 위안을 주며 자리를 잡았는데, 그 웅얼거림 소리가 멈춰버렸다. 대체로는 그녀의 생각에 박자를 맞추고 위안을 주는 문신처럼 새겨지며, 아이들과 함께 앉아 있는 그녀에게 "내가 너를 보호해주고 있어. 나는 너의 지지자야"라고 자연이 속삭이는, 오래된 자장가의 단어들을 위로하듯 반복하는 소리, 해변에서 단조롭게 부서지는 파도 소리는 어떤 때에는 갑자기, 예기치 않게, 특히 그녀의 마음이 실제로 하고 있는 일에서 약간 벗어나 있을 때 그와 같은 상냥한 의미는 없이, 마치 실체 없는 북의 연타가 무자비하게 인생의 박자를 맞추듯, 섬이 파괴되고 바다에 삼켜지는 것을 생각나게 했으며, 재빨리 이 일 저 일을 하는 사이에 지나가버린 하루 전체가 무지개와도 같이 덧없다고 그녀에게 경고했다. 그렇게, 다른 소리들 아래에서 희미해지고 감춰져 있던 소리가 갑자기 그녀의 귀에서 공허하게 천둥쳤고, 그녀는 공포에 대한 충동으로 얼굴을 들었다.

그들이 이야기를 멈춘 것이 이것을 설명해주었다. 그녀를 몰아붙였던 긴장이 일순간에 가라앉고 이번에는 극단적으로 마치 그녀의 불필요한 감정의 낭비에 대해 보상을 하듯 냉정하게 재미있어하며 희미하게나마 악의적인 기분으로, 그녀는 가엾은 찰스 탠슬리가 탈락했다는 결론을 내렸다. 그것은 그녀에게는 거의 문제가 되지 않았다. 만약 남편이 제물을 요구했다면 (실제로 그는 그랬다) 그녀는 막내아들의 기를 꺾어놓은 찰스 탠슬리를 기꺼이 그에게 바쳤을 것이다.

그녀는 머리를 치켜들고 마치 어떤 일상적인 소리를, 어떤 규칙적이고 기계적인 소리를 기다리는 것처럼 한순간 더 귀를 기울였다. 그리고 그 순간 정원에서 시작된, 율동적이며, 반은 말로 이루어지고 반은 단조로운 투로 되풀이되는 소리를, 남편이 테라스를 왔다 갔다 하면서 내는, 까마귀가 우는 소리와 노래하는 소리 사이의 어떤 소리를 들으며 그녀는 다시 한번 위안을 받았고, 다시 모든 것이 괜찮다고 확신했으며, 무릎 위에 놓인 책을 내려다보며 제임스가 몹시 주의를 기울일 경우에만 오려낼 수 있을, 날이 여섯 개인 주머니칼 그림을 찾아냈다.

갑자기 반쯤 깨어난 몽유병 환자가 내는 것 같은 커다란 외침 소리가 났는데 그것은

총탄과 포탄의 세례를 받았노라*

* 앨프리드 테니슨의 시 '경기병 여단의 진격' 3절 5행.

와 같은 어떤 것이었다. 그 소리는 그녀의 귓속에서 극도로 강렬하게 노래되었고, 그녀는 다른 누군가가 그 소리를 들었나 보려고 걱정스럽게 몸을 돌렸다. 릴리 브리스코밖에 없어서, 램지 부인은 그녀를 보고 기뻤다. 릴리가 들었다면, 그것은 중요하지 않았다. 하지만 잔디밭 가장자리에서 서서 그림을 그리고 있는 릴리의 모습을 보자 자신이 릴리의 그림을 위해서 가능한 한 같은 자세로 머리를 고정하고 있어야 한다는 사실을 떠올렸다. 릴리의 그림! 램지 부인은 미소를 지었다. 눈이 중국인처럼 작고, 얼굴이 주름진 릴리는 결코 결혼하지 못할 것이었다. 그녀의 그림을 아주 진지하게 받아들일 수는 없었지만 그녀는 독립적인 존재였고, 램지 부인은 그 때문에 그녀를 좋아했으며, 그래서 약속을 기억하고는 머리를 숙였다.

4

실제로 램지 씨는 양손을 흔들며, "우리는 대담하게 말을 달렸다"*라고 소리를 지르면서 릴리에게 다가오다가 그녀의 이젤

---

* '경기병 여단의 진격' 3절 6행.

을 하마터면 넘어뜨릴 뻔했지만 다행히도 방향을 날카롭게 꺾어, 그녀 생각에는 발라클라바** 고지에서 영광스럽게 죽을 것처럼 달려갔다. 램지 씨처럼 우스꽝스러운 동시에 사람을 놀라게 하는 이는 없었다. 하지만 그가 계속해서 그런 식으로 손을 흔들고 소리를 지르는 한 그녀는 안전했다. 그가 가만히 서서 그녀의 그림을 보지 않을 것이니까. 그가 바라보는 것은 릴리 브리스코에게는 견딜 수 없는 일이었다. 매스***와 선과 색채를, 제임스와 함께 창문 안쪽에 앉아 있는 램지 부인을 바라보는 동안에도 그녀는 누군가가 살금살금 다가와 자신의 그림을 들여다보는 것을 갑자기 깨닫게 되는 일이 없도록 계속 주위에 촉각을 곤두세웠다. 하지만 이제 주위를 둘러보고 긴장한 끝에, 드디어는 벽과 그너머의 잭매나****의 색이 눈 속에서 이글거리도록 모든 감각이 활발해진 그녀는 누군가가 집에서 나와 자신을 향해 오고 있는 것을 눈치채고 있었다. 하지만 그녀는 어떻게 해서인지 발소리를 통해 그가 윌리엄 뱅크스라는 것을 알아맞혔고, 그래서 붓이 떨렸음에도, 만약 탠슬리 씨나 폴 레일리, 민터 도일 혹은 실제로 다

** 크리미아반도에 있는 도시로, 인용된 시구절의 무대.
*** 부피를 가진 하나의 덩어리로 느껴지는 물체나 인체의 부분.
**** 자주색 꽃을 피우는 으아릿속(屬)의 식물.

른 누구였다면 캔버스를 잔디 위에 엎어놓았을 테지만, 그렇게 하지 않고 그대로 세워두었다. 윌리엄 뱅크스가 그녀 옆에 섰다.

그들은 마을에 각자 방이 있었고, 그래서 들락거리면서, 늦은 시각에 문간에서 헤어지면서 비누에 관해서, 아이들에 관해서, 그들을 한패로 만드는 이런저런 것에 관해서 사소한 이야기들을 나누었다. 그래서 그가 지금 그녀의 옆에 분석적인 태도로 서 있자 (그녀의 아버지뻘 될 만큼 늙은 그는 식물학자로 홀아비였으며, 비누 냄새를 풍겼고, 아주 꼼꼼하고 깔끔했다) 그녀는 그냥 그곳에 서 있었다. 그는 그냥 그곳에 서 있었다. 그는 그녀의 구두가 훌륭한 것에 주목했다. 그 구두는 발가락들이 자연스럽게 벌어질 수 있게 해주었다. 그녀와 같은 하숙집에 묵는 그는, 아침 식사 시간 전에 일어나서, 그가 생각하기에 혼자 그림을 그리러 나가는 그녀가 얼마나 체계적인지도 알아차렸다. 그녀는 가난한 것 같았고, 확실히 도일 양 같은 안색이나 매력은 없었지만, 그의 눈에는 그 젊은 숙녀보다 우월해 보이게 하는 훌륭한 감각을 갖고 있었다. 예컨대 지금, 램지가 소리를 지르며 몸짓을 하면서 달려왔을 때 그는 브리스코 양이 이해했다고 확신했다.

누군가가 큰 실수를 범했다.*

램지 씨가 그들을 노려보았다. 그는 그들을 보지 않는 척하면서 노려보았다. 그것은 두 사람 모두를 막연히 불편하게 했다. 그들은 보지 말아야 할 어떤 것을 함께 본 것이었다. 그들은 사생활을 침범한 것이었다. 그래서 릴리는 말소리가 들리지 않는 곳으로 가는 것에 대한 구실로, 뱅크스 씨가 거의 즉시 날씨가 차가우니 산책을 하는 것이 어떻겠느냐는 제안을 했을 거라고 생각했다. 그녀는 같이 가겠다고 했다. 하지만 그녀는 그림에서 어렵사리 눈을 뗐다.

잭매나는 밝은 보라색이었고, 벽은 눈에 띄게 흰색이었다. 폰스포트 씨가 다녀간 이후로 모든 것을 연하고, 우아하고, 반투명하게 보는 것이 유행하기는 했지만, 그녀는 자신의 눈에 보이는 그대로의 밝은 보라색과 눈에 띄는 흰색을 임의로 변경하는 것이 정직하지 않다고 생각했다. 그런데 색채 밑에는 형체가 있었다. 그것을 볼 때면 그녀는 형체 전부를 너무도 분명하게, 절대적으로 보았다. 하지만 그녀가 손에 붓을 쥐었을 때에는 모든 것이 변했다. 그림과 캔버스 사이의 비상하는 그 순간, 악마들이 종종 그녀를 부추겨 눈물이 날 지경에 이르게 했고, 착상에서 작품에 이르는 그 길을 어린아이가 내려가는 어

---

* '경기병 여단의 진격' 2절 4행.

두운 내리막길만큼이나 두려운 길로 만들었다. 그녀는 "하지만 이것이 내가 보는 것이야, 이것이 내가 보는 것이야"라고 말하고 수천 가지 힘이 그녀에게서 빼앗으려 최선을 다하는, 자신의 비전에서 남은 비참한 찌꺼기를 가슴에 부둥켜안으며 끔찍한 역경에 맞서 용기를 유지하려고 애를 쓰면서 종종 그렇게 느꼈다. 그런데 그녀가 그림을 그리기 시작했을 때에도 찬바람이 불어오듯이 그녀의 다른 일들, 즉 브롬턴가*에서 조금 떨어진 곳에서 아버지를 위해 살림을 꾸려가고 있는 그녀 자신의 부족함과 보잘것없는 처지 역시 엄습해오자, 램지 부인의 무릎으로 몸을 던져 그녀에게 말하고 싶은 충동을 (고맙게도 그녀는 지금껏 늘 그것에 저항했다) 억제하느라 고심해야 했다. 하지만 부인에게 무슨 말을 할 수 있단 말인가? "나는 당신을 사랑합니다"라고? 아니, 그것은 사실이 아니었다. 울타리와 집과 아이들을 향해 손을 흔들며 "나는 이 모든 것을 사랑합니다"라고? 그것은 터무니없고 불가능했다. 누구도 자신이 뜻하는 바를 말할 수가 없는 법이다. 그래서 이제 그녀는 붓들을 깔끔하게 상자 속에 가지런히 넣고, 윌리엄 뱅크스에게 말했다.

"갑자기 추워지네요. 햇볕이 덜 따뜻한 것 같아요." 이렇게 말

---

* 영국 런던에 있는 상업 거리.

을 하며 그녀는 주위를 돌아보았는데, 사위는 아직 충분히 밝았고, 잔디는 부드러운 진녹색이었으며, 집은 보랏빛 시계꽃들이 있는 신록 속에서 반짝이고 있었고, 당까마귀들은 높은 창공에서 시원한 울음소리를 떨어뜨리고 있었기 때문이었다. 하지만 뭔가가 공중에서 움직이며 번쩍했고, 은빛 날개를 뒤집었다. 어쨌든 9월이었고, 그것도 9월 중순이었으며, 저녁 6시가 지나 있었다. 그래서 그들은 늘 가던 방향으로 정원을 걸어 내려가 정구장을 지나고, 팜파스그래스**를 지나, 맑게 타는 석탄 화로처럼 빨갛게 달아오른 레드핫포커***들의 보호를 받고 있는, 울창한 울타리 속의 갈라진 틈까지 갔다. 그 사이로 만의 푸른 물은 그 어느 때보다도 더 푸르러 보였다.

그들은 매일 저녁 규칙적으로 어떤 필요에 이끌려 그곳에 왔다. 마치 물이 떠올라, 마른 땅에서 정체되었던 생각들에 돛을 달아 항해하게 하며, 그들의 몸에 심지어는 약간의 육체적인 안식까지 주는 듯했다. 먼저 색채의 파동이 만을 푸른색으로 넘쳐나게 하면, 그것과 더불어 마음이 부풀어 오르고 몸은 헤엄을 쳤지만, 바로 다음 순간 물결이 이는 파도 위의 가시 돋친 암흑으

** 아르헨티나와 브라질 남부 원산의 여러해살이풀.
*** 백합과 식물. 횃불을 닮은 꽃이 피어 토치백합이라고도 부른다.

로 저지되고 차가워졌다. 그런 다음 거대하고 검은 바위 뒤에서 거의 매일 저녁 불규칙적으로 하얀 물의 분수가 솟구쳤는데, 그것을 기다렸다가 보게 되는 것은 기쁨 그 자체였다. 그리고 기다리는 동안에는 흐릿한 반원형 해변 위로 파도들이 거듭해서 부드럽게 진주몿빛 막을 뿌리는 것을 지켜볼 수 있었다.

그들 두 사람은 거기에 서서 미소를 지었다. 둘 모두 공통의 환희를 느꼈고, 움직이는 파도에, 그다음에는 빠르게 가로지르며 달리는 돛단배 한 척에 흥분했다. 배는 만에 곡선을 그린 후 멈춰 서더니 부르르 떨고는 돛을 내렸다. 그러자 그 빠른 움직임을 본 후 그림을 완성하려는 자연스러운 본능으로 두 사람은 아주 멀리 있는 사구들을 바라다보았는데, 즐거움 대신 어떤 슬픔이 자신들을 엄습하는 것을 느꼈다. 그것은 부분적으로는 그림이 완성되었기 때문이며, 또 부분적으로는 멀리 있는 풍경이 그 풍경을 응시하는 사람보다 백만 년은 더 오래가고(릴리는 그렇게 생각했다), 완전히 휴식하고 있는 땅을 주시하는 하늘과 이미 교감하는 것처럼 보였기 때문이다.

멀리 있는 모래언덕들을 바라보면서 윌리엄 뱅크스는 램지 생각을 했다. 웨스트몰랜드*에 있는 어떤 길을, 타고난 분위기처

---

*   잉글랜드 북서부의 옛 주.

럼 보이는 고독에 휩싸여 혼자 어떤 길을 따라 성큼성큼 걷고 있
는 램지를. 하지만 그가 갑자기 멈춘 것을 윌리엄 뱅크스는 기
억해냈다(그리고 이것은 어떤 실제 사건을 가리키고 있는 것이
틀림없다). 어린 병아리 떼를 보호하느라 날개를 활짝 펴는 암
탉 한 마리를 보고 램지는 걸음을 멈추고 지팡이로 가리키면서
"예뻐, 예뻐" 하고 말했다. 뱅크스는 그것이 램지의 마음에 이
상한 빛을 던졌다고 생각했는데, 그것은 램지의 소박함과, 소
소한 것들에 대한 그의 연민을 보여주었다. 하지만 뱅크스에게
그들의 우정은 뻗어 있는 그 길에서 끝난 것처럼 여겨졌다. 그
후 램지는 결혼했다. 그러고는 이런저런 일로 인해 그들의 우
정은 시들해졌다. 그것이 누구의 잘못이었는지 그는 말할 수
없었다. 단지 얼마간의 시간이 지난 후 반복이 새로움을 대신
했을 뿐이다. 그들은 그저 반복적으로 만났다. 하지만 사구와
의 이 무언의 대화 속에서 그는 램지에 대한 자신의 애정이 전
혀 줄어들지 않았다고 단언했다. 한 세기 동안 이탄(泥炭) 속에
누워 있는, 입술이 여전히 붉은 젊은이의 사체**처럼, 예리함과
사실성을 갖고 있는 그의 우정은 만을 가로질러 모래언덕들 사

** 스칸디나비아반도 및 영국제도의 이탄 습지에서는 종종 인간 미라들이 발견되
었는데, 피부 조직이나 내장 기관 일부가 보존된 예가 많다.

이에 누워 있었다.

그는 이 우정을 위하는 마음 때문에, 그리고 어쩌면 마음속에서 자신이 메마르고 오그라들어버렸다는 비난을 없애버리고자 하는 마음 때문에 초조했다—램지는 아이들과 뒹굴며 살고 있는 반면 뱅크스는 아이가 없는 홀아비였다. 그는 릴리 브리스코가 램지(나름대로 위대한 사람인)를 비방하지 말고, 그들 사이의 상황이 어떤지를 이해해주기를 간절히 바랐다. 오래전 시작된 그들의 우정은 암탉이 병아리들 앞에서 날개를 펼친 웨스트몰랜드의 어떤 길에서 소멸했다. 그 후 램지는 결혼했고, 그들의 길은 다른 방향으로 놓였다. 그리고 분명 누구의 잘못도 아니었지만 그들이 그저 반복적으로 만나게 되는 어떤 경향이 존재했다.

그랬다. 바로 그것이었다. 그는 생각을 끝마쳤다. 그는 풍경에서 눈을 돌렸다. 그리고 차도로 올라가는 다른 길로 가려고 몸을 돌리면서 뱅크스 씨는 그 모래언덕들이 그에게 이탄 속에 누워 있는 입술이 빨간 그의 우정의 실체를 드러내주지 않았더라면 생각이 미치지 못했을 것들—예를 들어, 램지의 막내딸인 어린 소녀 캠—에 민감해졌다. 아이는 둑에서 스위트앨리스*를 따고 있었다. 아이는 야성적이고 사나웠다. 아이는 유모가 "꽃 한

*   십자화과의 여러해살이풀.

40

송이를 신사분께 드려"라고 했는데도 그렇게 하지 않았다. 싫어! 싫어! 싫어! 주기 싫어! 아이는 주먹을 움켜쥐었다. 발을 굴렀다. 그래서 뱅크스 씨는 자신이 나이 들었다고 느꼈고, 슬펐으며, 그 아이 때문에 그의 우정이 어떻게 해서인지 잘못되었다고 느꼈다. 그는 메마르고 오그라들어버린 것이 틀림없었다.

램지 집안은 부유하지 않았고, 그들이 그 모든 것을 그럭저럭 꾸려나가는 것은 놀라웠다. 여덟 명의 아이라니! 철학을 해 여덟 명의 아이들을 먹여 살리다니! 여기 그 아이들 중 하나가 나타났다. 이번에는 재스퍼였는데, 그는 새를 쏘려 한다고 무심히 말하면서 천천히 지나갔다. 아이는 지나가면서 릴리의 손을 펌프의 손잡이처럼 흔들었고, 그 때문에 뱅크스 씨는 쓰라린 마음으로, **릴리야말로** 모두가 가장 좋아하는 사람이라고 말했다. 모두 잘 자랐으며 고집 세고 무자비한 아이들인 그 "굉장한 친구들"에게 반드시 필요한 신발과 양말이 매일같이 닳고 찢어지는 것은 차치하고 이제 교육도 고려해야 했다(어쩌면 램지 부인은 자신만의 뭔가가 있을 수도 있었다). 누가 누구인지, 또는 순서가 어떻게 되는지는 그로서는 도저히 알 수 없었다. 그는 개인적으로 그들을 영국의 왕들과 여왕들의 별명으로 불렀다. 사악한 여왕 캠, 무자비한 왕 제임스, 정의로운 왕 앤드루, 아름다운 여왕 프루—프루는 미모가 뛰어날 것이라고, 그는 생각했다. 그녀는 틀림없이 그럴 거라고—그리고 앤드루는 머리가 좋았다. 그가 차도를 걸어 올라가고, 릴리 브리스코가 네, 아니요, 라고 말하며 그의 논평에 대해 마무리를 하는 동안(그녀는 그들 모두를 사랑했고, 이 세상을 사랑했기 때문에) 그는 램지의 경우에 대해 저울질을 했고, 그를 동정하면서도 부러워했다. 마치 램지가 젊었을 때 그를 장식했던 고립과 근엄함의 영광들을 모두 벗어버리고, 퍼덕이는 날개들과 꼬꼬댁 소리를 내는 가정사에 완전히 묶인 것을 본 것만 같았다. 아이들은 램지에게 뭔가를 주었다—윌리엄 뱅크스는 그것을 인정했다. 캠이 그의 외투 속에 꽃한 송이를 꽂아주거나, 아버지의 어깨 너머로 그러는 것처럼 그의 어깨에 기어올라, 폭발하고 있는 베수비오 화산의 그림을 본다면 즐거웠을 것이다. 하지만 그의 오랜 친구들은 아이들이 뭔가를 파괴했다고 느끼지 않을 수 없었다. 낯선 사람이라면 지금 어떻게 생각할까? 이 릴리 브리스코는 어떻게 생각할 것인가? 점차 그의 습관들이 늘어가고 있다는 것을 알아채지 않을 도리가 있을까? 어쩌면 괴팍함과 유약함? 그만한 지력을 소유한 그가 그토록 낮게 굽힐 수 있다는 것—하지만 그것은 지나치게 가혹한 표현이었다—은, 그리고 사람들의 칭찬에 그토록 많이 의존할 수 있다는 것은 놀라웠다.

"오, 하지만" 하고 릴리가 말했다. "그의 작품에 대해 생각해봐요!"

"그의 작품에 대해 생각"할 때마다 그녀는 항상 그녀 앞에 커다란 부엌 식탁을 선명하게 떠올렸다. 앤드루가 식탁 앞에서 뭔가를 하고 있었다. 그녀는 앤드루에게 그의 아버지의 책들이 무엇에 관한 것인지 물었다. "주체와 객체 그리고 실재성의 본질"이라고 앤드루는 말했다. 그리고 그녀가 그것이 무엇을 의미하는지 전혀 모르겠다고 하자, 그는 "그러면 그곳에 있지 않을 때 부엌 식탁에 대해 생각해봐요" 하고 말했다.

그래서 그녀는 램지 씨의 작품에 대해 생각할 때면 깨끗하게 문질러 닦은 부엌 식탁을 항상 떠올렸다. 지금 그것은 배나무 가지들이 갈라진 사이에 끼어 있었다. 그들이 과수원에 도착한 뒤였기 때문이다. 그녀는 힘겨운 집중력을 발휘해, 배나무의 은색 돌기가 있는 껍질이나 물고기 모양의 잎사귀들이 아니라, 나뭇결과 옹이가 있는, 문질러 닦은 판자 탁자인 유령 같은 부엌 식탁에 마음의 초점을 맞췄다. 그것의 미덕은 네 개의 다리를 공중에 치켜든 채 그곳에 처박혀, 수년간 강건한 온전성에 의해 노출된 채로 놓여 있었던 것처럼 보였다. 당연한 일이지만, 각이 진 형태의 본질들을 이렇게 보며, 즉 불그스름한 오렌지색 구름들이 있는, 푸른색과 은색의 사랑스러운 저녁들이 다리가 네 개 달린, 전나무 재목의 하얀 식탁으로 환원되는 것을 이렇게 보며 날들을 보내는 사람을 (그리고 그렇게 하는 것은 가장 훌륭한 정신의 표시였다) 보통 사람처럼 판단할 수는 없었다.

뱅크스 씨는 "그의 작품에 대해 생각해"보라고 해 그녀가 좋았다. 그는 자주 그것에 대해서 생각했었다. 수도 없이 그는 "램지는 마흔 전에 최상의 작업을 하는 사람들 가운데 하나요"라고 말했었다. 그는 불과 스물다섯 살에 작은 책 한 권으로 철학에 확실한 기여를 했다. 그 후 나온 것들은 다소간 확장과 반복이었다. 하지만 그것이 무엇이든 뭔가에 확실한 기여를 하는 사람의 숫자는 대단히 적다고, 그는 배나무 옆에서 걸음을 멈추며 말했다. 그는 옷에 솔질을 잘한 상태였고, 꼼꼼하고 정확했으며, 더할 나위 없이 분석적이었다. 갑자기 마치 그의 손의 움직임이 그것을 해방한 것처럼, 그에 관한 그녀의 축적된 인상들의 무거운 짐이 기울여져 속이 비워졌고, 그녀가 그에 대해 느낀 모든 것이 육중한 산사태 속에서 아래로 쏟아졌다. 그것은 하나의 감각이었다. 그런 다음 연기 속에서 그의 존재의 정수가 솟아올랐다. 그것은 또 다른 감각이었다. 그녀는 자신의 강렬한 지각에 꼼짝 못 하게 된 것을 느꼈다. 그것은 그의 엄격함과 선량함 때문이었다. 나는 모든 점에서 당신을 존경해요(그녀는 조용히 그에게 말했다). 당신은 허영심이 없으며, 완전히 객관적이고, 램지 씨보다 훌륭해요. 당신은 내가 아는 인간 가운데서 가장 훌륭해요.

당신은 아내도 자식도 없고(성적 감정 없이 그녀는 그 고독을 아껴주고 싶었다), 과학을 위해 살고 있어요(그녀가 모르는 사이에 감자 조각들이 눈앞에 떠올랐다). 당신에게 칭찬은 모욕이죠. 관대하고, 마음이 순수하고, 영웅적인 사람! 하지만 동시에 그녀는 그가 어떻게 하인을 이곳까지 데리고 왔는지를 기억했다. 또한 그가 개가 의자 위에 있는 것을 싫어하고, 채소 안에 들어 있는 염류와 영국 요리사들의 사악함에 관해 (램지 씨가 문을 쾅 닫고 방에서 나갈 때까지) 여러 시간 동안 지루하게 말을 늘어놓은 것도 기억했다.

그렇다면 이 모든 것은 어떻게 이루어지는 것인가? 어떻게 사람들을 판단하고 생각하는 것인가? 어떻게 이런저런 것을 더해 자신이 호오를 느낀다고 결론을 내리는 것인가? 그리고 결국 그 단어들에는 어떤 의미가 첨부되어 있는 것인가? 이제 꼼짝 못하게 된 것처럼 배나무 옆에 서 있는 그녀에게 그 두 남자의 인상이 쏟아져 들어왔고, 그녀의 생각을 따라가는 것은 연필로 받아 적기에는 너무도 빠르게 말하는 목소리를 따라가는 것과 같았으며, 그 목소리는 무대 뒤에서 대사를 일러주지 않는 상태에서 부인할 수 없고, 영원하며, 모순적인 것들을 말하는 그녀 자신의 목소리였기에, 심지어는 배나무 껍질의 갈라진 틈이나 혹마저도 영원히 돌이킬 수 없게 거기에 고정되어버렸다. 당신에게는 위대함이 있지만 램지 씨는 그것이 전혀 없어요, 하고 그녀는 계속했다. 그는 시시하고, 이기적이고, 허영심이 있으며, 자기중심적이에요. 그는 버릇이 없고, 폭군이며, 램지 부인을 죽도록 지치게 만들어요. 하지만 그에게는 당신에게 없는 것이 있는데(그녀는 뱅크스 씨를 향해 말했다), 그것은 맹렬한 초연함이죠. 그는 자질구레한 것들에 대해서는 아무것도 몰라요. 그는 개와 아이들을 사랑해요. 그에게는 아이가 여덟 있지만 당신에게는 한 명도 없어요. 며칠 전 밤에 그가 외투를 두 벌이나 껴입고 내려와 램지 부인한테 푸딩 그릇 모양으로 머리를 다듬어달라고 하지 않았나요? 이 모든 것이 각다귀 떼처럼 무리를 지으면서도 하나하나가 따로따로, 하지만 모두가 보이지 않는 탄성 망 속에서 놀랍게 통제되며, 릴리의 마음속에서, 램지 씨의 정신에 대한 그녀의 심오한 존경의 상징인, 박박 문질러 닦은 부엌 식탁 형상이 아직도 걸려 있는 배나무의 가지들 안과 주위에서 아래위로 춤을 추었다. 결국 점점 더 빨리 회전하던 그녀의 생각은 그 자체의 강렬함에 폭발했고, 그녀는 해방된 느낌을 받았다. 바로 가까이에서 탄환 한 발이 발사되었고, 그것의 조각들에서 겁에 질린 채 분출하는 듯하며 소란스러운 한 떼의 찌르레기가 날아올랐다.

"재스퍼!" 뱅크스 씨가 말했다. 그들은 찌르레기들이 날아가는 테라스 너머로 몸을 돌렸다. 하늘에서 재빠르게 날아가는 새들이 흩어지는 모습을 좇으며 그들은 높다란 울타리 사이 틈을 지나 곧장 램지 씨에게로 갔다. 그는 그들에게 "누군가가 큰 실수를 범했다!"라고 비극적으로 소리쳤다.

감정으로 이글거리고, 비극적 강렬함으로 오만한 그의 눈은 한순간 그들의 눈과 마주쳤고, 그들을 알아보기 직전의 순간에 떨렸다. 하지만 다음 순간, 그는 마치 앵돌아진 수치심의 고뇌 속에서 그들의 정상적인 시선을 외면하고 떨쳐버릴 것처럼, 마치 그가 불가피한 것으로 알고 있는 것을 그들이 한순간만이라도 보류해주기를 사정하는 것처럼, 그리고 마치 방해받은 것에 대한 어린애 같은 자신의 분통을 그들의 마음속에 심어주기라도 하는 것처럼, 그렇지만 심지어는 발견의 순간에도 완전히 패배를 당할 수는 없고, 이 감미로운 감정의 뭔가에, 그가 부끄러워하기는 하지만 즐기는 그 감정의 이 불순한 환희에 단단히 매달릴 결심을 한 것처럼 손을 얼굴로 반쯤 치켜들더니 갑자기 몸을 돌리고는 그들 앞에서 자신만의 세계의 문을 닫아버렸다. 릴리 브리스코와 뱅크스 씨는 불편하게 하늘을 올려다보면서 재스퍼가 그의 총으로 달아나게 했던 찌르레기의 무리가 느릅나무 꼭대기에 자리 잡고 있는 것을 보았다.

5

"그리고 설사 내일 날씨가 나쁘더라도" 하고 램지 부인이 눈을 들어 지나가는 윌리엄 뱅크스와 릴리 브리스코를 흘끗 보면서 말했다. 그녀는 "다른 날에는 좋을 거야. 그리고 이제" 하고 말하며, 릴리의 매력은 희고 주름진 작은 얼굴에 경사지게 자리 잡은 중국인의 눈이지만 현명한 사람만이 그것을 볼 수 있을 거라고 생각했다. "이제 일어나, 다리 길이를 재보게." 결국 그들은 등대에 가게 될 테고, 그녀는 양말의 다리 부분을 3~5센티미터 더 길게 할 필요는 없는지 보아야 했다.

바로 이 순간에 윌리엄과 릴리가 결혼해야 한다는 훌륭한 생각이 번쩍하고 떠올랐기 때문에 그녀는 미소를 지으면서 입구 부분에 쇠바늘들이 얼기설기 얽혀 있는 혼색 모직 양말을 집어들어 제임스의 다리에 대고 재보았다.

"애야, 꼼짝 말고 서 있어." 그녀가 말했다. 등대지기 아들을 위해 잣대 노릇을 하는 것이 싫은 제임스가 질투심에 일부러 몸을 뒤척였기 때문이다. 그렇게 하면 양말이 긴지 짧은지 어떻게 알겠느냐고 그녀가 그에게 물었다.

그녀는 고개를 들어 —귀염둥이 막내에게 무슨 악마가 씐 것일까?— 방과 의자들을 보며 그것들이 지독하게 남루하다고 생각했다. 앤드루가 일전에 말한 것처럼 의자들의 내장이 사방 바닥에 널려 있었다. 하지만 좋은 의자들을 사 겨울 내내 이곳에서 전부 망가뜨리는 게 무슨 소용인가, 하고 그녀는 생각했다. 돌보는 이라고는 노파 하나뿐인 이 집은 분명히 축축할 텐데? 신경 쓰지 말자. 집세는 정확히 2펜스 하고 반 페니였고, 아이들은 이 집을 좋아했다. 그리고 서재와 강의와 제자들로부터 4800킬로미터, 아니 정확하게 말하면 480킬로미터 떨어져 있는 것은 남편에게 좋은 일이었다. 게다가 손님방도 있었다. 깔개와 야외용 침대들, 런던에서 수명이 다한 의자와 탁자의 미친 유령들이 여기서는 충분히 훌륭한 일을 했다. 그리고 한두 장의 사진과 책들도 있었다. 그녀는 책들이 자가증식을 한다고 생각했다. 그녀는 그것들을 읽을 시간이 전혀 없었다. 안타까운 일이었다! 심지어는 시인이 직접 서명하여 그녀에게 준 책들도 있었다. "그녀의 소망이 이루어지기를……" "우리 시대의 좀 더 행복한 헬레네에게……" 말하기 창피하지만 그녀는 그 책들을 한 번도 읽은 적이 없었다. 정신에 관한 크룸의 연구서와 폴리네시아의 야만적 관습에 관한 베이츠의 연구서("얘야, 꼼짝 말고 서 있어." 그녀는 말했다)—그 두 권 모두 등대에 보낼 수는 없었다. 어떤 순간에는 집이 너무 허름해졌으니 어떻게든 해야 할 거라고 그녀는 생각했다. 아이들이 들어올 때 발을 닦아 모래를 묻히고 들어오지 않게 가르치기만 해도 어느 정도 달라질 것이었다. 그녀는 앤드루가 정말로 게를 해부하고 싶어 하면 갖고 들어오는 것을 허락해야 했고, 재스퍼가 해초로 수프를 만들 수 있다고 믿는다면 그것을 막을 수는 없었다. 로즈는 조개껍데기와 갈대와 돌들을 갖고 왔다. 아이들 모두는 아주 다른 방식으로 재능이 있었으니까. 그녀는 제임스의 다리에다 양말을 대보면서, 바닥에서 천장까지 방 안 전체를 바라보며, 그 결과로 여름이 반복될 때마다 모든 것이 점점 더 남루해진다고 한숨을 지었다. 깔개는 빛이 바래가고 있었고, 벽지는 너덜너덜해지고 있었다. 벽지에 장미 무늬가 있었다고는 더 이상 말할 수 없었다. 그렇지만 집에 달린 모든 문이 계속해서 열려 있고, 스코틀랜드 전역의 어떤 자물쇠 제조업자도 걸쇠 하나 수리할 수 없다면 물건들은 망가지게 마련이다. 그림 액자 가장자리에 초록색 캐시미어 숄을 걸쳐놓는 것이 무슨 소용이었던가? 2주만 지나면 그것은 콩 수프 색이 될 것이다. 하지만 그녀를 괴롭히는 것은 문들이었다. 모든 문이 열려 있었다. 그녀는 귀를 기울였다. 응접실 문도, 현관문도 열려 있었고, 침실의 문들도 열려 있는 것처럼 들렸다. 층계참의 창문도 열려 있는 게 분명했는데, 그녀 자신이 열어놓았기 때문이다. 창문은 열려 있어야 하고 문은 닫혀 있어야 한다는 사실은 간단한 것인데도 아무도 기억하지 못한단 말인가? 그녀는 밤에 하녀들의 침실들에 들어가, 스위스 소녀 마리*의 방을 제외한 방들의 창문이 오븐처럼 꽉 닫힌 것을 보곤 했다. 마리는 목욕을 안 할지언정 신선한 공기 없이는 자지 못했는데, 고향의 "산들은 너무도 아름다워요"라고 말했었다. 그녀는 지난밤 눈물을 글썽이며 창밖을 내다보면서 "산들은 너무도 아름다워요"라고 말했다. 램지 부인은 그녀의 아버지가 그곳에서 죽어가고 있는 것을 알고 있었다. 그는 아이들을 아버지가 없는 자식들로 만들 것이었다. 그 소녀가 그렇게 말했을 때, 야단도 치고 시범(프랑스 여자의 손처럼 접혔다가 펴지는 손으로 침대를 정리하는 법과 창문을 여는 법)도 보이던 부인 주위의 모든 것이, 마치 햇빛을 뚫고 비상한 새의 날개가 조용히 접히고 깃털의 파란색이 밝은 강철색에서 부드러운 보라색으로 바뀌듯, 조용히 접혔다. 그녀는 할 말이 없었기 때문에 말없이 거기에 서 있었다. 그는 후두암이었다. 기억을 떠올리며, 자신이 거기에 어떻게 서 있었는지와, 그 소녀가 어떻게 "고향의 산들은 너무도 아름다워요"라고 말했는지를, 그리고 거기에는 그 어떤 희망도 없다는 사실을 떠올리며 그녀는 심하게 짜증이 나 제임스에게 날카롭게 말했다.

---

*   나중에 '마르트'라고 불린다.

"꼼짝 말고 서 있어. 성가시게 굴지 마." 그래서 그는 그 즉시 그녀의 엄격함이 진짜라는 것을 알고는 다리를 폈고, 그녀는 길이를 쟀다.

양말은 적어도 1센티미터 넘게 짧았고, 솔리의 어린 아들이 제임스만큼 잘 자라지 못했을 거라는 사실을 감안해도 짧았다.

"너무 짧아." 그녀가 말했다. "너무 많이 짧아."

누구도 그렇게 슬퍼 보인 적이 없었다. 중간쯤 내려간 어둠 속에, 햇빛에서 심연에 이르기까지 뻗쳐 있는 수갱 속에 어쩌면 쓰라리고 검은 눈물 한 방울이 맺혀 떨어졌는지도 모른다. 이리저리 흔들리던 바닥의 물이 그 눈물을 받고, 잔잔해졌다. 누구도 그렇게 슬퍼 보인 적이 없었다.

하지만 그것은 표정에 지나지 않은 것인가, 하고 사람들은 말했다. 그 뒤에는 무엇이 있는가—그녀의 아름다움과 광채 뒤에는? 소문에 들리는 대로 그녀의 옛 애인이 머리를 날려버려, 그들이 결혼하기 전 주에 죽었다던가, 하고 사람들은 물었다. 아니면 아무것도 없는가? 그것은 비길 데 없는 아름다움일 뿐이며, 그녀는 그 뒤에서 살아왔고, 아무것도 그것을 침해할 수 없는 것인가? 커다란 열정과 실패한 사랑과 좌절된 야망에 대한 화제가 떠오를 때 자신 역시 그것을 어떻게 알았고 느꼈으며 겪었는지를 쉽게 터놓을 수도 있었지만 그녀는 결코 말을 하지 않았다.

그녀는 늘 침묵했다. 그럼에도 알고 있었다—그녀는 배우지 않고도 알았다. 그녀의 단순함은 똑똑한 사람들이 왜곡하는 것을 헤아렸다. 외골수인 그녀의 마음은 그녀를 돌처럼 수직으로 떨어져 새처럼 정확하게 내려앉게 해서, 당연한 일이지만 즐거움을 선사하고, 마음을 편안하게 해주고, 그녀를 지탱해주는 진리 위로 그녀의 정신이 그렇게—어쩌면 거짓되게—급강하해 떨어질 수 있게 해주었다.

("조물주에게는 그런 흙이 거의 없지요." 한번은 뱅크스 씨가 전화로 그녀의 목소리를 들으며, 그 목소리에 무척 감동해서 말했다. 단지 그녀는 열차에 관한 어떤 사실을 그에게 말하고 있었을 뿐이었는데도. "조물주가 당신을 빚은 그런 흙 말입니다." 그는 전화선 끝에 있는 그녀를 눈이 파랗고 코가 곧은 그리스인으로 여겼다. 그런 여성에게 전화를 하고 있다니, 무척 어울리지 않았다. 세 명의 미의 여신들이 모여 아스포델*의 초원에서 손 모아 그 얼굴을 만든 것 같았다. 그렇다, 그는 유스턴 역에서 10시 30분 기차를 탈 것이었다.

"하지만 그녀는 아이만큼이나 자신의 아름다움에 대해 모르고 있어"라고 말하며 뱅크스 씨는 수화기를 내려놓고 방을 가로

---

* 그리스 신화에 등장하는 불사의 꽃으로, 수선화의 일종.

질러 가 일꾼들이 그의 집 뒤에 짓고 있는 호텔이 얼마나 진척되었는지를 보았다. 그리고 미완성된 벽들 사이에서 일어나는 야단법석을 바라보면서 램지 부인에 대해 생각했다. 그는 늘 그녀 얼굴의 조화 속에 어울리지 않는 뭔가가 들어가 있다고 생각했던 것이다. 그녀는 머리 위에 사슴 사냥꾼 모자를 획 썼고, 방수용 덧신을 신은 채로 장난치는 아이를 잡으러 잔디밭을 가로질러 달려갔다. 그래서 그녀의 아름다움에 대해서만 생각할 경우에는 전율하는 것과 살아 있는 것을 떠올리고(그가 보는 동안 일꾼들은 작은 판자 위로 벽돌을 나르고 있었다), 그림 속에 그것을 집어넣어야 한다. 혹은 그녀를 단순히 한 여자로 생각할 경우에는 그녀의 괴팍한 특성을 그녀에게 부여해야 한다. 아니면, 마치 그녀의 아름다움과 남자들이 아름다움에 관해서 하는 모든 말들이 그녀를 지겹게 하며, 그녀는 단지 다른 평범한 사람들과 마찬가지이기를 바라기라도 하는 것처럼 형식에 대한 충실함을 버리려는 어떤 숨겨진 욕망을 가정해야 한다. 그는 알지 못했다. 그는 알지 못했다. 그는 자신의 일로 돌아가야 한다.)

금박 액자와, 그 액자의 가장자리에 그녀가 던져놓은 초록색 숄과, 진짜처럼 모사된 미켈란젤로의 걸작을 배경으로 머리의 윤곽이 우스꽝스럽게 드러난 채로, 불그스름한 갈색 털양말을 짜면서 램지 부인은 바로 전에 거칠었던 태도를 부드럽게 하며 제임스의 머리를 치켜들고 아이의 이마에 입을 맞췄다. "오려낼 사진을 하나 더 찾아보자." 그녀는 말했다.

6

하지만 무슨 일이 일어난 것인가?

누군가가 큰 실수를 범했다.

골똘히 생각에 잠겼다가, 그녀는 오랫동안 마음속으로 무의미하게 여겼던 단어들에 의미를 부여했다. "누군가가 큰 실수를 범했다" — 이제 자신에게 다가오는 남편에게 근시인 눈을 고정하면서 그녀는 그를 쭉 응시했고, 마침내 가까이 다가온 그의 모습은 (그 시구가 그녀의 머릿속에서 저절로 짝지어졌다) 무슨 일인가가 일어났고, 누군가가 큰 실수를 범했다는 것을 드러냈다. 하지만 아무리 해도 그것이 무엇인지 생각해낼 수가 없었다.

그는 벌벌 떨고, 몸서리치고 있었다. 부하들을 진두지휘하며 번개처럼 무시무시하게, 매처럼 사납게 죽음의 골짜기를 말달려 지나가던 그 자신의 광휘에 대한 모든 허영과 만족감이 망가지고 파괴된 상태였다. 총탄과 포탄의 세례를 받으며, 우리는 대담하게 말을 달려, 죽음의 골짜기를 번개같이 지나, 일제 사격을 가

하고, 우레와 같은 소리를 지르며—그는 릴리 브리스코와 윌리엄 뱅크스에게 곧장 갔다. 그는 몸서리치고, 벌벌 떨고 있었다.

마치 스스로를 감싸고, 그 안에서 균형을 되찾을 수 있는 은밀함이 필요한 것처럼 시선을 딴 데로 돌리고, 기이하게 자신을 회복하는 그 친숙한 징후들을 통해 그가 몹시 화가 났으며 괴로워하고 있다는 것을 깨달은 그녀는 결코 그에게 말을 걸고 싶지 않았다. 그녀는 제임스의 머리를 어루만졌고, 자신이 남편에 대해 느낀 것을 아이에게 전했다. 그녀는 제임스가 육해군 백화점 카탈로그에 있는, 어떤 신사의 하얀 와이셔츠를 분필로 노랗게 칠하는 것을 지켜보면서 그가 훌륭한 화가가 된다면 무척 기쁠 거라고 생각했다. 그렇게 되지 말라는 법이 있는가? 아이는 멋진 이마를 갖고 있었다. 그 순간 그녀는 남편이 다시 한번 그녀 옆을 지나갈 때 고개를 들며, 폐허가 베일에 가려지고, 가정생활이 승리한 것을 보고 안심을 했다. 관습이 낮은 소리로 위무하는 리듬을 노래하고 있었고, 그래서 그가 다시 돌아와 일부러 창가에 멈춰 서면서 몸을 숙여 제임스의 맨장딴지를 짓궂으면서도 변덕스럽게 무슨 잔가지로 간질일 때 그녀는 그가 "그 가엾은 젊은이" 찰스 탠슬리를 보낸 것에 대해 그를 책망했다. 탠슬리는 안에 들어가 그 자신의 논문을 써야 했다고 그는 말했다.

"제임스도 언젠가는 **자신의** 논문을 써야 할 거요." 그는 잔가지를 휘두르며 얄궂게 말했다.

아버지를 증오하면서 제임스는 자신을 간질이는 가지를 떨쳐냈다. 그는 엄격함과 유머가 뒤섞인 특이한 방식으로 막내아들의 맨다리를 그 가지로 간질이고 있었다.

램지 부인은 이 귀찮은 양말을 내일 솔리의 어린 아들에게 보내기 위해 일을 마치려는 중이라고 말했다.

내일 그들이 등대에 갈 수 있는 가능성은 조금도 없다고 램지씨가 성마르게 쏘아붙였다.

그것을 어떻게 알죠, 하고 그녀는 물었다. 바람은 종종 바뀌는데.

그는 그녀가 한 말의 놀라운 비합리성과, 여자들의 마음의 어리석음에 화가 났다. 그는 죽음의 골짜기를 말달려 지나갔고, 산산이 부서졌으며, 벌벌 떨었다. 그런데 이제 그녀는 사실들에 정면으로 맞서며, 아이들이 전혀 말도 안 되는 것을 희망하게 만들었고, 결과적으로는 거짓말을 한 것이다. 그는 돌계단에 한 발을 쾅 굴렀다. "빌어먹을." 그가 말했다. 하지만 그녀가 무슨 말을 했다고? 내일 날씨가 좋을 수도 있다고 했을 뿐이다. 그럴 수도 있었다.

기압이 떨어지고 정서풍이 부는 한 날씨가 좋을 수는 없지.

다른 사람의 감정에 대해서는 놀라울 정도로 전혀 생각하지 않고 진실을 추구하는 것과, 그토록 방자하고 잔인하게 문명의 얇은 베일을 찢어버리는 것은 그녀에게는 너무도 끔찍하게 인간의 위엄을 유린하는 일이었고, 그래서 그녀는 멍해지고 앞이 안 보이는 상태에서 대답도 하지 않고, 마치 뾰족한 우박이 퍼붓거나 더러운 물이 튀겨 몸이 흠뻑 젖는 일을 잠자코 감내하려는 듯이 머리를 숙였다. 할 말이 없었다.

그는 그녀 옆에 말없이 서 있었다. 그리고 마침내 대단히 겸손하게, 그녀가 좋다면 자신이 가서 해안 경비대원들에게 물어보겠다고 말했다.

남편만큼 그녀가 존경하는 사람은 없었다.

그녀는 그 말을 그대로 받아들일 준비가 얼마든지 되었다고 했다. 날씨가 나쁘다면 단지 샌드위치만 만들지 않으면 됐다. 그거면 됐다. 그녀는 여자였고, 그래서 자연스럽게 이런저런 일로 사람들이 온종일 그녀를 찾아왔다. 사람마다 원하는 것이 달랐고, 아이들은 자라고 있었으며, 그녀는 이따금 자신이 인간의 감정들로 적셔진 스펀지에 불과하다고 느꼈다. 그런데 그가 빌어먹을, 하고 말했다. 그는 틀림없이 비가 올 것이라고 했다. 그러고는 비는 오지 않을 거라고 했다. 그러자 그 즉시 그녀 앞에 안전한 천국이 열렸다. 그녀가 그보다 더 존경하는 사람은 없었다. 그녀는 자신이 그의 신발 끈을 매줄 정도도 못 된다고 느꼈다.

이미 자신의 성마름과, 부대의 선두에서 돌격하며 보인 손동작에 부끄러워진 램지 씨는 다소 수줍어하며 아들의 맨다리를 다시 한번 콕 찔렀다. 그러고 나서는 마치 그녀에게 허락을 얻기라도 한 듯이, 물고기를 삼킨 후에 뒤뚱뒤뚱 가다가 뒤로 굴러떨어져 탱크 안에 있는 물을 이리저리 밀려가게 하는 동물원의 거대한 바다사자를 상기시키는 동작으로 저녁 대기 속으로 뛰어들었다. 이미 더 엷어진 대기는 나뭇잎과 울타리들에서 실체를 취하고 있지만, 그에 대한 보상처럼 낮에는 갖고 있지 않았던 광채를 장미와 패랭이꽃들에게 회복해주고 있었다.

"누군가가 큰 실수를 범했다." 그는 테라스를 성큼성큼 왔다 갔다 하면서 다시 말했다.

하지만 그의 어조가 얼마나 놀라울 정도로 바뀌었는지! 그것은 뻐꾸기 소리 같았다. "6월에 그는 음정이 맞지 않게 된다."* 마치 그가 일시적으로 새로운 기분에 어울리는 어떤 구절을 찾는 시도를 하고 있지만, 그 구절만 사용할 수 있어서, 금이 가긴 했어도 그것을 쓰게 된 것 같았다. 하지만 그런 식으로, 거의 어떤 질문처럼, 아무런 확신도 없이, 선율처럼 읊조린 "누군가가 큰

---

* 뻐꾸기에 관한 오래된 시를 변형한 것.

실수를 범했다"라는 말은 우스꽝스럽게 들렸다. 램지 부인은 미소를 짓지 않을 수 없었고, 아니나 다를까 그는 곧 왔다 갔다 하면서 그 구절을 콧노래로 부르다가 말더니, 조용해졌다.

그는 안전했고, 자신만의 세계로 돌아갔다. 그는 걸음을 멈추고 파이프에 불을 붙이고, 창문 안쪽에 있는 아내와 아들을 한번 쳐다보았다. 그러고는 마치 급행열차 안에서 책장에서 눈을 들어 농장 하나와 나무 한 그루와 옹기종기 모여 있는 오두막집들을 삽화처럼 바라보고는 인쇄된 책장에 있는 뭔가를 확인한 듯이 안전함과 만족감을 느끼면서 다시 책장을 볼 때처럼, 아들도 아내도 분간하지 않고 그들의 모습을 바라보니 안전함과 만족감이 느껴졌고, 이제 그의 뛰어난 정신의 에너지를 소모하고 있는 문제를 완벽하게 명확히 이해하는 데 그의 노력을 바칠 수 있었다.

그것은 뛰어난 정신이었다. 만약 인간의 사고가 무척 많은 음으로 나뉜 피아노의 건반과 같은 것이라면, 혹은 알파벳처럼 스물여섯 개의 글자로 질서 있게 배열을 이루고 있는 것이라면, 그의 뛰어난 정신은 하나씩 그 글자들을 확고하고 정확하게, 가령 Q에 도달할 때까지 훑는 데 어떤 종류의 어려움도 없었기 때문이다. 그는 Q에 도달했다. 영국을 통틀어 Q에 도달한 사람은 거의 없었다. 그는 제라늄이 들어 있는 돌 단지 옆에서 잠깐 걸음을 멈췄지만 아주아주 요원한 상태에서, 발치에서 일어나는 아주 사소한 일들에 정신이 팔려 있으며 신성하게 순수한, 조개껍데기를 줍는 아이들처럼, 그리고 그가 감지한 파멸에 대해 어떻게 해선지 완전히 무방비인 상태에서 창문 안쪽에 함께 있는 아내와 아들을 바라보았다. 그들은 그의 보호를 필요로 했고 그는 그들을 보호했다. 하지만 Q 다음에는? 그다음에는 무엇이 오는가? Q 다음에는 많은 글자가 있는데, 마지막 글자는 유한한 존재의 눈에는 거의 보이지 않지만 멀리서 붉게 반짝인다. Z는 한 세대에 단 한 사람이 단 한 번 도달한다. 그럼에도 만약 그가 R에 도달한다면 그것은 상당한 일일 것이다. 여기에 적어도 Q에 와 있었다. 그는 발뒤꿈치로 Q를 팠다. 그는 Q에 대해서 확신했다. Q를 보여줄 수도 있었다. 그런데 만약 Q가 Q라면, R는? 여기서 그는 파이프를 제라늄 단지의 손잡이를 이루고 있는 숫양의 뿔에 대고 두세 번 소리가 나게 두들겨 재를 털어내고 계속했다. "그렇다면 R는……." 그는 분발했고, 몸에 힘을 주었다.

비스킷 여섯 개와 물 한 병만 가진 채로 뙤약볕이 내리쬐는 바다에 내맡겨진 배의 선원들을 구조했을 자질들, 즉 인내심과 정의감, 선견지명, 헌신, 기술이 그를 도왔다. 그렇다면 R는, R는 무엇인가?

도마뱀의 가죽 눈꺼풀처럼 셔터가 그의 강렬한 시선 위로 깜박혔고 R라는 글자를 희미하게 만들었다. 그 암흑의 깜박임 속에서 그는 사람들이 R는 그의 한계 밖이라고—그는 낙오자였다—말하는 것을 들었다. 그는 결코 R에 도달하지 못할 것이었다. 다시 한번 R에 매달렸다. R—

극지대의 얼어붙은 고독을 가로지르는 황량한 탐험에서였다면 그를 지도자와 안내인과 상담자로 만들었을 자질들, 즉 자신만만하지도 의기소침하지도 않은 기질이 침착하게 앞일을 전망하고 직면하며 다시 그를 도왔다. R—

도마뱀 같은 눈이 다시 한번 껌벅거렸다. 이마의 혈관이 불거졌다. 단지 속의 제라늄이 놀랍도록 선명하게 눈에 띄었고, 보려하지 않았음에도 그 잎사귀들 사이로 전시된, 인간의 두 부류 사이의 오래되고 명백한 구분을 볼 수 있었다. 한편에는 초인간적 힘을 지니고, 끈기 있게 터벅터벅 꾸준히 나아가며, 스물여섯 글자로 이루어진 알파벳 전체를 순서대로 처음부터 끝까지 되풀이하는 사람들이 있었고, 다른 한편에는 천재들이 그러하듯, 기적적으로 한순간에 글자들을 모두 한 덩어리로 만드는, 재능 있고 영감을 받은 사람들이 있었다. 그는 천재성은 갖고 있지 않았으며, 천재라고 주장하지도 않았다. 하지만 정확하게 A부터 Z까지 알파벳의 모든 글자들을 순서대로 되풀이할 수 있는 능력은 갖고 있었다. 아니, 갖고 있을 수도 있었다. 그사이 그는 Q에 갔혀버렸다. 계속 R를 향해 나아가야 하는데.

이제 눈이 내리기 시작해 산꼭대기가 안개로 뒤덮이자, 아침이 오기 전에 몸을 눕히고 죽어야 한다는 사실을 아는 지도자라면 욕되지 않았을 감정들이 살며시 그에게 찾아와 그의 눈 색깔을 흐리게 만들었고, 테라스에서 몸을 돌린 불과 2분 사이에 시든 노년의 창백한 모습을 그에게 부여했다. 하지만 그는 누워서 죽지는 않을 것이다. 그는 험한 바위산을 찾아내, 그곳에서 눈은 폭풍우에 고정하고 끝까지 어둠을 꿰뚫으려 하면서 서서 죽을 것이다. 그는 결코 R에는 도달하지 못할 것이다.

그는 제라늄이 흘러넘치는 단지 옆에 꼼짝 않고 서 있었다. 그는 도대체 10억 명 가운데 몇 사람이나 Z에 도달할지 자문해보았다. 절망적인 지도자는 그렇게 자문하고, 뒤를 따르는 탐험대를 배반하지 않고 "어쩌면 한 명" 하고 대답할 것이 분명하다. 한 세대에 한 명. 그렇다면 그가 그 한 사람이 아니라고 해서 책망을 받아야 하는가? 능력이 미치는 한 최선을 다해 결국에는 더 이상 줄 것이 없을 때까지 정직하게 노력했다면? 그리고 그의 명성은 얼마나 지속될 것인가? 설사 죽어가는 영웅이라 하더라도 죽기 전에 후세 사람들이 그에 대해 어떻게 말할지 생각해보는 것은 가능하다. 그의 명성은 어쩌면 2천 년은 지속될 것이다. 그런데 2천 년이라는 것은 무엇인가? (램지 씨는 울타리를 쳐다보며 냉소적으로 물었다.) 산꼭대기에서 그 세월의 기나긴 황무지를 바라본다면? 누군가가 구둣발로 걷어차는 바로 그 돌멩이가 셰익스피어보다 더 오래갈 것이다. 그 자신의 작은 빛은 1~2년간 그다지 밝지 않게 빛나다가 좀 더 큰 빛 속으로 녹아들고, 다시 더 큰 고요 속으로 녹아들 것이다. (그는 어둠 속을, 복잡하게 얽힌 나뭇가지 속을 들여다보았다.) 그렇다면 누가 결국 세월의 황무지와 별들의 죽음을 볼 수 있을 정도로 높이 올라간 절망적인 탐험대의 지도자를 나무랄 수 있단 말인가? 그리고 죽음이 그의 사지를 움직일 수조차 없게 뻣뻣하게 만들기 전에, 수색대가 와 그가 자신의 위치에서 군인처럼 훌륭한 모습으로 죽어 있는 것을 알 수 있도록 감각이 없는 손가락들을 약간 의식적으로 이마로 가져가고, 어깨를 쫙 편다면? 램지 씨는 어깨를 펴고 단지 옆에 아주 곧은 자세로 섰다.

그가 잠시 그렇게 서서 명성과 수색대와, 그에게 감사하는 추종자들이 그의 뼈 위에 세운 돌무더기 기념비에 관해 곰곰이 생각한다고 한들 누가 그를 탓하겠는가? 마지막으로, 만약 극한까지 탐험을 하고, 마지막 힘까지 다 쏟은 후 다시 깨어날지 아닐지에 대해 별로 상관치 않고 잠이 들었던 그가 이제 발가락이 따끔거려 `자신이 살아 있다는 것을 지각하고, 삶에 대체로 반대하지는 않지만, 연민과 위스키와, 자신의 고난의 이야기를 들려줄 사람을 한꺼번에 요구한다 하더라도 불운한 탐험대의 지도자인 그를 누가 탓할 것인가? 누가 그를 탓할 것인가? 그 영웅이 갑옷을 벗고, 창가에서 걸음을 멈추고, 처음에는 아주 멀리 있다가 점점 가까이 와 결국에는 입술과 책과 머리가 그의 앞에 분명하게 나타나는—비록 여전히 사랑스러우면서도 그의 고립의 강렬함과 세월의 황무지와 별들의 죽음과는 동떨어진—아내와 아들을 응시하다가 마침내 그가 주머니에 파이프를 넣고 그의 멋진 머리를 그녀 앞으로 숙일 때 누가 은밀히 기뻐하지 않을 것인가? 그가 세상의 아름다움에 경의를 표한다 해도 누가 그를 탓할 것인가?

7

하지만 그의 아들은 그를 미워했다. 그는 아버지가 그들에게 다가와 걸음을 멈추고 그들을 내려다보았기 때문에 그를 미워했다. 그는 아버지가 그들을 방해했기 때문에 그를 미워했고, 아버지의 몸짓이 고양되어 있고 고상했기 때문에 그를 미워했다. 그리고 아버지의 머리가 멋져 보였기 때문에 그를 미워했고, 아버지의 엄격함과 자기중심주의를 미워했다(아버지는 거기 서서 자신에게 주의를 기울일 것을 그들에게 명령하고 있었기 때문이다). 하지만 무엇보다도 그는 그들 주위에서 진동하며 어머니와 그의 관계의 완벽한 단순함과 양식(良識)을 방해하는, 아버지의 감정의 울림과 떨림을 미워했다. 그는 책장에 시선을 고정하면서 아버지가 계속해서 지나가게 할 수 있기를 바랐으며, 한 단어를 손가락으로 가리키면서 어머니의 주의를 되돌릴 수 있기를 바랐다. 아버지가 걸음을 멈춘 즉시 흔들리는 것을 알아차리고 화가 났던 것이다. 하지만 가능하지 않았다. 아무것도 램지 씨를 계속해서 지나가게 할 수 없었을 것이다. 그는 연민을 요구하면서 거기에 서 있었다.

팔로 아들을 감싸 안고 느슨히 앉아 있던 램지 부인은 긴장을 하고, 몸을 반쯤 돌리면서 힘겹게 자신을 일으키는 것 같았다. 그리고 그 즉시 공중으로 에너지의 비를, 물보라의 기둥을 똑바로 쏟아붓는 것 같았다. 그와 동시에 그녀는 마치 그녀의 모든 에너지가 힘으로 녹아들어 활활 타고 빛을 발하는 것처럼 생기 있고 살아 있는 것처럼 보였다(비록 조용히 앉아서 양말을 다시 집어 들고 있었지만). 그리고 이 감미로운 비옥함과 생명의 샘과 물보라 속으로 남성의 치명적인 불모성이 메마르고 헐벗은 놋쇠 부리와도 같이 돌진해 들어갔다. 램지 씨는 연민을 원했다. 그는 자신이 낙오자라고 말했다. 램지 부인은 바늘을 번쩍였다.

램지 씨는 그녀의 얼굴에서 시선을 떼지 않은 채 자신은 낙오자라고 되풀이해서 말했다. 그녀는 그에게 반박했다. "찰스 탠슬리는……." 그녀는 말했다. 하지만 그는 그 이상을 가져야만 한다. 그는 무엇보다도 자신의 천재성에 대해 확신하고, 삶이라는 원 안에 받아들여져 온기를 느끼고 위안을 받고, 자신의 감각을 되찾아 그의 불모성이 비옥해지고, 집 안의 모든 방이 삶으로 가득 차도록 연민을 원했다―응접실, 응접실 뒤에 있는 부엌, 부엌 위에 있는 침실들, 그리고 그 너머에 있는 육아실들, 그곳들은 필요한 것들이 갖춰지고, 삶으로 가득 차야만 한다.

찰스 탠슬리는 그를 당대의 가장 위대한 형이상학자라고 생각한다고 그녀는 말했다. 하지만 그는 그 이상을 가져야만 한다. 그는 연민을 받아야만 한다. 그는 자신도 삶의 한가운데에서 산다는 확신을 가져야만 하고, 단지 이곳뿐만 아니라 온 세상에 필요하다는 확신을 가져야만 한다. 확신에 차 몸을 꼿꼿이 세운 채로 바늘을 번쩍이면서 그녀는 응접실과 부엌을 창조했고, 그곳들을 작열하게 했으며, 그에게 거기서 편하게 안팎을 들락거리면서 즐기라고 명령했다. 그녀는 웃었고, 뜨개질을 했다. 그녀의 무릎 사이에 아주 뻣뻣하게 선 채로 제임스는 그녀의 모든 힘이 타올라, 연민을 요구하며 되풀이해서 사정없이 내리치는 남성의 척박한 언월도인 놋쇠 부리에 의해 흡수되고 꺼지고 있다고 느꼈다.

그는 자신은 낙오자라고 되풀이해서 말했다. 그렇다면 보고, 느껴봐요. 바늘을 번쩍이며, 주위를, 창밖과 방 안과 제임스를 훑어보면서 그녀는 그것이 사실이라고, 즉 집 안은 충만하고, 정원에는 꽃들이 만발해 있다고, 추호의 의심도 없이, 자신의 미소와 평정과 유능함으로 (마치 등불을 들고 캄캄한 방을 가로질러 가는 유모가 까다로운 아이에게 확신을 주듯이) 그에게 확신을 주었다. 만약 그가 그녀에게 맹목적인 믿음을 부여한다면 그 무엇도 그를 다치게 하지 않을 것이다. 그가 아무리 깊이 스스로를 파묻거나 높이 올라간다 하더라도 그는 그녀가 늘 자신과 함께 있는 것을 발견할 것이다. 감싸고 보호하는 능력을 너무도 뽐내느라 그녀가 스스로를 인식할 수 있는 그녀 자신의 껍데기는 거의 남아 있지 않았다. 모든 것이 너무도 낭비되고 소모되었다. 그리고 그녀의 무릎 사이에 뻣뻣하게 서 있던 제임스는 나뭇잎들과 춤을 추는 가지들과 함께 놓인, 장밋빛 꽃이 핀 과일나무 안에서 그녀가 일어나는 것을 느꼈다. 그런데 그 속으로 놋쇠 부리가, 자기중심적인 인간인 아버지의 척박한 언월도가 연민을 요구하며 돌진해 들어가 세차게 때렸다.

그녀의 말들로 가득 채워진 그는 만족해 잠이 드는 아이처럼 회복되고 새로워져, 마침내 그녀를 겸허한, 감사하는 마음으로 바라보면서 한 바퀴 돌겠다고, 아이들이 크리켓 게임을 하는 것을 지켜보겠다고 말했고, 가버렸다.

그 즉시 램지 부인은 마치 꽃잎을 하나씩 접는 것처럼 스스로를 접는 것처럼 보였고, 몸 전체가 지쳐 쓰러졌다. 그래서 그녀는 손가락을 움직일 만큼의 힘밖에는 없어, 힘의 고갈에 섬세하게 스스로를 맡기며 그림 형제의 동화책 위로 손가락을 움직였다. 그사이 최대의 폭으로 확장되어 이제 살며시 고동치기를 중단하는 샘물의 맥박처럼 성공적인 창조의 환희가 그녀 내부를 고동치며 지나갔다.

그가 걸어가버리는 동안 이 맥박의 고동 하나하나가 그녀와 남편을 에워싸고, 마치 하나는 높고 하나는 낮은 두 개의 다른 음이 부딪히며 그들이 결합될 때 서로에게 주는 것 같은 위안을 각자에게 주는 듯했다. 하지만 공명이 사그라지고, 다시 동화로 고개를 돌렸을 때 램지 부인은 몸이 소진된 것을 느꼈을 뿐만 아니라(그 순간은 아니었고, 그 후 그것을 늘 느꼈다), 기원이 다른 희미하게 불쾌한 감각이 신체적 피로에 가미되었다. 어부의 아내에 관한 이야기를 소리 내어 읽으면서 그 느낌이 어디서 왔는지 그녀가 정확하게 알고 있었던 것은 아니었다. 또한 그녀는 책장을 넘기면서 읽기를 멈추고, 파도가 떨어지는 소리를 둔탁하고 불길하게 들으며 어떻게 그 느낌이 이 사실로부터 오는지 깨달았을 때 자신의 불만을 말로 표현하지도 않았다. 즉, 그녀는 단 1초도 자신이 남편보다 훌륭하다고 느끼고 싶지 않았다. 게 다가 그녀는 그에게 말을 할 때 자신이 말하는 것의 진실에 대해 전적으로 확신할 수 없다는 사실을 견딜 수 없었던 것이다. 그 를 필요로 하는 대학들과 사람들, 강의, 책, 그리고 그것들이 가 장 중요한 것이라는 사실 모두에 대해 그녀는 단 한 순간도 의심 하지 않았다. 하지만 그녀를 불편하게 한 것은 그들의 관계였고, 그가 공공연하게, 모두가 볼 수 있게, 그런 식으로 그녀에게 오 는 것이었다. 그래서 사람들은, 그들 둘 중에서 그가 무한히 더 중요한 존재이며 그가 세상에 주는 것에 비하면 그녀가 세상에 주는 것은 무시해도 좋은 것이라는 사실을 알아야 하는데도, 그 가 그녀에게 의존하고 있다고 말했다. 하지만 겁이 나, 예를 들 어 온실 지붕을 수리하는 데 들 50파운드쯤 되는 비용에 관해 그에게 사실을 말하지 못하는 것은 다른 일이기도 했다. 그의 마 지막 책이 최고의 책은 아니라고 (그녀는 그것을 윌리엄 뱅크스 의 말을 통해 이해했다) 그가 짐작할지도 몰라 ― 그녀는 약간 그렇게 의심하고 있었다 ― 그의 책에 대해 진실을 말하지 못하 는 것도, 자질구레한 일상사를 숨기는 것과 아이들이 그것을 보 는 것, 그리고 그것으로 인해 그들에게 짐이 지워진 것도 마찬가 지였다. 이 모든 것이 함께 소리를 내는 두 개의 음의 전적인 기뺨, 순수한 기쁨을 감소시켰고, 이제 그 소리는 침울하게 저하되며 그녀의 귀에서 사라져갔다.

책장에 그림자 하나가 드리웠고, 그녀는 고개를 들었다. 정확하게 그때, 인간관계의 부적절함을, 즉 가장 완벽한 관계에도 결함이 있음을 상기하는 것이 고통스럽고, 남편을 사랑하면서도 진실에 대한 자신의 본능 때문에 겪게 된 시험을 견딜 수 없었던 바로 그 순간에 어거스터스 카마이클이 발을 끌면서 지나가고 있었다. 그 순간 그녀는 자신의 무가치함을 선고받는 것이 고통스러웠고, 이 거짓말들과 이 과장들에 의해 자신의 고유한 기능이 방해받고 있었다. 그녀가 감정이 고양된 결과 수치스럽게도 초조해하고 있던 바로 그 순간, 카마이클 씨가 노란 슬리퍼를 신고 발을 끌며 지나가고 있었고, 그래서 그가 지나갈 때 그녀 안의 어떤 악마로 인해 그녀는 다음과 같이 소리치지 않을 수 없었다.

"카마이클 씨, 안으로 들어가는 건가요?"

8

그는 아무 말도 하지 않았다. 그는 아편을 복용했다. 아이들은 그가 턱수염에 노란 아편을 묻혔다고 했다. 사실일 수도 있었다. 그녀에게 분명한 것은 그 불쌍한 남자가 불행했고, 일종의 도피 행각으로 해마다 그들에게 온다는 사실이었다. 하지만 매해 그녀는 같은 것을 느꼈다. 그가 그녀를 믿지 않는다고 말이다. 그녀가 "읍에 가는데 우표나 종이나 담배를 사다 줄까요?" 하고 말하면, 그가 움츠러드는 것을 느꼈다. 그는 그녀를 믿지 않았다. 그것은 그의 아내의 행실 때문이었다. 램지 부인은 그의 아내가 그에게 사악하게 굴었던 것을 기억했다. 세인트존스우드에 있는 그 끔찍한 작은 방에서의 일 때문에 램지 부인은 냉혹하고 확고해졌었다. 그때 그녀는 두 눈으로 직접 그 가증스러운 여자가 그를 그 집에서 쫓아내는 것을 보았다. 그는 단정치 못했고, 코트에 뭔가를 흘렸으며, 세상에서 할 일이라고는 없는 늙은이 같은 지루함을 풍기고 있었다. 그의 아내는 그를 방에서 내쫓았다. 그녀는 가증스럽게 "자, 램지 부인과 나는 잠시 얘기를 나누고 싶어요"라고 말했으며, 램지 부인은 마치 바로 그녀의 눈앞에서 일어나는 일처럼 그의 인생의 헤아릴 수 없는 비참한 면들을 볼 수 있었다. 담배를 살 돈은 있는 것인가? 그 돈을 아내에게 부탁해야 하는 것은 아닌가? 반 크라운? 18페니? 오, 램지 부인은 그의 아내가 그에게 겪게 한 작은 모욕들을 생각하면 견딜 수가 없었다. 그리고 이제 그는 항상 램지 부인을 피했다(그 여자 때문이 아니라면 왜 그러는지 그녀는 짐작할 수가 없었다). 그는 램지 부인에게 아무것도 말하지 않았다. 하지만 그녀가 무엇을 더 해줄 수 있겠는가? 그에게는 햇볕이 잘 드는 방을 내주었고, 아이들은 그에게 친절했다. 그녀는 그가 탐탁지 않다는 기색을 드러낸 적이 없었다. 그녀는 실제로 일부러 그에게 더 친절했다. 우표가 필요한가요, 담배가 필요한가요? 당신이 좋아할 것 같은 책이에요, 등등. 그리고 어쨌든—어쨌든(비록 무척 드물게 그러긴 하지만 이쯤에서 그녀 자신의 아름다움에 대한 감각이 그녀에게 찾아왔고, 그녀는 스스로도 의식하지 못하며 자세를 고쳤다)—어쨌든 그녀는 대체로 힘들이지 않고 사람들이 자신을 좋아하게 만들었다. 예컨대 조지 매닝과 월리스 씨의 경우에도 그랬다. 그들은 유명한 사람들이었지만 저녁이면 조용히 그녀에게 와, 난롯불을 쬐며 그녀와 단둘이 이야기를 했다. 그녀는 자신이 아름다움의 횃불을 지니고 있다는 것을 알 수밖에 없었다. 그녀는 어느 방에 들어가더라도 그 횃불을 똑바로 치켜들고 있었다. 그리고 어쨌든 그녀가 그것을 베일로 가려서 단조로운 몸가짐에 움츠러들지라도, 그녀의 아름다움은 분명했다. 그녀는 예찬을 받았었다. 그녀는 사랑을 받았었다. 그녀는 상을 당한 사람들이 앉아 있는 방에 들어갔었고, 그녀가 있는 곳에서 사람들은 눈물을 쏟았었다. 남녀 모두 다양한 세상사를 잊고, 그녀와 더불어 단순함이 주는 안도감을 느꼈었다. 그가 움츠러든다는 사실이 그녀에게 상처를 안겼다. 그녀의 마음을 아프게 했다. 그럼에도 그녀는 스스로가 결백하지도, 정당하지도 않았다. 그것이 남편에 대한 불만에 더해 신경 쓰이는 일이었다. 카마이클 씨가 겨드랑이에 책 한 권을 끼고, 노란 슬리퍼를 신은 채로 그녀의 물음에 고개만 까닥하며 발을 끌며 지나간 지금, 자신이 의심을 받고 있다고 느낀 감각에 대해서 말이다. 또한 무언가를 주고 도우려는 그녀의 이 모든 욕망이 허영이라는 것에도 신경이 쓰였다. 그녀 자신의 자기만족을 위해 그녀는 그렇게 본능적으로 돕고 주기를 원했다. 그래서 사람들은 그녀에 관한 이야기를 할 때 "오, 램지 부인! 친애하는 램지 부인…… 물론 램지 부인이죠!" 하고 말하고, 그녀를 필요로 하고, 그녀를 부르러 사람을 보내고, 그녀를 예찬하는 것인가? 그녀가 은밀히 원한 것은 이것이 아니었던가? 그리고 그에 따라 이 순간 그랬던 것처럼 카마이클 씨가 그녀에게서 몸을 움츠리며 어느 구석으로 멀어져 가 아크로스틱*이나 끝없이 풀고 있을 때 그녀는 본능적으로 자신이 단지 타박을 받았다고만 느끼는 대신, 자신의 어떤 일부와 인간관계의 하찮음을, 그리고 그 인간관계들이란 기껏해야 얼

---

* 각 행의 머리글자나 끝 글자를 이으면 말이 되는 유희 시 또는 글자 수수께끼.

마나 결함이 있고, 경멸스럽고, 자기본위적인지까지도 인식하게 되었다. 초라하고 지치고, 생각건대 (그녀의 뺨은 움푹했으며 머리칼은 하얬다) 이제는 그녀를 바라보는 눈들을 기쁨으로 채워주지 못하는 그녀는 어부와 그의 아내의 이야기에 정신을 집중하고, 그렇게 함으로써 예민함 덩어리인 (아이들 중 누구도 그 애만큼 예민하지 않았다) 아들 제임스의 마음을 평화롭게 해주는 것이 나았다.

"그 남자의 마음은 무거워졌습니다." 그녀는 소리 내어 읽었다. "그래서 그는 가려고 하지 않았습니다. 그는 혼잣말로 '이것은 옳지 않아'라고 했지만, 결국 갔습니다. 그리고 그가 바다에 이르렀을 때 바닷물은 더 이상 진초록색과 노란색이 아니라, 짙은 자주색과 진한 파란색이었으며, 회색으로 흐렸지만 여전히 고요했습니다. 그리고 그는 거기 서서 말했습니다ㅡ"

램지 부인은 남편이 하필 그 순간 멈추지 않았더라면 싶었다. 그는 왜 자신이 말한 대로 아이들이 크리켓 게임을 하는 것을 구경하러 가지 않은 것인가? 하지만 그는 말은 하지 않았다. 그는 바라보았고, 고개를 까닥했으며, 인정하고는 가던 길을 계속해서 갔다. 그는 여러 번 거기서 잠시 휴식을 취했고 어떤 결론을 얻기도 한, 그의 앞에 있는 울타리를 바라보면서, 아내와 아이를 바라보면서, 그의 사고의 과정들을 너무도 자주 장식하며 잎사귀들 사이에 그의 사고가 적혀 있는—마치 급하게 독서하는 도중에 메모를 휘갈겨 쓰는 종이쪽지나 되는 것처럼—붉은 제라늄이 치렁치렁 늘어져 있는 단지를 다시 바라보면서 슬그머니 지나쳐 갔다. 그는 이 모든 것을 보면서, 매년 셰익스피어의 생가를 찾는 미국인들의 숫자에 관한 〈더 타임스〉의 기사가 암시하는 추론 속으로 매끄럽게 슬그머니 미끄러져 들어갔다. 그는 만약 셰익스피어가 존재하지 않았다면 세상이 지금과 많이 달라졌을지 물었다. 문명의 진보는 위대한 인간들에게 달려 있는 것인가? 평균적인 인간의 현재의 운명이 파라오 시대보다 더 나은가? 하지만 평균적인 인간의 운명은 우리가 문명의 척도를 판단하는 기준이 아닌가, 하고 그는 자문했다. 어쩌면 그렇지 않을 수도 있을 것이다. 어쩌면 최고의 선은 노예 계급의 존재를 필요로 할 수도 있을 것이다. 지하철 승강기 운전원은 영원히 필요한 존재다. 그 생각은 그에게 불쾌했다. 그는 머리를 갑자기 쳐들었다. 그 생각을 피하기 위해 그는 예술의 지배적인 힘을 무시할 방법을 찾고 싶었다. 그는 세상이 평균적인 인간을 위해 존재하며, 예술은 단지 인간의 삶 위에 부과된 장식에 불과하다고, 그리고 예술은 인간의 삶을 표현하지 않는다고 주장하고 싶었다. 인간의 삶에는 셰익스피어도 필요하지 않다. 자신이 셰익스피어를 깎아내리고, 영원히 승강기 문 안에 서 있는 운전원을 구원하고 싶어 하는 이유는 정확히 알지 못하면서 그는 울타리에서 잎사귀 하나를 매섭게 뜯어냈다. 그는 다음 달 카디프*에서 젊은이들에게 이 모든 것을 그럴듯하게 늘어놓아야겠다는 생각을 했다. 하지만 그는 여기 테라스에서 마치 한 다발의 장미를 따기 위해 말 위에서 손을 뻗거나, 아니면 어린 시절부터 알던 시골의 오솔길과 들판을 편안하게 거닐면서 호주머니를 밤으로 가득 채우는 사람처럼 단지 산책을 하며 돌아다니고 있을 뿐이었다(그는 좀 전에 그렇게 심술이 나 뜯어냈던 잎사귀를 던져버렸다). 이쪽에 있는 모퉁이, 저쪽에 있는 계단, 들판을 가로질러 있는 저 지름길, 그 모두가 그에게는 친숙했다. 그는 저녁이면 파이프를 들고 친숙한 오솔길과 풀밭들을 오르내리고 드나들면서 생각에 잠겨 그렇게 몇 시간을 보내곤 했다. 그런데 그곳들에는 어떤 전투의 역사, 어떤 정치가의 삶, 시와 일화들, 이런저런 사상가와 병사 같은 인물들이 언제까지나 머무르고 있었다. 모두가 무척 활기차고 분명했다. 하지만 마침내는 오솔길, 들판, 풀밭, 풍성한 밤나무와 꽃이 핀 울타리를 지나, 그는 더 멀리 있는 길모퉁이에 이르렀고, 거기서 그는 항상 말에서 내려, 말을 나무에 매고는 혼자 계속 걸어갔다. 그는 잔디밭의 가장자리에 이르

* 영국 웨일스 지방의 항구도시.

러 그 아래에 있는 만을 내려다보았다.

그가 원하건 원치 않았건, 바다가 천천히 잠식하고 있는 모래톱 위로 이렇게 나와, 쓸쓸한 바닷새처럼 혼자 거기에 서 있는 것은 그의 운명이었고, 기벽이었다. 갑자기 모든 불필요한 것들을 떨쳐버리고, 움츠러들고 오므라들어 더욱 헐벗은 것처럼 보이고, 신체적으로도 더욱 여윈 것처럼 느끼면서도 정신의 강렬함은 전혀 잃은 것이 없이, 작은 바위 턱 위에 서서 인간의 무지라는 어둠, 즉 우리가 아무것도 모른다는 사실과 우리가 서 있는 땅을 바다가 잠식하고 있다는 사실을 직면하는 것은 그의 힘이었고, 재능이었다. 그것은 그의 운명이었고, 재능이었다. 하지만 말에서 내려 모든 몸짓과 겉치레와, 밤과 장미라는 모든 전리품을 내던지고 움츠러들어, 명성뿐만 아니라 그 자신의 이름까지도 잊어버린 그는 그 쓸쓸함 속에서조차 어떤 환영도 허락하지 않고, 어떤 환상에도 탐닉하지 않는 경계심을 유지했다. 그가 윌리엄 뱅크스와 (간헐적으로) 찰스 탠슬리에게서 (비굴하게) 그리고 지금 잔디밭 가장자리에 서 있는 그를 고개를 들어 바라보고 있는 아내에게서 심오한 존경과 동정과 감사의 마음을 불러일으킨 것은 바로 이러한 겉모습이었다. 그것은 마치 갈매기들이 그 위에 앉아 있고, 파도가 와서 부딪치는, 수로 바닥에 박아놓은 말뚝이 물속에서 외롭게 수로를 표시하는 임무를 맡은 것에 대해 배에 가득 탄 흥겨운 승객들에게 감사하는 느낌을 불러일으키는 것과도 비슷했다.

"하지만 여덟 아이의 아버지는 어떤 선택의 여지도 없어……."
약간 낮은 소리로 중얼거리다가 그는 갑자기 말을 중단하고, 몸을 돌려 한숨을 쉬며 시선을 들어 어린 아들에게 이야기책을 읽어주고 있는 아내의 모습을 찾으면서, 파이프에 담배를 채웠다. 그는 만약 그가 고정된 시선으로 응시할 수 있었다면 그를 뭔가로 이끌었을 수도 있는 인간의 무지와 운명, 그리고 우리가 서 있는 땅을 잠식하고 있는 바다의 광경으로부터 고개를 돌리고, 바로 지금 그의 앞에 있는 장엄한 주제에 비한다면 너무도 사소한 것들에서 위안을 느끼고서는, 마치 이 비참한 세상에서 행복해하는 것이 들키는 것이 정직한 인간에게는 가장 멸시할 만한 범죄라도 되는 것처럼 그 위안에 눈을 감고, 그것을 비난하고 싶어졌다. 대체로 그가 행복했던 것은 사실이었다. 그에게는 아내가 있었고 아이들이 있었다. 그는 6주 뒤에 카디프의 젊은이들에게 로크, 흄, 버클리 그리고 프랑스혁명의 원인들에 관한 "말도 안 되는 이야기"를 하기로 약속한 상태였다. 하지만 그 일과, 그 일 속에서 그가 느끼는 기쁨, 그가 쓴 문장과 젊음의 열정과 아내의 아름다움, 그리고 스완지, 카디프, 엑서터, 사우샘프턴, 키더민스터, 옥스퍼드, 케임브리지에서 그에게 보내온 찬사 속에서 그가 느끼는 기쁨들, 이 모두가 "말도 안 되는 것을 이야기하기"라는 표현 아래 비난받고 감추어져야만 했는데, 그것은 결국 그가 할 수도 있었던 일을 하지 않았기 때문이었다. 그것은 하나의 위장이었다. 그것은, 이것이 내가 좋아하는 것이며, 나는 이런 사람이라고 말할 수 없는, 자신만의 감정을 소유하기를 두려워하는 사람의 도피처였고, 왜 그렇게 숨길 필요가 있는지 알고 싶어 하던 윌리엄 뱅크스와 릴리 브리스코에게는 약간 한심하고 불쾌해 보였다. 그들은 왜 그가 항상 칭찬을 필요로 하는지, 사색 속에서는 그토록 용감한 사람이 삶 속에서는 왜 그렇게 소심해야 하는지, 그리고 왜 그가 이상하게도 존경할 만하면서도 동시에 비웃음을 받을 만한지 의아해했다.

가르치고 설교하는 일은 인간의 능력을 넘어선 일인지도 모른다고 릴리는 생각했다. (그녀는 자기 물건들을 챙기고 있었다.) 의기양양해지면 왠지 모르지만 크게 실패하기 마련이다. 램지 부인은 그가 부탁한 것을 너무 쉽게 들어주었다. 그러다 변하면 너무도 마음을 어지럽히게 된다고 릴리는 말했다. 그는 책을 읽다가 들어와 우리 모두가 게임을 하거나 말도 안 되는 이야기를 하고 있는 것을 보지요. 그가 사색하던 것들로부터 얼마나 큰 변화인지를 상상해보세요, 라고 그녀는 말했다.

그는 그들을 향해 다가오고 있었다. 이제 그는 꼼짝 않고 멈추어 서서 말없이 바다를 바라보았다. 그는 다시 몸을 돌린 뒤였다.

9

그래요, 하고 뱅크스 씨가 그가 가는 것을 지켜보며 말했다.
무척 딱한 일이죠. (릴리는 그가 자신을 겁먹게 한다는 식으로
말을 한 적이 있었다─그의 기분은 너무도 갑자기 바뀌었다.)
그래요, 램지가 좀 더 다른 사람들처럼 처신할 수 없는 것은 무
척 딱한 일이죠, 하고 뱅크스 씨는 말했다. (그는 릴리 브리스코
를 좋아했고, 아주 공공연하게 그녀와 램지에 대해 이야기할 수
있었으니까.) 그는 그 이유 때문에 젊은 사람들이 칼라일*을 읽
지 않는다고 말했다. 죽이 차가우면 화를 내는 무뚝뚝한 늙은 투
정꾼이 왜 우리에게 설교해야 하는가, 라는 것이 요즈음 젊은이
들이 하는 말이라는 것을 뱅크스 씨는 이해하고 있었다. 그가 생
각하듯이 칼라일이 인류의 위대한 스승 중 하나라고 여긴다면
그것은 무척 딱한 일이지요. 릴리는 학교를 졸업한 이래로 칼라
일을 읽은 적이 없다는 말을 하는 것이 부끄러웠다. 하지만 램지

---

* 　토머스 칼라일(Thomas Carlyle, 1795~1881). 영국의 평론가, 역사가.

씨가 자신의 새끼손가락이 아프면 온 세상이 끝나야 한다고 생각하기 때문에 사람들이 그를 더더욱 좋아한다는 것이 그녀의 견해였다. 그녀가 신경 쓰는 것은 **그런 것**이 아니었다. 그에게 속을 만한 사람은 아무도 없을 것이기 때문이다. 그는 자신에게 아첨하고 자신을 예찬하기를 아주 공개적으로 요구했지만 그의 잔꾀로는 아무도 속이지 못했다. 그녀는 자신이 싫어하는 것은 그의 편협함과 맹목성이라고, 그의 뒷모습을 지켜보며 말했다.

"약간 위선적이죠?" 뱅크스 씨 역시 램지 씨의 등을 바라보면서 넌지시 말했다. 그는 자신의 우정, 캠이 자신에게 꽃 한 송이를 주기를 거부한 것, 램지의 아들딸들 모두, 그리고 안락함으로 가득하지만 아내가 죽은 후로 다소 조용한 자신의 집에 대한 생각을 하고 있지 않았던가? 물론 그에게는 일이 있었다……. 그럼에도 불구하고 그는 자신이 말한 대로 램지가 "약간 위선적" 이라는 데 릴리가 동의해주기를 바랐다.

릴리 브리스코는 위아래를 쳐다보면서 붓들을 계속해서 챙겼다. 시선을 들면 거기에, 부주의하고, 아무것도 안중에 없으며, 생각이 딴 데 가 있는 상태로, 몸을 흔들면서 그들을 향해 다가오고 있는 그가—램지 씨가—있었다. 약간 위선적이라고? 그녀는 그 말을 되풀이했다. 오, 아니야—가장 성실하고, 가장 진실한 (여기 그가 와 있었다) 최고의 인간이야. 하지만 시선을 내리면서 그녀는 그가 자기 자신에게 빠져 있고, 전제적이며, 공정치 못하다고 생각했다. 그러고는 일부러 계속해서 아래를 내려다보았는데, 그것은 그렇게 함으로써만 램지 가족들과 머무르면서 침착함을 유지할 수 있었기 때문이다. 고개를 들어 그들을 보는 순간 그녀가 "사랑에 빠진 상태"라고 부르는 것이 그들을 휩쓸었다. 그들은 사랑의 눈을 통해서 보이는 세상, 즉 그 비현실적이지만 사람을 관통하고 흥분시키는 우주의 일부가 되었다. 하늘이 그들에게 달라붙었고, 새들은 그들을 통해서 노래를 불렀다. 그리고 한층 더 흥분되는 것은 우리가 하나씩 체험하는 작고 분리된 사건들로 구성된 삶이 사람을 밀어 올렸다가 단숨에 저 아래 해변으로 던지는 파도처럼 곡선을 이루며 온전한 전체가 되는 것임을 그녀 역시 느끼며, 램지 씨가 다가왔다 물러나는 것과 램지 부인이 창문 안쪽에 제임스와 앉아 있는 것과 구름이 이동하는 것과 나무가 휘어지는 것을 보았다.

뱅크스 씨는 릴리가 대답할 것이라고 기대했다. 그런데 그녀가 램지 부인도 그녀 나름대로 사람을 놀라게 하고 독단적이라는, 그런 요지의 어떤 말로 부인을 비판하려던 참에 뱅크스 씨가 환희에 빠져, 그녀는 말할 필요가 전혀 없게 됐다. 예순이 다 된 그의 나이와 청결함과 초연함, 그리고 하얀 실험복을 걸치고 있는 듯한 그의 모습을 고려해볼 때 그것은 환희 그 자체였기 때문이다. 릴리가 볼 때 램지 부인을 응시하는 그의 시선은 환희에 빠진 것이었고, 수십 명의 젊은이들의 사랑에 버금가는 것으로 느껴졌다(그런데 아마도 램지 부인은 수십 명의 젊은이들의 사랑을 자극한 적이 없었으리라). 그녀는 캔버스를 옮기는 척하면서 그것은 증류되고 여과된 사랑이라고 생각했다. 그것은 대상을 움켜잡으려는 시도를 한 적이 없는 사랑이지만, 수학자들이 기호들에 대해, 아니면 시인들이 시구절들에 대해 갖는 사랑처럼 세상에 퍼져 인간의 성취의 일부가 되어야만 하는 사랑이었다. 정말 그랬다. 뱅크스 씨가 저 여자가 왜 그를 그토록 기쁘게 하는지, 그녀가 아들에게 동화책을 읽어주는 모습이 왜 그에게 과학 문제를 해결한 것과 정확하게 같은 효과를 주는지, 그리하여 그가 그것에 대한 생각 속에 잠기고, 식물의 소화기관에 관한 절대적인 어떤 것을 증명했을 때와 마찬가지로 야만성이 순화되고, 혼돈의 지배가 완화되는 것을 느끼는지를 말할 수 있었다면 온 세상이 무슨 수를 써서라도 그 사랑을 나누어 가졌을 것이다.

그러한 환희에 ― 그것을 다른 어떤 이름으로 부를 수 있단 말인가? ― 릴리 브리스코는 하려던 말을 완전히 잊어버렸다. 램지 부인에 관한 어떤 것, 그것은 전혀 중요하지 않았다. 그것은 조용한 응시인 이 '환희' 옆에서는 빛을 잃었고, 그 점에 대해 그녀는 열렬한 감사를 느꼈다. 그 무엇도 이 숭고한 힘, 이 천상의 선

물만큼 그렇게 그녀를 위로하고, 삶의 당혹스러움을 덜어주고, 기적적으로 삶의 짐들을 치워주지 못했기 때문이다. 그리고 그 환희가 지속되는 동안은 바닥에 수평으로 누워 있는 햇빛 조각을 부술 수 없는 것처럼 누구도 그것을 방해하지 못할 것이었다.

사람들이 이와 같이 사랑하는 것은, 뱅크스 씨가 램지 부인에게 이렇게 느끼는 것은 (그녀는 생각에 잠겨 그를 흘끗 바라다보았다) 도움이 되었고, 고무적이었다. 그녀는 일부러, 하찮은 일을 하듯이, 오래된 헝겊 조각에 붓을 하나씩 닦았다. 그녀는 모든 여자들을 감싸고 있는 존경에서 피난처를 찾았고, 자신이 찬양받았다고 느꼈다. 그가 응시하게 두자. 그녀는 자신의 그림이나 슬쩍 보면 된다.

그녀는 울 수도 있었다. 그림은 형편없었고, 형편없었으며, 무한히 형편없었다! 물론 그녀는 다르게 그렸을 수도 있었다. 색채는 엷게, 희미하게 할 수도 있었고, 형태는 영묘하게 할 수도 있었다. 폰스포트는 그렇게 보았을 것이다. 하지만 그녀는 그렇게 보지 않았다. 그녀는 강철 골조 위에서 불타는 색채를, 성당 아치 위에 놓인 나비 날개의 빛을 보았던 것이다. 그 모든 것 가운데서 캔버스 위에 아무렇게나 휘갈겨놓은 몇 개의 자국만이 남아 있었다. 그것은 결코 사람들에게 보여주지 않을 것이고, 심지어는 어딘가에 걸지도 않을 것이었다. 탠슬리 씨가 그녀의 귀에 대고 "여자는 그림을 그릴 수 없어, 여자는 글을 쓸 수 없어……"라고 속삭이고 있었다.

이제 그녀는 자신이 램지 부인에 대해 하려던 말이 기억났다. 그녀는 그것을 어떻게 표현했을지 몰랐다. 하지만 그것은 비판적인 내용이었을 것이다. 그녀는 어느 날 밤 독단적인 행동에 마음이 불편했었다. 부인을 바라보는 뱅크스 씨의 시선으로 부인을 바라보며, 그녀는 그가 숭배하는 식으로는 어떤 여자도 다른 여자를 숭배할 수 없다고 생각했다. 그들은 뱅크스 씨가 그들 두 사람 위로 뻗고 있는 그늘 아래에서 피난처를 구할 수 있을 뿐이었다. 그의 광채를 따라 바라보며, 그녀는 (책 위로 고개를 숙인) 부인이 의심할 여지 없이 가장 아름다운 사람이라고 생각하면서 거기에 자신의 다른 빛줄기를 더했다. 어쩌면 가장 훌륭한 사람일 것이다. 하지만 거기에서 사람들이 보는 완벽한 형태와도 다를 것이다. 하지만 왜 다르고, 어떻게 다른 것인가, 하고 그녀는 이제 그것들 안에 아무런 생명이 없는 더미처럼 보이는 파란색과 초록색 덩어리를 팔레트에서 긁어내며 자문했다. 그럼에도 그녀는 내일이면 그 더미에 생명을 불어넣어 움직이고 흐르게 하고, 자신의 뜻대로 하겠다고 다짐했다. 부인은 어떻게 달랐는가? 만약 누군가 소파의 한쪽 구석에서 장갑 한 짝을 찾았다면, 뒤틀린 손가락 부분을 보고 그것이 틀림없이 부인의 것임을 알아차리게 했을, 그녀 내부의 정신, 그 본질적인 것은 무엇이었나? 그녀는 빠른 속력을 내는 새이자, 똑바로 날아가기 위한 화살과도 같았다. 그녀는 고집이 셌고, 명령적이었다(물론, 하고 릴리는 상기했다. 나는 여자들과 부인의 관계를 생각하고 있어, 나는 훨씬 젊고, 브롬턴가에 사는 보잘것없는 인간이니까). 그녀는 침실 창문을 열었다. 그녀는 문을 닫았다. (이렇게 그녀는 머릿속으로 램지 부인의 장단을 시작해보려 했다.) 밤늦게 도착해, 침실 문을 가볍게 한 번 두드리며, 낡은 털 코트에 감싸인 채(그녀의 아름다움의 설정은 항상 그랬으니까—서둘렀어도 적절했다) 그녀는 그것이 무엇이든—찰스 탠슬리가 우산을 잃어버리고, 카마이클 씨가 코를 훌쩍거리고 킁킁거리고, 뱅크스 씨가 "채소에 들어 있던 염류가 사라졌어요"라고 말하는 것을—다시 연기했다. 그녀는 이 모든 것을 능란하게 표현했다. 심지어는 악의적으로 뒤틀기도 했다. 그리고 가야만 한다는 듯이 창가로 가—동틀 무렵이었고, 그녀는 해가 떠오르는 것을 볼 수 있었다—좀 더 친근하게 몸을 반쯤 돌린 채로, 하지만 여전히 계속 웃으면서 릴리도, 민터도, 그들 모두 결혼해야만 한다고 주장할 것이다. 왜냐하면 이 세상이 그녀에게 어떤 월계관을 던진다 해도(하지만 램지 부인은 릴리의 그림에 대해서는 전혀 신경 쓰지 않았다), 혹은 그녀가 승리를 거둔다 해도(어쩌면 램지 부인은 나름대로 승리를 거두었는지도 몰랐다), 여기서 그녀는 슬퍼지고 우울해져 의자로 돌아와, 이것을 반박할 수는 없기 때문이라고 말하는 것이었다. 결혼하지 않은 여자는(그녀는 릴리의 손을 잠시 가볍게 잡았다), 결혼하지 않은 여자는 인생 최고의 것을 놓친 것이라고. 집은 자고 있는 아이들과 귀 기울이고 있는 램지 부인과 갓을 씌운 등과 규칙적인 숨소리로 가득한 것처럼 보였다.

오, 하지만 자신은 아버지가 계시다고 릴리는 말하고 싶었다. 집이 있다고. 심지어는 감히 그림에 대해서도 말하고 싶었다. 하지만 이 모든 것은 다른 것에 비하면 너무도 사소하고 너무도 순진무구한 것으로 여겨졌다. 그럼에도 밤이 지나고, 커튼 사이로 하얀 빛이 새어 들어오고, 심지어는 이따금 어떤 새가 정원에서 짹짹거리자 그녀는 필사적으로 용기를 그러모아, 자신은 보편적인 법칙에서 예외이기를 주장하고, 그것을 옹호하려 했다. 그녀는 홀로 있고 싶었다. 그녀는 자기 자신이 되고 싶었다. 그녀는 결혼에는 소질이 없었다. 그래서 그지없이 깊은 눈의 심각한 시선을 마주하고, 사랑스러운 릴리가, 활기찬 릴리가 바보라는 램지 부인의 단순한 확신에 (이제 그녀는 어린아이 같았다) 직면해야 했다. 그런데 그때 그녀는 자신이 램지 부인의 무릎 위에 머리를 올려놓고, 자신은 전혀 이해하지 못하는 운명을 언제나 냉정을 잃지 않고 주재하는 램지 부인을 생각하며 거의 발작적으로 웃고, 웃고, 웃고 또 웃었던 것을 기억했다. 거기서 부인은 단순하고 심각하게 앉아 있었다. 이제 그녀는 부인에 대한 감각을 되찾았다—이것이 장갑의 뒤틀린 손가락이었다. 하지만 어떤 성역을 뚫고 들어간 것인가? 마침내 릴리 브리스코는 고개를 들었다. 무엇이 웃음을 유발했는지 전혀 모르면서도 여전히 주재하고 있는 램지 부인이 있었다. 하지만 이제 고집의 흔적은 모두 지워졌고, 그 대신 마침내 구름들이 드러내는 공간처럼 분명한 뭔가가—달 옆에서 자고 있는 하늘의 작은 공간이—있었다.

그것은 지혜였나? 지식이었나? 다시 한번 말하건대, 그것은 아름다움의 기만이었고, 그래서 반쯤 진실을 향해 가던 우리의 모든 지각이 금으로 된 그물망 속에서 엉켜버린 것인가? 아니면 그녀는 내면에 어떤 비밀을 가둬버린 것인가? 릴리 브리스코가 어쨌든 세상이 계속 나아가게 하기 위해 사람들이 가져야만 한다고 믿는 비밀을? 모두가 그녀처럼 간신히 먹고살며 허둥댈 수는 없었다. 하지만 사람들이 안다고 해서 자신들이 아는 것을 누군가에게 말할 수 있는 것인가? 최대한 가까이 다가가, 바닥에 앉아 램지 부인의 무릎에 팔을 두른 채로, 그녀는 램지 부인이 이렇게 붙어 있는 이유를 결코 모를 거라는 생각을 하며 미소 지었다. 그녀는 육체적으로 닿아 있는 그 여자의 정신과 마음의 방들에 성스러운 비문을 담고 있는 명판들이 마치 왕들의 무덤 속의 보물처럼 서 있는 것을 상상했다. 그 명판들은 바르게 읽기만 하면 모든 것을 가르쳐주겠지만 결코 공개적으로 제공되지도, 공개되지도 않을 것이었다. 이 비밀스러운 방들 속으로 뚫고 들어갈 수 있는, 사랑이나 계략에 알려진 어떤 기술이 거기에 있겠는가? 한 항아리에 쏟아부은 물처럼, 누군가를 그가 숭배하는 대상과 하나가 되게 하는, 뗄 수 없게 같아지게 하는 어떤 장치가 있는 것인가? 육체가 그것을 이룰 수 있는가, 아니면 두뇌의 복잡한 통로들 속에서 미묘하게 뒤섞이는 정신이? 또는 마음이? 사람들이 말하는 사랑이 그녀와 램지 부인을 하나로 만들 수 있을까? 자신이 원한 것은 지식이 아니라 통일성이며, 명판에 새긴 비문들도, 인간에게 알려진 어떤 언어로 쓰일 수 있는 그 무엇도 아니라 친밀함 그 자체라고, 이 친밀함이 바로 지식이라고 생각하며 그녀는 램지 부인의 무릎에 머리를 기댔다.

아무 일도 일어나지 않았다. 아무 일도! 그 어떤 일도! 그녀가 램지 부인의 무릎에 머리를 기댔을 때. 그럼에도 그녀는 지식과 지혜가 램지 부인의 가슴에 저장되어 있다는 것을 알았다. 그런데 그렇게 봉인된, 사람들에 관한 이런저런 일을 어떻게 알 수 있는가, 하고 그녀는 자문했다. 단지 만지거나 맛볼 수 없는, 공기 중의 무형의 달콤함이나 예리함에 이끌린 벌처럼 사람들은 돔 모양의 벌집에 자주 나타나고, 세계의 여러 나라 위 하늘의 폐허를 홀로 배회하고, 그런 다음 중얼거리고 뒤척이며 벌집에 드나들었다. 그런데 그 벌집은 바로 사람들이었다. 램지 부인이 일어났다. 릴리가 일어났다. 부인은 가버렸다. 며칠간 그녀의 주위에는, 누군가의 꿈을 꾼 뒤 그 사람에게서 어떤 미묘한 변화가 느껴지는 그런 꿈을 꾸고 난 후처럼, 그녀가 말한 그 어떤 것보다도 생생하게 중얼거리는 소리가 맴돌았고, 릴리의 눈에는 응접실 창가 버드나무 안락의자에 앉아 있는 그녀가 위엄 있는 형태를, 돔의 형태를 갖춘 듯 보였다.

이 시선의 빛줄기는 뱅크스 씨의 시선과 나란히, 제임스를 무릎에 올려놓고 거기 앉아 책을 읽고 있는 램지 부인에게로 곧장 갔다. 하지만 지금 그녀가 여전히 바라보고 있는 동안 뱅크스 씨는 시선을 거둬버렸다. 그는 이미 안경을 쓴 뒤였다. 그는 뒤로 물러서 있었다. 그는 손을 들고 있었다. 맑고 푸른 눈을 약간 가늘게 뜬 상태였다. 그때 릴리는 정신을 차리고, 그가 무슨 일을 하려는지를 보았고, 자신을 때리려고 치켜올린 손을 본 개처럼 몸을 움츠렸다. 그녀는 이젤에서 자신의 그림을 낚아챌 수도 있었지만, 반드시 해내야 한다고 혼잣말을 했다. 그녀는 누군가가 자신의 그림을 보는 그 끔찍한 시련에 맞서기 위해 분발했다. 해내야 한다, 해내야 한다, 하고 그녀는 말했다. 그리고 누군가 그것을 보아야 한다면 뱅크스 씨가 다른 사람보다는 덜 두려웠다. 하지만 다른 누군가의 눈으로 그녀의 33년 인생의 잔재를, 그 모든 날 동안 그녀가 말했거나 보여준 어떤 것보다 더 비밀스러운 뭔가와 뒤섞인, 하루하루 생활의 침전물을 보는 것은 고통스러운 일이었다. 동시에 그것은 엄청나게 흥분되는 것이었다.

어떤 것도 이보다 더 차분하고 조용할 수는 없었다. 뱅크스 씨는 주머니칼을 꺼내 뼈로 된 손잡이로 캔버스를 두드렸다. "바로 여기 있는" 보라색 삼각형으로 무엇을 표현하고 싶었느냐고 그가 물었다.

그녀는 그것이 제임스에게 책을 읽어주고 있는 램지 부인이라고 말했다. 그녀는 누구도 그것을 인간의 형태로 보지 못할 거라고 그가 이의를 제기할 것을 알고 있었다. 하지만 그녀는 유사하게 보이게 하려는 어떤 시도도 하지 않았다고 말했다. 그렇다면 어떤 이유로 그들을 그림에 넣었는지 그는 물었다. 정말 왜 그런 것인가? 저기 저쪽 구석이 밝아서, 여기 이쪽 구석이 어두워야 할 필요를 느낀 것이 아니라면? 그것은 단순하고 분명하고 평범했지만, 뱅크스 씨는 흥미로웠다. 그러면 어머니와 아들—보편적인 숭배의 대상들로, 이 경우 어머니는 아름다움으로 유명했다—이 불경스럽지 않게 보라색 그림자로 변형될 수도 있다고 그는 생각했다.

하지만 그들을 그린 그림은 아니에요, 라고 그녀는 말했다. 아니, 최소한 그가 생각하는 의미로는 아니었다. 그들에게 경의를 표할 수 있는 다른 의미들도 있었다. 예를 들어, 여기의 그림자 그리고 저기의 빛. 그녀가 막연히 생각한 대로 그림이 경의의 표시여야 한다면 그녀의 경의는 저 형태를 취한 것이다. 어머니와 아들이 불경스럽지 않게 하나의 그림자로 변형될 수도 있었다. 이곳이 밝다면 저곳은 어두워야 했다. 그는 곰곰이 생각을 해보았다. 그는 흥미를 느꼈다. 그는 그것을 완전한 신념을 갖고 과학적으로 받아들였다. 사실 자신의 모든 편견은 다른 쪽에 있다고 그는 설명했다. 화가들이 찬사를 보냈고, 그가 지불한 값보다 더 높은 값이 매겨진, 그의 응접실에 있는 가장 큰 그림은 케넷강* 둑의 벚나무들을 그린 것이었다. 그는 신혼여행을 케넷강 둑에서 보냈다고 했다. 릴리가 와서 그 그림을 봐야 한다고 그는 말했다. 하지만 이제 그는 그녀의 캔버스를 과학적으로 조사하기 위해 안경을 올린 채로 몸을 돌렸다. 문제는 매스와 빛과 그림자의 관계였는데, 솔직히 그는 그것에 대해 생각해본 적이 없었고, 그래서 설명을 듣고 싶었다. 그렇다면 그녀가 그것을 통해 표현하려 한 것은 무엇인가? 그는 그들 앞에 있는 장면을 가

---

* 영국 남부 윌트셔주에 있는, 템스강의 지류.

리켰다. 그녀는 바라다보았다. 손에 붓을 들고 있지 않을 때에는 그녀는 표현하려 한 것을 그에게 보여줄 수 없었고, 심지어는 그녀 자신도 볼 수가 없었다. 그녀는 흐릿한 눈에, 무심한 태도로, 한 여자로서 훨씬 더 일반적인 뭔가에 대한 자신의 모든 인상을 억제하면서 다시 한번 예의 그 그림 그리는 자세를 취했다. 그리고 다시 한번, 그녀가 한때 분명하게 보았으며, 이제는 울타리들과 집들, 어머니들과 아이들 가운데서 더듬어 찾아야 하는—그것이 그녀의 그림이었다—그 환상의 힘에 휩싸였다. 오른쪽에 있는 이 매스와 왼쪽에 있는 저 매스를 어떻게 연결할지가 문제였다는 것을 그녀는 기억했다. 그녀는 나뭇가지의 선을 그렇게 가로지름으로써, 또는 전경에 있는 공백을 어떤 사물로 (어쩌면 제임스로) 그렇게 깨뜨림으로써 그 일을 해낼 수도 있었다. 하지만 위험한 것은 그렇게 해서 전체의 통일성이 깨질 수도 있다는 것이었다. 그녀는 동작을 멈추었다. 그녀는 그를 지루하게 하고 싶지 않았다. 그녀는 이젤에서 캔버스를 가볍게 치웠다.

하지만 그것은 이미 남에게 보여졌고, 그녀에게서 치워졌다. 이 남자는 심오하게 내밀한 뭔가를 그녀와 공유한 상태였다. 그리고 그것에 대해 램지 씨에게 감사하고, 램지 부인에게 감사하고, 그 시간과 장소에 감사하면서, 그녀가 생각지 못했던 힘이 세상에 있다고, 더 이상 저 긴 회랑을 혼자가 아니라 누군가와 팔짱을 끼고 걸어 내려갈 수 있다고—그것은 세상에서 가장 이상한 감정이자 가장 신나는 것이었다—생각하면서, 그녀는 필요 이상으로 단단히 물감 상자의 고리를 걸었는데, 그 고리는 원을 이루며 영원히 물감 상자와 잔디밭, 뱅크스 씨 그리고 내달려 지나가는 저 악당 캠을 둘러싸는 것 같았다.

10

그건 캠이 이젤을 3센티미터 차이로 스치고 지나갔기 때문이다. 그녀는 뱅크스 씨와 릴리 브리스코를 보고 걸음을 멈추려 하지 않았다. 그럼에도 자신도 딸이 있었으면 싶었던 뱅크스 씨는 손을 내밀었다. 그녀는 아버지를 보고도 걸음을 멈추려 하지 않았는데, 역시 3센티미터 차이로 아버지를 스치고 지나갔다. 그녀는 내달려 지나갈 때 "캠! 잠깐만 보자!"라고 소리친 어머니를 보고도 멈추지 않았다. 그녀는 한 마리의 새처럼, 총알처럼 혹은 화살처럼 지나갔다. 어떤 욕망에 휘몰려, 누가 쏘아, 어느 방향으로 가는지는 알 수 없었다. 램지 부인은 그녀를 지켜보며, 뭐지, 뭐지, 하고 곰곰이 생각해보았다. 그것은 조가비나 손수레 또는 울타리 저쪽 끝에 있는 동화 속 왕국에 대한 환상일 수도 있었다. 아니면 속도의 영광 그 자체일 수도 있었다. 그것은 아무도 알 수 없었다. 하지만 램지 부인이 "캠!" 하고 두 번째로 부르자 추진력은 중도에 떨어졌고, 캠은 도중에 잎사귀 하나를 뜯기도 하면서 꾸물거리며 어머니에게로 돌아왔다.

램지 부인은 캠이 거기 서서 자신만의 어떤 생각에 빠져 있는 것을 보며 그녀가 무슨 꿈을 꾸고 있을지 궁금했고, 전할 말―밀드러드에게 앤드루와 도일 양 그리고 레일리 씨가 돌아왔는지 물어보라는 말―을 되풀이해야 했다. 그 낱말들은 우물 속으로 떨어져버린 것처럼 보였는데, 우물의 물이 맑다고 해도, 물 또한 너무도 놀랍게도 그 낱말들을 왜곡해, 그것들이 떨어졌을 때조차도 그 아이의 마음의 밑바닥에 어떤 문양을 만들지는 하늘만이 알 수 있게 뒤틀리고 있는 것처럼 보일 것이었다. 캠이 요리사에게 어떤 말을 전할지 램지 부인은 알고 싶었다. 그리고 실제로 참을성 있게 기다려서, 부엌에서 뺨이 아주 붉은, 나이 든 여자가 양푼에 든 수프를 마시고 있다는 이야기를 듣고 나서야 램지 부인은, 마침내 밀드러드의 말을 아주 정확하게 듣고, 이제―기다린다면―그 말을 앵무새처럼 무색의 단조로운 어투로 말하는 딸의 본능을 자극할 수 있었다. 발을 이리저리 움직이며 캠은 되풀이해서 말했다. "아뇨, 그들은 돌아오지 않았어요. 그리고 엘런에게 차를 치우라고 했어요."

그렇다면 민터 도일과 폴 레일리는 돌아오지 않은 것이었다. 그것은 단 한 가지를 의미할 뿐이라고 램지 부인은 생각했다. 그녀가 그를 받아들였거나 거절했거나. 비록 앤드루가 그들을 따라가긴 했지만 점심 식사 후의 이 산책은 머리는 비상하지 않을지 모르지만 사람 좋은 그 친구를 받아들이기로 그녀가 올바르게 결정을 한 것 외에 무엇을 의미할 수 있겠는가, 하고 램지 부인은 생각했다(그리고 그녀는 민터를 아주, 아주 좋아했다). 하지만 램지 부인은 제임스가 어부와 그의 아내에 관해 계속 소리 내어 읽어달라고 잡아끄는 것을 깨달으며 자신이 마음속으로 예컨대 찰스 탠슬리와 같이 논문을 쓰는 똑똑한 사람들보다 둔한 사람들을 무한히 더 좋아한다고 생각했다. 어쨌든 이제는 그 일이 어떤 식으로든 결정 났음에 틀림없었다.

　하지만 그녀는 계속 읽었다. "이튿날 아침 아내가 먼저 깼습니다. 막 동이 튼 뒤였습니다. 그녀는 침대에서 그녀 앞에 펼쳐져 있는 아름다운 시골 풍경을 보았습니다. 그녀의 남편은 여전히 기지개를 켜고 있었습니다……."

　하지만 이제 민터가 어떻게 그를 받아들이지 않겠다고 할 수 있을 것인가? 오후 내내 시골길을 단둘이 — 앤드루는 게를 잡으러 갔을 테니까 — 돌아다니기로 동의했다면 그럴 수는 없었다. 하지만 낸시가 그들과 함께 있는지도 몰랐다. 그녀는 점심 식사 후 현관문에 서 있던 그들의 모습을 떠올리려 했다. 그곳에서 그들은 하늘을 바라보면서 날씨에 대해 궁금해하며 서 있었고, 그녀는 한편으로는 그들의 수줍음을 가려주기 위해서, 그리고 또 다른 한편으로는 그들이 자리를 뜨도록 재촉하기 위해서 (그녀는 폴을 지지했기 때문이다) 다음과 같이 말했다.

"수 킬로미터 내 어디에도 구름 한 점 없네." 이 말에 그녀는 그들을 따라 나온 꼬마 찰스 탠슬리가 킬킬거리는 것을 느낄 수 있었다. 하지만 그녀는 일부러 그렇게 했다. 낸시가 거기 있는지 없는지는 확실치 않았고, 그녀는 마음의 눈으로 두 사람을 번갈아 바라보았다.

그녀는 계속해서 읽었다. "'아, 부인.' 남편은 말했습니다. '왜 우리가 왕이 되어야 하지요? 나는 왕이 되고 싶지 않아요.' '그래요.' 아내는 말했습니다. '당신이 왕이 되지 않으면 내가 왕이 될 거예요. 가자미에게 가세요, 내가 왕이 될 테니까요.'"

그녀는 캠이 '가자미'라는 단어에만 이끌리고 있으며, 곧 늘 그랬던 것처럼 안절부절못하며 제임스와 싸우리라는 것을 알고는 "들어오든지 나가든지 해, 캠" 하고 말했다. 캠은 쏜살같이 나갔다. 램지 부인은 안도하며 계속해서 읽었는데, 자신과 제임스는 취향이 같았고, 같이 있으면 편안했기 때문이다.

"그리고 그가 바다에 나왔을 때 바다는 어두운 회색이었고,

밑에서 솟구치는 물에서 악취가 났습니다. 그는 가서 물 옆에 서서 말했습니다.

    '가자미 님, 바닷속 가자미 님,
    간청하건대 여기 내게로 오세요.
    내 아내, 훌륭한 이사빌이
    내 말을 듣지 않으려 해요.'

'그렇다면, 그녀가 원하는 게 뭐죠?' 가자미가 말했습니다." 그런데 이제 그들은 어디 있는 것인가, 하고 램지 부인은 읽는 것과 생각하는 것을 아주 쉽게, 동시에 하면서 알고 싶어 했다. 어부와 그의 아내에 관한 이야기는 선율에 맞춰 부드럽게 반주하는 베이스와도 같은 것으로, 이따금 예기치 않게 멜로디에 끼어들었기 때문이다. 그런데 언제 그녀는 얘기를 듣게 될 것인가? 아무 일도 일어나지 않으면 그녀는 민터에게 진지하게 얘기를 해야 할 것이다. 설사 낸시가 그들과 같이 있다 해도, 그녀가 시골 일대를 돌아다닐 수는 없는 노릇이었으니까(그녀는 다시금 길을 따라가는 그들의 뒷모습을 머릿속에 그려보고 그들의 숫자를 세어보려고 애썼으나 소용이 없었다). 그녀는 민터의 부모―올빼미와 부지깽이―에게 책임이 있었다. 책을 읽고 있는 그녀의 마음속으로 그녀가 지은 그들의 별명이 떠올랐다. 올빼미와 부지깽이. 그렇다, 램지 가족과 머물고 있는 민터가 이런저런 모습을 보였다는 말을 그들이 듣게 되면 언짢아할 것이다— 그리고 그들은 들을 게 틀림없다. 그녀는 "부지깽이는 하원에서 가발을 쓰고 있었고, 올빼미는 계단 위에서 유능하게 그를 내조했다"는 말이 문득 생각나서 되풀이했는데, 그것은 그녀가 어느 파티에서 돌아오면서 남편을 즐겁게 하기 위해 했던 말이었다. 맙소사, 맙소사, 그들은 어떻게 이 어울리지 않는 딸을 낳은 것인가, 하고 램지 부인은 혼잣말을 했다. 구멍 난 양말을 신고 있는 이 선머슴 같은 아이 민터를? 하녀가 늘 앵무새가 흩뜨려놓은 모래를 쓰레받기에 담아 치우고, 대화라는 게 거의 전적으로 그 새의 묘기로 축소되는—어쩌면 흥미로울지도 모르지만 결국 제한적이었다—그 엄숙한 분위기에서 민터는 어떻게 산 것인가? 당연한 일이지만 그녀는 점심 식사와 차 모임과 저녁 식사에, 결국에는 핀리*에 와서 그들 가족과 머물도록 초대받았는데, 그 결과 민터의 어머니인 올빼미와 마찰이 생겼다. 그래서 더 많은 방문과 더 많은 대화와 더 많은 모래가 있은 끝에 실제로 그녀는 앵무새에 관해 평생 써먹을 수 있는 많은 거짓말들을

* 램지 가족의 별장이 위치한 스카이섬의 허구의 마을.

했다(그래서 그녀는 그날 밤 파티에서 돌아오면서 남편에게 그렇게 말했었다). 그럼에도 민터가 왔다……. 그래, 그녀가 온 거야, 하고 램지 부인은 생각하며, 이 뒤엉킨 생각 속에 어떤 가시가 있는 것은 아닌가 하는 의심을 했다. 그리고 그 가시를 빼내고는 그것이 다음과 같은 것은 아닌가 하는 생각을 했다. 한 여자가 언젠가 램지 부인이 "내게서 내 딸의 애정을 훔쳐 가고 있다"고 비난했던 것이다. 도일 부인이 한 어떤 말 때문에 그녀는 그 비난이 다시 기억났다. 지배하려 하고, 간섭하려 들고, 사람들로 하여금 그녀가 원하는 대로 하게 하려 한다는 것이 그녀에 대한 비난이었는데, 그녀는 그것이 너무도 부당하다고 생각했다. 사람들에게 "그런 식으로" 보이는 것에 대해 그녀가 어쩔 수 있단 말인가? 그녀가 사람들에게 깊은 인상을 심어주려고 수고를 하는 것에 대해 아무도 비난할 수는 없었다. 그녀는 이따금 자신의 초라함에 대해 부끄러워했다. 그녀는 지배적이지도 않았고, 폭군 같지도 않았다. 병원과 배수로와 낙농장에 관한 것이 더 진실에 가까웠다. 그러한 것들에 대해 그녀는 열정적으로 느꼈고, 기회만 있었다면 사람들의 목덜미를 잡아채서라도 보게 하고 싶어 했을 것이다. 하지만 섬 전체에 병원은 단 한 곳도 없었다. 그것은 부끄러운 일이었다. 런던에서는 확실히 먼지로 갈색이 된 우유가 집집마다 배달되었다. 그것은 법으로 금지해야 했다. 이곳에 모범적인 낙농장과 병원을 짓는 일, 그 두 가지는 그녀가 직접 하고 싶은 일이었다. 그렇지만 어떻게? 이 모든 아이들을 거느리고? 아이들이 좀 더 나이가 들면 어쩌면 시간이 날지도 몰랐다. 모두 학교에 다니면.

오, 하지만 그녀는 제임스가 하루라도 더 나이 먹기를 결코 원치 않았다. 캠도 마찬가지고. 그녀는 이 둘이 영원히 그대로였으면 싶었다, 사악한 악마들로, 즐거움을 주는 천사들로. 두 아이가 자라 다리가 긴 괴물이 되는 것을 결코 보고 싶지 않았다. 그 무엇도 그 상실을 벌충할 수 없었다. 그녀가 방금 제임스에게 "그리고 케틀드럼*과 트럼펫을 든 많은 병정들이 있었습니다"라고 읽어주자 그의 눈이 어두워졌을 때 그녀는 왜 저들이 자라 그 모든 것을 잃어야 하지, 하고 생각했다. 제임스는 아이들 가운데 가장 재능이 있고, 가장 예민했다. 하지만 그녀는 아이들 모두가 전도가 유망하다고 생각했다. 프루는 타인에게 완벽한 천사 같았는데, 이제는 때로, 특히 밤이면, 그녀의 아름다움에 숨이 멎을 것 같았다. 앤드루로 말할 것 같으면, 심지어는 남편까지도 그 애의 수학에 대한 재능은 놀랍다고 인정했다. 그리고 낸시와 로저는 이제 둘 다 사나운 짐승처럼 온종일 시골길을 뛰어

---

*   반구형의 큰북.

다녔다. 로즈로 말할 것 같으면 입이 너무 컸지만 손재주가 놀라웠다. 제스처 게임**을 할 때면 로즈가 의상을 만들었다. 다른 모든 것도 만들었다. 그녀는 식탁과 꽃을 비롯해 뭐든 정리하는 것을 가장 좋아했다. 그녀는 재스퍼가 새를 총으로 쏘는 것은 좋아하지 않았지만 그것은 하나의 단계에 지나지 않았고, 모두가 그런 단계들을 거쳤다. 그녀는 제임스의 머리에 턱을 대고 누르며, 왜 그들은 그토록 빨리 자라야 하나, 하고 물었다. 왜 학교에 가야 하는 것인가? 그녀는 늘 아기가 있었으면 싶었다. 그녀는 아기를 팔에 안고 있을 때 가장 행복했다. 그러면 사람들은 그녀가 폭군 같고, 지배적이며, 권위적이라고 할지도 몰랐다. 그녀는 개의치 않았다. 제임스의 머리칼에 입술을 대며 그녀는 아이가 결코 다시는 그토록 행복할 수는 없을 거라고 생각했지만, 그 말에 남편이 어떻게 화를 냈는지를 상기하고 자제했다. 그럼에도 그것은 사실이었다. 그들은 지금 가장 행복했고, 다시는 그렇게 행복할 수 없을 것이었다. 캠은 10펜스짜리 소꿉놀이 차 세트로 며칠 동안 행복해했다. 그녀는 아이들이 잠에서 깨어나는 순간 머리 위쪽에서 바닥에 발을 구르고 소리 지르는 것을 들었다. 그들은 법석을 떨며 복도를 따라 내려왔다. 그런 다음 문이 활짝

**   한 사람이 하는 몸짓을 보고 그것이 나타내는 말을 알아맞히는 놀이.

열리고, 평생 매일같이 하고 있음에도, 그들은 마치 아침 식사를 위해 식당에 들어오는 것이 자신들에게 어떤 긍정적인 사건이기나 한 것처럼 잠이 완전히 깬 상태에서, 빤히 바라보며, 장미처럼 신선한 모습으로 들어왔다. 그녀가 잘 자라는 말을 하러 올라가, 그들이 버찌와 나무딸기 사이에 있는 새들처럼 작은 침대에서 여전히 쓸데없는 것들—그들이 주워들은 얘기와, 그들이 정원에서 주운 뭔가—에 대해 계속 이야기를 지어내고 있는 것을 발견할 때까지 하루 종일 그런 일들이 이어졌다. 모두가 나름대로 작은 보물들을 갖고 있었다……. 그래서 그녀는 내려가, 왜 저들이 자라 그 모든 것을 잃어야 하죠, 하고 남편에게 말했다. 저들은 결코 다시는 그토록 행복할 수는 없을 거예요. 그러자 그는 화를 냈다. 왜 인생에 대해 그렇게 우울한 생각을 하느냐고 그가 물었다. 그것은 지각 있는 생각이 아니오. 이상한 일이었지만, 그가 우울하고 절망적임에도 불구하고 대체로 그녀보다 더 행복하고 희망적인 게 사실이라고 그녀는 믿었다. 어쩌면 인간사 걱정거리들에 덜 노출되어 있어 그런지도 몰랐다. 그에게는 늘 돌아가서 의존할 수 있는 일이 있었다. 그가 비난하는 것처럼 그녀는 '비관적'이지 않았다. 단지 그녀는 삶—그녀의 눈에 제시된, 그녀가 살아온 50년이라는 짧은 시간—에 대해 생각해보았을 뿐이다. 삶이 그녀 앞에 있었다. 삶에 대해 그녀는 생각했지만 생각을 끝내지는 못했다. 그녀는 삶을 한번 바라보았고, 삶이 그곳에 존재한다고 분명히 느꼈다. 아이들과도, 심지어는 남편과도 나누지 않은, 실제적이고 사적인 뭔가가 존재한다고. 그녀가 한쪽에 있고, 삶이 다른 한쪽에 있는 사이에서 일종의 거래가 이루어졌는데, 그녀는 늘 그 거래에서 더 나은 것을 취하려 했다. 그것은 그녀의 거래였기 때문이다. 때로 그녀는 삶과 담판을 했다(그녀가 혼자 앉아 있을 때면). 그녀는 삶과 대단한 화해를 이룬 장면들을 기억했다. 하지만 대체로, 꽤 이상하게도 그녀가 삶이라고 부르는 이것은 끔찍하고, 적대적이고, 기회만 주면 잽싸게 사람에게 와락 덤벼든다고 느꼈다는 것을 인정해야 했다. 고통과 죽음, 그리고 가난한 사람들과 같은 영원한 문제들이 있었다. 심지어는 이곳에도 암으로 죽어가고 있는 여자가 늘 있었다. 그럼에도 그녀는 이 아이들 모두에게 그 모든 것을 겪게 될 것이라고 말했었다. 여덟 명에게 가차 없이 그 이야기를 (그리고 온실 수리비가 50파운드라는 얘기도) 했었다. 그 까닭에, 그들 앞에 무엇이 있는지를—사랑과 야망과, 황량한 장소에서 홀로 비참한 상태에 있는 것—알고 있던 그녀는 왜 그들이 자라 그 모든 것을 잃어야 하는가, 라는 느낌을 종종 가졌다. 그런 다음 그녀는 삶을 향해 칼을 휘두르면서, 말도 안 돼, 하고 혼잣말을 했다. 그들은 완벽하게 행복할 것이다. 그리고 이쯤에서 그녀는 민터를 폴 레일리와 결혼시키려 하면서 삶이 다시 다소 사악한 것으로 느껴진다는 생각을 했다. 그것은 자신의 거래에 대해 어떻게 느꼈든 간에, 그녀가 모든 사람에게 일어날 필요는 없는 경험들을 했기 때문이기도 했다(그녀는 거기에 이름 붙이지는 않았다). 그녀는 그렇게 말하는 것이 그녀 자신에게도 거의 하나의 피난처가 되는 것처럼, 반드시 결혼하고 아이를 가져야만 한다고 말하게 되었는데, 스스로도 알다시피 너무 빨리 내몰려 그렇게 되었다.

그녀는 지난 1~2주간 자신의 처신을 돌이켜보며, 스물넷밖에 안 된 민터에게 실제로 어떤 압력을 넣어 결심을 하게 한 것이 잘못은 아닌지 자문해보았다. 그녀는 마음이 불편했다. 그녀는 그저 웃어넘긴 게 아닌가? 그녀가 사람들한테 얼마나 강하게 영향력을 행사하는지를 또 잊고 있었던 것은 아닌가? 결혼은 오, 온갖 종류의 자질을 요구했다(온실 수리비는 50파운드였다). 거기에는 핵심적인 한 가지 것—그녀가 딱히 이름을 붙일 필요는 없었다—이 있었는데, 그것은 그녀가 남편과 공유하고 있는 자질이었다. 그런데 그들이 갖고는 있을까?

"그러자 그는 바지를 입고 미친 사람처럼 내달렸습니다" 하고 그녀는 읽었다. "하지만 밖에는 큰 폭풍우가 너무도 심하게 치고 있어 그는 제대로 서 있을 수도 없었습니다. 집과 나무들은 쓰러졌고, 산들은 떨었으며, 바위들은 바다로 굴러 들어갔고, 하늘은 칠흑빛이었으며, 천둥 번개가 쳤고, 바다에는 교회의 탑과 산처럼 높은 파도가 일었는데, 그 꼭대기는 거품으로 온통 하얬습니다."

그녀는 책장을 넘겼다. 몇 줄밖에는 남지 않았기에, 그녀는 잠자리에 들 시간이 지났지만 읽던 이야기를 끝내려 했다. 시간은 늦어지고 있었다. 정원의 빛이 그 사실을 그녀에게 알려줬다. 하얘지고 있는 꽃과 회색빛을 띠어가는 나뭇잎이 공모해 그녀 내부에서 불안감을 일으켰다. 처음에는 그것이 무엇에 대한 것인지 생각해낼 수 없었다. 그런 다음 기억이 났다. 폴과 민터와 앤드루가 돌아오지 않은 것이다. 그녀는 다시 한번 현관문 앞에 있는 테라스에 서서 하늘을 바라보는 작은 무리를 눈앞에 그려보았다. 앤드루는 그물과 바구니를 들고 있었다. 그것은 그가 게와 또 다른 것들을 잡으러 가려 한다는 것을 의미했다. 그러니까 바위에 기어오른다는 것을 의미했는데, 다칠 수도 있었다. 아니면 절벽 위쪽의 좁은 길들 중 하나로 줄을 지어 오다가 한 사람이 미끄러질 수도 있었다. 그는 굴러떨어지게 될 것이다. 이제는 아주 깜깜해지고 있었다.

하지만 그녀는 이야기가 끝나 책을 덮으면서 제임스의 눈을 들여다보며, 목소리를 전혀 바꾸지 않고, 마치 자신이 꾸며낸 것처럼 다음과 같이 마지막 말을 덧붙였다. "그리고 그들은 지금 이 시간에도 여전히 거기에 살고 있습니다."

"그리고 이게 끝이란다" 하고 말하며, 그녀는 그의 눈을 들여 다보았다. 그의 눈에서 이야기에 대한 흥미가 사라지며 다른 어 떤 것이 그 자리를 대신했다. 빛의 반사처럼 희미하고, 궁금증을 일으키는 뭔가를 그 즉시 응시하고 경탄하고 있었다. 그녀는 몸 을 돌리며 만을 가로질러 보았다. 아니나 다를까 거기에는 처음 에는 빠르게 두 번, 그러고 나서는 길고 꾸준하게 한 번 비치는 등대의 불빛이 규칙적으로 파도를 가로질러 오고 있었다. 등대 의 불은 이미 켜져 있었다.

곧 그는 그녀에게 "우리 등대에 가요?" 하고 물을 것이었다. 그러면 그녀는 "아니, 내일은 안 돼. 아버지가 안 된다고 하셔"라 고 말할 것이었다. 다행히 밀드러드가 아이들을 데리러 왔고, 그 소란에 생각들이 딴 데로 갔다. 하지만 그는 밀드러드가 데리고 나갈 때 어깨 너머로 계속해서 돌아보았고, 그녀는 그가, 내일 우리는 등대에 가지 않아, 라는 생각을 하고 있다고 확신했으며, 그가 그것을 평생 기억할 거라고 생각했다.

11

　그녀는 그가 오려낸 그림들 몇 개—냉장고, 잔디깎이, 야회
복을 입은 신사—를 붙이며, 그래, 아이들은 절대로 잊어버리지
않아, 하고 생각했다. 그 때문에 사람이 하는 말과 행위가 그토
록 중요한 것이었고, 그들이 잠자리에 들자 안도가 되었다. 이제
그녀는 누구에 관해서도 생각할 필요가 없었던 것이다. 그녀는
혼자서, 자기 자신이 될 수 있었다. 그리고 바로 이것이 이따금
그녀가 필요하다고 느끼는 것이었다. 즉 생각하는 것, 또는 심지
어는 아무 생각도 하지 않는 것. 침묵하고 있는 것, 혼자 있는 것.
팽창하고, 반짝이고, 소리를 내는 모든 존재와 행위가 증발했고,
엄숙한 느낌과 함께 자기 자신인 상태로, 쐐기 형태의 어둠의 핵
심으로, 남들에게는 보이지 않는 어떤 것으로 줄어들었다. 비록
그녀는 뜨개질을 계속했고, 똑바로 앉아 있었지만 스스로 그렇
게 느꼈다. 그리고 자신의 모든 애착을 떨쳐버린 이 자아는 아주
이상한 모험을 할 수 있을 정도로 자유로웠다. 삶이 잠시 가라
앉을 때면 경험의 범위는 무한해 보였다. 그리고 누구에게나 항
상 이러한 무한한 자원에 대한 느낌이 있을 거라고 그녀는 생각
했다. 차례로, 그녀와 릴리, 어거스터스 카마이클 모두가 그것을
통해 서로를 알고 있는 외양은 단지 유치할 거라고 느낄 것임에

틀림없다. 그 외양 아래로는 모든 것이 어둡고 온통 퍼져나가며, 측량할 수 없이 깊다. 하지만 때로 사람은 표면 위로 올라오는데 그것을 통해 서로를 본다. 그녀의 지평선은 그녀에게 무한한 것 같았다. 그녀가 보지 못한 수많은 장소가 있었고, 그 가운데에는 인도의 평원들도 있었다. 그녀는 자신이 로마에서 어떤 교회의 두꺼운 가죽 커튼을 밀어 젖히는 것을 느꼈다. 아무도 그것을 보지 못하기 때문에 이 어둠의 핵심은 어디든 갈 수 있었다. 사람들이 그것을 막을 수 없는 것이 그녀는 기쁘게 여겨졌다. 거기에는 자유가 있었고, 평화가 있었으며, 가장 환영할 만한 것으로, 모든 것을 불러 모으는 것, 즉 안정성이라는 연단 위에서의 휴식이 있었다. 자신의 경험에 비춰보건대 그녀가 한 사람으로서 휴식을 찾은 것은 아니었지만 (이쯤에서 그녀는 바늘로 솜씨를 부려 뭔가를 완성했다) 어둠의 쐐기로서는 그랬다. 자아를 잃어버림으로써 사람은 초조함과 서두름과 소란스러움을 잃었다. 그리고 모든 것이 이 평화와 이 휴식과 이 영원성 속에서 합쳐질 때면 항상 그녀의 입술 사이로 삶에 대한 어떤 승리의 외침이 떠올랐다. 잠시 동작을 멈추고 밖을 내다보며 그녀는 마지막 세 번째 불빛, 즉 길고 꾸준한 등대의 빛을 맞이했는데, 그것은 그녀의 빛이었다. 늘 이 시간에 이런 기분으로 그 빛들을 지켜보고 있으면 자신이 보고 있는 특별한 하나에 애착을 느끼지 않을 수 없기 때문이다. 그리고 이것, 즉 이 길고 꾸준한 빛이 그녀의 것이었다. 종종 그녀는 일감을 손에 쥔 채 하염없이 앉아, 보고 또 보게 되곤 했는데 결국에 가서는 자신이 바라보는 것—가령 그 빛—이 되었다. 그리고 그 빛은 그 위로 어떤 작은 문구 또는 그런 식으로 그녀의 마음속에 있던 것—"아이들은 잊어버리지 않아, 아이들은 결코 잊어버리지 않아"—을 올려놓았다. 그러면 그녀는 그 말을 반복하다가, 끝날 거야, 끝날 거야, 하고 덧붙여 말하기 시작했다. 그리고 그녀는, 언젠가는 올 거야, 언젠가는 올 거야, 하고 말하다가 갑자기, 우리는 주님의 손안에 있어, 하고 덧붙였다.

하지만 그 즉시 그녀는 그 말을 하는 자신에게 짜증이 났다. 누가 그 말을 한 거지? 그녀는 아니었다. 그녀는 의도하지 않은 말을 하는 함정에 빠졌던 것이다. 그녀는 뜨개질감 너머로 시선을 들어 세 번째 빛을 맞이했는데, 그녀에게는 마치 자신의 눈과 눈이 만나 서로 탐색하고 있는 것 같았다. 그것은 오직 그녀만이 자신의 머리와 마음을 탐색해, 그 거짓을, 아니 모든 거짓을 정화해 존재에서 사라지게 할 수 있었기 때문이다. 그녀는 그 빛을 예찬함으로써 허영을 부리지 않고 자신을 예찬했다. 그것은 그녀가 그 빛처럼 엄격했고, 탐색적이었으며, 아름다웠기 때문이다. 사람이 홀로 있으면 나무와 시냇물과 꽃과 같은, 생명이 없는 사물에 기울어져, 그것들이 하나를 표현하고, 그것들이 하나가 되고, 그것들이 하나를 알고, 어떤 의미에서는 하나라고 느끼고, 그에 따라 마치 자신에 대해 느끼는 것처럼 비합리적인 애정을 (그녀는 그 길고 꾸준히 비치는 빛을 바라보았다) 느끼게 되는 것은 이상한 일이라고 그녀는 생각했다. 거기에는 연인을 만나려는 신부처럼, 마음의 바닥으로부터, 존재의 호수로부터 구불구불 연무가 피어오르고 있었고, 그녀는 바늘을 든 채로 바라보고 또 바라보았다.

무엇 때문에 자신이 그 말, 즉 "우리는 주님의 손안에 있어"라고 말하게 된 것일까, 하고 그녀는 생각해보았다. 진실들 가운데로 미끄러져 들어오는 불성실이 그녀를 화나게 하고, 짜증 나게 했다. 그녀는 다시 뜨개질을 했다. 어떤 주님이 이 세상을 만들 수 있었는가, 하고 그녀는 물었다. 그녀는 자신의 머리로, 늘 고통과 죽음과 가난한 사람들이 있을 뿐 그 어떤 이성도, 질서도, 정의도 존재하지 않는다는 사실을 붙들었었다. 세상이 저지를 수 없을 정도로 야비한 배신 같은 것은 없다는 사실을 그녀는 알고 있었다. 어떤 행복도 지속되지 않는다는 사실을 알고 있었다. 그녀는 굳건하고 침착하게, 자기도 모르게 약간 입술을 내밀고 뜨개질을 했다. 그녀는 습관적인 엄숙함 때문에 너무나 경직되고 침착한 표정을 짓고 있었는데, 그녀의 남편 또한 옆을 지나갈 때면, 비록 철학자 흄이 엄청나게 살이 쪄 수렁에 빠져 꼼짝달싹하지 못했던 일을 생각하며 킬킬거리다가도, 그녀의 아름다움의 핵심에 있는 그 엄숙함에 주목하지 않을 수 없었다. 그것은 그를 슬프게 했으며, 그녀의 초연함은 그를 고통스럽게 했다. 그는 그녀 옆을 지나가면서 자신이 그녀를 보호할 수 없다고 느꼈고, 울타리에 이르렀을 때는 슬펐다. 그가 그녀를 돕기 위해 할 수 있는 일은 전혀 없었다. 그는 옆에 서서 그녀를 지켜보아야 한다. 사실 가혹한 진실을 말할 것 같으면 그는 그녀와 관련해서는 사태를 악화시켰다. 그는 걸핏하면 짜증을 냈고, 과민했다. 그는 등대 문제로 화를 냈었다. 그는 울타리 속을, 그 복잡함과 어둠 속을 들여다보았다.

램지 부인은 항상 자신이 어떤 작은 여분 또는 끝, 어떤 소리와 어떤 광경을 붙듦으로써 마지못해 고독에서 벗어나게 된다고 느꼈다. 그녀는 귀를 기울였지만 사방이 무척 조용했다. 크리켓 게임은 끝났고, 아이들은 목욕을 하고 있었으며, 바닷소리만이 들릴 뿐이었다. 그녀는 뜨개질을 멈췄고, 불그스름한 갈색의 긴 양말을 잠깐 손에 들었다. 그녀는 빛을 다시 보았다. 그녀는 의문 속에 약간의 아이러니를 실은 채로—깨어나면 관계가 달라지게 마련이니까—그 꾸준한 빛을 바라보았다. 그 인정사정없고 무자비한 빛은 너무도 그녀 자신이었지만, 또한 너무도 그녀와 달랐고, 그녀를 마음대로 부렸다(그녀는 밤에 깨어나 그 빛이 침대를 가로질러 구부러져 바닥을 어루만지는 것을 보았다). 하지만 그 모든 것에도 불구하고 그녀는 마치 그 빛이 은으로 된 손가락으로 그녀의 뇌―그 뇌가 터지게 되면 그녀를 기쁨으로 범람시킬 것이었다―속에 봉인된 어떤 용기를 어루만지기라도 하는 것처럼 매혹되고, 최면에 걸려 그것을 바라보면서, 행복을, 더없는 행복을, 강렬한 행복을 알았었다고 생각했다. 그리고 햇빛이 희미해지고, 바다에서 푸른색이 사라지면서 그 빛은 거친 파도를 좀 더 밝게 은빛으로 물들였고, 굽이치고 부풀어 해변에서 부서지는 순수한 레몬빛 파도 속에서 굴렀다. 황홀함이 그녀의 눈에서 작열했고, 순수한 기쁨의 파도가 그녀의 마음의 바닥 위로 질주했으며, 그녀는, 충분해! 충분해! 하고 느꼈다.

그는 몸을 돌려 그녀를 보았다. 아! 그녀는 사랑스럽다고, 그 어느 때보다도 사랑스럽다고 그는 생각했다. 하지만 그는 그녀에게 말을 걸 수가 없었다. 그녀를 방해할 수가 없었다. 그는 제임스가 사라지고, 드디어 그녀가 홀로 있게 된 지금, 다급하게 그녀에게 말을 걸고 싶었다. 하지만 그는 말을 건네지 않기로, 그녀를 방해하지 않기로 했다. 그녀는 자신의 아름다움 속에서, 자신의 슬픔 속에서, 지금 그에게서 멀어져 있었다. 비록 그녀가 그토록 멀어 보이고, 그녀에게 다다를 수 없고, 그녀를 돕기 위해 할 수 있는 것이 아무것도 없다는 것이 마음 아팠지만 그는 그녀를 그냥 두었고, 한마디 말도 하지 않고 그녀 옆을 지나갔다. 그리고 만약 그녀가 바로 그 순간에 그가 결코 부탁하지 않으리라는 것을 알고서 그녀의 자유의지로 해주지 않았더라면 그는 다시 한번 한마디 말도 하지 않고 그녀를 지나쳐 갔을 것이다. 그녀는 그를 불렀고, 액자에서 초록색 숄을 내리고는 그에게 갔다. 그가 자신을 보호해주고 싶어 한다는 것을 그녀가 알고 있었기 때문이다.

12

그녀는 초록색 숄을 어깨에 둘렀다. 그녀는 그의 팔을 잡았다. 그는 너무도 아름다워요, 그녀는 정원사 케네디에 대한 이야기를 시작하면서 그가 너무도 잘생겨 해고할 수가 없다고 했다. 온실 수리를 시작했기 때문에 온실에는 사다리 하나가 기대어져 있었고, 접합제 덩어리들이 조금 삐죽 나와 있었다. 하지만 남편과 함께 산책을 하면서 그녀는 그 근심의 특정한 근원을 파악한 것처럼 느꼈다. 산책을 하는 동안 그녀는 "50파운드가 들거예요"라는 말을 혀끝에 올려놓았지만, 그녀의 마음은 돈 얘기를 하지 못하게 했다. 그래서 대신 재스퍼가 새를 쏘는 일에 대해 이야기를 했다. 그러자 그는 그 즉시 그녀를 달래면서 그것은 사내아이에게는 자연스러운 일이며, 머지않아 그가 더 재미있는 놀이들을 찾을 거라고 믿는다고 말했다. 남편은 너무도 지각 있고 공정했다. 그래서 그녀는 "그래요, 아이들은 모두 여러 단계를 거치죠"라고 하며, 커다란 화단에 있는 달리아를 바라보았고, 내년에 필 꽃들은 어떨지 궁금해하면서, 아이들이 찰스 탠슬리에게 붙인 별명을 들은 적이 있느냐고 물었다. 아이들은 그를 무신론자, 꼬마 무신론자라고 불렀다. "그가 세련된 인물은 아니지." 램지 씨가 말했다. 램지 부인은 "그것과는 거리가 멀죠" 하고 말했다.

그녀는 그가 알아서 하게 내버려두는 것도 괜찮다고 생각했고, 구근을 보내는 것이 무슨 소용이 있을지 궁금해하면서, 그들이 구근을 심기나 하는지 물었다. "오, 그는 논문을 써야 해서." 램지 씨가 말했다. 자신도 **그 얘기**에 대해서는 다 알고 있다고 램지 부인은 말했다. 그는 다른 것에 대해서는 말하지 않았다. 논문은 누군가가 뭔가에 끼친 영향에 관한 것이었다. "그래, 그것이 그가 의지할 수 있는 전부요." 램지 씨가 말했다. "그가 프루를 사랑하게 되지 않도록 하늘에 기도해요." 램지 부인은 말했다. 그 애가 그와 결혼하게 되면 그 애의 상속권을 박탈할 거요, 하고 램지 씨가 말했다. 그는 아내가 응시하고 있는 꽃들을 바라보지 않고 그것들로부터 30센티미터쯤 위쪽의 어떤 지점을 바라보았다. 그에게 악의는 없어, 하고 그는 덧붙였고, 어쨌든 그가 자신의 논문을 예찬하는 영국의 유일한 젊은이라는 말을 하려다가 그 말을 삼켰다. 그는 자신의 저서 문제로 다시 그녀를 신경 쓰게 하고 싶지 않았다. 그는 시선을 내려, 뭔가 붉은색과 갈색인 것을 알아차리며, 이 꽃들은 훌륭해 보인다고 했다. 그래요, 하지만 이것들은 자신이 손수 심은 것이라고 그녀는 말했다. 문제는 그녀가 구근을 보내면 어떻게 될지 하는 것이었다. 케네디는 그것들을 심었는가? 그녀는 계속 걸으면서 문제는 치료 불가능한 그의 나태함이라고 덧붙였다. 만약 그녀가 손에 삽을 들고 온종일 서서 그를 지켜보면 그는 가끔 일을 조금 했다. 그렇게 그들은 어슬렁어슬렁 걸어 레드핫포커가 있는 쪽으로 갔다. "당신은 딸들에게 과장벽을 가르치고 있어요." 램지 씨는 그녀를 나무라며 말했다. 커밀라 아주머니는 자신보다 훨씬 더 심하다고 램지 부인은 말했다. "내가 아는 한 누구도 당신 아주머니 커밀라를 미덕의 모델로 보지는 않았거든." 램지 씨가 말했다. "그분은 내가 본 가장 아름다운 여자였어요." 램지 부인이 말했다. "다른 누군가가 더 아름다웠지." 램지 씨가 말했다. 프루는 아주머니보다 훨씬 더 아름다울 거예요, 하고 램지 부인이 말했다. 그런 기미는 전혀 보지 못했다고 램지 씨가 말했다. "그럼 오늘 밤에 봐요." 램지 부인이 말했다. 그들은 걸음을 멈췄다. 그는 앤드루가 좀 더 열심히 공부를 하게끔 하고 싶었다. 그렇게 하지 않으면 장학금을 받을 기회를 모두 놓치고 말 것이었다. "오, 장학금!" 그녀가 말했다. 램지 씨는 장학금과 같은 중요한 것에 대해 그녀가 그런 말을 하는 것은 어리석다고 생각했다. 그는 앤드루가 장학금을 받게 되면 무척 자랑스러울 거라고 말했다. 그가 받지 못해도 역시 그를 자랑스럽게 생각할 거라고, 그녀는 대답했다. 이와 관련해 그들은 늘 의견이 달랐지만 그것은 문제가 되지 않았다. 그녀는 장학금에 대한 믿음을 갖고 있는 그가 좋았고, 그는 앤드루가 무엇을 하건 그 애를 자랑스러워하는 그녀가 좋았다. 문득 그녀는 절벽 가장자리의 작은 길들이 생각났다.

그녀는 늦지 않았는지 물었다. 아이들이 아직 집에 오지 않았던 것이다. 램지 씨는 무심하게 시계를 열었다. 하지만 7시가 막 지났을 뿐이었다. 그는 잠시 시계를 연 채로 들고서 자신이 테라스에서 느낀 것을 그녀에게 말할지를 고심했다. 우선 그렇게 초조해하는 것은 이성적이지 않았다. 앤드루는 자신을 돌볼 수 있었다. 그는 그녀에게 자신이 조금 전 테라스를 걷고 있을 때 느낀 것을 말하고 싶었다. 그는 그녀의 고독과 무심함과 소원함을 침범한 것처럼 불안해졌다……. 하지만 그녀가 그를 재촉했다. 등대행에 관한 것일 거라는, 그가 "빌어먹을"이라고 말한 것에 대해 미안해하고 있을 거라는 생각을 하면서 그녀는 그가 무슨 말을 하고 싶어 했는지 물었다. 하지만 아니었다. 그는 그녀가 그토록 슬퍼 보이는 것이 보기 싫다고 했다. 그녀는 약간 얼굴을 붉히면서 부질없는 공상을 했을 뿐이라고 했다. 그들은 계속해서 가야 할지 돌아가야 할지 모르는 것처럼 둘 다 불편해졌다. 그녀는 제임스에게 동화를 읽어주고 있었다고 했다. 아니, 그들은 그 이야기는 함께 나눌 수 없었다. 말할 수 없었다.

그들은 레드핫포커가 피어 있는 두 개의 덤불 사이의 틈에 이르렀고, 다시 등대가 나타났지만 그녀는 그것을 보지 않으려 했다. 만약 그가 자신을 바라보고 있는 것을 알았더라면 거기 앉아 생각에 잠겨 있지 않았을 거라고 그녀는 생각했다. 그녀는 자신이 생각에 잠겨 앉아 있는 것을 다른 사람이 본다는 사실을 상기시켜주는 모든 것이 싫었다. 그래서 그녀는 어깨 너머로 마을을 바라보았다. 불빛들이 마치 바람에 단단하게 붙들린 은색 물방울들처럼 물결을 이루며 달리고 있었다. 그리고 모든 가난과 모든 고통이 그것으로 향했다고 램지 부인은 생각했다. 마을과 항구와 배의 불빛들이 가라앉은 뭔가를 표시하려고 거기에 환영같이 떠 있는 그물처럼 보였다. 그래, 만약 내가 그녀의 생각을 공유할 수 없다면, 그러면, 내 나름의 생각을 하는 거야, 하고 그는 혼잣말을 했다. 그는 어떻게 흄이 수렁에서 옴짝달싹 못 하게 되었는지를 계속 생각하며 그 이야기를 되뇌면서 웃고 싶었다. 하지만 무엇보다도 앤드루에 대해 걱정하는 것은 말도 안 되었다. 앤드루 나이였을 때 그는 호주머니에 비스킷 하나만 넣고 온 종일 시골길을 돌아다니곤 했는데 아무도 그에게 신경을 쓰지 않았고, 그가 절벽에서 떨어졌으리라고 생각하지도 않았다. 그는 날씨가 좋으면 하루 동안 산책을 갈 생각이라고 소리 내어 말했다. 그는 뱅크스와 카마이클에 대해서는 거의 싫증 난 상태였다. 그는 약간의 고독을 원했다. 그래요, 하고 그녀가 말했다. 그녀가 항의하지 않아 그는 짜증이 났다. 그녀는 그가 절대로 그렇게 하지 않으리라는 것을 알고 있었다. 이제 그는 호주머니에 비스킷 하나만 넣고 온종일 돌아다니기에는 너무 나이가 들었다. 그녀는 아들들에 대해서는 염려를 했지만 그에 대해서는 염려하지 않았다. 그들이 레드핫포커 덤불들 사이에 서 있을 때 그는 만을 가로질러 바라보면서, 수년 전, 그가 결혼하기 전, 자신이 온종일 걸었던 것을 생각했다. 그는 선술집에서 빵과 치즈로 한 끼 식사를 했다. 열 시간을 내리 일을 하기도 했다. 그럴 때면 한 노파가 이따금 들러 난롯불을 보살폈다. 모래언덕들이 작아져 어둠 속으로 사라지는 그곳 시골은 그가 제일 좋아하는 곳이었다. 한 사람도 만나지 않고 온종일 걸을 수 있었다. 몇 킬로미터 안에 마을 하나 없었고, 집도 거의 없었다. 홀로 끝까지 고민을 할 수가 있었다. 그곳에는 태초부터 인적이 없었던 작은 모래 해변들이 있었다. 바다표범들이 몸을 세우고 앉아 사람을 바라보는 곳이었다. 때로 그는, 저기 있는 작은 집에서 혼자 있으면, 하고 생각했다. 그는 한숨을 내쉬며 생각을 중단했다. 그에게는 아무런 권리가 없었다. 그는 자신이 여덟 아이들의 아버지라는 사실을 떠올렸다. 단 한 가지라도 달라지기를 바란다면 그는 짐승이고 망종일 것이다. 앤드루는 그 자신보다 나은 사람이 될 것이다. 프루는 미인이 될 거라고 그 애 어머니가 말했다. 그 애들은 세파를 조금은 잘 헤쳐나갈 것이다. 대체로 그의 여덟 아이들은 괜찮은 작품들이었다. 그들은 그가 불쌍한 작은 우주를 완전히 망치지는 않았다는 사실을 보여주었다. 그는 육지가 점점 작아져 사라져버리는 것을 바라보면서 오늘 저녁과 같은 저녁에는 그 작은 섬이 반쯤은 바다에 삼켜져 애처롭게 작아 보인다고 생각했다.

"가엾은 작은 섬." 그는 한숨을 쉬며 중얼거렸다.

그녀는 그가 하는 말을 들었다. 그는 아주 우울한 이야기를 했지만 그녀는 그가 그런 말을 하자마자 늘 보통 때보다 더 명랑해 보인다는 것을 알아차렸다. 이렇게 문장을 만드는 것은 모두 하나의 놀이일 뿐이라고 그녀는 생각했다. 만약 자신이 그가 한 말의 반만 했더라도 그녀는 지금쯤 자기 머리를 날려버렸을 것이기 때문이다.

이렇게 문장을 만드는 것은 그녀를 짜증 나게 했기에, 그녀는 그에게 무미건조한 어조로, 더할 나위 없이 아름다운 저녁이라고 말했다. 그리고 반은 웃으며 반은 불평을 하며 무엇에 대해 번민하고 있는지 물었는데, 그녀는 그가 무슨 생각을 하고 있는지 추측할 수 있었다— 결혼을 하지 않았더라면 더 나은 책들을 썼으리라는 것이다.

그는 불평하고 있지 않다고 말했다. 그녀는 그가 불평하지 않는다는 것을 알고 있었다. 그녀는 그가 불평할 만한 그 무엇도 없다는 것을 알고 있었다. 그는 그녀의 손을 잡아 입술로 가져가 강렬하게 입맞춤을 했고, 이 때문에 그녀는 눈물이 맺혔다. 그리고 그는 재빨리 손을 놓았다.

그들은 풍경에서 몸을 돌려, 팔짱을 끼고, 반짝이는 연초록색 창 모양의 식물들이 자라고 있는 길을 따라 걸어 올라가기 시작했다. 램지 부인은 그의 팔이 거의 젊은이처럼 가늘고 단단하다고 생각했다. 그리고 그가 예순이 넘었음에도 여전히 얼마나 강건하고 길들여지지 않고 낙천적인지, 또한 온갖 종류의 끔찍한 일들에 대해 확신을 하고 있으면서도 그것들 때문에 의기소침해지지 않고 오히려 유쾌해지는 것은 얼마나 이상한 일인지 생각하며 기뻐했다. 그것은 이상한 일이 아닌가, 하고 그녀는 곰곰이 생각했다. 정말이지 그녀에게 그는 다른 사람들과는 다르게 만들어진 것처럼 보였다. 그는 일상사에 대해서는 맹인이자 농인이요, 아인으로 타고났지만 예외적인 것들에 대해서는 독수리 같은 눈을 지니고 있었다. 그의 이해력은 종종 그녀를 놀라게 했다. 하지만 그는 꽃들을 알아보는가? 아니다. 풍경은 알아보는가? 아니다. 심지어는 자신의 딸들의 아름다움을, 또는 자신의 접시에 푸딩이 있는지 로스트비프가 있는지는 알아차리는가? 그는 마치 꿈을 꾸는 사람처럼 식탁에 함께 앉아 있었다. 그리고 소리 내어 말하거나 소리 내어 시를 읊는 습관이 배어 있는 것 같아 그녀는 걱정이 됐다. 때로 곤란하기도 했기 때문이었다.

가장 훌륭하고 가장 총명한 사람이여, 어서 오시오!*

그가 기딩스 양에게 이렇게 소리쳤을 때 가엾은 그녀는 거의 혼비백산할 지경이었다. 하지만 램지 부인은 그 즉시 이 세상의 모든 멍청한 기딩스들에 맞서 남편의 편을 들긴 했지만, 그가 언덕

* 셸리의 시 '제인에게: 초대'의 첫 행.

을 너무 빨리 올라가고 있다고 그의 팔을 살짝 눌러 암시를 주고는, 잠시 걸음을 멈춰 둑에 있는 것이 새로운 두더지 굴인지 봐야겠다는 생각을 했다. 그런 다음 몸을 굽혀 찾아보며, 자신의 남편과 같은 위대한 정신의 소유자는 우리와 모든 면에서 다를 것임에 틀림없다고 생각했다. 그녀는 토끼 한 마리가 들어간 게 틀림없다고 결론 내리며, 자신이 알아온 모든 위인들도 그랬으니, 젊은이들이 그의 말을 듣고 그를 바라다보기만 해도 좋을 것이라고 생각했다(물론 강의실의 분위기는 그녀가 거의 견딜 수 없을 정도로 답답하고 우울했다). 하지만 토끼들을 총으로 쏘지 않고 어떻게 막아낼 수 있을지 그녀는 궁금했다. 토끼일 수도 있고, 두더지일 수도 있었다. 어쨌든 어떤 동물이 그녀의 달맞이꽃을 망쳐놓고 있었다. 그녀는 시선을 들어 가느다란 나무들 위로 고동치듯이 밝게 빛나는 별의 첫 반짝임을 보았고, 그 광경이 너무도 예리한 기쁨을 주었기에 남편에게도 그것을 보게 하고 싶었다. 하지만 그녀는 자제했다. 그는 결코 사물을 보지 않았다. 그렇게 한다 해도 그는 늘 그렇듯 한숨을 한 번 쉬면서, 가엾은 작은 세상이라고 말할 뿐이었다.

그 순간 그는 그녀를 기쁘게 해주기 위해 "아주 좋네"라고 말했고, 꽃들을 예찬하는 척했다. 하지만 그녀는 그가 그것들을 예찬하지 않는다는 것을, 심지어는 그것들이 거기 있다는 사실조

차 깨닫지 못하고 있다는 것을 아주 잘 알고 있었다. 그것은 단지 그녀를 기쁘게 해주기 위해서였다……. 아, 그런데 저건 윌리엄 뱅크스와 걷고 있는 릴리 브리스코가 아닌가? 그녀는 근시인 자신의 눈의 초점을 멀어져가는 두 사람의 등에 맞추었다. 그랬다, 정말 그랬다. 저건 그들이 결혼할 거라는 것을 의미하지 않는가? 그래, 틀림없어! 얼마나 훌륭한 생각인가! 그들은 반드시 결혼해야 해!

13

뱅크스 씨는 릴리 브리스코와 풀밭을 가로질러 가면서, 암스테르담에 가보았어요, 하고 말하고 있었다. 렘브란트의 그림들을 보았죠. 마드리드에도 갔었고요. 불행히도 성금요일*이어서 프라도 미술관은 닫혀 있었죠. 로마에 갔었어요. 브리스코 양은 로마에 간 적이 없다고요? 오, 가봐야 해요—굉장한 경험이 될 거예요—시스티나 대성당, 미켈란젤로, 그리고 조토의 작품이 있는 파도바. 그의 아내는 여러 해 동안 건강이 좋지 않았고, 그

---

* 예수가 십자가에 못 박혀 죽은 일을 기념하는 날.

래서 그들은 많이 돌아다니지는 못했다.

그녀는 브뤼셀에 갔었다. 파리에도 갔었지만, 앓고 있는 아주머니를 방문한 짧은 여행이었을 뿐이다. 그녀는 드레스덴에 갔었는데 처음 보는 그림들이 많았다. 하지만 릴리 브리스코는 어쩌면 그림들을 보지 않는 편이 더 나을지도 모른다고 말했다. 그림들을 보면 자신의 작품에 대해 절망적으로 불만을 갖게 될 따름일 테니. 뱅크스 씨는 그러한 관점은 지나치게 밀고 나간 것일 수도 있다고 생각했다. 우리 모두가 티치아노나 다윈이 될 수는 없죠, 하고 그는 말했다. 동시에 그는 우리 같은 보잘것없는 사람들이 없다면 다윈이나 티치아노와 같은 사람이 있을 수 있겠는지 의심스럽다고 했다. 릴리는 그에게 칭찬을 하고 싶었다. 뱅크스 씨, 당신은 보잘것없지 않아요, 하고 말하고 싶었다. 하지만 그는 칭찬을 원치 않았고(대부분의 남자들은 좋아하는데, 하고 그녀는 생각했다), 그녀는 자신이 느낀 충동이 약간 부끄러웠고, 그래서 그가 어쩌면 자신이 하는 말이 그림에는 적용되지 않을지도 모른다고 말하는 동안 아무 말도 하지 않았다. 자신의 사소한 위선을 내던지며 릴리는 어쨌든 늘 계속해서 그림을 그리겠다고 했는데, 그것은 그 일이 재미있기 때문이라는 것이었다. 그래요, 그럴 거라고 확신해요, 하고 뱅크스 씨는 말했다. 그리고 그들이 잔디밭 끝에 이르렀을 때 그는 그녀에게 런던에서 소재를 찾기가 어려운지 물었고, 그때 몸을 돌린 그들은 램지 부부를 보았다. 그래, 저게 결혼 생활이야, 한 남자와 한 여자가 소녀가 공을 던지는 것을 바라보는 것이, 하고 릴리는 생각했다. 저것이 바로 지난밤 램지 부인이 내게 말하려 했던 거야, 하고 그녀는 생각했다. 램지 부인은 초록색 숄을 두르고 있었고, 그들은 가까이 서서 함께 프루와 재스퍼가 공을 던지고 받는 것을 지켜보고 있었다. 그리고 갑자기, 아무런 이유도 없이, 어쩌면 사람들이 지하철에서 걸어 나오거나 초인종을 누를 때 그들에게 하강해 그들을 상징적으로 만들고 대표적인 인물로 만드는 그 의미가 내려앉아, 황혼 속에 서서 지켜보고 있는 그들을 남편과 아내라는 결혼의 상징으로 만들었다. 그리고 거의 즉시 실제 인물들을 초월하는 상징적 윤곽이 다시 가라앉았고, 이제 뱅크스 씨와 릴리 브리스코가 만난 그들은 공을 던지고 받는 아이들을 지켜보고 있는 램지 부부가 되었다. 잠시 동안이긴 하지만 램지 부인은 여느 때의 미소로 그들을 맞으면서 (오, 그녀는 우리가 결혼할 거라고 생각하고 있어, 하고 릴리는 생각했다) "오늘 밤은 내가 이겼어요"라고 말했는데, 그것은 이번만큼은 뱅크스 씨가 요리사가 야채를 제대로 요리하는 자신의 하숙집으로 가버리는 대신 그들과 함께 식사를 하는 데 동의했다는 의미였다. 그럼에도, 잠시 동안이긴 하지만 공이 하늘 높이 치솟고, 그들이 시선으로 그것을 좇다가 놓치고 별 하나와 나뭇잎이 무성한 나뭇가지를 보았을 때, 사물들이, 공간감과 무책임함의 감각이 폭발한 것 같았다. 희미해지고 있는 빛 속에서 그들 모두는 윤곽이 예리하고, 미묘하며, 멀리 떨어져 있는 것처럼 보였다. 그때 프루가 광활한 공간 너머로 뒤로 돌진하며(마치 견고함이 완전히 사라진 것처럼 보였기 때문에) 전속력으로 그들에게 달려가 왼손으로 높이 떠 있는 공을 솜씨 있게 잡았고, 어머니가 "그들은 아직도 안 돌아왔어?"라고 말하는 순간 주문이 깨져버렸다. 램지 씨는 이제 흄이 수렁에 빠졌을 때 한 늙은 여자가 주기도문을 외운다는 조건으로 그를 구해주었다는 생각을 하며 큰 소리로 웃을 정도로 자유로움을 느꼈고, 혼자 킬킬거리면서 서재를 향해 어슬렁어슬렁 걸어갔다. 램지 부인은 공을 주고받느라 벗어났던 가정생활의 연대 속으로 프루를 다시 끌어들이며 "낸시가 같이 간 거야?" 하고 물었다.

14

(분명 낸시는 그들과 같이 갔다. 낸시가 점심 식사 후 지긋지긋한 가정생활에서 벗어나려고 다락방으로 갈 때 민터 도일이

손을 내밀면서 멍청한 표정으로 부탁했기 때문이다. 민터는 낸시가 가주어야 한다고 생각했다. 낸시는 가고 싶지 않았다. 그 모든 것에 끌려 들어가고 싶지 않았다. 그들이 길을 따라 절벽까지 걸어갈 때 민터는 그녀의 손을 계속 잡고 있었다. 그러더니 손을 놓아주기도 하고 다시 잡기도 했다. 무엇을 원하는 것일까? 낸시는 자문했다. 물론 사람들이 원하는 것이 있긴 했다. 민터가 그녀의 손을 잡아 쥐었을 때 낸시는 마치 안개 사이로 보이는 것이 콘스탄티노플이기나 한 것처럼 그녀 아래로 온 세상이 펼쳐지는 것을 마지못해 보았고, 사람은 눈이 제아무리 거슴츠레해도, "저것이 산타 소피아*인가?" "저것은 골든 혼**인가?" 하고 묻지 않을 수 없는 법이다. 그래서 낸시는 민터가 손을 잡았을 때 "원하는 게 무엇이죠? 저것인가요?" 하고 물었다. 그리고 저것은 무엇이었나? 여기저기 안개 속에서 (낸시는 자신 아래로 삶이 펼쳐져 있는 것을 보았다) 이름 없는 돌출물들이, 작은 뾰족탑과 둥근 지붕이 나타났다. 하지만 그들이 산허리를 달려 내려가면서 민터가 그녀의 손을 놓았을 때 그것이 무엇이었든, 돔과 작은 뾰족탑과 같은, 안개 사이로 돌출했던 모든 것이 안개

* 이스탄불에 있는 회교 사원.
** 이스탄불의 내항구.

속으로 가라앉아 사라져버렸다.

앤드루가 보기에는 민터가 잘 걷는 편이라고 했다. 대부분의
여자들보다 실용적인 옷을 입었다. 그녀는 아주 짧은 스커트에
검은색 니커스*를 입고 있었다. 그녀는 곧장 개울에 뛰어들어 버
둥거리며 건너갔다. 그는 그녀의 경솔함을 좋아했지만 그것은
쓸모가 없다는 것을 알고 있었다―그녀는 조만간 어떤 멍청한
방법으로 자살할 것이었다. 그녀가 무서워하는 것이라곤 황소
뿐인 것 같았다. 그녀는 들판에서 황소를 보기만 해도 양팔을 번
쩍 치켜들고 비명을 지르며 도망을 쳤는데, 물론 그것 자체가 황
소를 화나게 하는 것이었다. 그런데 그녀는 전혀 거리낌 없이 그
사실을 털어놓았다. 그 점은 인정해야 한다. 그녀는 자신이 황소
에 관한 한 대단한 겁쟁이라는 사실을 알고 있다고 말했다. 그녀
는 아기였을 때 유모차 안에서 심하게 흔들린 게 틀림없다고 생
각했다. 그녀는 자신의 말이나 행위에 대해서는 신경 쓰지 않는
것 같았다. 이제 갑자기 그녀는 절벽 가장자리에 자리 잡더니 어
떤 노래를 부르기 시작했다.

망할 놈의 당신의 눈, 망할 놈의 당신의 눈.

* 무릎 아래에서 훑치는 느슨한 반바지.

그들 모두가 끼어들어 합창을 하지 않을 수 없어서 함께 소리를 질렀다.

망할 놈의 당신의 눈, 망할 놈의 당신의 눈.

하지만 그들이 해변에 이르기 전에 조수가 밀려 들어와 괜찮은 사냥터를 모두 뒤덮어버리게 되면 치명적일 것이었다.

"치명적이야." 폴이 벌떡 일어나며 동의했다. 그리고 그들이 미끄러져 내려갈 때 그는 계속해서 안내 책자를 인용했다. "이 섬들은 공원과도 같은 전망과 규모, 다양하고 진귀한 해양생물들로 유명하다." 하지만 앤드루는 절벽을 내려가면서, 이렇게 소리를 지르고, 망할 놈의 당신의 눈이라고 말하고, 누군가가 그의 등을 치면서 그를 "이 녀석" 하고 부르는 것 등은 전혀 쓸모가 없다고 느꼈다. 여자들을 산책에 데리고 나와 겪은 최악의 일이었다. 해변에 이르렀을 때 그들은 흩어졌고, 그는 '교황의 코'라는 곳까지 가 신발을 벗고는 그 속에 양말을 말아 넣고, 두 연인은 알아서 하게 내버려두었다. 낸시는 물을 헤치고 자신이 고른 바위로 가 혼자만의 물웅덩이를 찾았고, 두 연인은 알아서 하게 내버려두었다. 그녀는 몸을 낮게 웅크린 채로 젤리 덩어리처럼 바위 옆면에 달라붙어 있는, 매끈한 고무 같은 말미잘을 만졌다. 그녀는 생각에 잠겨 물웅덩이를 바다로 바꿨고, 피라미들을 상어와 고래로 만들었으며, 손으로 태양을 가려 그 작은 세계 위로 거대한 구름을 드리워서 마치 신처럼 무지하고 순진한 수많은 피조물들에게 어둠과 황량함을 가져다주었다. 그런 다음 갑자기 손을 치워 햇빛이 쏟아져 내리게 했다. 멀리 가로세로 무늬가 진 희미한 모래밭 위로 목이 긴 장갑을 끼고, 가두리 장식이 달린 어떤 환상적인 거대한 바다짐승이 발을 높이 들며 으스대며 나아가 (그녀는 여전히 물웅덩이를 확대하고 있었다) 산 쪽의 거대한 틈 속으로 미끄러져 들어갔다. 그런 다음 알아차릴 수 없을 정도로 살며시 물웅덩이 위쪽으로 시선을 들어, 바다와 하늘의 흔들리는 경계선에, 증기선의 연기 때문에 수평선 위에서 흔들리는 나무줄기에 고정하면서 그녀는 야만적으로 휩쓸고 들어왔다가 불가피하게 물러가는 그 모든 힘에 의해 최면에 걸렸다. 그리고 그 안에서 피어나는, 그 거대함과 이 작음이라는 두 개의 감각은 (물웅덩이는 다시 작아졌다) 그녀로 하여금 자신이 옴짝달싹 못 하게 묶여서 그녀 자신의 몸과 삶 그리고 이 세상의 모든 사람들의 삶을 영원히 아무것도 아닌 것으로 축소시키는 감정들의 강렬함 때문에 움직일 수가 없다고 느끼게 했다. 그래서 그녀는 물웅덩이 위로 몸을 웅크린 채로 파도 소리에 귀를 기울이면서 생각에 잠겼다.

그런데 앤드루가 바닷물이 밀려 들어오고 있다고 외쳤고, 그래서 그녀는 야트막한 파도 사이를 첨벙거리며 해변으로 뛰어올라갔다. 그녀는 자신의 성급함과 재빨리 움직이고 싶은 충동에 이끌려 어떤 바위 뒤로 갔는데, 거기에는—오, 이럴 수가!—폴과 민터가 서로 껴안고 있었다! 그들은 입맞춤을 하고 있는 중인지도 몰랐다. 그녀는 격분하고 분개했다. 그녀와 앤드루는 죽은 듯이 조용히, 그 일에 관해서는 한마디도 하지 않고 신발과 양말을 신었다. 사실 그들은 서로에 대해 약간 날카로운 상태였다. 그녀가 가재든 그 무엇이든 뭔가를 봤으면 그를 부를 수도 있었을 텐데, 하고 그는 투덜거렸다. 하지만 그들 둘 모두 자신들의 잘못은 아니라고 느꼈다. 그들은 이런 끔찍하게 귀찮은 일이 일어나기를 원치 않았었다. 그럼에도 앤드루는 낸시가 여자라는 사실에 언짢아하고, 낸시는 앤드루가 남자라는 사실에 언짢아하며, 신발 끈을 아주 깔끔하게 매고, 나비매듭을 약간 단단히 조였다.

그들이 곧장 절벽 꼭대기에 다시 올라갔을 때 민터가 할머니의 브로치를 잃어버렸다고 소리쳤다—할머니의 브로치는 그녀가 소유한 유일한 장신구였는데, 진주가 박힌 수양버들 모양이었다(그들도 틀림없이 기억날 것이다). 뺨에 눈물을 흘리면서 그녀는 할머니가 마지막 날까지 모자를 고정하는 데 쓴 그 브로치를 그들도 틀림없이 보았을 거라고 말했다. 그런데 이제 그것을 잃어버린 것이었다. 그녀는 다른 무엇을 잃어도 그것만은 잃고 싶지 않았다! 그녀는 되돌아가 그것을 찾고자 했다. 모두가 되돌아갔다. 그들은 여기저기 찔러보고, 들여다보고, 찾아보았다. 그들은 머리를 아주 낮게 숙이고, 말은 짤막하고 퉁명스럽게 했다. 폴 레일리는 미친 사람처럼 그들이 앉아 있던 바위 주위를 온통 뒤졌다. 폴이 앤드루에게 "이 지점에서 저 지점까지 철저히 수색해" 하고 말했을 때 그는 브로치 하나를 두고 벌이는 이 모든 소동은 전혀 쓸데가 없다고 생각했다. 밀물이 빠른 속도로 밀려 들어오고 있었다. 곧 바닷물이 그들이 앉았던 장소를 뒤덮어버릴 것이었다. 지금 브로치를 찾을 가능성은 전혀 없었다. "우리는 고립될 거예요!" 갑자기 겁에 질린 민터가 비명을 질렀다. 당장 그럴 위험이 닥쳐올 것처럼! 다시 황소의 경우와 마찬가지였다ㅡ앤드루는 그녀가 감정을 전혀 조절하지 못한다고 생각했다. 여자들은 그랬다. 가련한 폴이 그녀를 진정시켜야 했다. 남자들은 (앤드루와 폴은 여느 때와는 달리 그 즉시 남자다워졌다) 잠시 얘기를 나눈 끝에 레일리의 지팡이를 그들이 앉았던 곳에 꽂아놓고 썰물 때 다시 오기로 결론을 내렸다. 지금으로서는 할 수 있는 일이 더 이상 없었다. 그들은 만약 브로치가 거기 있다면 아침에도 그곳에 있을 거라고 민터를 안심시켰지만 그녀는 절벽 꼭대기까지 올라가는 내내 흐느꼈다. 그것은 할머니의 브로치였다. 그녀는 다른 무엇을 잃어도 그것만은 잃고 싶지 않았다. 하지만 낸시는 민터가 브로치를 잃어버린 것을 걱정하고 있는 것은 사실일 수도 있지만, 단지 그 때문에 울고 있는 것은 아니라고 느꼈다. 그녀는 다른 뭔가 때문에 울고 있었다. 우리 모두가 주저앉아 울 수도 있어, 하고 그녀는 느꼈다. 하지만 그녀는 그것이 무엇 때문인지는 알지 못했다.

폴과 민터가 함께 앞장서서 갔는데, 폴은 민터를 위로하며, 자신이 물건을 찾아내는 것으로 얼마나 유명한지 말했다. 어렸을 때 한번은 금시계를 찾은 적도 있었다. 그는 동이 틀 때 일어나, 그것을 찾을 거라고 장담했다. 그때쯤에는 거의 깜깜할 것이고, 해변에는 자신 혼자만 있을 것이며, 약간 위험할 것처럼 여겨졌다. 하지만 그는 그녀에게 확실히 그것을 찾을 거라고 말했고, 그녀는 그가 동틀 무렵에 일어나겠다는 소리를 듣고 싶지 않다고 했다. 브로치는 잃어버렸고, 그녀는 그것을 잘 알고 있었다. 그날 오후 브로치를 달 때 그렇게 되리라고 예상했었다. 그는 그녀에게 얘기는 하지 않을 테지만, 모두가 잠든 새벽에 집에서 빠져나올 것이며, 브로치를 찾지 못할 경우 에든버러에 가 그것과 똑같지만 더 아름다운 것을 하나 사 그녀에게 줘야겠다는 결심을 가만히 했다. 그는 자신이 무엇을 할 수 있는지 증명할 것이었다. 그들이 언덕으로 나와, 아래쪽에 있는 마을의 불빛들을 보았을 때, 갑자기 하나씩 보이는 그 빛들은 그에게 앞으로 일어날 일들 — 결혼과 아이들과 집 — 처럼 보였다. 그리고 그들이 높이 자란 관목의 그늘이 드리워진 큰길로 나왔을 때 그는 그들이 어떻게 함께 단둘만의 장소로 빠질지를 생각했다. 그가 항상 그녀를 안내하고, 그녀가 그의 옆에 바싹 붙어서서(지금 그러는 것처럼), 그들은 걷고 또 걸을 것이었다. 그들이 교차로에서 몸을 돌릴 때 그는 자기가 얼마나 소름 끼치는 경험을 했는지를 생각했다. 그리고 그는 누군가에게 — 물론 램지 부인에게 — 얘기를 해야 했다. 그가 어떤 상태였고, 어떤 일을 했는지를 생각하자 숨이 가빴기 때문이다. 그가 민터에게 청혼했을 때는 단연코 그의 인생의 최악의 순간이었다. 그는 곧장 램지 부인에게 갈 것이었다. 왠지 모르지만 그가 민터에게 청혼하게 한 사람이 그녀라고 느꼈던 것이다. 그녀는 그가 무슨 일이든 할 수 있다고 생각하게 만들었다. 다른 누구도 그를 진지하게 대하지 않았는데 말이다. 하지만 그녀는 그가 원하는 것이면 뭐든지 할 수 있다고 믿게 했다. 그는 오늘 온종일 그녀의 시선이 그에게 머물며 그를 따라다니는 것 같았고, 그녀가 (비록 그녀가 한마디도 하지 않았지만) "그래요, 당신은 할 수 있어요. 나는 당신을 믿어요. 나는 당신에게서 그 점을 기대해요"라고 말하는 것 같았다.

그녀가 이 모든 것을 느끼게 했으니, 그들이 돌아가자마자 (그는 만 위로 그 집의 불빛들을 찾았다) 그는 그녀에게 가 "해냈어요, 램지 부인, 감사드려요"라고 말할 것이었다. 집으로 이어지는 오솔길로 들어서면서 그는 2층 창문들에서 움직이는 불빛들을 볼 수 있었다. 그렇다면 그들은 무척 늦은 게 분명했다. 사람들은 저녁 식사 준비를 하고 있었다. 집 안의 불은 모두 켜져 있었고, 어두운 곳에 있던 그는 불빛으로 눈이 가득해지는 것을 느꼈다. 그는 진입로를 걸어가면서 어린아이처럼, 빛들, 빛들, 빛들, 하고 중얼거렸으며, 그들이 집 안으로 들어와서도 얼굴이 무척 경직된 채 주위를 둘러보며, 빛들, 빛들, 빛들, 하고 멍하니 되풀이했다. 하지만 그는 넥타이에 손을 얹으면서, 맙소사, 바보처럼 굴면 안 돼, 하고 혼잣말을 했다.)

15

"그래요" 하고, 프루는 생각에 잠긴 모습으로, 어머니의 질문에 답하면서, "낸시가 같이 간 것 같아요" 하고 말했다.

16

그래, 낸시가 함께 갔군, 하고 생각하며 램지 부인은 솔을 내려놓고 빗을 집어 들었다. 낸시가 그들과 같이 있다는 사실이 무슨 일인가가 일어날 가능성을 높일지 낮출지 궁금해하며, 문을 두드리는 소리에 "들어와" 하고 말했다(재스퍼와 로즈가 들어왔다). 논리적이지는 않지만, 어쩐지 가능성을 낮출 것 같다고 램지 부인은 느꼈다. 어쨌든 큰 규모의 대참사는 가능하지 않을 것이었다. 그들 모두가 익사할 수는 없었다. 그리고 그녀는 다시 삶이라는 자신의 오랜 숙적 앞에서 혼자라고 느꼈다.

저녁 식사 시간을 늦춰야 하는지 밀드러드가 알고 싶어 한다고 재스퍼와 로즈가 말했다.

"영국 여왕이 오셔도 안 될 말이지." 램지 부인은 단호하게 말했다.

"멕시코 여제가 오신다 해도 안 되고." 그녀는 재스퍼를 향해 웃으며 덧붙였다. 그는 어머니의 악덕을 공유하고 있었으니까. 그 역시 과장을 했다.

그녀는 로즈가 원한다면 재스퍼가 말을 전하러 간 사이에, 자신이 어떤 보석을 착용할지 골라줘도 좋다고 했다. 열다섯 사람*이 참석하는 저녁 식사 시간에 계속해서 기다리게 할 수는 없었다. 이제 그녀는 그들이 이토록 늦는 것에 짜증이 나기 시작했다. 지각 없는 짓이었다. 그들에 대한 걱정에 더해, 그들이 하필 오늘 밤 이렇게 늦는 것이 짜증스러웠다. 사실, 그녀는 오늘의 저녁 식사가 특별히 훌륭하기를 바랐는데, 그것은 윌리엄 뱅크스가 드디어 그들과 식사를 같이하는 데 동의했고, 밀드러드의 걸작인 뵈프앙도브**를 먹을 것이기 때문이었다. 요리가 준비된 정확한 순간에 내놓아지는 데 모든 것이 달려 있었다. 소고기와 월계수 잎과 포도주 등 모든 것이 꼭 알맞게 요리되어야 했다. 시간을 끄는 것은 어불성설이었다. 그런데 하필이면 오늘 밤 그들이 외출해 늦게 돌아오고 있으니, 음식을 내보내 식지 않도록 해야 했다. 뵈프앙도브를 완전히 망칠 것이었다.

재스퍼는 그녀에게 오팔 목걸이를 권했고, 로즈는 금목걸이를 권했다. 어느 것이 그녀의 검은색 드레스에 가장 잘 어울릴까? 램지 부인은 목과 어깨를 (하지만 얼굴은 피하면서) 거울에 비춰보면서 무심하게, 정말 어떤 것이 어울릴까, 하고 말했다. 그런 다음 아이들이 그녀의 장신구들을 뒤지는 사이 창밖으로 그녀를 늘 기쁘게 해주는 광경—어느 나무에 자리를 잡으면 좋

---

* 실제로는 열네 사람이다.
** 소고기에 야채를 곁들인 스튜.

을지 고민하고 있는 당까마귀들―을 보았다. 매번 그것들은 마음을 바꾼 듯 다시 공중으로 날아올랐다. 그것은 그녀의 생각에는 자신이 조지프 영감이라고 이름을 붙여준 늙은 아버지 당까마귀가 무리를 힘들게 하는, 대단히 까다로운 성격의 새였기 때문이다. 그것은 보기 흉한 늙은 새로, 날개의 깃털을 반은 잃은 상태였다. 그녀가 선술집 앞에서 본 적이 있는, 중산모를 쓴 채로 뿔피리를 불던 누추한 늙은 신사 같았다.

"저걸 봐!" 부인은 웃으면서 말했다. 그것들은 실제로 싸우고 있었다. 조지프와 메리가 싸우고 있었다. 어떻게 해서인지 그것들은 모두 다시 올라갔고, 검은 날개가 공기를 옆으로 밀쳐 멋진 언월도 모양이 나타났다. 파닥거리는 날개의 움직임은―그녀는 마음에 들게 정확히 그것을 묘사할 수 없었다―그녀에게는 가장 사랑스러운 것들 중 하나였다. 저걸 봐, 하고 그녀는 로즈가 자신보다 더 분명하게 보기를 바라면서 로즈에게 말했다. 아이들이 부모의 관찰에 더해 좀 더 나아가는 일이 자주 있기 때문이었다.

그런데 어느 것으로 해야 하는 거지? 그들은 그녀의 보석 상자의 서랍들을 모두 열어놓은 상태였다. 이탈리아제 금목걸이, 아니면 제임스 아저씨가 인도에서 가져다준 오팔 목걸이? 아니면 자수정을 해야 하나?

"얘들아, 골라봐." 그녀는 아이들이 서두르기를 바라면서 말했다.

하지만 그녀는 그들이 천천히 고르게 내버려두었다. 그녀는 특히 로즈가 이것저것 집어서 검은색 드레스에 보석들을 대어보게 했다. 밤마다 거행되는 이 작은 보석 고르기 의식은 로즈가 가장 좋아하는 일이라는 것을 알고 있었기 때문이다. 로즈는 어머니가 착용할 보석을 고르는 이 일에 큰 의미를 부여할 나름의 숨은 이유가 있었다. 램지 부인은 로즈가 자신이 고른 목걸이를 걸어주도록 꼼짝 않고 선 채로, 자신의 과거를 돌아보며, 로즈 나이에 자신이 어머니에 대해 가졌던 깊고, 내밀하며, 말로는 표현할 수 없는 감정을 헤아려보면서, 그 이유가 무엇일지 생각해보았다. 자기 자신에 대해 느끼는 모든 감정이 그렇듯 그것은 사람을 슬프게 만든다고 램지 부인은 생각했다. 되돌려줄 수 있는 것은 너무도 적절치 않았으니까. 그리고 로즈가 느끼는 것은 실제 그녀와는 전혀 관계가 없는 것이었다. 로즈는 성장할 것이었다. 그리고 로즈는 이 깊은 감정들로 인해 고통을 겪을 것이라고 그녀는 생각했다. 그리고 자신은 이제 준비가 되었으니 같이 내려갈 것이고, 재스퍼는 신사이니까 그녀에게 팔을 내밀고, 로즈는 숙녀이니까 손수건을 지참하라고 했다(그녀는 로즈에게 손수건을 주었다). 그리고 또 무엇이 있지? 그래, 추울지도 모르니까 숄이 필요해. 숄 하나 골라주렴, 하고 그녀는 말했다. 그렇게 고통을 겪게 될 테지만, 로즈는 그 말에 기뻐할 것이었기 때문이다. "저기" 하고 그녀는 층계참의 창가에서 걸음을 멈추며 말했다. "그들이 또 왔어." 조지프는 다른 나무에 자리를 잡고 있었다. 그녀는 재스퍼에게 "저들이 날개가 부러진 것에 대해서는 신경 쓰지 않는다고 생각하니?" 하고 말했다. 왜 그는 가엾은 조지프와 메리를 쏘고 싶어 하는 것일까? 그는 층계에서 약간 발을 질질 끌었고, 꾸지람을 들었다고 느꼈지만 심하게는 아니었다. 그녀는 새를 쏘는 즐거움을 이해하지 못했고 새들은 느끼지 못했으니까. 그의 어머니는 다른 세상에 살고 있었다. 그럼에도 그는 메리와 조지프에 관한 그녀의 이야기들을 좋아하는 편이었다. 그녀는 그를 웃게 했다. 하지만 그녀는 어떻게 그것들이 메리와 조지프라는 사실을 알고 있는 것인가? 매일 밤 같은 새들이 같은 나무에 온다고 생각하는 것인가, 하고 그는 물었다. 그런데 그때 갑자기 그녀가 다른 모든 어른들처럼 더 이상 그에게 조금도 주의를 기울이지 않았다. 그녀는 현관에서 들려오는 요란한 소리에 귀를 기울이고 있었다.

"그들이 돌아왔어!" 그녀는 외쳤고, 그 즉시 안도감을 느끼기보다는 그들에게 더욱 짜증이 났다. 그러고는 그 일이 일어난 것인가, 하고 궁금해했다. 그녀가 내려가면 그들은 그녀에게 말을 해줄 거야—하지만 안 돼. 사람들이 많으니 아무 말도 할 수가 없을 거야. 그래서 그녀는 내려가 저녁 식사를 시작하고 기다려야 했다. 그리고 백성들이 현관에 모인 것을 보고 그들을 굽어보고 그들 사이에 내려가 말없이 그들의 치하를 받고 헌신과 조아림을 받아들이는 여왕처럼(폴은 그녀가 지나갈 때 곧장 앞만 바라보면서 근육 하나 움직이지 않았다) 그녀는 내려가서 현관을 가로질러 가, 마치 그들이 말로 표현할 수 없는 것, 즉 그녀의 아름다움에 바치는 찬사를 받아들이기라도 하는 것처럼 아주 가볍게 머리를 끄덕였다.

하지만 그녀는 걸음을 멈췄다. 뭔가가 타는 냄새가 났다. 뵈프 앙도브를 너무 삶은 것은 아니겠지, 하고 그녀는 생각했다. 그런 일은 없기를! 그때 커다란 징 소리가 엄숙하고도 권위 있게 울리며, 여기저기 흩어져서, 다락방과 침실과 자신만의 작은 횃대에서 책을 읽거나 글을 쓰거나 머리 손질을 마무리하거나 드레스의 끈을 조이고 있던 사람들이 그 모든 것을 멈추고, 자질구레한 물건들은 세면대와 화장대에, 소설들은 침대 옆 탁자에, 무척 은밀한 일기들은 거기 그대로 놓아두고, 식당에 모여 저녁 식사를 해야 한다는 사실을 알렸다.

17

램지 부인은 식탁의 상석에 자리 잡고 앉아, 식탁 위에서 하얀 원들을 그리고 있는 접시들을 바라보면서, 한데 나는 내 인생을 어떻게 한 거지, 하고 생각했다. "윌리엄, 내 옆에 앉아요." 그녀는 말했다. "릴리는 저기 앉고요." 그녀는 지친 듯이 말했다. 그들, 폴 레일리와 민터 도일은 그것이 있었지만, 그녀는 이것, 즉 한없이 긴 식탁과 접시들과 칼들만 있었다. 반대쪽 끝에는 남편이 얼굴을 찌푸린 채 하나의 덩어리처럼 앉아 있었다. 뭐가 못마땅한지? 그녀는 알지 못했다. 상관없었다. 그녀는 자신이 도대체 어떻게 그에게 어떤 감정이나 애정을 느낄 수 있었는지 이해가 되지 않았다. 그녀는 수프를 뜨며, 자신이 모든 것을 뚫고 빠져나와 지나친 것 같았다. 마치 바로 그곳에 어떤 소용돌이가 쳐 그 속에 빠져 있을 수도 있고, 거기서 빠져나올 수도 있는데, 자신은 빠져나온 것 같았다. 사람들이 하나씩 들어왔을 때 그녀는 모든 것이 끝났다고 생각했다. 찰스 탠슬리—"거기 앉아요" 하고 그녀는 말했다—어거스터스 카마이클—그들은 앉았다. 그 사이 그녀는 누군가가 대답하기를, 무엇인가가 일어나기를 수동적으로 기다렸다. 하지만 수프를 국자로 뜨면서 그녀는 이것은 말할 일이 전혀 아니라고 생각했다.

자신이 하고 있는 생각과 하고 있는 일—수프를 뜨는 일—사이의 괴리에 눈썹을 치켜올리면서 그녀는 점점 더 강하게 자신이 소용돌이 밖에 있다고 느꼈다. 혹은 마치 어떤 그늘이 드리워져서 색채가 빼앗긴 바람에 모든 것이 진실되게 보이는 것 같았다. 방은 (그녀는 주위를 둘러보았다) 대단히 누추했다. 어디에도 아름다움은 없었다. 그녀는 탠슬리 씨는 애써 보지 않으려 했다. 그 무엇도 융합이 되지 않은 것 같았다. 모두가 각자 앉아 있었다. 융합시키고, 흐르게 하고, 창조하려는 노력 전체가 그녀에게 달려 있었다. 또다시 그녀는 적의는 없이, 남자들의 불모성을 하나의 사실로 느꼈다. 그녀가 그 일을 하지 않으면 아무도 하지 않을 것이기에, 그래서 멈춘 시계를 누군가가 약간 흔들어 시계가 가면서 친숙한 맥박이 다시 뛰게 하듯이 그녀는 자신의 몸을 약간 흔들며, 하나, 둘, 셋, 하나, 둘, 셋, 하고 셌다. 그런 식으로 그녀는 그 소리에 귀를 기울이면서 신문지로 약한 불꽃을 지키듯 여전히 약한 맥박을 보호하고 키우면서 반복적으로 몸을 흔들었다. 그리고 그녀는 말없이 윌리엄 뱅크스 쪽으로 몸을 기울이면서 다음과 같이 결론을 내렸다. 가엾은 사람! 아내도 아이도 없고, 오늘 밤을 제외하고는 하숙집에서 혼자 식사하지 않나. 그를 동정하며—삶은 그녀를 압박할 정도로 다시 강해진 상태였다—마치 지친 선원이 바람이 돛을 부풀리는 것을 보지만 다시 출항하기를 원치 않으며, 만약 배가 가라앉는다면 자신이 어떻게 소용돌이를 친 후 바다 밑바닥에서 휴식을 찾게 되었을지를 생각하는 것처럼 그녀는 이 모든 일을 시작했다.

"당신한테 온 편지들을 봤나요? 현관에 갖다 두라고 했는데요." 그녀는 윌리엄 뱅크스에게 말했다.

릴리 브리스코는 사람들을 따라가는 것이 불가능한 낯선 무인 지대로 램지 부인이 표류해 들어가는 것을 지켜보았다. 그런데 누군가가 그렇게 가는 것은 그것을 지켜보는 사람들에게 너무도 오싹한 느낌을 주기 때문에 항상 사람들은 적어도 돛들이 수평선 아래로 가라앉을 때까지 희미해져가는 배를 눈으로 따라가는 것처럼 그 누군가를 눈으로 좇으려는 것이었다.

릴리는 부인이 무척 나이 들어 보이고, 지쳐 보이며, 멀리 있는 듯 보인다고 생각했다. 그리고 부인이 미소 지으면서 윌리엄 뱅크스 쪽으로 몸을 돌렸을 때에는, 마치 배가 방향을 틀어 태양이 다시 돛들을 때리고 있기라도 한 것처럼 안도감을 느꼈기 때문에 릴리는 약간 즐거워져, 왜 부인은 그를 동정하는 것일까, 하고 생각했다. 부인이 그의 편지들이 현관에 있다고 말했을 때 그런 인상을 받았기 때문이었다. 그녀는 마치 사람들을 동정하느라 다소 지쳤지만 그녀 안의 생명이, 다시 살려는 결의가 동정심에 자극받은 듯, 가엾은 윌리엄 뱅크스, 하고 말하고 있는 것처럼 보였다. 그런데 그것은 사실이 아니라고 릴리는 생각했다. 그것은 다른 사람들이 아니라 부인 자신의 어떤 욕구에서 솟아나는 것처럼 보이는 본능적인 오판들 중 하나라고 릴리는 생각했다. 그는 조금도 불쌍하지 않았다. 그에게는 그의 일이 있어, 하고 릴리는 생각했다. 그녀는 갑자기 마치 보물을 찾아낸 것처럼 자신에게도 일이 있다는 사실을 상기했다. 그 순간 그녀는 자신의 그림을 보았고, 그래, 나무를 좀 더 가운데로 옮겨야겠어, 하고 생각했다. 그러면 저 어색한 공간을 없앨 수 있을 거야. 그렇게 해야겠어. 나를 당혹스럽게 했던 게 저거야. 그녀는 나무를 옮기는 것을 떠올릴 수 있도록 소금 그릇을 집어 식탁보의 문양 속에 있는 꽃 위에 내려놓았다.

"우편으로 가치 있는 것을 받는 일은 드문데도 늘 편지 받기를 원하는 것이 이상해요." 뱅크스 씨가 말했다.

찰스 탠슬리는 깨끗하게 다 비운 접시 한가운데에 스푼을 정확하게 내려놓으면서 그들이 별 헛소리를 다 하고 있다고 생각했다. 릴리는 그가 식사를 말끔히 하기로 결심이나 한 듯 보인다고 생각했다(그는 그녀의 맞은편에, 등을 창문 쪽으로 향한 채, 정확하게 풍경 한가운데에 앉아 있었다). 그의 모든 것이 불안정했고, 추함을 있는 그대로 드러내고 있었다. 그럼에도 자세히 살펴보면 누군가를 싫어하는 것이 거의 불가능하다는 사실은 그대로였다. 그녀는 그의 눈을 좋아했다. 그의 눈은 푸른색에 움푹 들어가 있었으며, 두려움을 안겨주었다.

"탠슬리 씨, 편지를 많이 쓰나요?" 램지 부인이 물었다. 릴리는 부인이 그도 동정하고 있다고 생각했다. 램지 부인은 그랬으니까―그녀는 마치 남자들은 무엇인가 결핍됐다는 듯이 항상 남자들을 동정했지만, 여자들은 뭔가가 있다는 듯이 동정하는 법이 없었다. 탠슬리 씨는 어머니에게는 편지를 쓰지만, 그렇지 않다면 한 달에 한 통도 쓰지 않을 거라고 짤막하게 말했다.

그는 이 사람들이 자신에게 원하는 헛소리를 하지 않을 생각이었던 것이다. 그는 이 바보 같은 여자들에 의해 그들과 같은 처지로 격하되고 싶지 않았다. 방에서 책을 읽고 있다가 내려오자 모든 것이 바보 같고, 피상적이고, 빈약해 보였다. 왜 사람들은 정장을 한 것인가? 그는 일상복 차림으로 내려왔다. 그는 정장이라곤 없었다. "우편으로 가치 있는 것을 받는 일은 없다"― 그것이 그들이 늘 하는 종류의 말이었다. 그들은 다른 사람도 그런 종류의 말을 하게 했다. 그래, 그것은 제법 사실이야, 하고 그는 생각했다. 한 해의 연말부터 다음 해의 연말까지 그들은 가치 있는 것은 전혀 받지 못했다. 그들은 끝없이 얘기하고 먹는 일 외에는 아무것도 하지 않았다. 그 모든 것은 여자들의 잘못이었다. 여자들은 자신들의 모든 '매력'으로, 그들의 모든 어리석음으로 문명을 불가능하게 만들었다.

"램지 부인, 내일 등대에는 못 갈 겁니다." 그는 주제넘게 나서며 말했다. 그는 그녀를 좋아했고, 예찬했다. 그는 여전히 배수관 속에서 그녀를 올려다보던 남자에 대한 생각을 하고 있었다. 그럼에도 그는 주제넘게 나서는 것이 필요하다고 느꼈다.

정말이지 그는, 그의 눈에도 불구하고, 그녀가 지금껏 만난 사람들 가운데서 가장 매력 없는 인간이라고 릴리 브리스코는 생각했다. 그런데 왜 그녀는 그가 하는 말에 신경을 쓰는 것인가? 여자는 글을 쓸 수 없어, 여자는 그림을 그릴 수 없어—그에게서 나오는 그 말들이 무슨 상관인가? 그것은 분명히 그가 진심으로 하는 말은 아니었지만, 어떤 이유에서인지 그에게 도움이되었다. 그래서 그는 그 말을 한 것인가? 왜 그녀의 전 존재가 바람 부는 가운데 서 있는 옥수수처럼 고개를 숙이다가, 다소 고통스러운 큰 노력을 통해서만 이 굴욕으로부터 다시 스스로를 일으켜 세우는 것인가? 그녀는 다시 한번 시도해야 한다. 식탁보 위에 나뭇가지가 있고, 내 그림이 있어. 나무를 가운데로 옮겨야해. 그것 외에 다른 중요한 건 없어. 그것에 꽉 매달려, 화를 내거나 따지지 않을 수는 없는가, 하고 그녀는 자문했다. 그리고 만약 약간의 복수를 하고 싶다면 그를 비웃으면 되지 않는가?

"오, 탠슬리 씨." 그녀는 말했다. "저를 등대에 데리고 가주세요. 정말 가고 싶어요."

그녀가 거짓말하고 있다는 것을 그는 알 수 있었다. 그녀는 어떤 이유인지 그를 짜증 나게 하려고 마음에 없는 말을 하고 있었다. 그를 비웃고 있었다. 그는 낡은 플란넬 바지를 입고 있었다. 다른 옷이 없었다. 그는 자신이 대단히 촌스럽고, 고립되어 있으며, 외롭다고 느꼈다. 그는 어떤 이유인지는 모르지만 그녀가 자신을 놀리려 하고 있다는 것을 알았다. 그녀는 그와 함께 등대에 가고 싶어 하지 않았다. 그녀는 그를 경멸했다. 프루 램지도 그랬다. 그들 모두가 그랬다. 하지만 그는 여자들의 놀림감이 되지 않을 것이었다. 그래서 그는 의자에 앉은 채로 일부러 몸을 돌려 창밖을 내다보다, 갑자기, 대단히 무례하게, 내일은 그녀에게는 바다가 너무 거칠 거라고, 멀미가 날 거라고 했다.

그는 램지 부인이 듣고 있는데 릴리 때문에 자신이 그런 식으로 말하게 된 것에 짜증이 났다. 자기 방에서, 책들 사이에서 홀로 일을 할 수만 있다면 좋겠다고 그는 생각했다. 그는 그곳에서 편안함을 느꼈다. 그는 1페니도 빚을 진 적이 없었고, 열다섯 살 이후로 아버지에게 1페니도 쓰게 한 적이 없었다. 그는 자신이 저축한 것으로 식구들을 도왔으며, 누이동생을 교육시키고 있었다. 그럼에도 브리스코 양에게 제대로 대답하는 법을 알았더라면 좋았을 거라고 그는 생각했다. 그는 그런 식으로 갑자기 "멀미가 날 거예요"라고 말한 것이 후회되었다. 그는 램지 부인에게 자신이 무미건조하고 융통성이 없는 사람만은 아니라는 것을 보여줄 말을 생각해낼 수 있으면 했다. 사람들 모두가 그를 그렇게 생각했으니 말이다. 그는 램지 부인에게로 몸을 돌렸다. 하지만 그녀는 그가 들어본 적이 없는 사람들에 관해 윌리엄 뱅크스에게 이야기하고 있었다.

"그래요, 그건 치워요." 그녀는 뱅크스 씨에게 하던 말을 중단하고 하녀에게 짤막하게 말했다. "15년 — 아니, 20년 — 전이었을 거예요, 내가 그녀를 마지막으로 본 건." 마치 대화의 한 순간도 놓칠 수 없다는 듯이 다시 그에게로 몸을 돌리면서 그녀는 말하고 있었다. 그녀는 그들이 이야기 나누는 것에 온통 정신이 팔려 있었던 것이다. 그렇게 그는 실제로 오늘 저녁 그녀에게서 소식을 들었다! 그렇다면 캐리는 아직도 말로에 살고 있고, 모든 것이 여전하다는 것인가? 오, 그녀는 마치 어제 일인 양 기억할 수 있다 — 추위를 무척 느끼며 강 위를 지나간 일을. 하지만 매닝가 사람들은 어떤 계획을 세우면 그것에 매달렸다. 그녀는 허버트가 강둑에서 찻숟가락으로 말벌을 죽인 일을 잊지 못할 것이다! 램지 부인은 20년 전 그렇게나 그토록 몹시 추워했던 템스강 둑 위의 응접실 탁자들과 의자들 사이를 유령처럼 미끄러지듯 다니며 생각에 잠겼다. 하지만 이제는 그 사이를 유령처럼 다녔는데도, 그녀가 변화하는 동안에도, 마치 지금 무척 조용하고 아름다워진 그 특정한 날이 그 긴 세월 동안 거기 그대로 남아 있었기라도 한 것처럼 그녀를 매혹시켰다. 캐리가 그에게 직접 편지를 썼는지 그녀는 물었다.

"그래요. 새 당구실을 짓고 있다고 해요." 그는 말했다. 아냐! 아냐! 말도 안 돼! 당구실을 짓고 있다니! 그녀에게 그것은 있을 수 없는 일 같았다.

뱅크스 씨에게는 아주 이상할 것은 없어 보였다. 그들은 이제 대단히 잘살고 있었다. 그는 캐리에게 그녀의 안부를 전해야 할까?

"오." 살짝 운을 떼며 램지 부인이 말했다. "아니에요." 새 당구실을 만드는 이 캐리라는 사람을 자신이 알지 못한다는 것을 생각하며 그녀가 덧붙였다. 하지만 그들이 아직도 그곳에서 계속 살고 있다니 얼마나 이상한 일이냐고 되풀이해 말했고, 그것에 뱅크스 씨는 재미있어했다. 그녀가 그들 생각을 거의 하지 않은 그 긴 세월 동안 그들이 계속해서 살 수 있었다는 생각이 이상했기 때문이다. 같은 세월 동안 그녀 자신의 인생은 얼마나 다사다난했던가. 하지만 어쩌면 캐리 매닝도 그녀 생각을 하지 않았을지도 몰랐다. 그 생각은 이상하고 불쾌했다.

"사람들은 곧 서로 소원해지죠." 하지만 결국 자신은 매닝가와 램지가 사람을 다 안다는 생각에 약간의 만족감을 느끼면서 뱅크스 씨가 말했다. 그는 스푼을 내려놓고, 면도를 말끔히 한 입술을 꼼꼼히 닦으면서 자신은 소원해지지 않았다고 생각했다. 이 점에 있어서 자신은 다소 특이한지도 모른다고도 생각했다. 그는 교제 범위가 아주 다양했다……. 이때쯤 램지 부인은 이야기를 중단하고 하녀에게 음식을 식지 않게 하라는 등의 말을 했다. 이래서 그는 혼자 식사하는 것을 더 좋아했다. 그는 이 모든 방해에 짜증이 났다. 윌리엄 뱅크스는 무척 예절 바른 태도를 유지하며, 마치 기계공이 아름답게 닦아 여가 시간에 사용할 준비가 된 연장을 검사하듯 왼손 손가락들을 식탁보 위에 펼치면서, 그래, 이것이 친구들이 서로에게 요구하는 희생이지, 하고 생각했다. 그가 초대를 거절했다면 그녀는 상처를 입었을 것이다. 하지만 그에게 그것은 가치가 없었다. 그는 자신의 손을 바라보며, 만약 혼자였다면 저녁 식사는 지금쯤 거의 끝나 자유롭게 일을 할 수 있었을 거라고 생각했다. 그래, 끔찍한 시간 낭비야, 라고 그는 생각했다. 아이들은 아직도 안으로 들어오고 있었다. "누가 로저 방에 좀 올라가봐." 램지 부인은 아이들에게 말하고 있었다. 다른 것, 즉 일에 비하면 이 모든 것은 얼마나 시시하고 얼마나 따분한가, 하고 그는 생각했다. 일을 하고 있을 수도 있었는데 여기서 그는 손가락으로 식탁보나 두들기며 앉아 있었다. 그는 자신의 일을 살짝 조망해보았다. 얼마나 시간 낭비인가! 그렇지만 그녀는 가장 오랜 친구 중 하나라고 그는 생각했다. 나는 나름대로 그녀에게 헌신적이야. 하지만 지금 이 순간 그녀의 존재는 그에게 전혀 의미가 없었다. 그녀의 아름다움도 무의미했다. 그녀가 어린 아들과 함께 창가에 앉아 있는 것은 정말 아무것도 아니었다. 그는 단지 혼자이고 싶었고 책을 읽고 싶었을 따름이다. 그는 불편했고, 그녀 옆에 앉아서도 그녀에 대해 아무것도 느낄 수 없는 것에 배신감을 느꼈다. 사실 그는 가정생활을 즐기지 않았다. 사람은 이런 상태에서는, 무엇을 위해 사는가, 하고 자문하게 마련이었다. 왜 인류가 존속되도록 이 모든 고생을 하는가? 그것이 그토록 바람직한 것인가? 우리는 하나의 종으로서 매력적인가? 별로 그렇지는 않아, 하고 그는 약간 단정치 못한 사내아이들을 바라보면서 생각했다. 그가 제일 좋아하는 캠은 잠자리에 든 것 같았다. 바보 같은 질문들, 헛된 질문들, 뭔가에 몰두하게 되면 결코 묻지 않는 질문들. 이것이 인간의 삶인가? 저것이 인간의 삶인가? 사람들에게는 그에 관해 생각할 시간이 없었다. 하지만 여기서 그는 그런 종류의 질문을 자신에게 던지고 있었다. 그리고 그것은, 램지 부인이 하인들에게 지시를 내리고 있었고, 또한 캐리 매닝이 아직도 살아 있는 것에 램지 부인이 얼마나 놀라는지를 떠올리자 우정이라는 것이, 심지어는 최고의 우정이라는 것도 나약한 것이라는 생각이 들었기 때문이다. 사람들은 서로 소원해진다. 그는 다시 한번 자신을 꾸짖었다. 그는 램지 부인 옆에 앉아 있었지만, 도대체 그녀에게 할 말이 전혀 없었다.

"정말 죄송해요." 램지 부인이 드디어 그에게로 몸을 돌리면서 말했다. 그는 마치 흠뻑 젖었다가 말라, 발을 거의 넣을 수 없는 한 켤레의 장화같이 딱딱하고 메마른 느낌이었다. 그럼에도 그는 억지로라도 발을 넣어야만 했다. 말을 해야만 했다. 그가 무척 조심하지 않으면 그녀가 그의 이 배신에 대해 알아차리게 될 것이었다. 그가 그녀를 조금도 개의치 않는다는 것을. 그것은 그다지 기분 좋은 것일 수 없다고 그는 생각했다. 그래서 그는 그녀 쪽으로 정중하게 머리를 숙였다.

"이 떠들썩한 장소에서 식사하는 것이 얼마나 싫겠어요." 그녀는 정신이 딴 데 팔렸을 때 그러듯 사교적인 태도를 발휘하며 말했다. 그런데 어떤 모임에서 어느 나라 말을 사용할 것인가를 두고 분란이 있을 경우 회장은 통일성을 확보하려고 모두 프랑스어로 말할 것을 제안한다. 사람들이 말하는 것이 엉터리 프랑스어일 수도 있고, 프랑스어에는 화자의 생각들을 표현하는 단어들이 없을지도 모르지만, 그럼에도 불구하고 프랑스어로 말하는 것은 얼마간의 질서와 균일성을 부여한다. 뱅크스 씨는 프랑스어로 그녀에게 "아뇨, 전혀 그렇지 않아요"라고 말했다. 단음절 단어로 말하긴 했지만 프랑스어를 전혀 모르는 탠슬리 씨는 그 즉시 그 말이 불성실하다고 생각했다. 그는 램지가 사람들이 말도 안 되는 이야기를 한다고 생각했다. 그는 이 새로운 사례에 기쁘게 달려들었고, 조만간 한두 명의 친구에게 소리 내어 읽어줄 수 있도록 메모를 했다. 하고 싶은 말을 마음대로 할 수 있는 모임에서 그는 "램지가 사람들과 머문 일"과 그들이 어떤 말도 안 되는 이야기를 하는지를 빈정대며 묘사할 것이었다. 한 번은 그들과 머물 가치가 있지만 두 번 다시는 아니라고 말할 것이었다. 그 집 여자들은 사람을 너무도 지루하게 한다고. 물론 램지는 아름다운 여자와 결혼해 여덟 명의 아이를 가짐으로써 패배자가 되었지. 그런 식의 이야기가 저절로 나올 것이다. 하지만 그의 옆에 빈자리가 있는 채로 꼼짝 못 하고 앉아 있는 지금 이 순간 그 무엇도 저절로 나오지 않았다. 모든 것이 단편적이고 파편적이었다. 그는 극도로, 심지어는 육체적으로도 불편했다. 누군가가 자신에게 의견을 주장할 수 있는 기회를 주기를 바랐다. 그는 그것을 너무도 절실하게 원했고, 그래서 의자에 앉은 채 안절부절못하며 이 사람 저 사람을 바라보면서 그들의 이야기에 끼어들려고 입을 열었다 닫았다 했다. 사람들은 수산업에 관해 이야기하고 있었다. 왜 아무도 그의 의견을 묻지 않는 것인가? 그들이 수산업에 대해 뭘 알고 있단 말인가?

릴리 브리스코는 그 모든 것을 알고 있었다. 그의 맞은편에
앉은 그녀는 엑스레이 사진에서처럼, 안개—대화에 끼어들고
싶어 하는 그의 불타는 욕망 위에 인습이 덮어놓은 그 엷은 안
개—같은 그의 육체 속에 어둡게 놓여 있는, 깊은 인상을 남기
려는 그 젊은이의 욕망의 갈비뼈나 넓적다리뼈를 보지 않을 수
없었다. 하지만 그녀는 중국인 같은 눈을 가늘게 뜨면서, 그가
"그림을 그릴 수 없어, 글을 쓸 수 없어" 하고 여자들을 비웃던
일을 기억하고는, 왜 내가 그가 편안해지도록 도와줘야 하지, 하
고 생각했다.

그녀가 알기로는 행동 규범이란 게 있는데, 그 7항은 (아마
도) 이와 같은 경우, 직업이 무엇이든 여자는 맞은편에 앉은 남
자를 도와 그가 남에게 인상을 남기고 싶어 하는 허영심과 간절
한 욕망의 넓적다리뼈와 갈비뼈를 드러내고 긴장을 풀 수 있도
록 하는 것이 마땅하다고 되어 있다. 마찬가지로 만약 지하철이
폭발해 화염에 휩싸일 경우 여자들을 돕는 것이 남자들의 의무
라고 그녀는 노처녀다운 공정성에 입각해 생각했다. 그때면 확
실히 탠슬리 씨가 나를 구해주리라고 기대할 수 있다고 그녀는
생각했다. 그런데 만약 우리가 서로 이런 일을 하지 않는다면 어
떻게 될까, 그녀는 생각해보았다. 그렇게, 그녀는 거기서 미소를

지으며 앉아 있었다.

"릴리, 등대에 갈 계획은 아니죠?" 램지 부인이 말했다. "가엾은 랭글리 씨를 생각해봐요. 그는 세계 일주를 여러 번 했지만 우리 남편이 그를 그곳에 데리고 갔을 때만큼 고생한 적은 없었다고 내게 말했어요. 탠슬리 씨, 배는 잘 타세요?" 그녀는 물었다.

탠슬리 씨는 망치를 치켜들어 공중에 대고 높이 휘둘렀지만 그것을 내리칠 때에는 이와 같은 연장으로는 나비를 때려잡을 수 없다는 사실을 깨닫고, 평생 멀미를 한 적이 없다고만 말했다. 하지만 그 한 문장 속에는 그의 할아버지가 어부였으며, 아버지는 약제사였고, 자신은 전적으로 자수성가했으며, 본인은 그 사실을 자랑스럽게 생각하고 있고, 그는 다름 아닌 찰스 탠슬리라는 사실—거기 있는 누구도 인식하지 못하는 것처럼 보이지만 조만간 모두가 알게 될 사실—이 화약처럼 압축되어 있었다. 그는 앞쪽을 못마땅한 얼굴로 노려보았다. 그는 그의 안에 있는 화약에 의해 조만간 털실 뭉치와 사과 통처럼 하늘 높이 날아갈 이 온순하고 세련된 사람들을 거의 동정할 수 있을 지경이었다.

"저를 데려가시겠어요, 탠슬리 씨?" 릴리는 재빨리, 상냥하게 말했다. 그 이유는 램지 부인이 "친애하는 릴리, 나는 지금 불의 바다에서 익사하고 있어요. 당신이 이 고뇌의 시간에 향유를 발라주고 저 젊은이에게 뭔가 좋은 말을 해주지 않으면 삶은 바위위에 좌초하고 말 거예요. 실제로 나는 이 순간에도 뭉개지고 으르렁거리는 소리를 듣고 있어요. 내 신경은 바이올린 줄처럼 팽팽해요. 그 줄은 한번 건드리기만 해도 끊어져버릴 거예요"라는말을 그녀에게 한 것이나 다름없었기 때문이다. 램지 부인이 이모든 말을 눈길로 150번은 했을 때 릴리 브리스코는 그 실험—저 젊은이를 잘 대해주지 않으면 무슨 일이 일어날까—을 포기하고 상냥해져야 했다.

그녀의 기분이 바뀐 것—그녀가 이제 자신에게 다정하다는사실—을 정확하게 판단한 그는 자기중심적인 생각에서 벗어나, 그녀에게 자신이 아기였을 때 배에서 어떻게 내던져졌는지이야기했다. 그의 아버지는 배의 갈고리로 그를 건져내곤 했는데, 그렇게 해서 그는 수영을 배웠던 것이다. 그는 삼촌 하나가스코틀랜드 해안에서 조금 떨어져 있는 어떤 바위 위에 등대를갖고 있었다고 했다. 그는 폭풍 속에서 삼촌과 함께 그곳에 있었다. 그는 잠시 말을 멈춘 후 그 말을 크게 했다. 그가 폭풍 속에서 삼촌과 함께 등대 안에 있었다고 말했을 때 사람들은 그의 얘기에 귀를 기울여야 했다. 대화가 이렇게 상서로운 방향으로 나아가고, 램지 부인이 감사해하고 있는 것을 느꼈을 때(램지 부인은 이제 잠시 자유롭게 이야기할 수 있었다) 릴리 브리스코는 아, 하지만 당신을 위해 내가 어떤 대가를 치렀는지? 하고 생각했다. 그녀는 진실하지 못했었다.

그녀는 늘 쓰던 속임수를 써서, 그에게 다정하게 굴었다. 그녀는 결코 그를 알지 못할 것이었다. 그도 결코 그녀를 알지 못할 것이었다. 그녀는 인간관계란 모두 그런 식이라고 생각했는데, 그중에서도 최악은 (뱅크스 씨를 제외하고) 남녀 관계였다. 남녀 관계는 불가피하게 극도로 진실하지 못했다. 그때 그녀의 눈이 소금 그릇을 포착했는데, 그것은 그녀가 스스로에게 주지시키려고 그곳에 놓아둔 것이었다. 그녀는 다음 날 아침 나무를 좀 더 가운데로 옮기기로 한 것을 떠올렸다. 내일 그림 그릴 생각을 하자 기분이 너무도 좋아져 그녀는 탠슬리 씨가 하고 있는 말에 큰 소리로 웃었다. 원하면 밤새도록 이야기하게 놔두자.

"한데 등대지기는 등대에 얼마나 오랫동안 있는 거죠?" 그녀가 물었다. 그가 그녀에게 답해주었다. 그는 놀라울 정도로 잘 알고 있었다. 그리고 그가 감사하게 생각하고 있고, 그녀를 좋아했으며, 스스로 즐기기 시작했기 때문에 이제 저 꿈의 나라로, 비현실적이지만 매력적인 곳으로, 20년 전 말로의 매닝가의 응접실로 돌아갈 수 있다고 램지 부인은 생각했다. 그곳에서는 서두르지 않고 아무 걱정 없이 돌아다닐 수 있었다. 걱정할 미래가 없었기 때문이다. 그녀는 그 사람들과 자신에게 무슨 일이 일어났는지 알고 있었다. 그것은 좋은 책을 다시 읽는 것과 같았는데, 그녀가 이야기의 결말을 알고 있었기 때문이다. 그 일은 20년 전에 일어났고, 이 식당의 식탁에서도 폭포수처럼 쏟아져 내린 삶이 봉인되어 둑 사이에 있는 호수처럼 평온하게 놓여 있었다. 그는 그들이 당구실을 지었다고 했다—가능한 일인가? 윌리엄은 매닝가 사람들에 관해 계속 이야기할 것인가? 그녀는 그가 그렇게 하기를 바랐다. 하지만 아니었다—어떤 이유인지 그는 더 이상 그럴 기분이 아니었다. 그녀가 노력해보았지만 그는 반응을 보이지 않았다. 그녀가 그에게 강요할 수는 없었다. 실망스러웠다.

"아이들 때문에 부끄럽네요." 그녀는 한숨을 내쉬며 말했다. 그는 시간을 지키는 일은 나이가 들어서야 갖게 되는 사소한 미덕 중의 하나라는 식으로 이야기했다.

"그럴 수 있다면요." 램지 부인은 단지 공백을 메우려고, 윌리엄이 노처녀같이 되어가고 있다고 생각하면서 말했다. 그는 자신의 배신을 의식했고, 그녀가 좀 더 내밀한 이야기를 하고 싶어 한다는 것을 의식했지만 지금으로서는 그럴 기분이 아니었다. 그는 거기 앉아 기다리면서 인생의 불쾌감이 엄습하는 것을 느꼈다. 어쩌면 다른 사람들은 재미있는 이야기를 하고 있는 것은 아닐까? 그들은 무슨 이야기를 하고 있는 것일까?

그들은 이번 계절의 고기잡이가 좋지 않으며, 사람들이 이민을 가고 있다는 이야기를 하고 있었다. 그들은 임금과 실업률에 관해 이야기하고 있었다. 젊은이는 정부를 욕하고 있었다. 윌리엄 뱅크스는 개인적인 삶이 유쾌하지 못할 때 이런 것에 매달리는 것이 얼마나 위안이 되는지를 생각하면서 그가 "현 정부의 가장 수치스러운 행위 중 하나"에 관해 하는 이야기를 들었다. 릴리도 귀를 기울이고 있었고, 램지 부인도 귀를 기울이고 있었다. 그들 모두가 귀를 기울이고 있었다. 하지만 이미 싫증이 난 릴리는 뭔가 부족하다고 느꼈다. 뱅크스 씨도 뭔가 부족하다고 느꼈다. 숄을 두르면서 램지 부인도 뭔가 부족하다고 느꼈다. 그들 모두가 귀를 기울이려고 몸을 굽히며 '제발 내 마음속 생각이 드러나지 않기를' 하고 생각했다. 각자 '다른 사람들은 이렇게 느끼고 있어. 그들은 어부들과 관련해 정부를 패씸해하고 있고, 분개하고 있어. 반면 나는 전혀 아무것도 느끼지 못해' 하고 생각했기 때문이다. 하지만 어쩌면 뱅크스 씨는 탠슬리 씨를 바라보며, 여기 그 남자가 있어, 하고 생각했는지도 모른다. 사람들은 늘 그런 남자를 기다리고 있었다. 기회는 늘 있었다. 어느 순간에고 지도자가, 다른 모든 것에서와 마찬가지로 정치에서도 천재가 나타날 수 있었다. 창작을 하려고 최선을 다하면서도 뱅크스 씨는 우리 같은, 시대에 뒤처진 사람들에게는 그가 극도로 불쾌한 사람일 것이라고 생각했다. 뱅크스 씨는 척추의 신경이 곤두서는 것 같은 신기한 신체적 감각을 느끼고 자신이 부분적으로는 탠슬리 씨 자신에 대해, 그리고 이럴 가능성이 더 큰데, 어쩌면 부분적으로는 그의 일과 견해와 학식에 대해 질투를 느끼고 있다고 생각했다. 그에 따라 그는 완전히 마음을 열지도 못하고, 완전히 공정하지도 않았는데, 그것은 탠슬리 씨가, 당신들은 인생을 낭비했어요, 당신들은 모두 틀렸어요, 가엾은 구식 사람들, 당신들은 대책 없이 시대에 뒤떨어졌어요, 하고 말하는 것 같았기 때문이다. 이 젊은이는 약간 독단적으로 보였다. 그의 태도도 나빴다. 하지만 뱅크스 씨는 자신에게 좀 더 관찰해보라고 지시했다. 그는 용기가 있고, 능력이 있었으며, 사실들에 대해 무척 잘 알고 있었다. 뱅크스 씨는 탠슬리가 정부를 욕하는 것을 보고 어쩌면 그가 하는 말이 의미심장할 수도 있다는 생각을 했다.

"자, 이제 얘기해봐요……." 그는 말했다. 그래서 그들은 정치에 대해 논쟁을 했고, 릴리는 식탁보 위의 나뭇잎을 바라보았다. 램지 부인은 논쟁을 완전히 두 남자에게 맡기고 자신이 이 이야기에 왜 그토록 지루해하는지 의아해하면서, 식탁의 반대쪽 끝에 앉아 있는 남편을 쳐다보며 그가 무슨 말을 했으면 하고 바랐다. 한마디라도 좋아, 하고 그녀는 혼잣말을 했다. 그가 한마디

하면 완전히 달라질 것이었다. 그는 사태의 핵심으로 나아갔다. 그는 어부들과 그들의 임금 문제에 신경을 썼다. 그는 그들 생각에 잠을 이루지 못했다. 그가 말을 하면 완전히 달랐다. 그가 말을 하면 사람들은, 내가 전혀 개의치 않고 있다고는 생각지 말기를, 하고 느끼지 않았다. 그들은 정말로 신경 쓰고 있으니까. 그런데 그 순간 그녀는 자신이 그가 말하기를 기다리고 있는 것은 그를 너무도 존경해서라는 사실을 깨달으며, 마치 누군가가 그녀의 남편과 그들의 결혼을 예찬하고 있다고 느꼈고, 그래서 그를 예찬하는 것은 자기 자신이라는 사실을 깨닫지 못한 채 온통 환해졌다. 그녀는 그가 훌륭해 보일 뭔가가 그의 얼굴에 나타나는 것을 찾을 생각을 하며 그를 바라보았다……. 하지만 전혀 아니었다! 그는 오만상을 찌푸리고 있었고, 화가 나 얼굴을 붉히고 있었다. 도대체 무엇 때문인가, 하고 그녀는 궁금해했다. 무슨 일인가? 단지 가엾은 어거스터스 노인이 수프 한 접시를 더 달라고 했을 뿐인데 ─ 그것뿐인데. 하지만 어거스터스가 수프를 다시 먹기 시작하는 것은 램지 씨에게는 생각도 할 수 없는 혐오스러운 일이었다(그래서 그는 식탁을 가로질러 그녀에게 신호를 보냈다). 그는 자신이 식사를 끝냈을 때 사람들이 계속 먹고 있는 것을 혐오했다. 그녀는 그의 분노가 한 떼의 사냥개처럼 그의 눈과 이마로 날아 들어가는 것을 보았고, 곧 사나운 뭔가가 폭발하리라는 것을 알아차렸다. 그런데 다행히도 그녀는 그가 바퀴에 제동을 걸며 자신을 억제하는 것을 보았다. 그의 몸 전체가 단어가 아닌 불꽃을 방출하는 것 같았다. 그는 오만상을 찌푸리고 앉아 있었다. 그는 아무 말도 하지 않았지만 그녀가 지켜보았으면 했을 것이다. 그가 그러는 것도 당연하다고 그녀가 생각했으면 한 것이다! 하지만 불쌍한 어거스터스가 수프 한 그릇을 더 청하면 왜 안 된단 말인가? 그는 단지 엘런의 팔을 잡고 다음과 같이 말했을 뿐이다.

"엘런, 수프 한 접시만 더 부탁해요." 그런데 램지 씨는 그렇게 오만상을 찌푸렸다.

왜 안 되는 거죠, 하고 램지 부인은 물었다. 분명 어거스터스가 원하면 수프를 먹게 할 수 있었다. 사람이 음식에 탐닉하는 것을 싫어한다고, 램지 씨는 그녀를 향해 얼굴을 찡그렸다. 그는 이런 식으로 여러 시간 질질 끄는 모든 것을 싫어했다. 하지만 램지 씨는 자제했고, 그 광경이 비록 혐오스러운 것이기는 했지만, 그녀가 지켜봐주었으면 했다. 하지만 왜 그렇게 분명하게 내색을 하느냐고 램지 부인은 물었다(그들은 긴 식탁을 따라 서로를 바라보며, 이 질문과 답변들을 보냈는데, 각자 상대가 느끼는 것을 정확하게 알고 있었다). 모두가 볼 수 있다고, 램지 부인은 생각했다. 로즈는 아버지를 뚫어지게 바라보고 있었고, 로저도 아버지를 뚫어지게 바라보고 있었다. 둘 다 발작적으로 웃음을 터뜨리기 일보 직전이라는 사실을 그녀는 알고 있었고, 그래서 그 즉시 (정말이지 때가 된 것이다) 다음과 같이 말했다.

"초에 불을 붙여라." 그러자 그들은 벌떡 일어나 가서 찬장을 뒤졌다.

왜 그는 결코 감정을 감출 수 없는 것인가, 하고 램지 부인은 의아해했다. 그녀는 어거스터스 카마이클이 눈치채지 않았을까 궁금했다. 눈치챘을 수도 있고, 아닐 수도 있었다. 그녀는 수프를 마시면서 그곳에 앉아 있는 그의 느긋함을 존경하지 않을 수 없었다. 그는 수프를 원하면 달라고 했다. 사람들이 그를 비웃건 그에게 화를 내건 그는 똑같았다. 그가 그녀를 좋아하지 않는다는 사실을 그녀는 알고 있었다. 하지만 부분적으로는 바로 그 이유 때문에 그녀는 그를 존경했다. 희미한 불빛 속에서 거대하고 차분하며 기념비적이고 명상적인 모습으로 수프를 마시고 있는 그를 바라보면서 그녀는 지금 그가 무엇을 느끼고 있는지, 그리고 왜 그가 항상 만족해하고 위엄이 있는지 알고 싶었다. 그녀는 그가 앤드루에게 무척 헌신적이며, 자주 자기 방으로 앤드루를 불러 들어오게 하고, 앤드루가 "나에게 물건들을 보여줘요" 하고 말하는 것에 대해 생각해보았다. 그는 잔디 위에 온종일 누워서 어쩌면 그의 시에 관해 곰곰이 생각하다가 고양이 한 마리가

166

새들을 지켜보는 것을 누군가에게 상기시키고는 적절한 단어를 찾아낸 뒤 손뼉을 쳤다. 남편은 "가엾은 어거스터스 영감―그는 진짜 시인이야"라고 말했는데, 그것은 그에게서 나온 최고의 찬사였다.

이제 여덟 개의 초가 식탁에 세워졌고, 촛불은 처음에는 기울어지더니, 곧 똑바로 서서 긴 식탁 전체와 가운데 있는 노란색과 보라색의 과일 접시를 환하게 비추었다. 램지 부인은 로즈가 저걸 어떻게 한 거지, 하고 궁금해했다. 로즈가 포도와 배, 분홍색 줄이 간, 뿔 모양의 조개껍데기, 바나나를 배열해놓은 것이 바다 밑바닥에서 건진 트로피와 바다의 신 넵투누스의 연회, 표범 가죽과 붉은색과 황금색으로 춤추는 횃불들 사이에서 바쿠스의 어깨 너머로 덩굴식물의 잎들과 함께 드리운 다발을(어떤 그림 속의) 상기시켰기 때문이다…… 그렇게 해서 갑작스럽게 빛이 비춰진 식탁은 굉장히 크고 깊어 보였고, 마치 그 안에서 지팡이를 짚고 언덕을 올라갈 수도 있고, 골짜기로 내려갈 수도 있는 세계 같다고 그녀는 생각했다. 그리고 그녀는 기쁘게도 (순간적으로 그것이 그들을 공감하게 했기 때문이다) 어거스터스도 같은 과일 접시를 눈으로 즐기고 있는 것을 보았다. 그는 그 안으로 뛰어들어 저기서 꽃 한 송이를 따고, 여기서 꽃차례 하나를 따며 즐긴 후 자신의 벌집으로 돌아갔다. 그것이 그녀와는 다른,

그가 보는 방식이었다. 하지만 함께 바라보는 것이 그들을 결속 시켰다.

이제 모든 초에 불이 밝혀졌고, 식탁 양쪽의 얼굴들은 촛불로 인해 좀 더 가까워져서 — 해 질 무렵에는 그렇지 않았는데 — 식탁 주위로 하나의 무리를 이루고 있었다. 이제 밤은 유리창들로 차단되었는데, 그 유리창들은 바깥 세계를 정확하게 보여주기는커녕 바깥 세계를 너무도 이상하게 주름지게 해 이곳 실내는 질서가 있는 마른 땅으로 보였고, 저기 바깥은 비가 올 듯이 사물들이 흔들리고 사라진 어떤 반영처럼 보였던 것이다.

어떤 변화가 한꺼번에 그들 모두를 관통해 지나갔다 — 마치 그것이 실제로 일어난 것만 같았다. 그리고 그들 모두는 어떤 섬의 우묵한 곳에서 함께 무리를 이루고 있으며, 저곳 바깥 세계의 유동성에 맞서는 명분을 공유하고 있다는 것을 의식했다. 폴과 민터가 들어오기를 기다리며 불편해하며, 그 무엇에도 마음을 가라앉힐 수 없다고 느꼈던 램지 부인은 이제 불편함이 기대로 바뀌었다고 느꼈다. 이제 그들이 올 것이 분명했기 때문이다. 그리고 릴리 브리스코는 이 갑작스러운 환희의 원인을 분석해 보려고 노력하면서 갑자기 견고성이 사라지고 그들 사이에 거대한 공간이 가로놓이게 된, 정구장에서의 그 순간과 비교했다. 이제 가구가 별로 없는 방 안에 있는 여러 개의 초와 커튼을 치지 않은 창문들 그리고 촛불 때문에 가면 같아 보이는 밝은 얼굴들의 모습에 의해 똑같은 효과가 만들어졌다. 그 얼굴들에서 약간의 무게가 떨어져 나갔다. 어떤 일도 일어날 수 있다고 그녀는 느꼈다. 램지 부인은 문을 바라보면서 이제 그들이 올 것이 분명하다고 생각했다. 그리고 바로 그 순간 민터 도일과 폴 레일리가 두 손으로 거대한 접시를 든 하녀와 함께 들어왔다. 그 둘이 식탁의 다른 쪽 끝으로 가는 동안, 너무 늦었다고, 끔찍하게 늦었다고, 민터가 말했다.

"브로치를 잃어버렸어요 — 할머니의 브로치를요." 민터는 비탄에 젖은 목소리로 말하고, 램지 씨 옆에 앉으면서 커다란 젖은 갈색 눈으로 아래위를 번갈아 쳐다보았다. 이에 기사도 정신이 살아난 램지 씨는 그녀에게 농담을 했다.

보석 장신구를 하고 바위를 기어오를 정도로 어떻게 그렇게 바보일 수 있냐고, 그가 물었다.

그녀는 왠지 그를 두려워했다 — 그는 두려울 정도로 똑똑했고, 그의 옆에 앉았던 첫날 밤 그가 조지 엘리엇*에 관해 얘기했을 때 그녀는 정말로 두려웠다. 그녀는 《미들 마치》** 제3권을

---

* 영국의 여성 소설가(1819~1880).
** 조지 엘리엇의 소설.

기차에 두고 내려, 결말이 어떻게 되었는지 알지 못했다. 하지만 그 후 그녀는 완벽하게 처신하게 되었고, 그가 그녀를 바보라고 말하기를 좋아해, 실제보다 한층 더 무지한 척했다. 그래서 오늘 밤 그가 그녀를 비웃었을 때 그녀는 두렵지 않았다. 게다가 그녀는 방에 들어오자마자 기적이 일어난 것을, 즉 자신이 금빛 후광을 두르고 있다는 사실을 알아차렸다. 그녀는 어떤 때는 그것을 두르고 있었고, 어떤 때는 그렇지 않았다. 그녀는 후광이 왜 나타나는지, 왜 사라지는지, 혹은 그녀가 방 안에 들어올 때까지 그것을 지니고 있었는지 결코 알지 못했다. 하지만 어떤 남자가 자신을 바라보는 방식을 통해 그 즉시 알았다. 그랬다, 오늘 밤 그녀는 엄청나게 빛나고 있었다. 그녀는 그것을 램지 씨가 그녀에게 바보가 되지 말라고 하는 것을 통해 알아차렸다. 그녀는 미소를 지으면서 그의 옆에 앉았다.

그렇다면 그 일이 일어난 게, 그들이 약혼한 게 틀림없다고 램지 부인은 생각했다. 그리고 그 순간 그녀는 다시는 느끼리라고 예상하지 못한 것을 느꼈다—그것은 다름 아닌 질투였다. 그녀의 남편도 민터의 광채를 느꼈기 때문이다. 그는 날아다니는 듯한, 약간 야성적이고 무모한 듯한, 금빛과 붉은빛의 이 처녀들을 좋아했다. 그들은 "머리카락을 뒤로 단단히 넘기지" 않았고, 그가 불쌍한 릴리 브리스코에 관해 말하는 것처럼 "빈약하지" 않왔다. 민터에게는 램지 부인이 갖고 있지 못한 어떤 자질이, 즉 그를 매혹하고 즐겁게 하며, 그가 민터와 같은 처녀들을 가장 좋아하게 만드는 어떤 광채와 풍부함이 있었다. 그들은 그의 머리칼을 잘라주기도 하고, 시곗줄을 땋아주거나, 아니면 "이리 와요, 램지 씨, 이제 우리가 그들을 물리칠 차례예요"라고 소리치며 (그녀는 그 소리를 들었다) 그의 일을 중단시킬 수 있었다. 그럴 때면 그는 정구를 치러 밖으로 나갔다.

하지만 자신의 모습을 거울에 비춰보며 어쩌면 자신의 잘못으로 인해 늙게 된 것에 이따금 분개할 때를 제외하고는 그녀는 사실은 질투하지 않았다. (물론 온실 수리 비용과 나머지 것들도 있었다.) 그녀는 그들이 그가 젊은이처럼 보이도록 그를 놀리는 것을 고맙게 여겼다("램지 씨, 오늘은 파이프를 몇 대나 피우셨어요?" 등으로). 그럴 때면 그는 그 자신의 엄청난 노고와 이 세상의 슬픔과 그의 명성이나 실패의 무게에 짓눌리지 않은 젊은이, 여자들에게 대단히 매력적이고, 그녀가 처음 그를 알았을 때처럼 수척하지만 용감한 젊은이가 다시 되었다. 그녀는 그가 자신이 배에서 내리는 것을 도와준 일을 기억했다. 저렇게 즐겁게, 하고 그녀는 생각했다(그녀는 그를 바라보았고, 그는 민터를 놀리고 있었는데, 놀라울 정도로 젊어 보였다). 스위스 출신 하녀가 뵈프앙도브가 담긴 거대한 갈색 단지를 자기 앞에 살며시 놓는 것을 도와주면서 "거기 놓아요"라고 말한 그녀로 말하자면 우둔한 이들을 좋아했다. 폴은 그녀 옆에 앉아야 했다. 그녀는 그의 자리를 마련해놓은 상태였다. 정말 우둔한 이들이 가장 좋다고 그녀는 이따금 생각했다. 그들은 논문으로 사람을 성가시게 하지 않았다. 따지고 보면 무척 똑똑한 이 남자들은 얼마나 많은 것을 놓치는가! 정말이지 그들은 얼마나 메마르게 되었는가. 폴이 앉는 사이 그녀는 폴에게는 대단히 매력적인 뭔가가 있다고 생각했다. 그의 태도와 날카로운 코와 밝은 파란 눈은 그녀를 유쾌하게 했다. 그는 너무도 사려 깊었다. 이제 사람들이 모두 다시 이야기하기 시작했으니까 그가 무슨 일이 일어났는지 그녀에게 말해줄 것인가?

그녀 옆에 앉으면서 그는 "우리는 민터의 브로치를 찾으러 돌아갔어요" 하고 말했다. '우리'―그것으로 족했다. 말하기 어려운 이 한 단어를 말하려고 그가 애를 쓰고, 목소리를 높이는 것을 통해 그가 '우리'라는 단어를 처음 썼다는 것을 그녀는 알 수 있었다. '우리'는 이것을 했어요, '우리'는 그것을 했어요. 그들은 평생 그 말을 할 것이라고 그녀는 생각했다. 마르트가 약간 과장된 몸짓으로 뚜껑을 열자 거대한 갈색 그릇에서 올리브와 오일과 국물의 훌륭한 향내가 피어올랐다. 요리사는 그 요리를 만드느라 사흘을 보냈다. 램지 부인은 윌리엄 뱅크스에게 특별히 연한 조각을 골라주려고 부드러운 부분으로 국자를 넣으며, 아주 조심해야 한다고 생각했다. 그리고 반짝이는 그릇의 내벽과, 맛 좋은 갈색과 노란색 고기 조각들이 뒤섞여 있고, 월계수 잎들 그리고 포도주가 들어 있는 그릇 속을 들여다보면서, 이것이 그 일을 축하하게 될 거야, 하고 생각했다. 축제를 축하하는 변덕스럽고 부드러운, 이상한 느낌이 그녀 안에서 솟아났는데, 마치 두 가지 감정이 내면에서 호출된 것 같았다. 그 하나는 심오한 감정이었다—내면에 죽음의 씨앗을 지니고 있는, 여자에 대한 남자의 사랑보다 더 심각하고, 더 위엄 있고, 더 인상적인 것이 무엇이 있을 수 있겠는가. 하지만 동시에 이 연인들, 눈을 반짝이며 환상 속으로 빠져드는 이 사람들을 둘러싸고 사람들은 그들을 화환으로 장식하고 조롱하며 춤을 출 것이다.

"이건 대성공이에요." 뱅크스 씨는 칼을 잠시 내려놓으면서 말했다. 그는 주의 깊게 식사를 했다. 고기는 맛있고 연했다. 완벽하게 요리된 것이다. 그는 이 시골 구석에서 어떻게 이런 것들을 만들었는지 그녀에게 물었다. 그녀는 놀라운 여자였다. 그의 모든 사랑과 모든 존경이 돌아왔고, 그녀는 그 사실을 알아차렸다.

"우리 할머니의 프랑스 요리법이에요." 목소리에서 커다란 기쁨이 울려 퍼지면서 램지 부인이 말했다. 물론 그것은 프랑스 요리였다. 영국 요리는 혐오스러워요(사람들은 동의했다). 영국 요리는 양배추를 물에 담그고, 고기를 가죽같이 될 때까지 굽는 데다가, 맛있는 야채 껍질을 잘라버리는 것이지요. "그 속에 야 채의 온갖 미덕이 들어 있는데." 뱅크스 씨가 말했다. 또 그 낭비 는 어떻고요, 하고 램지 부인이 말했다. 프랑스의 한 가족 전체 가 영국 요리사 한 명이 버리는 것을 먹고 살 수 있을 정도죠. 윌 리엄의 애정이 다시 자신에게 돌아왔으며, 모든 것이 다시 좋아 졌고, 자신의 불안이 끝나 이제는 자유롭게 의기양양해져 남을 조롱할 수도 있다는 느낌에 자극받아 그녀는 웃고, 과장된 몸 짓을 했다. 자신 안의 모든 아름다움이 다시 열린 채로 저기 앉 아 야채 껍질 이야기를 하는 그녀는 얼마나 철없고 얼마나 터 무니없는가, 하고 릴리는 결국 생각했다. 부인에게는 사람을 무섭게 하는 뭔가가 있었다. 그녀에게는 저항할 수가 없었다. 그녀는 늘 끝내 자기 식대로 한다고 릴리는 생각했다. 이제 그 녀는 그 일을 성취해냈다―폴과 민터는 약혼한 것처럼 보였 으며, 뱅크스 씨도 여기서 식사를 하고 있었다. 그녀는 너무도 단순하고, 너무도 직접적으로 소망함으로써 그들 모두에게 주 문을 걸었으며, 릴리는 그 풍부함을 자신의 빈곤한 정신과 비 교했고, 그것은 부분적으로는 이 이상한 것, 이 겁나는 것에 대 한 믿음이라고(램지 부인의 얼굴은 온통 환했다―젊어 보이지는 않으면서도 광채가 났다) 생각했다. 그런 믿음은 그 한가운데 앉아 온통 떨고 있고 넋이 나가 있으면서도 몰두하고 있는 폴 레일리를 침묵하게 했다. 램지 부인은 야채 껍질 이야기를 하면서 바로 그것을 찬양하고 숭배하고 있다고 릴리는 느꼈다. 그녀는 그들을 따뜻하게 하기 위해 손을 그것 위로 가져가며, 그것을 보호하지만, 그 모든 일을 성사시킨 뒤에는 어떻게 해서인지 웃으면서 자신의 희생양들을 제단으로 인도한다고, 릴리는 느꼈다. 이제는 그것이 그녀에게도 엄습했다―그 감정, 사랑의 떨림. 폴 옆에서 그녀는 자신이 얼마나 눈에 띄지 않는다고 느꼈던가! 그는 광채를 발하고 타오르고 있는데, 그녀는 무심하고 냉소적이었다. 그는 모험을 떠나는데, 그녀는 해안에 정박해 있었다. 그는 무모하게 출발했는데, 그녀는 홀로 남겨져 있었다. 만약 그것이 재난이라면 그의 재난에서 한몫을 간청할 준비를 한 채로 그녀는 수줍게 말했다.

"민터가 언제 브로치를 잃어버렸죠?"

폴은 추억에 가려지고 꿈에 물든, 아주 멋진 미소를 지었다. 그는 고개를 가로저었다. "해변에서요." 그가 말했다.

"그걸 찾으러 갈 거예요." 그는 말했다. "일찍 일어나려고요." 이 사실은 민터에게는 비밀이었기 때문에 그는 목소리를 낮췄고, 램지 씨 옆에 앉아 웃고 있는 민터 쪽으로 시선을 돌렸다.

릴리는 동틀 무렵 해변에서 돌멩이에 반쯤 가려져 있는 브로치를 와락 집어 들고, 그에 따라 선원들과 모험가들 사이에 끼게 되는 자신을 머릿속에 그려보면서, 그를 돕고 싶은 욕망을 사납고도 터무니없게 주장하고 싶었다. 하지만 그녀의 제안에 그는 뭐라고 대답했는가? 사실 그녀는 거의 드러내지 않는 감정을 드러내며 "당신과 함께 가게 해주세요"라고 말했고, 그러자 그는 웃었다. 그것은 긍정 혹은 부정을 의미했다—어쩌면 둘 다였는지도 모른다. 하지만 그것은 그의 진심이 아니었다—그는 이상하게 킬킬거리며 웃었는데, 마치, 그러고 싶다면 절벽에서 뛰어내려요, 나는 상관하지 않으니까, 라고 말하는 것 같았다. 그는 그녀의 뺨에 사랑의 열기와 공포와 잔인함과 사악함이라는 불을 켰다. 그것이 그녀를 태웠고, 그녀는 식탁의 다른 쪽 끝에서 램지 씨에게 매력적으로 굴고 있는 민터를 바라보면서 자신이 포식 동물의 송곳니들에 노출된 사실에 움찔했고, 감사했다. 어쨌든 그녀는 식탁보 무늬 위에 있는 소금 그릇을 보면서 천만다행히도 자신은 결혼할 필요가 없다고 생각했던 것이다. 그녀는 그 퇴조를 거칠 필요가 없었다. 그녀는 그 퇴색에서 구제되었다. 그녀는 나무를 좀 더 가운데로 옮길 것이었다.

사태는 그렇게 복잡했다. 그녀는 특히 램지가 사람들과 함께 머물면서 두 가지 상반된 감정을 동시에 격하게 느껴야만 했던 것이다. 당신이 느끼는 것과 내가 느끼는 것, 그 두 가지가 지금처럼 그녀의 마음에서 서로 싸웠다. 이 사랑은 너무 아름답고 너무 신나는 것이어서, 나는 그것에 직면해 떨고 있고, 나의 습관과 전혀 다르게도 해변에서 브로치를 찾겠다고 제안하는 거예요. 또한 이 사랑은 인간의 열정 가운데서 가장 어리석고 가장 야만적인 것이어서, 보석 같은 옆얼굴을 가진 훌륭한 젊은이를 (폴의 옆얼굴은 정말 멋졌다) 마일엔드로드*에서 쇠지레를 들고 있는 골목대장으로 (그는 으스대고 있었으며 무례했다) 바꿔놓죠. 그럼에도 그녀는 시간의 여명기부터 사랑의 송가가 불렸고, 화환과 장미가 쌓였다고 혼잣말을 했다. 사람들에게 물어보면 열 사람 중 아홉은 이 사랑밖에 원하는 것이 없다고 말할 것이다. 하지만 그녀 자신의 경험에 비추어보건대 여자들은 항상, 우리가 원하는 것은 이게 아냐, 사랑보다 더 따분하고 유치하고 비인간적인 것은 없어, 라고 느낄 것이다. 그럼에도 사랑은 아름답고 필요한 것이다. 그렇다면, 그렇다면? 하고 그녀는 계속해서 물으며, 마치 이러한 논쟁에서는 자신의 작은 화살을 확실히 사정거리에 미치지 못하게 던져, 다른 사람들이 계속해서 해나가도록 내버려두는 것처럼, 다른 사람들이 논쟁을 계속해

---

* 런던 동부의 한 구역.

나가기를 기대했다. 그렇게 해서 그녀는 그들이 사랑이라는 문제에 빛을 던져줄까 싶어 그들이 하는 말에 다시 귀를 기울였다.

"그런데" 하고 뱅크스 씨가 말했다. "영국 사람들이 커피라고 부르는 액체가 있죠."

"오, 커피요!" 램지 부인은 말했다. 하지만 그것은 진짜 버터와 깨끗한 우유의 문제에 훨씬 더 가까웠다(릴리는 그녀가 완전히 흥분해서, 무척 강조해 말하는 것을 알 수 있었다). 다정하면서도 유창하게 말하면서 그녀는 영국 낙농업 체계의 부당함과, 우유가 문간에 어떤 상태로 배달되는지를 묘사했다. 그런데 그 문제를 파고들어 간 그녀가 자신의 비난의 근거를 증명하려 하는데, 중앙에 있던 앤드루부터 시작해, 마치 가시금작화의 잔디에서 잔디로 번져가는 불처럼, 식탁에 둘러앉아 있던 그녀의 아이들 모두가 웃음을 터뜨렸다. 그녀의 남편도 웃었다. 조롱을 받은 그녀는 불길에 휩싸여, 투구의 깃 장식을 내리고, 포차에서 대포를 내려야 했다. 그래서 다만 영국 대중의 편견을 공격했을 때 겪는 고통의 한 예로 식탁에서 사람들이 보내는 야유와 조롱을 뱅크스 씨에게 보여주는 것으로 보복할 수밖에 없었다.

하지만 탠슬리 씨와 함께 자신을 도왔던 릴리가 딴 데로 밀려나 있는 것에 신경이 쓰였던 그녀는 의도적으로 릴리를 다른 사람들로부터 떼어놓고 "어쨌든 릴리는 나하고 생각이 같아요"라고 말하며 그녀를 끌어들였다. 릴리는 약간 당황했고 약간 놀랐다. (그녀는 사랑에 관해 생각하고 있었기 때문이다.) 그들, 릴리와 찰스 탠슬리, 둘 다 딴 데로 밀려나 있다고, 램지 부인은 생각하고 있었다. 둘 다 각자 다른 사람의 광채로 인해 손해를 보고 있었다. 그는 자신이 완전히 무시당하고 있다고 느끼는 게 분명했다. 그 방 안에 그가 폴 레일리와 함께 있는 한 어떤 여자도 그를 쳐다보지 않을 것이었다. 가엾은 친구! 그럼에도 그는 누군가가 뭔가에 미친 영향에 관한 논문이 있었고, 자신을 돌볼 수 있었다. 릴리의 경우는 달랐다. 그녀는 민터의 광채 아래에서 희미해지고 있었다. 작고 주름진 얼굴과 중국인 같은 작은 눈을 한 그녀는 회색의 작은 옷차림으로 그 어느 때보다도 눈에 덜 띄었다. 그녀의 모든 것이 너무 작았다. 그럼에도 램지 부인은 그녀의 도움을 요청하며(릴리는 그녀를 지원해야 했다. 남편이 자신의 장화에 관해 이야기하는 것보다는 자신이 낙농업에 관해 이야기하는 편이 더 나았으니까—그는 자신의 장화에 관해 한 시간씩 이야기를 했다), 그녀를 민터와 비교하면서 마흔이 되었을 때 둘 중에 릴리가 더 나아 보일 것이라고 생각했다. 릴리에게는 어떤 특징이 있었다. 어떤 불길 같은 것이. 램지 부인은 대단히 좋아했지만 어떤 남자도—윌리엄 뱅크스처럼 훨씬 더 나이가 많은 남자가 아니라면 확실히—좋아하지 않을 것 같은 그녀만의 뭔가가 있었다. 한데 아내가 죽은 후 어쩌면 그가 자신을 좋아하고 있는지도 모른다고 램지 부인은 이따금 생각했다. 물론 그가 "사랑에 빠진" 것은 아니었다. 그것은 너무도 많은, 구분되지 않은 애정들 중 하나였다. 오, 하지만 말도 안 돼, 하고 그녀는 생각했다. 윌리엄은 릴리와 결혼해야 해. 그들은 공통점이 너무도 많아. 릴리는 꽃을 무척 좋아해. 그들은 둘 다 냉정하고, 무심하고, 자족하는 편이야. 그들이 함께 긴 산책을 하도록 주선해야겠어.

바보같이 그녀는 그들을 마주 앉혔다. 내일이면 달라질 수 있을 것이었다. 날씨가 좋으면 그들은 소풍을 가도 좋을 것이다. 모든 것이 가능한 것 같았다. 모든 것이 제대로인 것 같았다. 이제야 (사람들이 모두 장화 이야기를 하고 있는 그 순간에서 자신을 분리해내며, 하지만 이것은 지속될 수 없어, 하고 그녀는 생각했다) 그녀는 안전한 곳에 이르렀다. 그녀는 공중에 꼼짝 않고 있는 매처럼 떠 있었다. 그리고 몸의 모든 신경을 완전하고 감미롭게, 시끄럽지 않고 오히려 엄숙하게 채우는 기쁨이라는 요소 속에서 깃발처럼 떠 있었다. 거기서 식사하고 있는 사람들 모두를 바라보면서 그녀는 그 기쁨이 남편과 아이들과 친구들에게서 생겨나는 것이라고 생각했던 것이다. 이 심오한 정적 속에서 솟아오르는 이 모든 것은 (그녀는 윌리엄 뱅크스에게 아주 작은 고기 한 조각을 더 주며 질그릇 단지의 깊은 곳을 들여다보았다) 이제는 어떤 특별한 이유도 없이 연기처럼, 위로 솟아오르는 증기처럼 그들을 안전하게 함께 붙들면서 거기 머무는 듯 보였다. 아무것도 말할 필요가 없었고, 아무것도 말할 수 없었다. 그것은 온통 그들 주위에 있었다. 그녀는 조심스럽게 뱅크스 씨에게 특별히 연한 고기 한 조각을 주면서 영원에 참가하고 있다고 느꼈다. 그녀는 이미 그날 오후에 한 번 다른 어떤 것에 대해 그렇게 느꼈었다. 모든 것에 일관성과 안정성이 있었다. 흐르고, 날아가고, 환영 같은 것들의 표면 속에서 뭔가가 루비처럼 불변하며 빛을 발하고 있는 것 같았다(그녀는 반사광으로 물결치는 창문을 흘끗 바라보았다). 그렇게 해서 오늘 밤 또다시 그녀는 이미 오늘 한 번 느꼈던 평화와 휴식의 감정을 가졌다. 그러한 순간들에서 그 후로 영원히 남는 것이 만들어진다고 그녀는 생각했다. 이것이 남을 것이라고.

"그래요." 그녀는 윌리엄 뱅크스를 안심시켰다. "모두가 먹을 수 있을 만큼 많이 있어요."

"앤드루, 접시를 좀 더 낮게 들어, 흘리겠어." 그녀가 말했다. (뵈프앙도브는 완전한 성공작이었다.) 그녀는 스푼을 내려놓으면서 여기에 모든 것의 핵심에 놓여 있는 고요한 공간이 있다고 느꼈다. 이 공간에서는 움직이거나 쉴 수 있고, 이제는 귀 기울이며 (사람들은 모두 음식을 받았다) 기다릴 수도 있었다. 그런 다음 높은 곳에서 갑자기 날아내리는 매처럼 쉽게 과시하고, 웃으며 내려앉아, 식탁의 다른 쪽 끝에서 남편이 1253의 제곱근에 관해 이야기하고 있는 것에 자신의 무게 전체를 실을 수 있었다. 그런데 그 숫자는 그의 기차표에 적혀 있는 듯했다.

그 모든 것은 무엇을 의미했는가? 이날까지 그녀는 전혀 몰랐다. 제곱근? 그게 뭐였지? 그녀의 아들들은 알고 있었다. 세제곱과 제곱근에 대해서는 아들들에게 도움을 구했는데, 바로 그것이 그들이 지금 이야기하는 것이었다. 그리고 볼테르, 스탈 부인, 나폴레옹의 성격, 프랑스의 토지 보유 제도, 로즈버리 경*, 크리비**의 회고록에 관한 이야기들도. 그녀는 흔들리는 구조를 가로지르며 세상을 떠받치고 있는 쇠로 된 대들보처럼 위아래로 내달리고 이곳저곳을 횡단하는, 남성적 지성이라는 이 감탄할 만한 직물이 그녀를 떠받치고 지탱하도록 했다. 그렇게 함으로써 그녀는 전적으로 자신을 그것에 내맡기고, 심지어는 눈을 감거나, 베개를 벤 아이가 위를 올려다보며 수많은 나뭇잎 층에 윙크하듯이 잠시 눈을 깜박일 수 있었던 것이다. 그러다가 그녀는

---

* 영국의 정치가, 저술가.
** 영국의 정치가.

정신이 들었다. 이야기는 여전히 짜이고 있었다. 윌리엄 뱅크스는 웨이벌리 소설***을 칭찬하고 있었다.

그는 6개월마다 웨이벌리 한 권을 읽는다고 했다. 그런데 왜 그 말이 찰스 탠슬리를 화나게 하는 것인가? 그는 급히 들어와 (모든 게 프루가 그에게 잘 대해주지 않으려 하기 때문이야, 하고 램지 부인은 생각했다) 그것에 관해서는 아무것도 모르면서, 도통 아무것도 모르면서 웨이벌리를 비난하고 있다고 램지 부인은 생각하며, 그의 말에 귀를 기울이기보다는 그를 관찰했다. 그녀는 그의 태도에서 그것을 알 수 있었다―그는 자신을 내세우고 싶어 했다. 그는 교수직을 얻게 되거나 결혼하게 되어서 "나는―나는―나는"이라는 말을 늘 할 필요가 없게 될 때까지는 항상 그러할 것이었다. 가엾은 월터 경, 아니 어쩌면 제인 오스틴에 대한 그의 비난은 결국 "나는―나는―나는"에 이르렀던 것이다. 그녀가 그의 목소리와 그가 강조하는 것과 그의 초조함을 통해 알 수 있듯이 그는 자신과, 자신이 주고 있는 인상에 관해 생각하고 있었다. 그에게 성공은 좋은 것이리라. 어쨌든 그들은 다시 이야기를 시작했다. 이제 그녀는 들을 필요가 없다. 그것은 지속될 수 없다는 것을 그녀는 알고 있었다. 하지만 그

*** 영국의 소설가 월터 스콧이 쓴 역사소설 시리즈.

순간 너무도 맑은 그녀의 눈이 식탁 주위를 돌면서, 이 사람들 하나하나와 그들의 생각과 감정의 베일을, 마치 물밑으로 살며시 들어가 잔물결과 물속의 갈대와 균형을 잡고 있는 피라미 무리와 갑자기 조용해진 송어 모두가 온통 환하게 매달려 떨고 있게 하는 빛처럼, 힘 안 들이고 벗겨내는 듯했다. 그렇게 그녀는 그들을 바라보았고, 그들의 목소리를 들었다. 하지만 마치 그들이 말하는 것이 잔물결과 자갈, 오른쪽에 있는 뭔가와 왼쪽에 있는 뭔가를 동시에 볼 수 있을 때의 송어의 움직임인 것처럼, 그들이 무엇을 말하건 그것 역시 이러한 자질을 갖고 있었다. 전체가 하나로 맞물려 있었다. 실제 삶에서라면 그녀는 그물로 하나씩 따로따로 분리해 건져 올려, 웨이벌리 소설을 좋아한다거나 그것들을 읽지 않았다고 말하며, 스스로를 앞으로 나아가라고 재촉했을 테지만 아무 말도 하지 않았다. 잠시 동안 그녀는 공중에 그냥 떠 있었다.

"아, 하지만 얼마나 오래갈 거라고 생각해요?" 누군가가 말했다. 그녀에게는 마치 그녀의 밖으로 뻗어 나와 떨고 있는 안테나가 있어, 특정한 문장들을 가로채어 강제로 주의를 기울이게 하는 것만 같았다. 이 문장은 그런 문장들 중 하나였다. 그녀는 남편에게 위험이 닥친 것을 감지했다. 그와 같은 질문은 거의 확실하게 그에게 실패를 상기시키는 어떤 이야기로 이어지게 될 것이었다. 그의 저서는 언제까지 읽힐 것인가─그는 즉시 그 생각을 할 것이었다. 윌리엄 뱅크스는 (그는 그러한 허영에서 완전히 자유로웠다) 웃으며, 유행의 변화에 어떤 중요성도 부여하지 않는다고 말했다. 문학이건, 사실상 다른 모든 것이건 뭐가 오래갈지 누가 알 수 있단 말인가?

"각자 그저 즐깁시다." 뱅크스가 말했다. 그의 진실성은 램지 부인에게는 무척이나 존경스러워 보였다. 그는 단 한 순간도, 하지만 이것이 내게 어떤 영향을 미치지? 하고 생각하지 않는 듯했다. 그렇지만 반드시 칭찬과 격려를 받아야만 하는, 다른 기질을 가진 사람이라면 불편해하며(그리고 그녀는 램지 씨가 그러고 있다는 것을 알았다), 누군가가 오, 램지 씨, 당신의 저작은 오래갈 겁니다, 또는 그와 유사한 말을 해주기를 원하고 있을 것이다. 이제 그는 약간 짜증을 내며, 어쨌든 스콧은 (아니면 셰익스피어였나?) 자기 생전에는 그 명성이 지속될 거라고 말함으로써 그의 불편함을 아주 분명하게 드러냈다. 그는 짜증이 난 듯 그 말을 했다. 그녀는 모두가 이유는 알지 못하는 채로 약간 불편해하고 있다고 생각했다. 그때 훌륭한 본능을 갖고 있는 민터도일이 퉁명스럽고도 터무니없게, 실제로 셰익스피어 작품 읽기를 즐기는 사람이 있다고 믿지는 않는다고 말했다. 램지 씨는 좋아한다고 말하는 만큼 실제로 좋아하는 사람은 거의 없다고

(하지만 그의 정신은 다시 다른 데로 향했다) 엄하게 말했다. 그럼에도 셰익스피어의 몇몇 희곡은 상당한 가치가 있다고 덧붙였고, 램지 부인은 그가 그렇게 말하는 것이 어쨌든 당분간 괜찮으리라고 여겼다. 그는 민터를 비웃을 것이고, 그가 스스로에 대해 극도로 불안해하는 것을 깨달은 민터는 그녀 나름대로 그를 신경 쓰고, 어떻게든 그를 칭찬할 거라고 램지 부인은 생각했다. 하지만 부인은 그럴 필요가 없기를 바랐다. 그럴 필요가 생긴 것은 그녀 잘못인지도 몰랐다. 어쨌든 이제 그녀는 소년 시절에 읽은 책들에 관해 폴 레일리가 하려는 이야기에 자유롭게 귀를 기울일 수 있었다. 그 책들은 오래갔죠, 하고 그는 말했다. 그는 학교에서 톨스토이의 작품 몇 권을 읽었다. 그가 늘 기억하는 작품 하나가 있었지만 제목은 잊어버린 상태였다. 러시아 이름들은 너무 어려워요, 하고 램지 부인이 말했다. "브론스키." 폴이 말했다. 그가 그 이름을 기억한 것은 그것이 악당의 이름으로는 너무도 좋은 이름이라고 늘 생각했기 때문이다. "브론스키." 램지 부인이 말했다. "오, 《안나 카레니나》." 하지만 이런 화제는 길게 가지 못했다. 책은 그들의 전문이 아니었다. 아니, 찰스 탠슬리가 즉시 책과 관련해 그들 둘을 바로잡아줄 것이었다. 하지만 자신이 올바른 이야기를 하고 있는지, 그리고 좋은 인상을 주고 있는지에 대한 생각들로 뒤죽박죽이 되어 있는 그가 이야기를 하게

되면 결국 사람들은 톨스토이에 관해서보다는 그에 관해서 더 알게 될 것이었다. 반면에 폴은 자신이 아니라 단순히 사물 자체에 관해 말했다. 우둔한 사람들이 다 그렇듯이 그에게는 일종의 겸손함도 있었다. 그것은 사람들이 느끼는 것에 대한 배려였는데, 그녀는 적어도 한 번은 그것이 어떤 점에서 매력적이라고 생각했다. 이제 그는 자신이나 톨스토이가 아니라, 그녀가 추운지, 외풍을 느끼는지, 그리고 배를 좋아할 것인지에 대해 생각하고 있었다.

아뇨, 배는 먹고 싶지 않다고 그녀는 말했다. 실제로 그녀는 아무도 건드리지 않기를 바라면서 과일 접시를 (이 점을 깨닫지는 못한 채) 빈틈없이 지켜보고 있었다. 그녀의 눈은 과일의 곡선과 그림자 사이를, 저지대산의 풍부한 자주색 포도 사이를 들락거린 다음, 조개껍데기의 뿔이 있는 등성이를 지나며 노란색을 보라색에, 곡선 형태를 둥근 형태에 대비시켰다. 그런데 왜 자신이 그렇게 하는지, 혹은 왜 그렇게 할 때마다 점점 더 마음이 고요해지는지는 알지 못했다. 결국 손 하나가 뻗어 나와 배를 집어 들어 모든 것을 망쳐버렸다. 오, 얼마나 유감스러운 일인가. 동정심을 느끼며 그녀는 로즈를 바라보았다. 그녀는 재스퍼와 프루 사이에 앉아 있는 로즈를 바라보았다. 우리 아이가 저런 짓을 하다니 얼마나 이상한가!

그녀의 아이들, 재스퍼, 로즈, 프루, 앤드루가 거기에 한 줄로 앉아 있는 모습은 참으로 이상했다. 아이들은 거의 침묵하고 있었지만, 입술이 실룩거리고 있는 것으로 보아 그들 나름의 농담은 계속되고 있다고 그녀는 추측했다. 그것은 다른 모든 것에서 떨어져 있는 것으로, 그들 방에서 따로 웃으려고 비축하고 있는 것이었다. 그녀는 그 농담이 그들의 아버지에 관한 것이 아니기를 바랐다. 그렇지는 않을 거야, 그녀는 생각했다. 그것은 무엇일까, 그녀는 약간 서글퍼하며 궁금해했다. 그들이 그녀가 없을 때 웃을 것처럼 보였기 때문이다. 약간 단호하고, 조용하며, 가면과도 같은 얼굴들 뒤에 모든 것이 비축되어 있었다. 그들은 쉽게 끼어들지 않았으니까. 그들은 어른들로부터 약간 위쪽에 있거나 떨어져 있는 감시자 또는 감독자 같았다. 하지만 오늘 밤 프루를 바라보자, 이제는 이것이 프루에게 완전히 적용될 수 없다는 것을 깨달았다. 프루는 이제 막 시작하고, 막 움직이고, 막 아래로 내려오고 있었다. 마치 맞은편에 있는 민터의 광채와, 약간의 흥분과, 약간의 행복에 대한 기대가 그녀에게서 반사된 듯, 마치 남녀 간의 사랑의 태양이 식탁보의 가장자리 위로 솟아오른 듯 그녀의 얼굴에는 약한 빛이 어려 있었고, 그녀는 그것이 뭔지 모르는 채 그것을 향해 몸을 숙여 맞이했다. 그녀는 수줍게, 하지만 호기심을 보이며 계속 민터를 바라보았고, 그래서 램지 부인은 둘을 번갈아 바라보면서 마음속으로 프루에게, 너도 조만간 민터만큼 행복해질 거야, 하고 말했고, 너는 내 딸이니까 훨씬 더 행복해질 거야, 하고 덧붙였다. 그 말은 진심이었다. 그녀의 딸은 다른 사람들의 딸들보다 더 행복해야만 했다. 하지만 저녁 식사는 끝났고, 떠나야 할 시간이었다. 사람들은 접시 위에 있는 것들을 갖고 장난을 치고 있을 뿐이었다. 그녀는 남편이 하는 이야기를 듣고 사람들이 마저 웃고 나기를 기다렸다. 그는 어떤 내기에 관해 민터와 농담을 하고 있었다. 곧 램지 부인은 자리에서 일어날 생각이었다.

그녀는 문득 자신이 찰스 탠슬리를 좋아한다고 생각했다. 그녀는 그의 웃음을 좋아했다. 그가 폴과 민터에게 그토록 화가 나 있기 때문에 그를 좋아했다. 그녀는 그의 어색함을 좋아했다. 결국 그 젊은이에게는 많은 것이 있었다. 그녀는 자신의 접시 옆에 냅킨을 놓으며, 그리고 릴리는 항상 그녀만의 농담이 있어, 라고 생각했다. 릴리에게는 신경을 쓸 필요가 없었다. 램지 부인은 기다렸다. 그녀는 냅킨을 접시의 가장자리 밑으로 밀어 넣었다. 이제 이들은 모두 마친 것인가? 아니었다. 이야기는 또 다른 이야기로 이어졌다. 남편은 오늘 밤 무척 활기가 넘쳤고, 그녀가 보기에, 수프 장면 이후 어거스터스 노인과 화해하고 싶어 그를 끌

어들인 상태였다. 그들은 대학에서 둘 다 알았던 사람에 관한 이
야기들을 하고 있었다. 그녀는 이제 창유리가 검어서 초의 불꽃
이 더 밝게 타오르는 듯 보이는 창문을 바라보았다. 저 바깥을
보고 있자니, 목소리들이 마치 성당에서 미사 드릴 때처럼 무척
이상하게 들렸는데, 그것은 그녀가 단어들에 귀를 기울이지 않
았기 때문이다. 갑작스럽게 터져 나오는 웃음소리, 그런 다음 혼
자 이야기하는 (민터의) 목소리가 어떤 로마가톨릭 성당에서
거행되는 미사의 라틴어 단어들을 외치는 남자들과 소년들을
상기시켰다. 그녀는 기다렸다. 남편이 말했다. 그는 무슨 말인가
를 되풀이해서 하고 있었고, 그녀는 리듬과 고양된 울림과 그의
목소리에 배어 있는 우수로 짐작컨대 그것이 시라는 것을 알 수
있었다.

밖으로 나와, 정원에 난 길을 오르게,

　　　루리아나, 루릴리.

중국 장미는 온통 꽃피어 있고, 노란 벌이 윙윙거리고 있다네.*

그 단어들은 (그녀는 창을 바라보고 있었다) 마치 모두로부

* 　영국의 정치가인 찰스 엘턴이 쓴 시 '루리아나, 루릴리' 속의 구절.

190

터 단절된 채, 저 바깥 물 위의 꽃들처럼 떠 있는 듯, 아무도 말하지 않았지만 스스로 존재하게 된 듯 들렸다.

그리고 우리가 지금껏 살아온 모든 삶과 앞으로의 모든 삶은
나무와 변화하는 잎사귀들로 가득하네.

그녀는 그 단어들의 의미는 알지 못했지만 그것들은 음악처럼, 그녀의 자아 밖에서, 그녀 자신의 목소리로 말해지는 것 같았다. 마치 그녀가 다른 것들을 이야기하는 동안 저녁 내내 그녀의 마음속에 있던 것을 아주 쉽고 자연스럽게 이야기하는 듯했다. 그녀는 주위를 둘러보지 않고도 식탁에 앉아 있는 모두가 그 목소리에 귀를 기울이고 있다는 것을 알 수 있었다.

그것이 당신에게 그렇게 보이는지 궁금하네
루리아나, 루릴리

사람들은 그녀가 느낀 것과 같은 종류의 안도감과 쾌감을 느끼는 것 같았는데, 마치 마침내 이것이 자연스러운 말이며, 그들 자신의 목소리로 말한다는 듯했다.

하지만 목소리는 멈췄다. 그녀는 주위를 둘러보았다. 그녀는

억지로 몸을 일으켰다. 어거스터스 카마이클은 이미 일어나 있었는데, 식탁 냅킨을 긴 하얀 옷처럼 보이게 들고 서서 노래를 불렀다.

　　왕들이 말을 타고
　　종려나무 잎사귀와 향나무 단을 들고
　　잔디밭과 데이지가 핀 초원을 가로질러 달리는 것을 보네
　　　　루리아나, 루릴리,

그리고 그녀가 그의 옆을 지나갈 때 그는 약간 그녀 쪽으로 몸을 돌리고 마지막 단어들을 반복했다.

　　　　루리아나, 루릴리,

그런 다음 그는 마치 그녀에게 경의를 표하듯 절을 했다. 이유는 알 수 없었지만 그녀는 그가 그 어느 때보다도 자신을 좋아한다고 느꼈다. 그래서 안도감과 감사의 감정을 느끼면서 그녀는 답례로 절을 했고, 그가 그녀를 위해 열어놓고 있는 문을 지나갔다.

　이제는 모든 것을 한 단계 더 나아가게 하는 것이 필요했다. 그녀는 문지방에 발을 올려놓은 채로 자신이 바라보고 있는 중

에도 사라지고 있는 장면 속에서 잠시 더 기다렸다. 그리고 그 장면은 그녀가 움직여 민터의 팔을 붙잡고 방을 떠났을 때 변했고, 형태가 달라졌다. 그녀는 어깨 너머로 마지막으로 그 장면을 바라보면서 그것이 이미 과거가 되었다는 것을 알았다.

18

여느 때와 같아, 하고 릴리는 생각했다. 정확한 순간에 해야 하는 뭔가가, 램지 부인이 그녀 나름의 이유로 즉시 하기로 결정한 뭔가가 늘 있었다. 지금처럼 모두가 흡연실로 갈 것인지, 응접실로 갈 것인지, 다락방으로 올라갈 것인지 결정하지 못하고 농담을 하면서 서 있는 경우가 그랬다. 그 순간 램지 부인이 이 소란 한가운데서 민터와 팔짱을 끼고 서서 '그래, 이제 그럴 시간이야'라고 생각했고, 그래서 즉시 비밀스러운 태도로 혼자 무슨 일을 하러 떠나는 것이 보였다. 그녀가 가자마자 일종의 분열이 이루어졌고, 사람들이 동요하더니, 각자 다른 방향으로 갔다. 뱅크스 씨는 저녁 식사 때 시작한 정치 토론을 마무리 짓고자 찰스 탠슬리의 팔을 잡고 테라스로 나갔다. 그날 저녁의 전체적인 균형에 변화를 줘 무게가 다른 쪽으로 기울게 하려는 것이었다.

그들이 가는 것을 보고, 노동당 정책에 관한 이야기를 한두 마디 들으면서 릴리는 그들이 선교(船橋)에 올라가 방향을 잡고 있다고 생각했다. 시에서 정치로의 화제 전환은 그녀에게 그런 식의 인상을 주었다. 그렇게 뱅크스 씨와 찰스 탠슬리는 떠나갔고, 다른 사람들은 램지 부인이 램프를 들고 혼자 위층으로 올라가는 것을 바라보며 서 있었다. 부인은 어디를 저렇게 서둘러 가는 거지, 하고 릴리는 궁금해했다.

사실 그녀는 뛰어가지도, 서두르지도 않았다. 실제로 그녀는 오히려 느리게 갔다. 오히려 그녀는 그 모든 수다가 끝난 후 잠시 가만히 서서, 문제가 되는 특정한 하나를 골라내어 그것을 떼어내고, 분리시키고, 그것에서 모든 감정과 시시한 것들을 씻어내어 앞으로 들고, 그녀가 이것들—그것은 좋은가, 나쁜가, 옳은가, 그른가? 우리는 어디로 가고 있는 것인가? 등등—을 결정하도록 선임한 판사들이 앉아 있는, 비밀회의 중인 법정에 가져가고 싶었다. 그래서 그녀는 그 사건의 충격 이후 스스로를 바로잡았고, 아주 무의식적으로, 어울리지 않게, 밖에 있는 느릅나무 가지들을 이용해 자세를 안정시켰다. 그녀의 세계는 변하고 있었고, 그것들은 조용했다. 그 사건은 그녀에게 뭔가 움직인다는 감각을 준 상태였다. 모든 것은 질서가 있어야 해. 그녀는 의식하지 못한 채로 나무들의 고요한 위엄과, 이제 바람이 일으켜 세위 (파도를 올라탄 배의 뱃머리같이) 위쪽으로 솟아오르고 있는 느릅나무 가지들의 훌륭함을 승인하면서 이것저것을 바로 잡아야 한다고 생각했다. 바람이 불었던 것이다(그녀는 잠시 서서 밖을 내다보았다). 바람이 불어 나뭇잎들이 이따금 별 하나를 드러냈고, 별들은 흔들리며 빛을 던지면서 나뭇잎들 가장자리 사이로 빛을 발하려는 듯했다. 그렇다, 그것은 그때 이루어졌고 완수되었으며, 이루어진 모든 일이 그렇듯 엄숙해졌다. 이제 잡담과 감정이 씻긴 상태에서 그것에 관해 생각하자, 그것은 늘 그렇게 존재했던 것 같았으며, 지금에서야 보이는 것일 뿐인 듯, 그에 따라 지금 보인다는 사실이 갑자기 모든 것을 안정시켰다. 사람들은 다시 나아갈 것이며, 아무리 오래 살아도 이 밤과 이 달, 이 바람, 이 집으로, 그리고 그녀에게로 돌아올 거라고 그녀는 생각했다. 그들의 가슴속에 감겨 들어가 그들이 아무리 오래 살아도 그녀가 그들에게 짜여 들어갈 것이라는 생각을 하자 아부에 매우 취약한 그녀의 마음이 우쭐해졌다. 그녀는 층계참에 있는 소파(그녀 어머니의 것), 흔들의자(그녀 아버지의 것), 그리고 헤브리디스제도 지도를 애정을 갖고 비웃으며 위층으로 올라가면서 이것, 이것, 이것, 하고 생각했다. 그 모든 것이 폴과 민터의 삶에서 되살아날 것이었다. "레일리 부부"—그녀는 그 새 이름을 되풀이해서 불러보았고, 육아실 문에 손을 댄 채, 칸

막이 벽들이 너무 얇아서 사실상 (그것은 안도와 행복의 느낌이었다) 모든 것이 하나의 흐름이며, 의자들과 탁자들과 지도들이 그녀의 것이고, 그들의 것이며, 누구의 것인가는 문제가 되지 않는 듯이, 감정이 선사하는, 타인들과의 연대감을 느꼈다. 그녀가 죽으면 폴과 민터가 이어나갈 것이었다.

그녀는 삐걱거리는 소리가 나지 않도록 손잡이를 단호하게 돌렸고, 소리 내어 말을 해서는 안 된다는 사실을 자신에게 상기시키는 듯 입술을 약간 오므리면서 안으로 들어갔다. 하지만 들어가자마자 그녀는 미리 조심하는 것이 필요 없었다는 사실을 깨닫고 성가셔했다. 아이들은 자지 않고 있었다. 그것이 가장 성가신 일이었다. 밀드러드는 좀 더 조심해야 해. 제임스는 활짝 깨어 있고, 캠은 몸을 꼿꼿이 하고 앉아 있고, 밀드러드는 맨발로 침대에서 나와 있는데, 거의 11시였는데도, 아이들은 모두 이야기를 하고 있었다. 무엇이 문제였는가? 또 그 끔찍한 두개골이었다. 그녀는 밀드러드에게 그것을 치우라고 했었는데, 물론 밀드러드는 잊어버렸다. 벌써 몇 시간 전에 잠들었어야 했음에도 캠은 활짝 깨어 있고, 제임스도 활짝 깨어 다투고 있었다. 무슨 귀신에 씌어 에드워드는 이 끔찍한 두개골을 보냈는가? 그녀는 어리석게도 그들이 못질을 해 위쪽에 걸도록 내버려두었다. 단단히 못질이 되어 있다고 밀드러드는 말했고, 캠은 방 안에 그것이 있는 한 잠들 수가 없었으며, 제임스는 그녀가 그것을 건드리면 비명을 질렀다.

램지 부인은, 캠은 자야 해(두개골에 커다란 뿔들이 있다고 캠은 말했다―), 잠들어 멋진 궁전들을 꿈꿔야 해, 하고 침대 위 캠 옆에 앉으면서 말했다. 캠은 방의 사방에서 뿔들을 볼 수 있다고 말했다. 그것은 사실이었다. 등불을 어디에 놓든 (그리고 제임스는 등불 없이는 잠을 잘 수 없었다) 항상 어딘가에 그림자가 있었다.

"하지만 생각해봐, 캠, 늙은 돼지일 뿐이잖아." 램지 부인은 말했다. "농장에 있는 돼지들처럼 까맣고 멋진 돼지야." 하지만 캠은 그것이 방의 사방에서 자신에게 가지를 뻗고 있는 끔찍한 것이라고 생각했다.

"그러면" 하고 램지 부인은 말했다. "가려놓자." 그들 모두는 그녀가 서랍장으로 가 작은 서랍들을 재빨리 하나씩 여는 것을 보았다. 그녀는 적당한 것이 없어, 재빨리 숄을 벗어 두개골을 싸고 또 싼 다음 캠에게로 돌아와, 캠의 머리 옆에, 베개 위에 머리를 거의 납작하게 대고 이제는 그것이 얼마나 멋져 보이는지, 요정들이 그것을 얼마나 사랑할지 말했다. 그것은 새의 둥지 같았고, 계곡과 꽃과 울리고 있는 종들과 노래하는 새들과 새끼 염소와 영양 등등이 있는, 자신이 외국에서 본 아름다운 산 같았다. 그녀는 자신이 그렇게 말할 때 캠의 마음속에서 그 말들이 율동적으로 메아리치는 것을 느낄 수 있었고, 캠은 그녀를 따라 그것이 산과 새의 둥지와 정원 같으며, 어린 영양들이 있다는 말을 반복했다. 그녀의 눈은 떠졌다 감겼다 했다. 램지 부인은 더욱더 단조롭고, 더욱 율동적이고, 더욱 무의미하게 그녀가 어떻게 눈을 감고 잠이 들어, 산과 계곡과 떨어지는 별과 앵무새와 영양과 정원, 그리고 모든 멋진 것들을 꿈꿔야 하는지 계속해서 말했다. 그녀는 아주 천천히 고개를 들며 더욱더 기계적으로 이야기했고, 마침내는 똑바로 앉아, 캠이 잠든 것을 보았다.

자, 하고 그녀는 제임스의 침대로 건너가면서 속삭였다. 제임스도 잠들어야 해, 봐, 하고 그녀가 말했다. 수퇘지의 두개골은 여전히 있고, 누구도 그것을 건드리지 않았으며, 그가 원한 대로 한 것이다. 두개골은 전혀 해를 입지 않은 채 거기 있었다. 그는 두개골이 숄 아래에 여전히 있는 것을 확인했다. 하지만 그는 그녀에게 뭔가 더 묻고 싶었다. 내일 등대에 갈 것인지?

아니, 내일은 아냐, 하고 그녀는 말했다. 하지만 곧, 하고 그녀는 약속했다. 다음에 날씨가 좋은 날. 그는 아주 착했다. 그가 누웠다. 그녀는 그에게 이불을 덮어주었다. 하지만 그녀는 그가 결코 잊지 못하리라는 것을 알고 있었고, 찰스 탠슬리와 남편에게 그리고 아이의 기대를 부풀게 한 자신에게 화가 났다. 그런 다음 숄을 더듬어 찾다가, 그것으로 수퇘지의 두개골을 감쌌다는 것을 기억하고 자리에서 일어나, 창문을 3~5센티미터 끌어 내렸고, 바람 소리를 듣고, 완벽하게 무관심하고 차가운 밤공기를 한 숨 들이마시고는 밀드러드에게 잘 자라고 중얼거린 뒤 방문 손잡이를 천천히 돌리고, 밖으로 나갔다.

그녀는 여전히 찰스 탠슬리가 얼마나 성가신지를 생각하면서, 그가 아이들 머리 위 바닥에 책을 소리 나게 떨어뜨리지 않기를 바랐다. 아이들은 모두 잘 자지 못했고, 쉽게 흥분했기 때문이다. 또 그가 등대에 관해 그런 말을 했기 때문에, 아이들이 막 잠들려는 순간에 책상 위에 쌓여 있는 책들을 잘못해 팔꿈치로 밀어 떨어뜨릴 것처럼 보였기 때문이다. 그녀는 그가 일을 하러 위층으로 갔을 거라고 생각했다. 하지만 그는 너무도 외로워 보였다. 그래도 그가 자리를 뜨면 그녀는 안심이 되었다. 그럼에도 내일은 그가 더 나은 대접을 받도록 살필 것이었다. 한데 그는 남편과 잘 어울렸다. 하지만 그의 태도에는 고칠 점이 확실히 있었다. 그럼에도 그녀는 그의 웃음이 마음에 들었다. 이런 생각을 하며 아래층으로 내려오면서 그녀는 층계 중간에 있는 창문을 통해 이제 달—중추의 노란 만월—을 볼 수 있다는 것을 알아차렸고, 고개를 돌렸다. 그리고 그들은 위쪽 계단에 서 있는 그녀를 보았다.

'저분이 나의 어머니야.' 프루는 생각했다. 그래, 민터도 그녀를 바라봐야 하고, 폴 레일리도 그녀를 바라봐야 해. 마치 이 세상에 저런 사람은 단 한 사람, 그녀의 어머니뿐인 것처럼 저분은 사물 자체라고 그녀는 느꼈다. 그리고 완전히 성장해 바로 한순간 전에 다른 사람들과 이야기하던 그녀는 다시 아이가 되었고, 그들이 하던 것은 하나의 놀이가 되었다. 어머니가 그들의 놀이를 승인할지 아니면 비난할지 프루는 궁금했다. 그리고 민터와 폴과 릴리가 어머니를 보는 것이 얼마나 좋은 기회인지 생각하면서, 그녀를 어머니로 갖는 것이 얼마나 놀라운 행운인지 느끼면서, 또한 자신은 결코 성장하지 않고 집을 떠나지 않으리라고 생각하면서 어린아이처럼 "우리는 파도를 구경하러 해변으로 내려가려고 생각했어요" 하고 말했다.

그 즉시 아무 이유 없이 램지 부인은 즐거움으로 가득한 스무살 처녀처럼 되었다. 갑자기 그녀는 파티 기분에 사로잡혔다. 물론 가야 해. 물론 가야 해, 하고 그녀는 웃으며 외쳤고, 마지막 서너 계단은 재빨리 달려 내려가, 이 사람에게서 저 사람에게로 고개를 돌리며 웃고 민터에게 목도리를 둘러주면서 자신도 갈 수만 있다면 좋겠다고 하다가, 그들이 아주 늦을 건지, 시계를 갖고 있는 사람은 있는지 물었다.

"네, 폴이 갖고 있어요." 민터가 말했다. 폴은 부드러운 작은 가죽 주머니에서 아름다운 금시계를 꺼내 그녀에게 보여주었다. 그리고 손바닥에 든 시계를 그녀 앞에 내밀며 '부인은 모든 것을 알고 있어. 아무 말도 할 필요가 없어'라고 느꼈다. 그는 그녀에게 시계를 보여주면서 '해냈어요, 램지 부인. 모두 부인 덕분이에요'라고 말하고 있었다. 램지 부인은 그의 손안에 놓여 있는 금시계를 보며, 민터는 얼마나 놀라울 정도로 운이 좋은가, 하고 느꼈다. 그녀는 부드러운 가죽 주머니에 들어 있는 금시계를 가진 남자와 결혼할 거야.

"나도 정말 같이 갈 수 있으면 좋겠어!" 그녀는 소리쳤다. 하지만 그것이 무엇인지 자문하는 것조차 생각할 수 없이 너무도 강력한 뭔가가 그녀를 제지했다. 물론 그녀가 그들과 같이 가는 것은 불가능했다. 하지만 다른 일이 없었다면 그녀도 가고 싶었을 것이다. 자신의 터무니없는 생각(부드러운 가죽 시계 주머니를 갖고 있는 남자와 결혼하는 것은 얼마나 행운인가)에 웃음이 난 그녀는 입술에 미소를 머금고 남편이 앉아 책을 읽고 있는 다른 방으로 들어갔다.

19

그녀는 방으로 들어오면서, 물론 나는 원하는 게 있어서 여기에 왔지, 하고 혼잣말을 했다. 우선 그녀는 특정한 램프 아래에 있는 특정한 의자에 앉고 싶었다. 하지만 그녀는 자신이 원하는 것이 무엇인지 몰랐고 생각해낼 수도 없었음에도 그 이상의 어떤 것을 원했다. 그녀는 남편을 바라보았고(양말을 집어 들고 뜨개질을 시작하면서), 그가 방해받지 않고 싶어 한다는 것을 알아차렸다―그것은 분명했다. 그는 아주 감동적인 무슨 책을 읽고 있었다. 그는 설핏 미소 짓고 있었는데, 그녀는 그가 감정을 통제하고 있다는 것을 알고 있었다. 그는 책장을 휙 넘기고 있었다. 그는 책 내용을 연기하고 있었다―어쩌면 그는 자신을 그 책 속의 인물로 생각하고 있는지도 몰랐다. 그녀는 무슨 책인지 궁금했다. 오. 빛이 뜨개질감에 떨어지게 램프의 갓을 조정하며 그녀는 그것이 늙은 월터 경의 책인 것을 보았다. 찰스 탠슬리가 (그녀는 마치 위쪽 바닥으로 책들이 쏟아지는 소리가 들리기를 기대하기라도 하는 것처럼 위쪽을 보았다) 이제는 아무도 스콧을 읽지 않는다고 말했기 때문이었다. 그러자 남편은 '나에 대해서도 그렇게 말할 거야'라고 생각했고, 그래서 방으로 가서 그 책들 중 한 권을 꺼낸 것이다. 만약 찰스 탠슬리가 한 말이

"사실이야"라는 결론에 이르면, 그는 스콧에 관해서도 그 사실을 받아들일 것이었다. (그녀는 그가 책을 읽으면서 이것과 저것을 저울질하고 심사숙고하며 비교하고 있다는 것을 알 수 있었다.) 하지만 자기 자신에 관해서는 그렇지 않았다. 그는 자신에 관해서는 늘 불편해했다. 그것이 그녀의 고민이었다. 그는 늘 자신의 저서에 관해 걱정을 할 것이었다—읽힐 것인가, 훌륭한가, 왜 좀 더 낫지 못한가, 사람들은 나를 어떻게 생각할 것인가? 남편을 그렇게 생각하는 것이 마음에 들지 않았던 그녀는 저녁 식사 때 명성과 오래가는 책들에 관한 이야기를 했을 때 왜 갑자기 그가 짜증을 냈는지 사람들이 짐작했는지, 아이들이 그것을 비웃지는 않았는지 궁금해하면서 양말을 홱 뒤집었다. 그녀의 입술과 이마에 마치 강철 연장으로 잡은 것 같은 우아한 주름이 생겼고, 그녀는 마구 흔들리며 떨리다가 이제 미풍이 잦아들며 멈추자 잎사귀 하나하나가 고요 속에 자리 잡은 나무처럼 움직이지 않게 되었다.

그녀는 그 무엇도 중요하지 않다고 생각했다. 위대한 인간, 위대한 책, 명성—누가 말할 수 있단 말인가? 그녀는 그것에 관해서는 아무것도 몰랐다. 하지만 중요한 건 그의 내면의 태도, 그의 진실성이었다—예컨대 저녁 식사 때 그녀는 무척 본능적으로, 그가 말만 한다면 얼마나 좋을까, 하고 생각하고 있었다. 그녀는 그를 완전히 신뢰했다. 그리고 그녀는 마치 물속에 뛰어들어 잡초 하나, 지푸라기 하나, 거품 하나를 차례로 지나갈 때처럼 이 모든 것을 물리치며 더 깊이 가라앉으면서, 현관에서 다른 사람들이 이야기를 하고 있을 때처럼, 내가 원하는 뭔가가 있어, 내가 가지러 온 뭔가가 있어, 하고 다시 느꼈고, 그것이 뭔지는 딱히 모르는 채로 눈을 감고 점점 더 깊이 빠져들었다. 그녀는 뜨개질을 하며, 궁금해하면서, 잠시 기다렸다. 그러자 저녁 식사 자리에서 사람들이 말한 "중국 장미는 온통 꽃피어 있고, 노란 벌이 윙윙거리고 있다네"라는 말이 그녀의 마음 양쪽에 율동적으로 밀려오기 시작했다. 밀려오는 그말들은 작은 갓을 씌운, 붉은색과 파란색과 노란색의 램프들처럼 그녀 마음의 어둠 속에서 환해졌고, 횃대를 저 높은 곳에 남겨두고 떠나 가로지르며 날거나 외치고 메아리치는 것처럼 보였다. 그래서 그녀는 몸을 돌려 옆 탁자에서 책 한 권을 더듬어 찾았다.

그리고 우리가 지금껏 살아온 모든 삶과

앞으로의 삶은

나무와 변화하는 잎사귀들로 가득하네,

그녀는 바늘을 양말 속에 찔러 넣으며 중얼거렸다. 그리고 그녀는 책을 펴 여기저기를 무작위로 읽기 시작했으며, 그렇게 하면서 그녀 위로 늘어진 꽃잎들을 헤치고 이리저리 올라가고 있다고 느꼈고, 그래서 이것이 하얗다거나 빨갛다는 것만을 알 수 있었다. 그녀는 처음에는 그 단어들이 무엇을 의미하는지 알지 못했다.

노를 저어라, 날개 달린 소나무 배를 이리로 몰고 오라, 완전히 지쳐버린 선원들이여*

그녀는 몸을 흔들면서, 한 가지에서 다른 가지로, 빨갛고 하얀 꽃에서 다른 꽃으로 가듯 한 줄에서 다른 줄로, 이쪽저쪽으로 지그재그로 옮겨가며 책을 읽고 책장을 넘겼는데, 작은 어떤 소리—남편이 자신의 허벅지를 때리는—에 정신이 들었다. 그들의 눈이 한순간 마주쳤지만 서로 말을 하고 싶어 하지는 않았다. 그들은 할 말이 없었지만 그럼에도 불구하고 뭔가가 그에게서 그녀에게 가는 것 같았다. 그가 허벅지를 때리게 만든 것은 삶이고, 삶의 힘이며, 엄청난 유머라는 것을 그녀는 알고 있었다. 나

---

* 윌리엄 태비스톡(1591~1643)의 시 '세이렌의 노래'에서 인용.

를 방해하지 말아요, 아무 말도 하지 말아요, 그냥 거기 앉아 있어요, 하고 그는 말하고 있는 듯했다. 그리고 그는 계속해서 책을 읽었다. 그의 입술이 씰룩거렸다. 그것이 그를 충만하게 해주었고 강하게 해주었다. 그는 그날 저녁의 자질구레한 고초들과, 사람들이 끝없이 먹고 마시는 동안 가만히 앉아 있는 것이 말할 수 없이 따분했던 것, 아내에게 몹시 짜증이 났던 것, 그리고 그 책들이 존재하지 않기라도 하는 듯 사람들이 그의 책들에 대해 그냥 넘어갔을 때 무척이나 과민해지고 신경이 쓰였던 것은 깨끗하게 잊어버렸다. 하지만 이제 그는 누가 Z에 도달하는지는 전혀 문제가 되지 않는다고 느꼈다(만약 인간의 사고가 알파벳처럼 A에서 Z까지 달려가는 것이라면 말이지만). 그가 아니라면 누군가가 거기에 이를 것이고, 그다음에 또 다른 사람이 그렇게 할 것이다. 이 남자의 힘과 온전한 정신, 솔직하고 소박한 것들에 대한 그의 감정들, 이 어부들, 머클배킷*의 오두막집에 있는 그 가엾고 늙고 정신이 나간 존재가 그를 너무나 기운 넘치게 하고, 뭔가에 대해 안도감을 느끼게 해, 고무되고 의기양양해진 느낌이 든 그는 눈물을 삼킬 수가 없었다. 책을 약간 치켜들어 얼굴을 가린 그는 눈물을 떨어뜨리며 머리를 좌우로 흔들

---

* 월터 스콧의 소설 《골동품 수집가》에 등장하는 늙은 어부.

었고, 자신에 대해 완전히 잊어버렸다(하지만 도덕성과 프랑스 소설들과 영국 소설들과 스콧의 손이 묶여 있는 것에 대한 한두 가지 성찰은 잊어버리지 않았으나, 그의 견해는 어쩌면 다른 견해와 마찬가지로 사실일 수도 있었다). 또한 그는 가엾은 스티니**의 익사와 머클배킷의 슬픔(스콧이 가장 잘 쓴 부분이었다) 그리고 그것이 그에게 준 놀라운 기쁨과 활기 속에서 신경 쓰이는 것들과 실패들에 대해 완전히 잊어버렸다.

그는 그 장을 마저 읽으며, 이보다 낫게 써보라지, 하고 생각했다. 그는 누군가와 논쟁을 벌였고, 상대를 이긴 것같이 느꼈다. 사람들이 뭐라 해도 이보다 낫게 쓸 수는 없고, 따라서 그 자신의 입지는 더욱 확실해졌다. 마음속으로 다시 그 모든 것을 정리하면서 그는 그 연인들이 시시하다고 생각했다. 그는 이것저것을 비교하며 이것은 시시하고 저것은 일류라고 생각했다. 하지만 그는 다시 읽어야 한다. 그는 전체적인 형태를 기억할 수가 없었다. 그는 판단을 유보해야 했다. 그래서 그는 다른 생각으로 돌아왔다―만약 젊은이들이 이것을 좋아하지 않는다면 그들은 당연히 그도 좋아하지 않을 것이다. 젊은이들이 그를 예찬하지 않는다고 아내에게 불평하고 싶은 욕구를 누

**　같은 소설의 등장인물.

르려고 애를 쓰면서 램지 씨는 불평해서는 안 된다고 생각했다. 그는 굳은 결심을 했다. 그는 다시는 그녀를 신경 쓰이게 하지 않을 것이었다. 여기서 그는 책을 읽고 있는 그녀를 바라보았다. 책을 읽고 있는 그녀는 무척 평화로워 보였다. 그는 모두 떠나고 자신과 그녀만이 있다고 생각하니 좋았다. 그는 스콧과 발자크, 영국 소설과 프랑스 소설로 돌아오면서 인생의 전부가 한 여자와 잠자리에 드는 것으로 이루어지지는 않았다고 생각했다.

램지 부인은 머리를 들었고, 얕은 잠에 든 사람처럼, 그가 원한다면 깨겠지만, 그렇지 않다면 정말로 조금만 더, 조금만 더 자도 되겠는지 묻는 것 같았다. 그녀는 이 꽃 저 꽃에 손을 얹으면서 이리저리 가지들을 기어오르고 있었다.

장미의 진한 주홍색도 예찬하지 말지니,[*]

그녀는 읽었고, 그렇게 읽으면서 꼭대기로, 정상으로 올라가고 있다고 느꼈다. 얼마나 만족스러운가! 얼마나 편안한가! 그날 하루의 모든 자질구레함이 이 자석에 달라붙었고, 그녀의 마음

[*]   셰익스피어의 소네트 98에 나오는 구절.

은 청소되고 깨끗해진 느낌이었다. 그러고는 그것이, 삶에서 빨려 나와 여기서 완벽하게 붙들린 정수, 즉 그 소네트가 갑자기 그녀의 양손 안에 온전한 형태로, 아름답고 이성적이며 깨끗하고 완벽하게 놓여 있었다.

하지만 그녀는 남편이 자신을 바라보고 있는 것을 의식하기 시작하고 있었다. 그는 그녀가 환한 대낮에 잠든 것을 살며시 놀리기라도 하듯 짓궂게 그녀를 향해 미소를 짓고 있었지만 동시에, 계속 책을 읽어요, 하고 생각하고 있었다. 이제 당신은 슬퍼 보이지 않아, 라고도. 그리고 그는 그녀가 무슨 책을 읽고 있는지 궁금해했고, 그녀의 무지와 단순함을 과장했는데, 그것은 그녀가 똑똑하지 않으며, 책을 통해 배운 것이 없다고 생각하기를 좋아했기 때문이다. 그는 그녀가 읽고 있는 것을 이해하는지 궁금해했다. 아마도 아닐 거야, 그는 생각했다. 그녀는 놀라울 정도로 아름다웠다. 그것이 가능하다면 말이지만 그에게는 그녀의 아름다움이 더해가는 것 같았다.

그럼에도 여전히 겨울 같았네, 당신은 멀리 있으니,
당신의 그림자인 듯 나는 이것들과 같이 놀았네,

그녀는 마저 읽었다.

"어때요?" 그녀는 책에서 눈을 들며 꿈을 꾸듯 그의 미소에 답하면서 말했다.

당신의 그림자인 듯 나는 이것들과 같이 놀았네,

그녀는 책을 탁자에 내려놓으면서 중얼거렸다.

그녀는 뜨개질감을 집어 들면서 그와 단둘이 있었던 이후로 무슨 일이 일어났는지 생각해보았다. 그녀는 옷을 차려입고 달을 보았던 것을 기억했다. 앤드루가 저녁 식사 때 접시를 너무 높이 들고 있던 일과 윌리엄이 한 어떤 말에 우울해했던 일, 나무들 속의 새들, 층계참의 소파, 아이들이 깨어 있던 것, 찰스 탠슬리가 책들을 바닥에 떨어뜨려 아이들을 깨운 일—오, 아니다, 이건 그녀가 꾸며낸 이야기다—, 그리고 폴이 부드러운 가죽 시계 주머니를 갖고 있다는 사실을 떠올렸다. 이 가운데서 어느 것을 그에게 얘기해야 하는 것인가?

"그들은 약혼했어요." 그녀는 뜨개질을 시작하면서 말했다. "폴과 민터요."

"그럴 것 같았지." 그가 말했다. 그것에 관해서는 별로 할 말이 없었다. 그녀의 마음은 아직도 시와 함께 아래위로 움직이고 있었고, 그는 스티니의 장례식에 관해 읽은 후 아직도 활기가 넘쳤고, 무척 거리낌 없었다. 그래서 그들은 말없이 앉아 있었다. 그때 그녀는 그가 무슨 말을 하기를 바란다는 사실을 깨닫게 되었다.

계속해서 뜨개질을 하면서 그녀는 뭐든, 뭐든, 하고 생각했다. 뭐든 괜찮을 것이었다.

"부드러운 가죽 시계 주머니를 가진 남자와 결혼을 하면 얼마나 좋겠어요" 하고 그녀는 말했는데, 그런 것이 그들이 함께 나누는 농담이었기 때문이다.

그는 콧방귀를 뀌었다. 그는 이 약혼에 대해서도 모든 약혼에 대해 늘 느끼는 것처럼 느꼈다. 그 처녀는 그 젊은이에게는 과분해. 그런데 왜 우리는 사람들이 결혼하기를 바라는 거지, 하는 생각이 천천히 그녀의 머릿속에 떠올랐다. 뭔가의 가치와 의미는 무엇인가? (이제 그들이 하는 모든 단어들은 진실일 것이다.) 오로지 그의 목소리를 듣기를 바라면서, 뭐라고 말 좀 해요, 하고 그녀는 생각했다. 그들을 감싸는 그것, 그림자가 다시 자신을 에워싸기 시작했다고 그녀는 느꼈다. 마치 도움을 청하듯 그를 바라보면서 뭐든 말해요, 하고 간청했다.

그는 시곗줄 위의 나침반을 앞뒤로 흔들며, 스콧과 발자크의 소설들을 생각하면서 조용히 있었다. 하지만 그들은 서로에게 다가가, 본의 아니게 아주 가까이서 나란히 있었기 때문에 그녀는 그들의 친밀함의 어슴푸레한 벽들을 통해서 그의 마음을 자신의 마음에 그림자를 드리우는 치켜올려진 손처럼 느낄 수 있었다. 그리고 그는 그녀의 생각이 그가 싫어하는 쪽으로—소위 그가 '비관주의'라고 부르는 쪽으로—방향을 튼 지금, 조바심이 나기 시작했고, 아무 말도 하지 않으면서 손을 이마로 올려 머리카락을 한 줌 비틀었다 다시 떨어뜨렸다.

그는 양말을 가리키며 "오늘 밤 그 양말을 완성하지 못할 거요"라고 말했다. 그녀를 질책하는 그의 목소리에 실린 무뚝뚝함, 그것이 바로 그녀가 원한 말이었다. 만약 그가 비관적인 것이 잘못이라고 말한다면 그것은 잘못일 수도 있다고 그녀는 생각했다. 그 결혼 생활은 괜찮을 거야.

"맞아요." 그녀는 양말을 무릎 위에 펴면서 말했다. "완성하지 못할 거예요."

그리고 이젠 뭐지? 그녀는 그가 아직도 자신을 바라보고 있지만 그의 표정이 바뀌었다고 느꼈던 것이다. 그는 뭔가를, 그녀가 그에게 주는 것이 늘 너무도 어렵다고 생각한 것을 원했다. 그는 그녀가 그를 사랑한다고 말하기를 원했다. 그런데 그것은 가능하지 않았다. 그녀는 그렇게 할 수가 없었다. 그는 말하는 것을 그녀보다 훨씬 쉬워했다. 그는 뭔가를 말할 수 있었지만 그녀는 결코 그럴 수가 없었다. 그래서 당연히 항상 뭔가를 말하는 것은 그였는데, 어떤 이유인지 그는 갑자기 이 사실에 신경이 거슬려 그녀를 질책하곤 했다. 그는 그녀를 매정한 여자라고 불렀고, 그녀는 결코 그에게 사랑한다고 말한 적이 없었다고 했다. 하지만 그렇지는 않았다— 결코 그렇지는 않았다. 단지 그녀는 자신이 느끼는 바를 결코 말할 수 없었을 뿐이다. 그의 코트에 빵 부스러기가 붙어 있지는 않았나? 그를 위해 해줄 수 있는 것은 없는가? 그녀는 자리에서 일어나 손에 불그스름한 갈색 양말을 든 채로 창가에 섰다. 부분적으로는 그를 외면하려고, 또 부분적으로는 이제 그가 보는 가운데 등대를 보는 것을 개의치 않았기 때문이었다. 그녀가 몸을 돌렸을 때는 그가 이미 몸을 돌린 뒤라는 것을 그녀는 알고 있었다. 그는 그녀를 지켜보고 있었다. 그녀는 그가, 당신은 그 어느 때보다도 아름다워, 라고 생각하고 있다는 것을 알고 있었다. 그리고 그녀는 자신이 무척 아름답다고 느꼈다. 단 한 번만 나를 사랑한다고 말해주지 않겠소? 그는 그렇게 생각하고 있었다. 민터와 그의 책, 시간이 하루의 끝에 이르러 있다는 사실, 그리고 등대에 가는 문제로 다툰 일 등으로 그는 화가 나 있었던 것이다. 하지만 그녀는 그럴 수 없었다. 그녀는 그 말을 할 수 없었다. 그가 자신을 지켜보고 있다는 사실을 알고 있었지만 그녀는 무슨 말을 하는 대신 양말을 든 채로 몸을 돌려 그를 바라보았다. 그리고 그를 바라보면서 미소 짓기 시작했다. 비록 그녀가 한마디도 하진 않았지만 그는 그녀가 자신을 사랑한다는 것을 물론 알고 있었다. 그는 그것을 부정할 수 없었다. 그리고 그녀는 미소를 지으면서 창밖을 내다보며 다음과 같이 말했다(이 세상의 그 무엇도 이 행복과 비할 수는 없다고 혼자 생각을 하면서).

"그래요, 당신이 맞았어요. 내일은 비가 올 거예요." 그녀가 그렇게 말을 한 것은 아니었지만 그는 알 수 있었다. 그리고 그녀는 미소를 지으며 그를 바라보았다. 그녀는 또 승리했던 것이다.

2부

시간은 흐른다

1

"글쎄, 앞날이 어떤 모습일지는 기다려봐야지." 테라스에서 들어오면서 뱅크스 씨가 말했다.

"너무 어두워 볼 수가 없어." 해변에서 올라오면서 앤드루가 말했다.

"뭐가 바다고 뭐가 육지인지 거의 알 수가 없어." 프루가 말했다.

"저 불을 그냥 켜둘까?" 그들이 안에서 코트를 벗을 때 릴리가 말했다.

"아뇨." 프루가 말했다. "모두 들어왔다면 그럴 필요가 없어요."

"앤드루." 릴리가 소리쳤다. "현관 불 좀 꺼."

하나씩 등불이 모두 꺼졌다. 하지만 베르길리우스를 읽느라 조금 더 깨어 있고 싶었던 카마이클 씨는 다른 사람들보다 좀 더 오랫동안 촛불을 켜놓았다.

2

그렇게 해서 등불은 모두 꺼졌고, 달도 지고, 가느다란 빗방울 하나가 지붕을 두들기며, 거대한 어둠이 쏟아지기 시작했다. 열쇠 구멍과 틈으로 새어 들어오고, 창문의 블라인드로 살며시 들어오고, 침실로 들어오고, 여기서는 주전자와 대야를, 저기서는 빨간색과 노란색의 달리아가 담긴 사발을, 또 저기서는 서랍장의 예리한 모서리와 단단한 몸체를 삼켜버리는 그 어둠의 엄청난 홍수를 견뎌낼 수 있는 것은 아무것도 없는 것 같았다. 혼란에 빠진 것은 가구만이 아니었다. "이 사람이 그 남자야" 아니면 "이 사람이 그 여자야"라고 말할 수 있는 누군가의 육체나 정신도 거의 남아 있지 않았다. 때로는 마치 뭔가를 움켜쥐거나 뭔가를 막으려는 듯 손 하나가 치켜올려지거나, 누군가가 신음 소리를 내거나, 아니면 누군가가 쓸데없는 농담을 주고받듯 소리 내어 웃었다.

응접실이나 식당이나 계단에서 움직이는 것은 아무것도 없었다. 단지 녹이 슨 경첩과 바다 습기로 부풀어 오른 목조 사이로 커다란 바람 덩어리에서 떨어져 나온 산들바람이 (어쨌든 그 집은 다 쓰러져가고 있었다) 모서리를 돌아 기어들어 집 안으로 밀고 들어왔다. 산들바람이 응접실로 들어가, 펄럭이고 있는 벽지와 장난을 치면서 더 오랫동안 붙어 있을지, 언제 떨어질지를 물으며 궁금해하고 있다고 거의 상상할 수 있을 정도였다. 그런 다음 산들바람은 마치 벽지에 그려져 있는 빨간색과 노란색 장미들에게 퇴색할 것인지 묻고, 이제는 몸을 드러낸, 쓰레기통에 들어 있는 찢어진 편지들과 꽃들과 책들에게 같은 편인가, 적인가, 얼마나 버틸 것인가, 라고 (얼마든지 시간이 있었기 때문에 상냥하게) 질문하는 것처럼 생각에 잠긴 듯 부드럽게 벽들을 스치고 지나갔다.

그렇게 해서 어떤 드러난 별이나 방황하는 배나, 심지어는 등대에서 비추는 어떤 무작위의 빛이 희미한 발자국을 계단과 깔개 위에 만들어놓은 채로 산들바람에게 지시를 내리는 사이 더 작은 바람은 층계참을 올라가 침실 문들을 기웃거렸다. 하지만 이곳에서 바람은 확실히 멈춰야 한다. 다른 그 무엇도 소멸하고 사라질 수 있지만 여기 놓여 있는 것은 확고했다. 여기서는 미끄러지는 빛들과, 숨을 쉬고 침대 위로 몸을 숙이는 어설픈 바람에게, 이곳은 네가 건드릴 수도, 파괴시킬 수도 없다, 라고 말할 수

도 있었다. 그 말에 바람은 깃털처럼 가벼운 손가락과 가벼운 집
요함을 갖고 있기나 한 것처럼 지친 듯 유령과도 같이, 닫힌 눈
과 헐겁게 움켜쥔 손가락들을 한번 바라보고는 피곤한 듯 의상
을 접고 사라질 것이었다. 그래서 기웃거리고 문지르면서 바람
은 층계참의 창문과 하인들의 침실과 다락방 안의 상자들에게
로 올라갔다가 내려오면서 식당 식탁 위의 사과들을 하얗게 비
추고, 장미 꽃잎들을 만지작거리고, 이젤 위에 있는 그림을 건드
렸고, 깔개를 스치고 지나가며 약간의 모래를 바닥에 날렸다. 마
침내 단념하며 모든 것이 함께 멈추었고, 함께 모였으며, 함께
한숨을 쉬었다. 모든 것이 함께 막연한 비탄의 돌풍을 일으켰고,
이에 부엌에 있는 문이 화답하며 활짝 열렸지만 아무것도 받아
들이지 않고 닫혀버렸다.

[이때 베르길리우스를 읽고 있던 카마이클 씨는 촛불을 불어
껐다. 자정이 지난 시각이었다.]

3

하지만 결국 하룻밤이란 무엇인가? 그것은 짧은 시간인데, 어
둠이 그토록 이내 희미해지고, 그토록 이내 새가 노래를 하고,

수탉이 울거나, 희미했던 초록색이 파도가 움푹 패면서 변화하는 나뭇잎처럼 활기를 띨 때에는 특히 그러하다. 하지만 밤은 밤으로 이어진다. 겨울은 밤을 한 벌 저장하고서 지칠 줄 모르는 손가락으로 그것들을 균등하고 고르게 나눠준다. 밤은 길어지고 어두워진다. 어떤 밤들은 밝은 접시 같은 투명한 행성들을 높이 치켜든다. 황폐해진 가을 나무들은, 대리석 면 위에 황금색 글자로 전쟁터에서의 죽음이 묘사되어 있고, 어떻게 뼈들이 저 멀리 인도의 사막에서 하얗게 되고 불타고 있는지 그려져 있는 차가운 성당 지하실의 어둠 속에서 빛나는 찢어진 깃발처럼 번득인다. 가을 나무들은 노란 달빛 속에서, 수확기의 달빛 속에서 어슴푸레 빛나고 있는데, 그 빛은 노동의 에너지를 원숙하게 하고, 그루터기를 부드럽게 매만지며, 푸른색 파도를 해안에 찰싹거리게 만든다.

이제 마치 인간의 참회와 모든 수고에 감동받은 것처럼 신성한 선(善)이 커튼을 젖히고 그 뒤에 있는 하나의 분명한 것, 즉 곧추선 암토끼를 보여주고 있는 것 같았다. 파도는 물러나고 있었고, 배는 흔들거리고 있었는데, 우리가 그것들을 가질 자격만 있다면 그것들은 항상 우리 것이 되리라. 하지만 애석하게도 신성한 선은 줄을 잡아당겨 커튼을 드리우는데, 마땅찮기 때문이리라. 그는 보물들을 우박 세례 속에 감추고, 그렇게 해서 그것들을 부수고, 너무도 혼란스럽게 만들었기에, 그것들의 고요함이 다시 돌아오거나, 아니면 우리가 파편들에서 완전한 전체를 구성하거나 어질러진 조각들에서 진리의 분명한 단어들을 읽어 내는 것은 불가능할 것 같다. 우리의 참회는 일별할 만한 가치가 있을 뿐이며, 우리의 수고는 유예받아 마땅하니까.

이제 밤들은 바람과 파괴로 가득 차 있다. 나무들은 마구 요동치며 휘어지고, 나뭇잎들은 허둥지둥 흩날려서 결국 잔디밭을 뒤덮고, 하수구와 빗물 관 속에 빽빽하게 들어차고, 축축한 보도 위에 흩어져 있다. 또한 바다도 흔들리며 파도가 부서진다. 잠을 자던 사람이 자신의 의혹들에 대한 해답이나 고독을 함께하는 자를 해안에서 찾을 수 있을 거라고 생각하고, 잠옷을 벗어 던지고 혼자서 내려가 모래사장을 거닌다 하더라도, 성실함과 신성한 기민함의 모습을 한 그 어떤 이미지도, 밤에 질서를 부여하고 세상으로 하여금 영혼의 나침반을 반영하게 하는 손을 쉽게 내밀지 않는다. 그 손은 그의 손안에서 점점 작아지고, 그 목소리는 그의 귀에서 큰 소리로 운다. 그러한 혼란 가운데서 잠자던 사람이 침대에서 일어나 어떤 해답을 왜, 어디에서 찾도록 유혹하는지에 관한 질문을 그 밤에게 하는 것은 거의 아무런 소용이 없는 것 같다.

[어느 어두운 아침 램지 씨는 양팔을 뻗고 복도를 비틀거리며

갔지만, 전날 밤 램지 부인이 다소 갑작스럽게 죽어, 뻗은 팔에
잡히는 것은 아무것도 없었다.]

4

그렇게 해서 집은 비어 있고, 문은 잠겨 있으며, 매트리스들은
말아 올려진 채로 있어, 거대한 군대들의 척후병들인 길 잃은 바
람은 거칠게 몰아쳐 들어와 벌거벗은 판자들을 스치고 지나갔
고, 조금씩 물어뜯고 부채질을 했으며, 이 바람에 전적으로 저항
하는, 침실이나 응접실에서 펄럭이며 걸려 있는 것들과 삐걱거
리는 목조와 탁자의 벌거벗은 다리들과 이미 물때가 끼고 더러
워지고 금이 간 냄비와 도자기 외에는 아무것도 만나지 못했다.
사람들이 벗어둔 것들—구두 한 켤레와 사냥 모자, 옷장 안에
든 빛바랜 스커트들과 코트들—만이 인간의 형상을 유지했고,
공허 속에서, 어떻게 한때는 그것들이 꽉 차고 활기가 넘쳤는지,
어떻게 한때는 손들이 고리와 단추들을 만지느라 분주했는지,
어떻게 한때는 거울이 하나의 얼굴을 담았는지, 다시 말해 그 속
에서 한 인물이 몸을 돌리고, 손 하나가 번쩍하고, 문이 열리고,
아이들이 달려 들어오며 넘어진 후 다시 나가는 하나의 세계를

담았는지 암시할 뿐이었다. 이제는 매일같이 빛이, 물속에 비친 꽃처럼 맞은편 벽에 또렷한 이미지를 비췄다. 단지 바람 속에서 흔들리는 나무들의 그림자들만이 벽에 고개를 숙였고, 빛이 반사되는 연못을 잠시 어둡게 만들었다. 또한 하늘을 나는 새들의 부드러운 음영이 침실 바닥 위를 천천히 파닥이며 가로질렀다.

그리하여 사랑스러움과 정적이 지배했고, 사랑스러움 자체의 형태를, 생명이 떠나간 형상을 함께 만들어냈다. 저녁때 멀리 떨어진 기차의 창문을 통해 본 연못처럼 외로운 형상을. 그 형상은 너무도 재빨리 사라져, 한때는 눈에 보였지만, 고독감을 거의 빼앗기지 않은 채 저녁이 되면 희미해지는 연못 같았다. 사랑스러움과 정적이 침실에서 손을 잡았고, 수의를 두른 주전자들과 시트로 덮인 의자들 사이에서 문지르고 킁킁거리고, "너는 퇴색할 것이냐? 너는 소멸할 것이냐?"라는 질문을 반복하는 염탐하는 바람과 냉습한 바다 공기들의 부드러운 코도 마치 자신들의 질문에 우리는 남는다, 라는 대답을 들을 필요가 없는 것처럼 그 평화와 무심함과 순수한 완결성의 분위기는 거의 훼손하지 못했다.

그 이미지를 깨거나 그 순수함을 타락시키거나, 그 흔들리는 침묵의 장막을 방해할 수 있는 것은 아무것도 없는 것 같았다. 이 장막은 매주 빈방에서 새들의 희미해지는 울음소리와 배의 고동 소리, 들판에서 들려오는 나른한 윙윙거리는 소리, 개 짖는 소리, 누군가가 외치는 소리 속으로 짜여 들어가 침묵 속에서 집 주위를 둘러쌌다. 언젠가 한번은 판자 한 장만이 층계참 위에서 튀어 올랐다. 또 한번은 한밤중에 수 세기 동안 잠잠하게 있던 바위 하나가 요란한 소리를 내며 파열하면서 산에서 떨어져 나와 골짜기 속으로 요란하게 떨어졌고, 숄의 접힌 한 자락이 느슨해져 앞뒤로 흔들거렸다. 그런 다음 다시 평화가 내려앉았으며, 그림자는 흔들렸고, 빛은 침실 벽 위에 있는 자신의 이미지에 숭배하듯 몸을 굽혔다. 그때 맥내브 부인이 빨래 통에 담갔던 손으로 침묵의 베일을 찢고, 자갈밭을 밟았던 장화 발로 저벅저벅 들어와, 지시받은 대로 창문을 모조리 열고 침실의 먼지를 털어냈다.

5

그녀는 비틀거리고(그녀는 바다에 떠 있는 배처럼 흔들거렸다) 곁눈질하면서(그녀의 눈은 아무것도 똑바로 보지 않고 세상의 조롱과 분노를 업신여기는 비스듬한 시선으로 보았다—그녀는 자신이 우둔하다는 것을 알고 있었다), 난간을 움켜잡으며 위층에 올라가 방마다 돌아다니며 노래를 불렀다. 기다란 거울의 유리를 문지르고 자신의 흔들거리는 모습을 곁눈질하는 그녀의 입술에서는 어떤 소리가 새어 나왔다. 20년 전에는 어쩌면 무대 위에서 신나는 노래, 사람들이 그것에 맞춰 흥얼거리며 춤을 추었을 노래였는데, 이제 이가 다 빠지고, 보닛을 쓰고 있는 관리인 여자에게서 흘러나오는 그 소리는 의미도 없어졌고, 정신 나간 상태와 유머와 집요함 그 자체의 목소리처럼 짓밟혀도 다시 튀어 올랐다. 그래서 먼지를 털어내고 닦아내면서 비틀거리는 그녀는 그것이 어떻게 하나의 긴 슬픔이고 고통인지, 그것이 어떻게 일어났다 다시 잠자리에 드는 것이며, 물건들을 꺼냈다가 다시 치우는 것인지를 말하고 있는 것처럼 보였다. 그녀는 자신이 알아온 이 세상이 쉽거나 편안하지 않다는 것을 거의 70년 동안 알아왔다. 허리를 굽힌 그녀는 지쳐 있었다. 그녀는 침대 밑에서 무릎을 꿇고 삐걱거리는 소리를 내며 신음하고, 마룻바닥의 먼지를 털면서 얼마나 오랫동안 이런 상태가 지속될지를 물었다. 하지만 비틀거리며 다시 일어나 기운을 차린 그녀는 심지어는 자신의 얼굴과 자신의 슬픔에서조차도 눈을 돌리는, 미끄러지듯 비스듬한 곁눈질을 하면서 거울 앞에 입을 벌린 채 서서 다시 무의미한 미소를 지었고, 다시 느릿느릿 비틀거리며 걸으며 바닥 깔개를 들었고, 도자기를 내려놓았고, 마치 어쨌든 자신에게는 위안이 있고, 자신의 애도의 노래에는 어떤 뿌리 깊은 희망이 엉켜 있기라도 한 듯 거울 속을 곁눈질로 들여다보았다. 빨래를 하거나 선술집에서 술을 마시거나 서랍 속의 잡동사니를 뒤적일 때는 가령 그녀의 아이들로 인해 (하지만 둘은 사생아였고, 하나는 그녀를 버렸다) 기쁨의 환상이 있었던 게 분명했다. 어둠의 어떤 틈이, 깊은 어둠 속에 어떤 통로가 있어, 그 사이로 충분한 빛이 나와 거울 속 그녀의 얼굴을 뒤틀어 히죽이게 하고, 다시 일을 하는 그녀로 하여금 그 옛날 음악당 노래를 흥얼거리게 한 것이 틀림없다. 그러는 동안 이 신비주의자, 이 환상가는 해변을 거닐면서 물웅덩이를 휘젓고, 돌멩이 하나를 바라보면서 "나는 누구인가" "이것은 무엇인가?"를 자문했는데, 갑자기 하나의 해답을 받았다(그들은 그것이 무엇인지 알 수 없었다). 그리하여 그들은 서리 속에서도 따뜻했고, 사막에서도 위안을 얻었다. 하지만 맥내브 부인은 예전처럼 계속해서 술을 마셨고 주절거렸다.

6

흔들리는 나뭇잎 하나 없는 봄이, 순결을 치열하게 지키며, 순수하기에 경멸을 드러내는 처녀처럼 꾸밈없고 밝은 봄이 눈을 활짝 뜨고 감시하듯, 구경꾼들의 행동이나 생각에는 전혀 개의 치 않고 들판에 펼쳐져 있었다.

[프루 램지는 그해 5월에 아버지의 팔에 기대어 결혼식을 치 렀다. 사람들은 이 이상 어울리는 짝이 어디 있지, 라고 했다. 그 리고 그들은 그녀가 얼마나 아름다워 보이느냐고 덧붙였다.]

여름이 다가오고 저녁이 길어지자 해변을 거닐며 물웅덩이 를 휘젓는 깨어 있는 자들과 희망에 차 있는 자들에게 그지없이 이상한 상상들이 찾아왔다―육체가 원자들로 변해 바람 앞에 서 날리는 상상, 별들이 그들의 가슴속에서 번쩍이는 상상, 절벽 과 바다와 구름과 하늘이 의도적으로 합쳐져 안에 흩어져 있는 환상의 부분들을 밖으로 모으는 상상이었다. 그 거울들과 사람 들의 마음속에서, 그 불안한 물웅덩이 속에서, 구름이 끊임없이 움직이고 그림자들이 형성되는 그 속에서 꿈들은 집요하게 존 재했고, 모든 갈매기와 꽃과 나무와 남녀, 그리고 하얀 땅 자체 가 선이 승리하고 행복이 이기며 질서가 지배할 거라고 선언하 는 것 같은 (하지만 막상 물으면 즉시 철회한다) 그 이상한 암시 에 저항하는 것은 불가능했다. 혹은 알려진 쾌락들과 친숙한 미 덕들과는 동떨어져 있는 어떤 절대 선, 어떤 강렬함의 결정체를, 소유주를 안전하게 해줄 모래 속의 다이아몬드처럼 단 하나이고 단단하며 빛나는 어떤 것을, 가정생활의 과정들과는 멀리 떨어져 있는 그 무엇을 찾아서 이리저리 돌아다니고 싶어 하는 비상한 충동에 저항하는 것은 불가능했다. 더욱이, 부드러워지고 순종적인 봄은 벌들이 윙윙거리고 각다귀들이 춤을 추는 가운데 망토를 걸치고, 눈을 가린 채로 머리를 돌려, 지나가는 그림자들과 작은 빗방울들이 흩날리는 가운데 인류의 슬픔에 대한 지식을 떠맡은 듯했다.

[프루 램지는 그해 여름 출산과 관련된 병으로 죽었는데, 진정한 하나의 비극이라고 사람들은 말했다. 더한 행복을 누렸어야 했는데, 라고.]

그리고 여름의 열기 속에서 바람은 첩자들을 다시 그 집 주위에 보냈다. 햇빛이 드는 방에 날벌레들이 그물을 쳤고, 밤에 유리창 가까이로 자란 잡초들은 유리창을 규칙적으로 두드렸다. 어둠이 내리자 그 어둠 속에서 카펫 위에 그토록 권위 있게 비치던 등대의 불빛은 자신의 무늬를 그리면서, 이제는 미끄러지는 달빛과 섞여 더욱 부드러워진 봄빛 속에서 마치 자신의 애무를 수놓고 몰래 꾸물거리며 바라보다가 다시 사랑스럽게 다가오듯이 부드럽게 찾아왔다. 하지만 바로 이 사랑스러운 애무의 고요 속에서 긴 줄기의 빛이 침대로 기울어졌을 때 바위가 산산조각이 났고, 숄의 또 다른 접힌 자락이 느슨해져, 걸린 채 흔들거렸다. 짧은 여름밤과 긴 여름 낮 내내 빈방들이 들판의 메아리와 날벌레들의 윙윙거림으로 속삭이는 듯이 보일 때, 긴 깃은 살며시 흔들렸고 표연하게 펄럭였다. 그사이 태양은 줄무늬를 만들어 방들에 창살을 쳤고, 노란 안개로 가득 채워, 그 안에 들어가 비틀거리며 먼지를 털어내고 비질을 하는 맥내브 부인을 햇빛이 창처럼 찌르는 바다에서 노를 저어가는 열대어처럼 보이게 했다.

하지만 잠들고 졸던 여름에도 후반에 가서는 펠트 천 위로 둔하게 나는 계산된 망치질 소리 같은 상서롭지 못한 소리들이 났다. 이렇게 반복되는 망치질의 충격에 숄은 한층 더 느슨하게 늘어졌고, 찻잔들에는 금이 갔다. 이따금 유리잔도 찬장에서 딸랑딸랑 울렸다. 마치 어떤 거대한 목소리가 고통 속에서 너무 크게 비명을 질러 찬장 안에 서 있던 큰 컵들 역시 진동하는 것 같았다. 그리고 다시 침묵이 내렸고, 그러고는 밤마다, 또 때로는 장미가 환하고, 빛이 그 형상을 벽 위에 분명하게 비추는 한낮에도 뭔가가 쿵 하고 이 침묵 속으로, 이 무관심 속으로, 이 완결성 속으로 떨어지는 것 같았다.

[포탄이 폭발했다. 20~30명의 젊은이들이 프랑스에서 포탄에 맞았는데, 그 가운데에는 앤드루 램지가 끼어 있었다. 다행히도 그는 즉사했다.]

그 계절에 해변으로 내려가 걸으며 바다와 하늘이 어떤 메시지를 전했는지, 혹은 어떤 전망을 단언했는지 질문한 사람들은 신성한 관용의 예사로운 증거들—바다의 낙조, 새벽의 파리함, 떠오르는 달, 달을 배경으로 한 어선, 그리고 풀 한 움큼을 서로에게 던지는 아이들—가운데서 이 기쁨과 이 고요함과 조화를 이루지 못하는 것이 무엇인지 생각해야 했다. 가령 잿빛 배라는 침묵하는 유령이 왔다 가버렸다든지, 마치 뭔가가 그 아래에서 보이지 않게 끓고 피를 흘린 것처럼, 부드러운 바다의 표면 위에는 보라색 얼룩이 져 있었다. 가장 숭고한 성찰을 뒤흔들어놓고 가장 안일한 결론에 이르도록 계산된 한 장면으로의 이러한 침입은 그들의 걸음을 멈추었다. 그들을 차분하게 간과하고, 풍경 속에서 그들의 의미를 지우고, 바닷가를 거닐 때처럼 외부가 내부의 아름다움을 어떻게 반사하는지에 대해 계속 경탄해 마지않는 것은 어려웠다.

자연이라는 여신은 인간이 진보시킨 것을 보완했는가? 그녀는 인간이 시작한 일을 완성했는가? 똑같이 무관심하게 그녀는 인간의 비참함을 보았고, 인간의 사악함을 용서했으며, 인간의 고통을 묵인했다. 그렇다면 공유하고, 완성하고, 해변의 고독 속에서 하나의 해답을 찾는 꿈은 거울 속의 반사일 뿐이며, 그 거울 자체는 더 숭고한 힘들이 그 밑에서 잠을 잘 때 침묵 속에서 형태를 갖추는 반짝이는 표면에 불과했던가? 초조하고, 절망적이지만, 떠나고 싶지 않아(아름다움은 매력적이고, 위안을 주니까), 해변을 거니는 것은 불가능했다. 관조는 참을 수 없는 것이 되고, 거울은 깨졌다.

[카마이클 씨는 그해 봄에 시집 한 권을 냈는데, 예상치 못한 성공을 거두었다. 사람들은 전쟁이 시에 대한 관심을 부활시켰다고 했다.]

7

밤이면 밤마다, 여름과 겨울에 폭풍우의 괴롭힘과 맑은 날씨의 화살과도 같은 고요가 아무런 방해도 받지 않고 다스렸다. 텅빈 집의 위층 방들로부터 귀를 기울이면 (귀 기울일 사람이 있다면) 번개로 줄무늬가 진 거대한 혼돈만이 요동치는 소리를 들었을 것이다. 바람과 파도는 이마에 이성의 빛이라곤 비치지 않는 거대한 바다짐승의 무정형의 몸체처럼 흥겹게 놀며 서로의 위에 올라탔고, 어둠 속에서나 대낮에 바보 같은 놀이를 하며 돌진하고 뛰어들었고(밤과 낮, 달과 해는 형태 없이 함께 달려갔다), 마침내는 우주가 잔인한 혼돈과 난잡한 욕망 속에서 홀로 아무런 목적 없이 싸우고 출렁이는 것 같았다.

봄이면 바람에 날려 온 식물들로 아무렇게나 채워진 정원의 화분들은 언제나처럼 화사했다. 제비꽃이 피었고 수선화도 피었다. 하지만 낮의 정적과 밝음은 밤의 혼돈과 소동만큼이나 이상했다. 저기 서 있는 나무들과 저기 서 있는 꽃들이 앞을 바라보고 위를 쳐다보지만 눈이 없어 아무것도 보지 못해 너무도 끔찍했기에.

8

그 가족은 다시는 오지 않을 거라고, 그리고 그 집은 어쩌면 성 미카엘 축일* 때쯤 팔릴 거라고 누군가가 말한 것을 생각하며 나쁜 뜻은 없이, 맥내브 부인은 허리를 굽혀 집에 가져갈 꽃 한 다발을 땄다. 그녀는 먼지를 터는 동안 꽃다발은 탁자 위에 놓아두었다. 그녀는 꽃을 무척 좋아했다. 꽃들이 버려지는 것은 안타까운 일이었다. 집이 팔리면 (그녀는 거울 앞에 양손을 허리에 대고 서 있었다) 집을 좀 손봐야 할 것이었다—그랬다. 그 집

---

* 9월 29일.

은 아무도 없는 가운데 이 모든 세월 동안 그곳에 서 있었다. 책과 물건들에는 곰팡이가 피었고, 전쟁으로 일손을 구하기가 어려워 그녀가 원하는 만큼 집을 깨끗하게 할 수가 없었다. 이제와서 집을 제대로 정리하는 것은 한 사람의 힘으로는 역부족이었다. 그녀는 너무 늙었고, 다리가 아팠다. 책은 모두 햇빛이 비치는 잔디밭에 내다 놓아야 했고, 현관의 회반죽은 떨어져 나갔으며, 빗물받이가 서재 창문을 막아 물이 흘러 들어왔고, 카펫은 아주 망가져 있었다. 하지만 그 집의 가족들이 직접 오거나, 사람을 보내 어떤지 보게 해야 했다. 찬장 안에도 옷들이 들어 있었고, 모든 침실에 옷을 남겨놓았다. 그것들을 어떻게 해야 한단 말인가? 그 옷들—램지 부인의 옷들—에는 좀이 슬어 있었다. 불쌍한 부인! 그녀는 **그 옷들을** 다시는 입지 않을 것이다. 그녀는 수년 전 런던에서 죽었다고들 했다. 그녀가 정원 일을 하면서 입은 낡은 회색 망토가 있었다. (맥내브 부인은 그것을 손가락으로 만졌다.) 그녀는 빨랫감을 들고 꽃들 위로 몸을 굽히면서 진입로를 걸어오는 부인의 모습을 그려볼 수 있었고(지금 정원은 소요가 난 것처럼 애처로운 모습이었고, 토끼들이 화단에서 허둥지둥 달려 나왔다), 부인이 그 회색 망토를 입은 채로 아이들 중 한 명과 함께 있는 모습을 그려볼 수 있었다. 장화와 신발들도 여러 켤레 있었고, 화장대 위에는 브러시와 빗도 하나로 뭉쳐 있었다. 부인은 무슨 일이 있어도 내일은 돌아올 것처럼 생각했던 것 같았다. (결국에 그녀는 갑자기 죽었다고들 했다.) 그리고 한번은 오려고 했지만 전쟁이 났고, 그즈음은 여행이 너무도 어려워져서 방문을 미뤘다. 그 긴 세월 동안 그들은 온 적이 없고, 맥내브 부인에게 돈만 보냈다. 편지도 하지 않았고, 직접 오지도 않았다. 그러면서 모든 것이 그들이 떠날 때 그대로이기를 바랐다, 이런! 화장대 서랍은 (그녀는 서랍들을 빼내어 열었다) 물건들—손수건들과 리본 조각들—로 가득했다. 그래, 그녀는 램지 부인이 빨랫감을 들고 진입로를 걸어오는 모습을 그려볼 수 있었다.

"좋은 저녁이에요, 맥내브 부인." 그녀는 말하곤 했다.

부인은 그녀에게 상냥했다. 여자아이들 모두가 그녀를 좋아했다. 하지만 맙소사, 그때 이후로 많은 것들이 변했다(그녀는 서랍을 닫았다). 많은 가족이 사랑하는 사람들을 잃었다. 부인도 죽었고, 앤드루 씨는 전사했으며, 사람들 얘기로는 프루 양도 첫아기를 낳다가 죽었다고 했다. 하지만 지난 몇 년간은 모두가 누군가를 잃었다. 물가는 고약하게 올라갔고, 다시는 내려오지 않았다. 그녀는 회색 망토를 입고 있는 부인을 잘 기억할 수 있었다.

"좋은 저녁이에요, 맥내브 부인"이라고 그녀는 말했고, 요리

사에게 그녀를 위해 따로 우유 수프 한 접시를 준비해놓으라고
했다―그 무거운 바구니를 읍내에서부터 들고 왔으니 시장할
거라고 생각한 것이다. 이제 맥내브 부인은 그녀가 꽃들 위로 몸
을 숙이는 것을 볼 수 있었다. (맥내브 부인이 절뚝이며 느릿느
릿 걸으면서 먼지를 털고 물건들을 정리하는 동안, 꽃들 위로 몸
을 숙이고 있는 회색 망토를 입은 한 부인이 망원경 끝의 노란
빛줄기나 원처럼 희미하게 깜박거리며 침실 벽과 화장대, 세면
대 위를 돌아다녔다.)

그런데 요리사 이름이 뭐였더라? 밀드러드? 메리언?―그 비
슷한 이름이었다. 아, 그녀는 잊어버렸다―그녀는 많은 것들을
잊어버렸다. 요리사는 머리칼이 붉은 여자들이 다 그렇듯 성미
가 사나웠다. 많이 웃기도 했다. 그녀는 부엌에서 늘 환영받았
다. 그녀는 정말이지 사람들을 웃겼다. 그때는 지금보다는 사정
이 나았다.

한 여자가 하기에는 너무 일이 많았고, 그녀는 한숨을 쉬었다.
그녀는 머리를 이리저리 흔들었다. 이곳은 예전에 육아실이었
다. 그래, 이 안은 몹시 눅눅했고, 회반죽이 떨어져 나가고 있었
다. 도대체 왜 짐승의 두개골을 거기에 걸어놓고 싶어 했는지 모
르지만 그것에도 곰팡이가 피었다. 그리고 다락방마다 쥐들이
있었다. 비가 새어 들어왔다. 하지만 그들은 결코 사람을 보내지

도 않았고, 직접 오지도 않았다. 자물쇠 몇 개는 없어져 문들이 쾅 소리를 내며 닫혔다. 그녀도 저녁 무렵 혼자 이곳에 있는 것을 좋아하지 않았다. 여자 혼자 감당하기에는 너무도 역부족이었다. 너무나 과했다. 몸에서는 삐걱거리는 소리가 났고, 그녀는 신음 소리를 냈다. 그녀는 문을 쾅 닫았다. 자물쇠에 열쇠를 넣어 돌렸고, 문이 닫히고 자물쇠가 잠긴 집을 홀로 내버려두었다.

9

집은 남겨졌고, 방치되었다. 집은 마치 생명이 떠나 메마른 소금 알갱이로 가득 채워진 모래언덕 위의 조개껍데기 같았다. 긴 밤이 찾아들고, 조금씩 물어뜯는 경박한 바람과 만지작거리는 끈적끈적한 숨결이 승리한 것 같았다. 냄비에는 녹이 슬었고 깔개는 벌레 먹었다. 두꺼비들이 코를 들이밀고 들어왔다. 숄은 하염없이 막연하게 이리저리 흔들렸다. 엉겅퀴가 식료품실의 타일들 사이에서 솟아났다. 제비들이 응접실에 둥지를 틀었고, 마루는 지푸라기로 어지러웠으며, 회반죽이 삽으로 하나 가득 떨어졌고, 서까래들이 노출되어 있었고, 쥐들은 이것저것을 날라 벽판 뒤에서 갉아 먹었다. 호랑나비들이 번데기에서 나와 생명의 몸짓을 하며 유리 창문을 두드렸다. 양귀비들은 달리아 사이에 씨를 뿌렸고, 잔디밭은 길게 자란 풀로 물결쳤으며, 거대한 아티초크는 장미들 가운데서 우뚝 솟았고, 카네이션은 양배추들 사이에서 톱니 같은 꽃을 피웠다. 그사이 잡초가 부드럽게 창문을 때리던 소리는 겨울밤이 되면서, 여름에 방 안 전체를 녹색으로 물들이던 억센 나무들과 가시 돋친 찔레 덤불이 내는 북소리로 바뀌었다.

이제 그 어떤 힘이 자연의 비옥함과 무감각함을 방해할 수 있을 것인가? 한 부인, 한 아이, 한 접시의 우유 수프에 대한 맥내브 부인의 꿈이? 그것은 벽에 비친 한 점의 햇빛처럼 흔들거리다 사라졌다. 그녀는 문을 잠갔고, 떠났다. 한 여자에게는 역부족이라고 그녀는 말했다. 그들은 사람을 보내지 않았고, 편지를 보내지도 않았다. 저기 서랍 속에는 썩어가는 물건들이 있었다—물건들을 그렇게 내버려두는 것은 창피한 일이라고 그녀는 말했다. 그 장소는 파괴되고 황폐해졌다. 단지 등대의 불빛만이 잠시 방들에 들어와, 겨울의 어둠 속에서 갑작스럽게 침대와 벽을 응시했고, 엉겅퀴와 제비와 쥐와 지푸라기를 담담하게 바라보았다. 이제 아무것도 그것들을 견디지 못했고, 그것들에게 안 된다고 하는 것은 아무것도 없었다. 바람이 불게 하고, 양귀비가 씨를 뿌리게 하고, 카네이션이 양배추와 짝을 짓게 하자.

제비가 응접실에 둥지를 짓게 하고, 엉겅퀴가 타일을 밀어 올리게 하고, 나비가 안락의자의 빛바랜 친츠 커버 위에서 햇볕을 쬐게 하자. 깨진 유리와 자기가 잔디밭 위에 널린 채로 풀과 야생 딸기들과 뒤엉키게 내버려두자.

이제 새벽이 떨고 밤이 멈출 때 주저하는 순간이, 저울에 깃털 하나가 내려앉아도 저울이 한쪽으로 기울어질 순간이 왔으니까. 깃털 하나에도 그 집은 가라앉고 쓰러지다 뒤집히며 어둠의 심연으로 곤두박질 칠 것이다. 폐허가 된 방에서 소풍 온 사람들은 주전자를 불에 올리고, 연인들은 헐벗은 판자 위에 누우며 그곳에서 피난처를 구하고, 목동은 벽돌 위에 저녁거리를 보관하고, 방랑자는 추위를 쫓으려고 코트를 둘러쓰고 잘 수도 있었다. 그러다 지붕이 무너져 내리고, 찔레와 독미나리가 길과 계단과 유리창의 모습을 완전히 지우고, 둔덕 위로 고르지 않게, 하지만 탐욕스럽게 자라, 길을 잃고 무단으로 그곳을 지나던 사람이 쐐기풀 사이에서 레드핫포커를, 혹은 독미나리 속에서 도자기 한 조각을 발견하고서야 한때 여기에 누군가가 살았으며, 집이 한 채 있었다는 사실을 알게 될 수도 있을 것이다.

그 깃털이 내려앉아 저울을 한쪽으로 기울게 했다면 집 전체가 폭삭 주저앉아 망각의 모래밭 위에 누워 있게 되었을 것이었다. 하지만 거기에는 일하는 힘이 있었다. 그다지 의식적이지 않은 무엇이, 곁눈질하며 비틀거리는 무엇이 있었다. 일을 하면서도 위엄 있는 의식을 거행하거나 근엄한 노래를 부르지 않는 뭔가가 있었다. 맥내브 부인은 신음했고, 배스트 부인은 사지가 삐걱거렸다. 그들은 늙었고 경직되었으며 다리에 통증을 느꼈다. 마침내 그들은 빗자루와 물통을 갖고 와 작업에 착수했다. 젊은 딸 하나가 느닷없이 편지를 보내어, 맥내브 부인에게 그 집에서 사람이 살 수 있는 준비가 되었는지, 이 일 저 일을 해낼 수 있는지, 서둘러줄 수 있는지 물었다. 그들은 여름에 올 수도 있는데, 모든 것을 마지막 순간까지 그대로 내버려두었다가 이제는 자신들이 떠났을 때 그대로이기를 기대하는 것이었다. 천천히 그리고 힘겹게, 빗자루와 물통을 들고서 닦아내고 문질러대면서 맥내브 부인과 배스트 부인은 붕괴와 부패를 저지시켰으며, 빠른 속도로 덮쳐오는 시간이라는 웅덩이로부터 어떤 때는 대야를, 또 어떤 때는 찬장을 구조했다. 어느 날 아침에는 망각으로부터 웨이벌리 소설들과 차 세트를 데려왔고, 오후에는 놋쇠로 된 난로 망과 쇠 부젓가락 한 세트를 내어가 햇볕과 바람을 쏘이게 했다. 배스트 부인의 아들 조지는 쥐를 잡고 풀을 베었다. 그들은 건축업자를 데려왔다. 돌쩌귀들이 끽끽거리고 볼트들이 비명을 내지르며, 젖어 부풀어 오른 목조가 요란한 소리를 내는 가운데, 녹이 슨 고통스러운 탄생이 일어나고 있는 듯했다. 그사

240

이 여자들은 허리를 굽혔다 폈다 하며 신음 소리를 내다가 노래를 부르며 위층에서, 저 아래 지하실에서 탁탁, 쾅쾅 소리를 냈다. 오, 힘든 일이야, 하고 그들은 말했다.

때로 그들은 침실이나 서재에서 차를 마셨고, 정오에는 얼굴에 검댕을 묻힌 채 일을 중단하고, 늙은 손으로 빗자루의 손잡이를 꼭 잡았다. 그들은 의자에 털썩 주저앉아 멋지게 정복한 수도꼭지와 욕조를 응시했다. 그리고 힘은 더 들었지만 불완전하게 승리한, 긴 줄을 이루고 있는 책들을 보았다. 한때는 까마귀처럼 새까맸지만 파리한 버섯을 키워내며 은밀한 거미들을 감추고 있던 책들은 지금은 흰 얼룩이 져 있었다. 차가 몸속에서 따뜻한 것을 느끼며 다시 한번 망원경을 눈에 맞추자 맥내브 부인은 빛의 원 속에서 그녀가 빨랫감을 들고 오는데 갈퀴처럼 마른 늙은 신사가 머리를 흔들며, 잔디밭 위에서—아마도 그랬던 것 같다—혼잣말을 하고 있는 것을 보았다. 그는 그녀의 존재를 알아차린 적이 없었다. 누군가는 그가 죽었다고 했고, 누군가는 부인이 죽었다고 했다. 어느 쪽이 사실인지는 배스트 부인도 확실히는 몰랐다. 젊은 신사는 죽었다. 그것에 대해서는 확신했다. 그녀는 그의 이름을 신문에서 읽었다.

그리고 요리사가 있었는데, 밀드러드, 메리언, 그 비슷한 이름이었는데, 머리가 붉은 여자들이 모두 그렇듯 그녀도 성질이 급

했지만 상대하는 법만 알면 친절하기도 했다. 그들은 같이 많이 웃었다. 그녀는 매기를 위해 수프 한 그릇 — 때로는 한 입 분량의 햄 — 을 남겨두었고, 무엇이고 남은 것은 챙겨두었다. 사람들은 그 당시에는 잘살았다. 그들은 원하는 것은 모두 갖고 있었다(홀가분하고 즐거운 마음으로, 차가 몸속에서 뜨거운 것을 느끼며 그녀는 육아실 난로 망 옆 버드나무 안락의자에 앉아 추억의 실타래를 풀었다). 항상 많은 일들이 있었고, 집 안에는 사람들이 있었다. 어떤 때는 스무 명가량이나 머물렀고, 자정이 훨씬 지나도록 설거지를 하기도 했지.

배스트 부인은 (그녀는 그때 글래스고에 살았고, 그들을 전혀 알지 못했다) 찻잔을 내려놓으면서, 짐승의 두개골을 왜 저기다 걸어놓았을까, 하고 물었다. 이국땅에서 사냥한 것이 틀림없어.

그럴 수도 있어, 하고 맥내브 부인은 말하며 추억들을 마음껏 즐겼다. 그 가족에게는 동방의 나라들에 친구들이 있었고, 신사들이 그 집에 머물렀으며, 숙녀들은 이브닝드레스를 입었다. 그녀는 한번은 모두가 저녁 식탁에 앉아 있는 것을 식당 문을 통해 본 적이 있었다. 감히 말하건대 스무 명이 모두 보석 장식을 하고 있었지. 램지 부인은 설거지를 도와달라고 했고, 자정이 지나야 끝날 것 같다고 했어.

아, 그들은 집이 변한 것을 보게 될 거야, 하고 배스트 부인은

242

말했다. 그녀는 몸을 창밖으로 기울였다. 그녀는 아들 조지가 큰 낫으로 풀을 베는 모습을 지켜보았다. 그들은 집이 어떻게 된 거냐고 물을지도 몰랐다. 늙은 케네디가 집을 관리하기로 되어 있었는데, 마차에서 떨어진 이후 다리 상태가 너무 나빠졌고, 어쩌면 그 후 1년 혹은 거의 그 가까이 아무도 돌보는 사람이 없다가 데이비 맥도널드가 왔다. 그들이 씨앗을 보낼 수도 있지만 씨앗을 심을지 장담할 수는 없었다. 그들은 집이 변한 것을 보게 될 것이다.

그녀는 아들이 낫질하는 모습을 지켜보았다. 그는 훌륭한 일꾼이었다─다시 말해 조용한 일꾼이었다. 이제 찬장들을 치워야 한다고 그녀는 생각했다. 그들은 몸을 일으켰다.

마침내 여러 날 동안 안에서 일을 하고, 밖에서 풀을 베고 땅을 파고 난 끝에, 먼지떨이들이 창문들에서 번뜩이고, 창문들이 닫히고, 온 집 안의 열쇠들이 돌려졌다. 현관문이 쾅 하고 닫혔다. 모든 것이 끝났다.

그리고 이제 마치 닦고 문지르고 낫질하고 잔디를 깎는 일들이 그동안 익사시켰던 것처럼 귀가 반은 듣지만 나머지 반은 떨어뜨리는, 반쯤 들리는 멜로디가, 간헐적인 음악 소리가 다시 고개를 들었다. 짖는 소리와 우는 소리. 불규칙하고 간헐적이지만 어떻게 해서 연결된 소리들. 곤충의 윙윙거리는 소리와 잘렸지만 분리되지 않고 어떻게 해선지 붙어 있는 풀들의 떨림. 귀에 거슬리게 붕붕거리며 나는 곤충 소리와 크고 낮은, 하지만 신비롭게 연결된, 바퀴의 끼익 소리. 그것들을 합치려고 애를 쓰는 귀는 항상 조화의 직전에 이르지만 결코 완전히 들리지 않으며, 완전히 조화를 이루는 법은 없다. 그러다가 마침내 저녁에는 하나씩 하나씩 소리들이 사그라지고, 조화는 비틀거리고, 침묵이 내려앉는다. 그리고 해가 지면 예리함은 사라지고, 안개가 솟아오르는 것처럼 고요가 일어나 퍼지고, 바람은 가라앉는다. 그때면 나뭇잎들 사이로 가득한 녹색이나 창가에 있는 하얀 꽃 위의 파리한 색조를 제외하고는 한 줄기의 빛도 없이 어두운 이곳에서 세상은 느슨하게 몸을 흔들며 누워 잠이 든다.

[릴리 브리스코는 9월의 어느 날 저녁 늦게 사람을 시켜 가방을 그 집에 가져가게 했다. 카마이클 씨도 같은 열차로 왔다.]

10

그리고 정말로 평화가 찾아왔다. 평화의 전언들이 바다에서 해안으로 불어왔다. 더 이상 평화의 잠을 방해하지 말고, 평화를 달래 더욱 깊이 쉬게 하고, 꿈꾸는 사람들의 꿈이 성스럽든 현명하든 그것을 보장하라는 전언들이—바다는 다른 무엇을 또 중얼거리고 있었던 걸까? 릴리 브리스코는 깨끗하고 조용한 방에서 베개를 베고 누워 바다 소리를 듣고 있었다. 열려 있는 창문을 통해 세상의 아름다움의 목소리가 너무도 부드럽게 중얼거리듯 찾아와 무슨 말을 하는지 정확히 알아들을 수는 없었다—하지만 그 의미가 분명하다 한들 무슨 상관인가? 그 목소리는 잠자는 사람들에게 (그 집은 다시 가득 찼는데, 벡위스 부인이 머물고 있었으며, 카마이클 씨도 와 있었다) 만약 실제로 해변에 내려오지 않을 거라면 적어도 블라인드를 올려 밖을 내다보라고 간청하고 있었다. 그러면 그들은 밤이 보랏빛으로 흘러내리는 것을 보게 될 것이었다. 밤은 왕관을 쓰고 있고, 왕홀에는 보석 장식이 되어 있으며, 어린아이와 같은 눈길을 보낼 것이었다. 그리고 여전히 그들이 머뭇거린다면(릴리는 여행으로 녹초가 되어 거의 즉시 잠이 들었으나 카마이클 씨는 촛불을 밝히고 책을 읽었다), 여전히 안 되겠다고 한다면, 밤의 광휘는 수증기처럼 사라지고, 이슬이 밤보다 더 큰 힘을 갖고 있다는 것을 알고 잠자는 편을 택한다면 그 목소리는 부드럽게, 불평이나 논쟁은 하지 않고 노래를 부를 것이고, 파도는 부드럽게 부서질 것이며(릴리는 자면서 파도 소리를 들었다) 빛은 다정하게 떨어질 것이었다(빛은 그녀의 눈꺼풀을 통해서 오는 듯했다). 카마이클 씨는 책을 덮고 잠이 들면서 모든 것이 오래전 그대로인 것처럼 보인다고 생각했다.

실제로 어둠의 커튼이 집과 벡위스 부인과 카마이클 씨와 릴리 브리스코를 감싸 그들이 눈 위에 몇 겹의 어둠을 느끼고 누워 있을 때 그 목소리는 왜 이것을 받아들이고 이것에 만족하고 묵인하고 체념하지 않느냐고 다시 말하기 시작할지도 몰랐다. 섬들 주위에서 부서지는 모든 바다의 한숨은 그들을 위로해주었고, 밤은 그들을 감싸주었으며, 그들의 잠을 방해하는 것은 아무것도 없었다. 마침내 새들이 노래하기 시작하고, 여명이 그들의 가느다란 목소리들을 자신의 하얀색 빛에 짜 넣고, 마차가 소리를 내며 지나가고, 개가 어디선가 짖었다. 태양은 장막들을 걷고, 그들의 눈 위에 있던 베일을 찢었으며, 릴리 브리스코는 자면서, 추락하는 사람이 절벽 가장자리의 풀 한 줌을 움켜잡듯 담요를 부여잡으며 몸을 뒤척이고 있었다. 눈이 활짝 떠졌다. 침대에서 벌떡 일어나 똑바로 앉으며, 다시 이곳에 있게 되었어, 하고 생각했다. 잠이 깼다.

3부

등대

1

그렇다면 그것은 무엇을 의미하는가, 그 모든 것은 무엇을 의미할 수 있는 것인가, 하고 릴리 브리스코는 물었다. 그리고 홀로 남게 되자, 부엌에 가 커피 한 잔을 더 가져와야 하는지, 아니면 여기서 기다려야 하는지 자문했다. 그것은 무엇을 의미하는가—그것은 어떤 책에서 읽은 문장으로, 어떤 표어 같았는데, 그녀의 생각을 느슨하게 채웠다. 그녀는 램지가 사람들과 함께 있게 된 이 첫날 아침 자신의 감정을 축약할 수 없었고, 이 수증기들이 잦아들 때까지는 어떤 구절이 자신의 마음의 텅 빈 공간을 덮으며 울리도록 내버려둘 수밖에 없었다. 사실, 그 모든 세월이 지나고, 램지 부인이 죽고 난 후에 돌아온 그녀는 무엇을 느낀 것인가? 아무것도 없었다. 그녀가 표현할 수 있는 것은 아무엇도 없었다.

그녀는 어젯밤 늦게, 모든 것이 신비롭고 어두울 때 왔다. 이제 그녀는 잠이 깨어, 그녀가 늘 앉던 아침 식사 자리에 앉아 있었지만 혼자였다. 8시도 안 된, 무척 이른 시각이기도 했다. 램지 씨, 캠 그리고 제임스는 등대로 갈 예정이었다. 그들은 이미 갔어야 했다—조수를 타거나 했어야 했다. 그런데 캠은 준비가 되지 않았고, 제임스도 준비가 되지 않았으며, 낸시는 샌드위치를 주문하는 것을 잊어버렸고, 그래서 램지 씨는 화를 내며 쾅 소리나게 방에서 나갔다.

"지금 가는 게 무슨 소용이야?" 그는 고함을 질렀다.

낸시는 사라져버렸다. 램지 씨는 격노해 테라스를 왔다 갔다 하고 있었다. 온 집 안에서 문들이 쾅 닫히고 누군가가 소리치는 소리가 들리는 듯했다. 이때 낸시가 불쑥 들어와 방을 둘러보며, 마치 결코 할 수 없어 절망적인 뭔가를 억지로 하려는 것처럼 이상하게 반은 멍하니 반은 필사적으로 "등대에는 뭘 보내죠?" 하고 물었다.

정말로 등대에는 뭘 보내는 거지? 다른 때라면 릴리는 차, 담배, 신문 등을 합리적으로 제안할 수 있었을 것이다. 하지만 이날 아침에는 모든 것이 너무도 놀라울 정도로 이상해 보여서, 낸시가 하는 것 같은 질문—등대에는 뭘 보내죠?—이 쾅 소리를 내고 앞뒤로 흔들거리는 마음속의 문을 열어버려 멍해져서 입을 벌린 채로, 뭘 보내는 거지, 사람들은 무엇을 하지, 도대체 왜 여기 앉아 있는 거지, 하고 계속 묻게 했다.

긴 식탁 위의 깨끗한 잔들 사이에 홀로 앉아 (낸시가 다시 나갔기 때문에) 그녀는 타인들로부터 절연되었다고 느꼈고, 단지 계속 지켜보고 질문하고 궁금해할 수밖에 없었다. 그 집도, 그 장소도, 그 아침도, 모두 그녀에게는 낯설어 보였다. 그녀는 이곳에 전혀 애착도 없고, 이곳과 아무런 연관도 없으며, 어떤 일이라도 일어날 수 있다고 느꼈다. 그리고 한 걸음 밖으로 나가거나 누군가가 소리치는 것("그건 찬장에 없어, 층계참에 있어" 하고 누군가가 외쳤다) 같은 그 무슨 일이 일어나든 하나의 질문 같았다. 마치 통상적으로 뭔가를 하나로 묶었던 연결 고리가 끊어져, 모든 것이 여기서는 떠오르고 저기서는 내려앉으며, 어쨌든 멀어지는 것 같았다. 그녀는 텅 빈 커피 잔을 바라보며 얼마나 막연하고 혼란스럽고 비현실적인가, 하고 생각했다. 램지 부인은 죽었고, 앤드루는 전사했고, 프루도 죽었다―그 사실을 다시 떠올려도 그녀 안에서는 아무런 느낌이 일지 않았다. 그리고 우리 모두는 이와 같은 아침에 이와 같은 집에 모여 있어, 하고 말하며 그녀는 창밖을 내다보았다. 아름답고 조용한 날이었다.

램지 씨는 지나가면서 갑자기 머리를 들어, 마치 누군가를 한

순간, 처음으로, 영원히 보는 것처럼, 혼란스러우며 사납지만 너무도 꿰뚫는 듯한 시선으로 그녀를 똑바로 바라보았다. 그녀는 빈 커피 잔을 비우는 척했는데, 그를 피하고, 그의 요구를 피하고, 그의 전제적인 요구를 한순간이라도 더 제쳐놓기 위해서였다. 그러고는 그는 그녀를 향해 고개를 저었고, 성큼 걸어갔다("홀로"라고 그가 말하는 것을 그녀는 들었고, "사멸했다"라고 그가 말하는 것을 그녀는 들었다). 이 이상한 아침에 다른 모든 것들처럼 그 단어들은 상징들이 되어 회녹색 벽에 온통 쓰였다. 만약 그녀가 그것들을 합쳐 어떤 문장으로 적을 수만 있다면 사물의 진실에 도달할 거라고 그녀는 느꼈다. 나이 든 카마이클 씨가 부드럽게 발소리를 내지 않고 들어와 커피를 챙겨, 잔을 들고 나가 햇빛 속에 앉았다. 그 놀라운 비현실성은 무서웠지만 재미있기도 했다. 등대로 간다. 하지만 등대에는 뭘 보내죠? 사멸했다. 홀로. 맞은편 벽 위의 회녹색 불빛. 빈 공간들. 일부분들은 그러했다. 하지만 그것들을 어떻게 합칠 수 있을까, 하고 그녀는 물었다. 그녀가 식탁 위에 만들고 있는 깨지기 쉬운 형상이 방해를 받으면 부서질 수 있을 것처럼 그녀는 램지 씨가 자신을 보지 못하도록 창문 쪽에 등을 돌렸다. 어떻게든 도망쳐 어딘가에 혼자 있어야 해. 문득 그녀는 기억을 떠올렸다. 10년 전 그녀가 마지막으로 거기에 앉아 있었을 때 식탁보 위에는 작은 나뭇가지

또는 나뭇잎 무늬가 있었는데, 그녀는 그것을 계시의 순간에 보았었다. 그림의 전경에 문제가 있었다. 나무를 가운데로 옮기라고, 그녀는 말했었다. 그녀는 그 그림을 결코 완성하지 못했다. 그 모든 세월 동안 그것은 그녀의 마음속을 두드리고 있었다. 이제 그녀는 그 그림을 그릴 것이었다. 내 물감들이 어디 있지, 하고 그녀는 생각했다. 그래, 내 물감들. 그녀는 지난밤 현관에 놔두었다. 그녀는 즉시 시작할 것이었다. 그녀는 램지 씨가 몸을 돌리기 전에 재빨리 일어났다.

그녀는 의자 하나를 가져왔다. 그녀는 잔디밭 가장자리에, 노처녀다운 정확한 동작으로, 카마이클 씨와 너무 가깝지는 않게, 하지만 그가 보호해줄 수 있을 정도로는 가깝게 이젤을 설치했다. 그래, 내가 10년 전 서 있었던 곳이 바로 여기인 게 틀림없어. 그 벽이 있었고, 그 울타리와 그 나무가 있었다. 문제는 그 물체들 사이의 어떤 관계였다. 이 모든 세월 동안 그녀는 그것을 마음속에 품고 있었다. 마침내 해결책이 그녀에게 온 것 같았다. 이제 그녀는 자신이 무엇을 하기를 원하는지 알았다.

하지만 램지 씨가 그녀에게 다가오고 있는 상태에서 그녀는 아무것도 할 수 없었다. 그가 가까이 올 때마다—그는 테라스를 왔다 갔다 하고 있었다—파괴가 가까이 왔고, 혼돈이 가까이 왔다. 그녀는 그림을 그릴 수가 없었다. 그녀는 허리를 굽혔고, 몸을 돌렸으며, 헝겊을 들었다가 물감 튜브를 짰다가 했다. 하지만 그녀가 하는 모든 것은 잠시 그를 막기 위한 것일 뿐이었다. 그는 그녀가 아무것도 하지 못하게 했다. 그녀가 그에게 최소한의 기회만 줘도, 그녀가 잠시라도 하는 일 없이 그가 하는 양을 바라보고 있는 것만 봐도, 그녀를 가만 놓아두지 않고, 지난밤 그랬던 것처럼 "우리가 많이 변했다는 것을 알겠지요"라고 말할 것이었다. 지난밤 그는 자리에서 일어나 그녀 앞에 멈춰 서서 그 말을 했다. 모두 말없이 서로 쳐다보며 앉아 있었지만 영국의 왕들과 여왕들의 이름을 본떠 불리곤 하던 여섯 아이들—붉은 여왕, 아름다운 여왕, 사악한 여왕, 무자비한 왕—이 그 말에 얼마나 격분하는지를 그녀는 느꼈다. 친절한 벡위스 노부인이 지각 있는 어떤 말을 했다. 하지만 서로 상관이 없는 열정들로 가득 찬 집이었다—그녀는 저녁 내내 그렇게 느꼈다. 그리고 이 혼돈에 더해 램지 씨가 일어나 그녀의 손을 꼭 쥐면서 "우리가 많이 변했다는 것을 알게 될 거요"라고 했고, 누구도 움직이거나 말을 하지 않았지만 마치 그 말을 그가 하도록 내버려둘 수밖에 없었던 것처럼 그들은 거기에 앉아 있었다. 제임스만이(확실히 부루퉁한 왕인) 못마땅한 얼굴을 하고 램프를 노려보았고, 캠은 손수건을 손가락에 말았다. 그 후 그는 그들이 내일 등대에 가리라는 것을 상기시켰다. 7시 반을 알리는 시계 소리가 나면 그들은 만반의 준비를 하고 현관에 있어야 했다. 그러더니 그는 손을 문에 대며 걸음을 멈추고, 그들을 향해 몸을 돌렸다. 그는 그들에게 등대에 가고 싶지 않냐고 물었다. 만약 감히 그들이 가고 싶지 않다고 했다면 (그에게는 등대에 가고 싶은 이유가 있었다) 그는 비극적으로 뒷걸음질 쳐 쓰디쓴 절망의 바다 속으로 자신을 던졌을 것이다. 그는 몸짓에 비상한 재주가 있었다. 그는 유배된 왕처럼 보였다. 제임스는 완고하게 가고 싶다고 했다. 캠은 좀 더 비참하게 더듬거렸다. 네, 오, 네, 준비가 되어 있을 거라고 그들 둘은 말했다. 그런데 갑자기 이것 ─관이나 먼지나 수의가 아니라 아이들이 강요당해 기가 죽는 것 ─이야말로 비극이라는 생각이 그녀에게 들었다. 제임스는 열여섯이고, 캠은 열일곱일 것이다. 그녀는 거기에 있지 않은 누군가를, 어쩌면 램지 부인을 두리번거리며 찾았다. 하지만 단지 친절한 백위스 부인만이 램프 불 밑에서 그녀의 스케치들을 들춰보고 있었다. 그런 다음 지친 그녀의 정신은 바다와 함께 여전히 솟아올랐다가 내려갔고, 오랜 부재 후 장소들이 갖는 맛과 냄새에 사로잡힌 채 촛불들이 눈 속에 어른거리는 상태에서, 정신이 아득해졌고 가라앉았다. 별빛이 환한 멋진 밤이었으며, 그들이 위층에 올라가는데 파도 소리가 들렸고, 층계참을 지날 때는 엄청나게 크고 창백한 달에 놀랐다. 그녀는 즉시 잠이 들었다.

그녀는 깨끗한 캔버스를 이젤에 단단히 고정했는데, 장애물로는 약했지만 그것이 램지 씨와 그의 엄격함을 막아내기에 충분히 실제적이기를 바랐다. 그가 등을 돌렸을 때 그녀는 그림을 바라보려고 최선을 다했다. 저기 저 선, 저기 저 매스. 하지만 불가능했다. 그가 15미터는 떨어져 있게 하고, 말도 걸 수 없게 하고, 심지어는 그가 보지도 못하게 해야지, 그러지 않으면 그는 스며들고 지배하고 위압적인 존재가 되었다. 그는 모든 것을 바꿨다. 그녀는 색채도, 선들도 볼 수 없었으며, 심지어는 그가 등을 돌리고 있는데도, 하지만 곧 뭔가―그에게 줄 수 없다고 그녀가 느끼는 어떤 것―를 요구하며 내게 다가올 거야, 하고 생각할 수 있었을 뿐이다. 그녀는 붓 하나를 내던지고 다른 것을 골랐다. 아이들은 언제 올 것인가? 그들 모두는 언제 떠날 것인가? 그녀는 그 생각들을 하며 안절부절못했다. 그녀는 내부에 분노가 끓어오르는 상태에서, 저 남자는 결코 주는 법은 없고 가져가기만 해, 하고 생각했다. 반면 그녀는 줄 수밖에 없을 것이다. 램지 부인은 주었다. 주고, 주고, 주다가 그녀는 죽었고, 이 모든 것을 남겨놓았다. 정말로 그녀는 램지 부인에게 화가 났다. 손가락 사이에 든 붓이 약간 떨리는 채로 그녀는 울타리와 계단과 벽을 바라보았다. 그 모든 것이 램지 부인이 한 것이었다. 그녀는 죽었다. 마흔네 살이 된 릴리는 한 가지 일도 하지 못하며,

그곳에 서서, 그림을 장난삼아 하며 — 사람들이 장난삼아 하지 않는 것을 장난삼아 하며 — 시간을 낭비하고 있었는데, 그것은 모두 램지 부인의 잘못이었다. 그녀는 죽었다. 그녀가 앉아 있곤 하던 계단은 텅 비어 있었다. 그녀는 죽었다.

한데 왜 이것을 거듭 반복하는 것인가? 왜 그녀가 갖지 못한 감정을 불러일으키려고 항상 노력하는 것인가? 그 안에는 일종의 신성모독이 있었다. 그것은 모두 메말랐고, 모두 시들어 있었으며, 온통 소모되었다. 그들은 그녀를 초대하지 말았어야 했고, 그녀는 오지 말았어야 했다. 마흔네 살에 시간을 낭비할 수는 없어, 하고 그녀는 생각했다. 그림을 장난삼아 하는 것이 싫었다. 투쟁과 파멸과 혼돈의 세계에서 단 하나 믿을 만한 것인 붓으로 장난삼아 뭔가를 해서는 안 된다 — 그것이 장난삼아 하는 것임을 알면서는 더더욱 안 된다. 그녀는 그 점이 무척 싫었다. 하지만 그는 그녀가 그렇게 하도록 했다. 그는 그녀에게 다가오며, 내가 당신에게 원하는 것을 당신이 줄 때까지는 당신은 캔버스를 건드려서는 안 돼요, 라고 말하는 것 같았다. 그는 다시 그녀 곁에 바짝 다가와, 탐욕스럽고도 심란한 존재로 있었다. 절망한 릴리는 오른손을 옆쪽으로 떨어뜨리면서, 좋아, 그렇다면 끝장내버리는 편이 더 간단할 거야, 하고 생각했다. 이런 경우 연민과, 그 보상으로 갖게 되는 기쁨의 황홀감에 빠질 때 너무도 많은 여자들(예를 들면 램지 부인)의 얼굴에서 볼 수 있는 광채와 환희와 몰두를 떠올리며—그녀는 램지 부인의 얼굴에 떠오른 그 표정을 기억할 수 있었다—그것들을 흉내 낼 수도 있었다. 그녀는 그 황홀감의 이유는 알 수 없었지만, 그것이 인간의 본성이 가질 수 있는 최고의 희열감을 그들에게 주는 것이 분명했다. 이제 그는 그녀 옆에 걸음을 멈춰 서 있었다. 그녀는 자신이 줄 수 있는 것을 그에게 줄 것이었다.

2

그녀가 약간 오그라든 것 같다고 그는 생각했다. 그녀는 약간 궁색하고 가냘파 보였지만 매력이 없지는 않았다. 그는 그녀를 좋아했다. 한때 그녀가 윌리엄 뱅크스와 결혼할 거라는 얘기가 좀 있었지만 아무 일도 일어나지 않았다. 그의 아내는 그녀를 좋아했었다. 그는 아침 식사 때에도 약간 화가 났었다. 그런 다음, 그런 다음, 지금은, 그것이 뭔지는 의식하지 못하는 상태에서 어떤 여자에게라도 접근해, 방법은 상관없이 그들에게 그가 원하는 것, 즉 연민을 자신에게 주도록 강요하게 그를 부추기는 엄청난 욕구가—그의 욕구는 너무도 컸다—생기는 순간들 중 하나였다.

그녀를 돌봐주는 누군가가 있는지 그는 물었다. 필요한 건 다
있습니까?

"오, 고마워요, 다 있어요." 릴리 브리스코는 불안해하며 말했
다. 아니다, 그녀는 그럴 수 없었다. 그녀는 즉시 연민의 파도 위
로 떠내려갔어야 했다. 그녀가 느끼는 압박감은 엄청났다. 하지
만 그녀는 꼼짝 않고 있었다. 끔찍한 침묵이 흘렀다. 그들 둘은
바다를 바라보았다. 내가 여기 있는데 왜 그녀는 바다를 바라보
는 거지, 하고 램지 씨는 생각했다. 그녀는 그들이 등대에 갈 수
있을 정도로 바다가 잔잔해지기를 바란다고 말했다. 등대! 등
대! 그게 무슨 상관이지, 하고 그는 초조하게 생각했다. 그 즉시,
어떤 태고의 질풍의 힘으로(사실 그는 더 이상은 자제할 수 없
었다), 이 세상의 다른 어느 여자라도 그것을 듣고는 뭔가를 하
거나 무슨 말을 했을 신음 소리가 그에게서 나왔다―그녀는 자
신을 신랄하게 조롱하면서, 어떤 여자라도가 아니라, 까다롭고
성미가 고약하고, 어쩌면 말라비틀어진 노처녀인 자신 외에는
모든 여자가 그렇게 했을 거라고 생각했다.

램지 씨는 한껏 한숨을 쉬었다. 그는 기다렸다. 그녀는 아무
말도 하지 않을 것인가? 그녀는 그가 바라는 것을 보지 못한 것
인가? 그때 그가 등대에 가고 싶어 하는 특별한 이유가 있다고

말했다. 그의 아내는 그곳 사람들에게 물건들을 보내곤 했다. 등 대지기 아들로, 결핵성 고관절염을 앓는 불쌍한 소년이 있었다. 그는 한숨을 깊이 쉬었다. 그는 의미심장하게 한숨을 쉬었다. 릴 리가 원한 것은 이 엄청난 슬픔의 홍수와 연민에 대한 이 물릴 줄 모르는 허기와 그녀가 그에게 완전히 투항해야 한다는 이 요 구―심지어는 그렇게 한다 해도 그는 그녀에게 끝없이 공급할 수 있는 충분한 슬픔을 갖고 있었다―가 그 흐름 속으로 그녀 를 휩쓸어 가버리기 전에 자신을 떠나 딴 데로 향하는 (그녀는 방해하는 무슨 일이 있기를 바라며 계속해서 집을 바라보았다) 것뿐이었다.

"이런 여행은" 하고 램지 씨는 발끝으로 땅을 긁으면서 말했 다. "무척 힘이 들지요." 그럼에도 릴리는 아무 말도 하지 않았 다. (이 여자는 목석같은 사람이야, 하고 그는 혼잣말을 했다.) "무척 지치지요." 그는 그녀를 역겹게 하는 병적인 표정으로 자 신의 아름다운 손을 바라보며 말했다(그녀는 그가 연기를 하고 있다고, 이 위대한 남자가 연극을 하고 있다고 느꼈다). 그것은 끔찍했고, 점잖지 못했다. 그들은 결코 오지 않는지 그녀는 물었 다. 그녀는 이 엄청난 슬픔의 무게를 견딜 수 없었고, 이 무거운 슬픔의 휘장들을 (그는 극도로 노쇠한 포즈를 취했는데, 심지어 는 거기에 서 있으면서 약간 비틀거리기까지 했다) 한순간도 더

지탱할 수가 없었던 것이다.

그럼에도 그녀는 아무 말도 할 수가 없었다. 수평선 전체가 화젯거리를 모두 쓸어 가버린 것 같았다. 다만 거기에 서 있는 램지 씨의 시선이 햇빛이 비치는 잔디 위로 서글프게 떨어져 그것을 퇴색시키고, 또 접의자에 앉아 프랑스 소설을 읽으면서 전적으로 만족한 모습으로 얼굴은 불그레한 채 졸고 있는 카마이클 씨에게 ― 마치 근심으로 가득한 이 세상에서 자신의 번영을 과시하는 그러한 존재가 가장 우울한 생각을 야기할 수 있는 것처럼 ― 크레이프* 베일을 드리우고 있는 것처럼 보이는 것을 몹시 놀라며 느낄 수 있을 뿐이었다. 그를 보라고, 그리고 나를 보라고 그는 말하고 있는 것 같았다. 그리고 실제로 계속해서 그는, 나에 대해 생각하라, 나에 대해 생각하라, 하고 느끼고 있었다. 아, 저 덩어리가 그들과 나란히 떠내려와 있을 수만 있다면, 하고 릴리는 바랐다. 그녀가 이젤을 그에게 1~2미터만 더 가까이 고정했다면, 한 남자가, 아니 어떤 남자라도 이 감정의 분출을 지혈시키고, 이 한탄들을 막았을 것이다. 여자인 그녀가 이 끔찍함을 야기한 것이었으니, 여자로서 그녀는 그것을 상대하는 법을 알았어야 했다. 거기에 침묵하며 서 있는 것은 그녀에게 성적

* 주로 상복용으로 쓰이는 검은 옷감.

으로 엄청나게 불명예스러웠다. 누군가는 말했다—뭐라고 했지?—오, 램지 씨! 친애하는 램지 씨! 스케치를 하는 친절한 벡위스 노부인이었다면 즉시, 그리고 당연히 그렇게 말했을 것이다. 하지만 아니다. 그들은 나머지 세상에서 고립된 채 그곳에 서 있었다. 그의 엄청난 자기 연민과 동정에 대한 요구가 쏟아져 그녀의 발치에 웅덩이를 이루며 퍼졌다. 비참한 죄인인 그녀가 한 일이라고는 젖지 않게 스커트를 발목 주위로 조금 더 가까이 끌어당긴 것뿐이었다. 말 한마디 하지 않고 그녀는 붓을 움켜쥐고 그곳에 서 있었다.

천만다행하게도! 그녀는 집 안에서 나는 소리들을 들었다. 제임스와 캠이 오고 있는 것이 분명해. 하지만 램지 씨는 마치 자신의 시간이 다해가고 있다는 것을 아는 것처럼, 그녀의 외로운 형체 위로 그의 집중된 고뇌와 나이와 연약함과 황폐함의 엄청난 압력을 가했다. 그런데 그때 갑자기 짜증이 난 그는 초조하게 머리를 흔든다—결국 그 어떤 여자가 그에게 저항할 수 있단 말인가?—자신의 장화 끈이 풀려 있는 것을 알아차렸다. 그의 장화를 내려다보며 릴리는 그것 역시 대단히 멋지다고 생각했다. 조각 무늬가 새겨진 장화는 엄청나게 컸다. 그리고 닳은 넥타이부터 단추를 반쯤 잠근 양복 조끼에 이르기까지, 램지 씨가 착용하는 모든 것처럼 논란의 여지 없이 그의 것이었다. 그녀는 그 장화가 그의 애수의 부재와 부루퉁함과 고약한 성질과 매력을 발산하며 자발적으로 그의 방으로 걸어가는 모습을 상상할 수 있었다.

"장화가 정말 멋지군요!" 그녀는 탄성을 질렀다. 그녀는 자신이 부끄러웠다. 그가 자신의 영혼을 위로해달라고 하는데 그녀는 장화를 칭찬한 것이다. 그가 피를 흘리는 손과 찢어진 가슴을 보여주며 동정을 호소하는데, 즐겁게 "아, 하지만 당신은 정말 멋진 장화를 신고 있군요!"라고 말하는 그녀는 자신이 완전히 초토화되어야 마땅하다는 것을 알고 있었다. 그래서 그녀는 그럴 각오를 하고―그가 갑작스럽게 성미가 고약해져 소리 지를 때 그렇듯―고개를 들었다.

그런데 램지 씨는 미소를 지었다. 관보(棺保)와 휘장과 허약함이 그에게서 다 떨어져 나갔다. 그녀가 볼 수 있도록 발을 치켜들면서, 아, 그래요, 일류 장화죠, 하고 그는 말했다. 영국에서 이러한 장화를 만들 수 있는 사람은 단 한 사람뿐이지요. 장화는 인류의 크나큰 저주 중 하나라고 그는 말했다. "제화공들이 하는 일은 인간의 발을 불구로 만들고 고문하는 것이죠." 그는 외쳤다. 또한 제화공들은 인간들 가운데서도 가장 고집 세고 괴팍한 자들이라고 했다. 그는 젊은 시절의 태반을 보내고 나서야 제대로 된 장화를 구할 수 있었다. 그럴 수만 있다면 그는 (그는 오른발을 들었고, 그다음에는 왼발을 들었다) 그녀가 이전에는 이런 형태의 장화를 본 적이 없다는 것을 알아차리게 했으면 싶었다. 그것은 세상에서 가장 좋은 가죽으로 만든 것이기도 했다. 대부분의 가죽은 그저 갈색 종이와 마분지에 불과했다. 그는 아직도 공중에 치켜들고 있는 발을 흡족하게 바라보았다. 그들은 평화가 머물고, 올바른 정신이 지배하며, 태양이 영원히 빛나는, 좋은 장화의 축복받은 섬, 햇빛이 빛나는 섬에 다다랐다고, 그녀는 느꼈다. 그를 향한 그녀의 가슴이 따뜻해졌다. "이제 당신이 끈을 제대로 맬 수 있는지 보죠." 그는 말했다. 그는 그녀의 약한 매듭에 코웃음을 쳤다. 그는 그녀에게 자신이 고안한 것을 보여주었다. 일단 매듭을 지으면, 결코 풀리지 않았다. 세 번이나 그는 그녀의 신발 끈을 맸다가 풀었다.

그가 그녀의 신발 위로 몸을 숙이고 있는 이 완전히 적절치 않은 순간에 그녀는 왜 그에 대한 연민으로 고통을 느껴야 하는가? 마찬가지로 몸을 숙여 피가 얼굴로 솟구치는 그녀는 왜 자신의 무감각함을 생각하며 (그녀는 그를 연극배우라고 불렀다) 두 눈에 눈물이 고여 쑤시는 것을 느껴야 하는가? 그렇게 몰두해 있는 그는 그녀에게 무한히 애수에 찬 인물로 보였다. 그는 끈을 묶었다. 그는 장화를 샀다. 램지 씨가 하려는 여행을 도울 수 있는 것은 없었다. 하지만 그녀가 뭔가를 말하고 싶었을 때,

어쩌면 무슨 말인가를 할 수도 있었을 때 캠과 제임스가 왔다. 그들은 테라스에 나타났다. 두 사람은 심각하고 우울한 모습으로, 나란히 꾸물거리며 왔다.

하지만 왜 그들은 **그런 식으로** 나타난 것인가? 그녀는 그들에게 짜증이 나지 않을 수 없었다. 그들은 더 즐겁게 올 수도 있었고, 이제 그들은 출발하니까 그녀가 그에게 줄 기회가 없었던 것을 그에게 줄 수도 있었다. 그녀는 갑자기 공허와 좌절을 느꼈던 것이다. 그녀의 감정은 너무 늦게 찾아왔고, 그렇게 준비되어 있었으나 그는 더 이상 그것을 필요로 하지 않았다. 그는 그녀를 전혀 필요로 하지 않는, 무척 뛰어난, 나이 든 남자가 되어버렸다. 그녀는 기가 꺾인 기분이었다. 그는 어깨에 배낭을 멨다. 그는 꾸러미들을 나눠주었다 ─ 갈색 종이로 느슨하게 묶은 꾸러미들 여러 개가 있었다. 그는 망토를 가져오라고 캠을 보냈다. 그는 탐험이 준비된 인솔자의 모습을 역력하게 갖추고 있었다. 그러고 나서 그는 몸을 돌려 단호한 군대식 걸음걸이로, 그 훌륭한 장화를 신은 채 갈색 종이 꾸러미들을 들고, 아이들이 따라가는 가운데 앞장서서 길을 걸어 내려갔다. 아이들은 마치 운명적으로 어떤 엄숙한 일을 할 수밖에 없게 되어 그 일에 착수한 것 같이 보인다고 그녀는 생각했다. 그들은 아직 아버지가 하는 것을 순종적으로 따라 할 정도로 어리기는 하지만 그들의 눈은 파리함을 띠고 있었고, 그것을 보자 그녀는 그들이 나이를 넘어 묵묵히 어떤 고통을 견디고 있는 것처럼 느껴졌다. 그렇게 해서 그들은 잔디밭의 가장자리를 지나갔다. 릴리는, 공통된 감정의 압박감에 이끌려 가는 어떤 행렬, 주춤거리고 축 늘어지긴 했지만 한데 묶인, 이상하게도 인상적인 작은 무리가 지나가고 있는 것을 지켜보는 것 같았다. 그들이 지나갈 때 램지 씨는 정중하지만 무척 냉담하게 손을 치켜들고 그녀에게 인사를 했다.

하지만 그녀는 요청받지 않은 연민이 솟아 표현하고 싶게 하는 것을 그 즉시 느끼며, 얼마나 놀라운 얼굴인가, 하고 생각했다. 무엇 때문에 저런 얼굴이 된 것인가? 밤마다 생각에 잠기기 때문일 거라고 그녀는 짐작했다. 부엌 식탁의 실재성에 대해서였던가, 그녀는 막연하게, 램지 씨가 생각하는 것과 관련해 앤드루가 그녀 자신에게 준 상징을 기억하며 덧붙였다. (그녀는 앤드루가 포탄 파편에 즉사한 사실을 떠올렸다.) 부엌 식탁은 비실제적이고 엄숙하며, 헐벗고 굳어 있고, 장식적이지 않은 어떤 것이었다. 그것에는 색채가 없었고, 온통 모서리와 각도로 이루어져 있었으며, 비타협적으로 분명했다. 하지만 램지 씨는 항상 그것에 시선을 고정하고 있었고, 결코 자신이 흐트러지거나 미망에 빠지는 것을 허락하지 않았다. 결국 그의 얼굴은 너무 지치기도 하고 금욕적으로 되어, 그토록 그녀에게 깊은 인상을 준,

장식이라곤 없는 이 아름다움을 띠게 된 것이다. 그런데 그녀는 (그가 그녀를 두고 떠난 곳에서 붓을 든 채 서서) 근심에 안달이 난 그의 얼굴이 그다지 고상하지 못한 것을 기억했다. 그가 그 식탁에 관해 나름대로 의문을 품고 있었음에 틀림없다고 그녀는 짐작했다. 저 식탁은 실제 식탁인지, 그것에 시간을 바칠 만한 가치가 있는지, 결국 그가 그것을 찾을 수 있는지에 대해 그가 의문을 품었다고 그녀는 느꼈다. 그게 아니라면 그는 사람들에게 덜 요구했을 것이다. 때로 밤늦게 사람들이 얘기한 것이 그것이라고 그녀는 짐작했다. 그런 다음 날이면 램지 부인은 지쳐 보였으며, 릴리는 터무니없이 사소한 일로 그에게 벌컥 화를 냈다. 하지만 이제 그는 저 식탁 혹은 그의 장화 혹은 그의 장화 매듭에 관해 이야기할 사람이 없었고, 그래서 통째로 삼켜버릴 수 있는 누군가를 찾고 있는 사자와도 같았으며, 얼굴에는 그녀가 놀라 스커트를 당기게 만드는 절망과 과장의 기미가 있었다. 그러다가는 갑자기 생기가 되살아나고, 갑자기 불꽃이 활활 타오르고(그녀가 그의 장화를 칭찬할 때), 평범한 인간적인 것들에 대한 관심과 활기가 갑자기 회복된다는 것을 그녀는 떠올렸다. 하지만 그것도 지나갔고, 그녀가 자신이 짜증을 내는 것에 대해 수치스럽게 생각한다는 것을 스스로 인정하는, 다른 마지막 국면으로 변했다(그는 언제나 변하고 있었고 아무것도 숨기지 않왔으니까). 그럴 때면 그는 근심과 야심을, 연민에 대한 희망과 칭찬에 대한 욕망을 떨쳐버리고, 마치 호기심에 의한 듯 자신을 또는 타인을 상대로 하는 멍청한 대화 속에 이끌려 들어가, 자신의 범위에서 벗어나 있는 작은 행렬의 선두에서 다른 영역 속으로 들어갔다. 얼마나 놀라운 얼굴인가! 대문이 쾅 닫혔다.

3

그녀는 안도감과 실망이 뒤섞인 한숨을 쉬면서, 그렇게 그들은 떠났어, 하고 생각했다. 그녀의 연민은 마치 튕겨진 가시나무처럼 그녀의 얼굴로 다시 날아드는 것 같았다. 그녀는 이상하게도 자신이 분열된 느낌이었다. 마치 그녀의 일부가 저 밖으로 끌려 나간 것 같았ㅡ조용하고 안개가 낀 날이었는데, 등대는 오늘 아침 엄청나게 멀리 있는 것처럼 보였다. 그녀의 또 다른 일부는 끈덕지고 단단하게 여기 잔디 위에 고착되어 있었다. 그녀는 마치 캔버스가 떠올라 바로 그녀 앞에 타협을 모르는 어떤 하얀 것으로 자리를 잡기라도 한 것처럼 캔버스를 바라보았다. 그것은 이 모든 서두름과 동요에 대해, 이 어리석음과 감정의 낭비에 대해 차가운 응시로 그녀를 질책하는 것처럼 보였고, 그녀를 극단적으로 소환해, 그녀의 무질서한 감정들이 (그는 떠났고, 그녀는 그에 대해 너무도 미안했고, 그래서 그녀는 아무 말도 하지 않았다) 떼를 지어 그곳을 떠나는 사이, 그녀의 마음속에 처음에는 평화를, 그다음에는 공허감을 퍼지게 했다. 그녀는 타협을 모르는 하얀 응시를 보내고 있는 캔버스를 멍하니 바라보았다. 그러고는 캔버스에서 정원으로 시선을 옮겼다. 뭔가가 있었다(그녀는 작고 주름진 얼굴에 있는, 중국인의 눈을 닮은 작은 눈을 찌푸리며 서 있었다). 그녀의 마음속에 내내 머물렀던 뭔가가, 가로지르고 잘라내는 그 선들의 관련성 속에서 움푹 팬 곳이 초록색으로 보이는, 푸른색과 갈색 울타리의 덩어리 속에서 그녀가 기억하는 뭔가가 있었다. 그것이 그녀의 마음속에 하나의 매듭을 지어, 허접한 시간이 지나갈 때, 그녀가 브롬턴가를 거닐거나 머리를 빗다가 무의식적으로, 상상 속에서 그 그림을 그리는 자신을 보고, 그 위로 눈길을 흘려보내고, 그 매듭을 풀었던 것이다. 하지만 캔버스를 떠나 마음이 들떠서 계획을 하는 것과 실제로 붓을 들고 최초의 자국을 남기는 것 사이에는 아주 엄청난 차이가 있었다.

그녀는 램지 씨의 존재로 인해 마음이 동요되어 엉뚱한 붓을 골랐고, 그렇게나 초조하게 땅속에 박은 이젤은 각도가 잘못되어 있었다. 이제 그것을 바로 세우는 과정에서 주의력을 빼앗았던 부적절한 것들과 엉뚱한 것들이 잦아들었고, 그녀는 자신이 이러저러한 사람이고, 사람들과는 이러저러한 관계를 맺고 있다는 사실을 떠올렸으며, 그래서 붓을 치켜들었다. 한순간 붓은 고통스럽지만 흥분되는 황홀감 속에 공중에서 떨고 있었다. 어디서 시작할까? ─ 어느 지점에 첫 자국을 남길지가 문제였다. 캔버스에 놓인 선 하나가 무수한 위험들과 빈번하고 돌이킬 수 없는 결정들을 무릅쓰게 했다. 생각 속에서는 단순한 듯했던 모든 것이 실제로는 그 즉시 복잡해졌다. 이는 절벽 꼭대기에서 보면 파도들이 대칭적인 형태를 이루는 것 같지만, 파도 속에서 헤엄치는 사람에게는 가파른 소용돌이와 거품이 이는 물마루들로 분리되어 보이는 것과 같았다. 그럼에도 위험은 감수해야 했고, 자국을 남겨야 했다.

마치 앞으로 나아가라는 재촉을 받는 동시에 스스로를 자제해야 하는 것처럼 이상한 신체적 감각을 느끼면서 그녀는 빠르게, 결정적으로, 첫 번째 획을 그었다. 붓이 내려갔다. 그것은 하얀 캔버스 위에서 갈색으로 깜박거리며 이어지는 자국 하나를 남겼다. 그녀는 두 번째로 그었고, 세 번째로 그었다. 멈추는 것이 율동의 한 일부이고, 획들을 긋는 것이 율동의 또 다른 일부이며, 모든 것이 연관된 것처럼 그렇게 멈췄다가 깜박거리게 했다가 하며 그녀는 춤추는 듯한 율동적인 동작을 이루었다. 그렇게, 가볍게 재빨리 멈추고 긋고 하면서 캔버스에 초조하게 이어지는 갈색 선들을 그었는데, 그 선들은 캔버스에 자리를 잡자마자 하나의 공간을 둘러쌌다(그녀는 그것이 아련히 자신에게 다가오는 것을 느꼈다). 파도 하나의 우묵 팬 곳 아래에서 그녀는 다음 파도가 그녀 위로 점점 더 높이 솟아오르는 것을 보았다. 저 공간보다 더 무시무시한 것이 있을 수 있을까? 여기서 그녀는 다시, 그것을 바라보려고 뒤로 물러서며 — 소문과 삶과 사람들과의 공동체에서 벗어나 — 그녀의 이 무시무시한 오래된 숙적의 존재 속으로 들어가고 있다고 생각했다. 갑자기 그녀에게 손을 얹은 이 다른 것, 이 진리, 이 실재가 외양의 이면에 적나라하게 나타나 그녀의 주의를 끌었다. 그녀는 반쯤은 반항적이었고, 반쯤은 마지못해했다. 왜 늘 저 밖으로 끌려 나가는가? 왜 평화롭게 남아, 잔디밭 위에 있는 카마이클 씨에게 말을 건넬 수 없는 것인가? 어쨌든 그것은 강요된 형태의 교제였다. 다른 숭배의 대상들은 숭배로 만족했다. 남자들과 여자들과 신 모두가 무릎 꿇고 경배하게 내버려둔다. 하지만 이 형태는, 고리버들 세공 식탁 위에서 빛을 발하는 하얀 램프 갓의 형태에 지나지 않는다 해도, 끝없는 전투에 임하게 만들었고, 패배할 수밖에 없는 싸움에 도전하게 했다. 항상 (그것은 그녀의 천성, 아니면 성별 때문이었는데, 그중 어느 것인지 그녀는 몰랐다) 삶의 유동성을 그림 그리는 일에 대한 집중과 맞바꾸기 직전이면 그녀는 때때로 발가벗겨진 것 같았다. 그때면 그녀는 어떤 바람 부는 꼭대기에서 머뭇거리며 보호받지 못하고 모든 의혹의 질타에 노출되어 있는, 태어나지 않은 영혼, 육체를 빼앗긴 영혼 같았다. 그렇다면 왜 그녀는 그 일을 하는가? 그녀는 선들이 가볍게 흐르는 캔버스를 바라보았다. 그것은 하인들의 침실에 걸릴 수도 있었다. 둘둘 말려 소파 밑에 처박힐 수도 있었다. 그렇다면 그림을 그리는 것이 무슨 소용인가? 그리고 그녀가 그림을 그릴 수 없다고, 창조할 수 없다고 말하는 어떤 목소리가 들려왔는데, 마치 일정한 시간의 경험이 있은 후면 그녀의 마음속에서 생겨나는 그 습관적인 흐름들 중 하나에 갇혀버린 것처럼 애초에 그 말을 누가 했는지 알지 못하면서도 그 말을 반복하게 되는 것 같았다.

그림을 그릴 수 없어, 글을 쓸 수 없어. 공격 계획이 어떠해야 하는지를 초조하게 궁리하면서 그녀는 단조롭게 중얼거렸다. 매스가 그녀 앞에 서서히 모습을 드러냈고 돌출했으며, 눈동자를 누르는 것처럼 느껴졌다. 그러자 마치 그녀의 신체 기능에 필요한 윤활유가 자발적으로 분출된 것처럼 그녀는 위태롭게 파란색과 호박색 물감에 붓을 찍으며 이리저리 움직이기 시작했다. 하지만 이제 붓은 더 무겁고 천천히 움직였는데, 마치 그것이 그녀가 보는 것에 의해 (그녀는 계속 울타리를, 캔버스를 바라보았다) 그녀에게 강요된 어떤 리듬 속에 빠져 있는 듯했다. 비록 그녀의 손은 생명력으로 떨렸지만, 이 리듬은 그녀를 자신의 흐름에 실어 가게 할 정도로 강했다. 확실히 그녀는 외적인 것들에 대한 의식을 잃고 있었다. 그녀가 외적인 것들과 자신의 이름과 인성과 외양, 그리고 카마이클 씨가 거기에 있는지 없는지에 대한 의식을 잃자, 그녀의 마음은 그 깊은 곳으로부터 장면들과 이름들과 말들과 기억들과 관념들을 그 섬뜩한 하얀 공간 위로 분출하는 분수처럼 쏟아냈다. 그사이 그녀는 초록색과 파란색으로 그 공간에 형태를 부여했다.

그녀는 찰스 탠슬리가, 여자는 그림을 그릴 수 없어, 글을 쓸 수 없어, 라고 말하곤 했다는 것을 기억했다. 그녀가 바로 이 지점에서 그림을 그릴 때 그가 그녀 뒤로 와 옆에 바싹 다가섰는데, 그것은 그녀가 정말 싫어하는 행동이었다. "1온스에 5펜스 하는 독한 살담배." 그렇게 말하며 그는 자신의 가난과 원칙을 과시했다. (하지만 전쟁 때문에 그녀의 여성성이라는 가시가 뽑혀 나갔다. 남자도 여자도 그토록 엉망이 되어버린 불쌍한 악마들이다, 하고 그녀는 생각했다.) 그는 항상 겨드랑이에 자주색 책을 끼고 다녔다. 그는 "연구를 했다". 그녀는 작열하는 태양 속에서 뭔가 연구를 하며 앉아 있는 그를 기억했다. 저녁 식사 때 그는 시야 한복판에 앉곤 했다. 그리고 해변에서의 그 장면도 회고했다. 기억할 만한 일이었다. 바람 부는 아침이었다. 그들은 모두 해변으로 갔다. 램지 부인은 바위 옆에 앉아 편지를 썼다. 그녀는 쓰고 또 썼다. 그녀는 마침내 바다에 떠 있는 뭔가를 보면서 "오, 저건 바닷가재를 잡는 통인가요? 뒤집힌 배인가요?" 하고 말했다. 그녀는 심한 근시여서 잘 보이지 않았다. 그러자 찰스 탠슬리는 더할 나위 없이 친절해졌다. 그는 물수제비뜨기를 시작했다. 그들은 작고 평탄한 검은 돌들을 골라 파도를 스치며 날아가게 했다. 이따금 램지 부인은 안경 너머로 그들을 바라보며 웃었다. 그들이 무슨 말을 했는지는 기억나지 않지만, 그녀와 찰스가 돌을 던지면서 갑자기 사이가 좋아졌고, 램지 부인이 자신들을 지켜보고 있던 것만은 기억났다. 그녀는 그것을 무척이나 의식하고 있었다. 램지 부인이 뒤로 물러나며 눈을 가늘게 떴다고 릴리는 기억했다. (그녀가 그 계단 위에 제임스와 앉아 있을 때에는 구상이 상당히 달라졌을 것이 틀림없다. 그림자가 드리워졌을 것이다.) 램지 부인. 그녀가 자기 자신과 물수제비뜨기를 하는 찰스와 해변에서의 장면 전체를 생각하자, 그것은 어쩐지 바위 아래에 앉아 무릎 위에 편지지를 놓고 편지들을 쓰고 있는 램지 부인에게 달려 있는 듯했다. (부인은 헤아릴 수 없이 많은 편지를 썼는데, 때로는 바람이 그것들을 앗아 가 그녀와 찰스가 바다에서 한 장을 겨우 건지기도 했다.) 하지만 인간의 영혼에는 얼마나 큰 힘이 존재하는가, 하고 그녀는 생각했다. 저기 바위 아래에 앉아 편지를 쓰고 있던 그 여자가 모든 것을 단순하게 풀었고, 이 분노들과 짜증들을 헌 누더기처럼 떨어지게 했다. 그녀는 이것과 저것 그리고 이것을 합쳤고, 그렇게 함으로써 그 비참한 멍청함과 악의로부터 (사소한 일로 승강이하고, 가볍게 치고 덤비는 그녀와 찰스는 멍청했고 악의에 차 있었다) 그 오랜 세월을 살아남아 완전해진 뭔가— 예컨대 해변에서의 이 장면, 우정과 호감의 이 순간—를 만들어냈다. 그래서 그녀는 그에 대한 기억을 다시 떠올리기 위해 그 속으로 들어갔으며, 그 기억은 거의 예술품과도 같이 마음속에 남아 있었다.

"예술품과도 같이." 그 말을 반복하며 그녀는 캔버스에서 시선을 떼고 응접실 계단들을 보았고, 다시 캔버스를 보았다. 그녀는 잠시 쉬어야 했다. 그리고 쉬면서, 긴장되었던 신체 기능을 풀어주며 막연하게 이것저것을 보고 있는데, 영원히 영혼의 하늘을 가로지르는 해묵은 질문이, 이와 같은 순간에 스스로를 구체화하는 재능이 있는 거대하고 일반적인 질문이 그녀 위에 멈춰 서서 어둠을 드리웠다. 삶의 의미란 무엇인가? 그 단순한 질문이 다였다—그것은 시간과 더불어 사람을 죄어오는 경향이 있었다. 위대한 계시는 결코 찾아온 적이 없었다. 위대한 계시는 결코 찾아온 적이 없을 것이다. 대신 일상의 작은 기적들과 조명들, 어둠 속에서 예기치 않게 켜진 성냥불들이 있었다. 여기 그중 하나가 있었다. 이것, 저것 그리고 다른 것. 그녀 자신과 찰스 탠슬리와 부서지는 파도. 램지 부인이 그것들을 합치고, 램지 부인이 "삶이 여기 꼼짝 않고 멈춰 서 있어" 하고 말하고, 램지 부인이 그 순간으로 영원한 뭔가를 만들고 있었다(다른 공간에서 릴리 자신이 그 순간을 영원한 뭔가로 만들려고 하듯이)—이것이 계시의 본성이었다. 혼돈 한가운데 형태가 있었고, 이 영원한 지나감과 흐름은 (그녀는 흘러가는 구름들과 흔들리는 나뭇잎들을 바라보았다) 갑자기 안정감 속에 있게 되었다. 삶이 여기 꼼짝 않고 멈춰 서 있다고, 램지 부인은 말했다. "램지 부인! 램지 부인!" 그녀는 되풀이 말했다. 그녀에게 이 계시는 램지 부인 덕분이었다.

모든 것이 고요했다. 아무도 아직은 집 안에서 움직이지 않는 것 같았다. 그녀는 이른 햇살 속에서 나뭇잎으로 인해 초록색과 파란색으로 반사된 유리창들이 있는, 잠든 집을 바라보았다. 그녀가 램지 부인에 대해 하는 희미한 생각이 이 조용한 집과 이 연기와 이 상쾌한 이른 아침의 공기와 어울리는 것 같았다. 희미하고 비현실적인 그것은 놀라울 정도로 순수하고 흥분되었다. 그녀는 아무도 창문을 열거나 집에서 나오지 말기를, 홀로 남겨져 계속 생각하고 그림을 그릴 수 있기를 바랐다. 그녀는 캔버스

쪽으로 몸을 돌렸다. 하지만 어떤 호기심에 쫓겨서, 그녀가 드러내지 못한 연민으로 인한 불편함 때문에, 잔디밭 가장자리 쪽으로 한두 걸음 걸어가, 저 아래 해변에 돛을 펼치고 있는 작은 무리가 보이는지 내려다보았다. 저 아래 떠 있는 작은 배들 사이에서 배 몇 척은 돛을 말고 있었고, 몇 척은 바다가 무척 잔잔해 느리게 움직이고 있었는데, 배 한 척이 다른 배들과는 다소 떨어져 있었다. 그 배는 돛이 올라가고 있었다. 그녀는 아주 멀리 있고, 완전히 고요한 저 작은 배 안에 램지 씨가 캠과 제임스와 함께 앉아 있다고 결론을 내렸다. 이제 그들은 돛을 올렸고, 잠시 펄럭거리며 머뭇거린 후 돛들이 바람으로 채워져, 심오한 침묵 속에 둘러싸였다. 그녀는 그 배가 신중하게 다른 배들을 지나 바다로 나아가는 것을 지켜보았다.

4

돛들은 그들의 머리 위에서 펄럭거렸다. 바닷물이 뱃전을 살짝살짝 때렸고, 배는 햇볕 속에서 움직이지 않고 졸고 있었다. 이따금 돛들이 미풍을 받아 주름이 졌으나 그 주름은 돛들 위로 지나가 사라졌다. 배는 전혀 움직이지 않았다. 램지 씨는 배 한

가운데 앉아 있었다. 아버지가 곧 조바심을 낼 것이라고, 제임스
도 캠도 생각했다. 캠은 그들 사이, 배의 한가운데에서 다리를
단단히 꼬고 앉아 있는 아버지를 바라보고 있었다(제임스가 키
를 잡았고, 캠은 혼자서 뱃머리에 앉았다). 그는 꾸물거리는 것
을 싫어했다. 아니나 다를까, 잠깐 초조해하더니 그는 매컬리스
터의 아들에게 뭔가 날카롭게 말했고, 소년은 노를 꺼내 젓기 시
작했다. 하지만 그들은 아버지가 배가 질주할 때까지는 결코 만
족하지 않으리라는 것을 알고 있었다. 그는 계속해서 안절부절
못하며 속삭이듯 말을 하면서 미풍을 계속해서 찾을 것이었다.
매컬리스터와 그의 아들은 그 말을 듣게 될 것이고, 제임스와 캠
은 둘 다 끔찍이 불편해하게 될 것이었다. 그가 그들을 오게 했
다. 그가 그들을 억지로 오게 했다. 그가 그들의 의지에 반해 억
지로 오게 했기 때문에 그들은 화가 나 바람이 결코 일지 않기
를, 그가 어떤 식으로든 모두 좌절하기를 바랐다.

　해변으로 내려가는 내내 그가 그들에게 "빨리 걸어, 빨리 걸
어"라고 말없이 명령했지만 그들은 함께 뒤에서 꾸물거렸다. 그
들의 머리는 숙여져 있었다. 가차 없는 질풍에 머리는 아래로 처
져 있었다. 그들은 그에게 말을 할 수가 없었다. 그들은 가야 했
고, 따라가는 수밖에 없었다. 갈색 종이 꾸러미들을 들고 그의
뒤에서 걸어가야 했다. 하지만 그들은 걸으면서 말없이, 서로의

편에 서서, 죽을 때까지 폭정에 저항할 거라는 그 위대한 협정을 완수하기로 맹세했다. 그렇게 해서 그들은 하나는 배의 이쪽 끝에, 다른 하나는 다른 쪽 끝에 말없이 앉아 있었다. 다리를 꼬고 얼굴을 찡그린 채 안절부절못하면서 불쾌함을 드러내고 혼잣말을 중얼거리며 미풍을 초조하게 기다리는 아버지가 있는 쪽을 바라보기만 하면서 그들은 아무 말도 하지 않았다. 그리고 그들은 바다가 잔잔하기를 바랐다. 그들은 그가 좌절하기를 바랐다. 탐험 전체가 실패하고, 꾸러미를 든 채 해안으로 되돌아갈 수밖에 없게 되기를 바랐다.

하지만 매컬리스터의 아들이 노를 저어 조금 나아가자 돛들이 천천히 흔들리더니 배가 빨라지며 평평하게 되어 쏜살같이 앞으로 나아갔다. 그 즉시 어떤 커다란 긴장이 사라진 것처럼 램지 씨는 꼬았던 다리를 풀고, 담배 쌈지를 꺼내, 약간 투덜거리면서 매컬리스터에게 건네주었다. 자신들이 꽤나 시달렸음에도 불구하고, 그가 완벽하게 만족해한다는 사실을 그들은 알았다. 이제 그들은 이렇게 몇 시간 항해할 것이고, 램지 씨는 매컬리스터 영감에게 질문 ─ 어쩌면 지난겨울의 폭풍우에 관한 ─ 을 할 것이고, 매컬리스터 영감은 대답할 것이다. 그들은 함께 파이프 담배를 피우고, 매컬리스터는 타르를 바른 밧줄을 손가락에 쥐고 어떤 매듭을 묶거나 풀고, 그의 아들은 낚시를 하면서 누구에게도 한마디도 하지 않을 것이었다. 제임스는 계속해서 돛을 주시해야 했다. 만약 그가 잊어버리게 되면 돛은 주름이 잡혀 떨게 되고, 배는 속력을 잃게 되고, 램지 씨는 "조심해! 조심해!" 하고 날카롭게 외치고, 매컬리스터 영감은 앉은 자리에서 천천히 몸을 돌릴 것이었다. 그렇게 해서 그들은 램지 씨가 크리스마스 때의 엄청난 폭풍우에 대해 질문하는 것을 들었다. "폭풍이 저 지점을 돌아 휘몰아쳤죠." 지난 크리스마스 때의 엄청난 폭풍우를 묘사하면서 늙은 매컬리스터가 말했다. 당시 열 척의 배가 만으로 대피했는데, 그는 "저기에 한 척, 저기에 한 척, 저기에 한 척" 있는 것을 보았다(그는 천천히 만 주위를 손가락으로 가리켰고, 램지 씨는 고개를 돌리면서 그가 가리키는 쪽을 따라갔다). 그는 세 사람이 돛대에 매달려 있는 것을 보았지만 그런 다음 그 배는 사라졌다. "마침내 우리는 배를 끌어냈죠." 그는 계속 말했다(하지만 제임스와 캠은 화가 나, 아무 말 없이, 죽을 때까지 폭정에 저항할 거라는 그 협정으로 단결한 채로 배의 양쪽 끝에 앉아 간헐적으로 한 단어씩 들었을 뿐이다). 마침내 그들은 배를 끌어냈고, 구명보트를 띄웠고, 그 지점을 지나 나아갔다. 매컬리스터가 해준 이야기를 비록 간헐적으로 한 단어씩 들었을 뿐이지만 그들은 계속해서 자신들의 아버지 — 그가 어떻게 앞으로 몸을 굽히는지, 그가 어떻게 자신의 목소리를 매컬리스터의 목소리에 맞추는지, 그가 파이프 담배를 피우면서 매컬리스터가 손가락으로 가리키는 곳을 바라보며 어떻게 폭풍우와 어두운 밤과 거기서 분투하는 어부들에 대한 생각을 즐기고 있는지 ― 를 의식했다. 그는 남자들이 밤에 바람 부는 해변에서 근육과 뇌로 파도와 바람에 맞서 애쓰고 땀 흘리는 것을 좋아했다. 그는 남자들은 그와 같은 일을 하고, 여자들은 남자들이 저기 바깥의 폭풍우 속에서 익사하는 동안 살림을 하고, 집 안에서 잠자는 아이들 옆에 앉아 있는 것을 좋아했다. 그렇게 해서 제임스도, 캠도 (그들은 그를 바라보았고, 또한 서로를 바라보았다) 그의 고갯짓과 조심스러움과 목소리의 울림에서, 그리고 폭풍우 속에서 만으로 쫓겨 들어온 열한 척의 배에 관해 매컬리스터에게 질문할 때 그의 목소리에 스며들어 그를 농부처럼 느끼게 하는 약간의 스코틀랜드 억양의 흔적에서 알 수 있었다. 세 척의 배가 침몰한 것이다.

그는 매컬리스터가 가리키는 곳을 자랑스럽게 바라보았고, 캠은 딱히 이유는 모르는 채 그에 대한 자부심을 느끼면서, 만약 그가 그곳에 있었다면 구명보트를 띄워 난파선이 있는 곳에 이르렀을 거라고 생각했다. 그는 너무도 용감하고, 너무도 모험적이라고 캠은 생각했다. 하지만 그녀는 기억했다. 죽을 때까지 폭정에 저항할 거라는 협정이 있었다. 그들의 불만이 그들을 짓눌렀다. 그들은 강요당했고 명령받았다. 그는 다시 한번 자신의 우울과 권위로 그들을 억눌렀고, 그가 시키는 대로 하게 했으며, 이 화창한 아침에 그가 원한다는 이유로 이 꾸러미들을 갖고 등대에 가게 했고, 죽은 사람들을 기린다는 자신의 기쁨을 위해 그가 치르는 그 의식들에 참가하게 한 것이다. 그들은 그것이 싫어 그의 뒤에서 꾸물거렸고, 그날의 모든 기쁨은 망쳐진 상태였다.

그렇다, 미풍은 상쾌했다. 배는 기울어 있었고, 바닷물은 예리하게 갈라지면서 초록색의 작은 폭포들로, 거품들로, 큰 폭포들로 떨어졌다. 캠은 거품 속을, 온갖 보물을 간직한 바닷속을 들여다보았는데, 그 속도에 최면이 걸려 그녀와 제임스 사이의 연대가 약간 느슨해지고 조금 약화되었다. 그녀는 배가 정말 빠르게 간다고 생각하기 시작했다. 우리는 어디로 가고 있는가? 그리고 배의 움직임에 최면이 걸렸다. 반면 제임스는 시선을 돛과 수평선에 고정하고, 근엄하게 키를 잡고 있었다. 하지만 키를 잡은 채로 그는 탈출할 수도, 그 모든 것에서 벗어날 수도 있다고 생각하기 시작했다. 그들은 어딘가에 내릴 것이고, 그때엔 자유로워질 수도 있었다. 둘은 한순간 서로를 바라보며 속도와 변화로 인해 생긴, 탈출과 환희에 대한 감각을 느꼈다. 하지만 미풍은 램지 씨에게도 똑같은 흥분을 일으켰고, 매컬리스터 영감이 그의 낚싯줄을 배 밖으로 던지려고 몸을 돌리자, 그는 큰 소리로

"우리는 사멸했다" 하고 소리치더니, 그런 다음 "각자 홀로" 하고 외쳤다. 그러고 나서 늘 그러는 것처럼, 갑작스럽게 후회 때문인지 수줍음 때문인지 스스로를 추스르고, 해안을 향해 손을 흔들었다.

 "저 작은 집을 봐라." 그는 캠이 바라보았으면 하면서 손가락으로 가리키며 말했다. 그녀는 마지못해 몸을 일으켜 바라보았다. 하지만 어느 집이지? 그녀는 저기 산허리 위 어느 집이 그들의 집인지 알 수가 없었다. 모든 것이 멀고 평화롭고 이상해 보였다. 해안도 미묘하고, 아득히 멀고, 비현실적으로 보였다. 그들이 항해한 거리는 작았지만 이미 그들을 해안에서 멀리 떼어 놓았고, 해안에 변화된 표정을, 차분한 표정을 부여했다. 해안은 더 이상 사람이 그 일부가 될 수 없는 뭔가가 되어 물러나고 있는 것 같았다. 어느 것이 그들의 집인가? 그녀는 알 수 없었다.

 "하지만 나는 좀 더 거친 바다 아래에서" 하고 램지 씨는 중얼거렸다. 그는 집을 발견했고, 그래서 그 집을 보았으며, 또한 그곳에 있는 자신을 보았다. 그는 혼자 테라스에서 걷고 있는 자신을 보았던 것이다. 그는 화분들 사이를 왔다 갔다 하고 있었는데, 자신에게도 무척 늙고 허리가 굽어 보였다. 배 안에 앉은 그는 즉시 그의 배역 ― 홀아비가 되어 황폐해진 남자의 역할 ― 을 연기하면서 허리를 굽히고 몸을 웅크렸고, 자신의 앞에 그를 동정하는 수많은 사람들을 소환했다. 그는 배 안에 앉은 채로 하나의 작은 연극을 자신을 위해 무대 위에 올렸는데, 그것은 노쇠함과 기진맥진함과 슬픔을 그에게 요구했다(그는 양손을 들어 야윈 것을 보고 자신의 몽상을 확인했다). 그러자 여자들의 연민이 그에게 쏟아졌고, 그는 그들이 어떻게 그를 위로하고 동정할지를 상상했다. 그리고 그 몽상 속에 여자들의 연민이 주는 멋진 즐거움을 비추며 한숨을 지었고, 부드럽고 슬프게 다음과 같이 말했다.

하지만 나는 좀 더 거친 바다 아래에서
그보다 더 깊은 심연으로 가라앉았네.

그렇게 해서 그 슬픈 단어들을 그들 모두가 아주 분명하게 들었다. 캠은 앉은 자리에서 몸을 반쯤 일으켰다. 그것은 그녀에게 충격이었고, 그녀를 분노하게 했다. 그녀의 움직임에 아버지가 발끈했다. 그는 몸을 떨었고, 갑자기 주춤하며 "봐! 봐!" 하고 너무도 다급하게 소리쳤다. 그래서 제임스도 고개를 돌려 어깨 너머로 그 섬을 보았다. 그들 모두는 보았다. 그들은 섬을 보았다.

하지만 캠은 아무것도 볼 수 없었다. 그녀는 그들이 그곳에서 살았던 삶으로 인해 두텁고 매듭이 진 그 모든 길과 잔디밭이 어떻게 사라지고 지워져버렸는지를, 그래서 그것들이 어떻게 과거가 되고 비현실적으로 되었는지를 생각하고 있었다. 그런데 이제 이것은 실제였다. 배와 여기저기 기운 돛, 귀걸이를 한 매컬리스터와 파도의 소음, 이 모든 것이 실제적인 것이었다. 이 생각을 하며 그녀는 "우리는 사멸했다, 각자 홀로"라고 중얼거리고 있었는데, 아버지가 한 말이 그녀의 머릿속에 거듭 파고들었기 때문이다. 그때 그는 그녀의 시선이 너무도 모호한 것을 보고는 그녀를 놀리기 시작했다. 그는 그녀가 나침반의 방위를 모르는지 물었다. 북쪽과 남쪽을 구분할 줄 모르냐고? 정말 그들이 바로 저기 살고 있다고 생각하느냐고? 그리고 그는 다시 손가락으로 가리켰고, 그녀에게 저기, 저 나무들 옆 그들의 집이 있는 곳을 보여주었다. 그는 그녀가 좀 더 정확해지려고 노력하기를 바란다고 말했고, 반은 비웃고 반은 나무라며 "어느 쪽이 동쪽이고, 어느 쪽이 서쪽인지 말해볼래?" 하고 말했다. 완전히 바보가 아닌 이상, 누구든 상관없이, 나침반의 방위를 모르는 사람의 정신 상태를 그는 이해할 수 없었던 것이다. 하지만 그녀는 알지 못했다. 그녀가 모호하고, 이제는 약간 겁먹은 시선을, 집이 전혀 없는 곳에 고정하고 있는 것을 보고, 램지 씨는 자신의 꿈─그가 어떻게 테라스에서 화분들 사이를 왔다 갔다 했는지, 어떻게 여자들이 그를 향해 팔을 뻗었는지─은 잊어버렸다. 그는 여자들은 늘 이런 식이며, 정신이 모호한 정도가 절망적이라고 생각했다. 그가 결코 이해할 수 없었던 것이긴 했지만 사실이 그랬다. 그녀, 즉 그의 아내도 마찬가지였다. 여자들은 아무것도 머릿속에 분명하게 고정할 수가 없다. 하지만 그가 그녀에게 화를 낸 것은 잘못이었다. 게다가 그는 여자들에게 있는 이 모호함을 오히려 좋아하지 않았던가? 모호함은 여자들의 비상한 매력의 일부였다. 캠이 나를 향해 미소 짓게 해야겠어, 하고 그는 생각했다. 캠은 겁먹은 모습이었다. 그녀는 너무도 말이 없었다. 그는 주먹을 쥐고, 그 모든 세월 동안 자신이 마음먹은 대로 사람들로 하여금 자신을 동정하고 칭찬하게 만들었던 그의 음성과 얼굴과 재빠르고 표현적인 몸짓들을 가라앉혀야겠다고 결심했다. 그는 캠이 그를 향해 미소 지었으면 싶었다. 그는 그녀에게 건넬 단순하고 쉬운 말을 찾아내고 싶었다. 하지만 무슨 말을 해야 하는가? 그는 자신의 작업에 갇혀 있었기에 사람들이 보통 하는 말을 잊어버렸던 것이다. 강아지 한 마리가 있었다. 그들은 강아지 한 마리를 길렀다. 오늘은 누가 강아지를 돌보지, 하고 그는 물었다. 제임스는 돛을 배경으로 하고 있는 누나의 머리를 보며, 그래, 이제 캠은 굴복할 거야, 하고 가차 없이 생각했다. 나 혼자 남아 폭정에 저항하게 될 거야. 협정은 그 혼자서 완수해야 했다. 그는 슬프고 부루퉁하지만 굴복하려는 그녀의 얼굴을 지켜보면서, 캠은 결코 죽을 때까지 폭정에 저항하지 못할 거야, 하고 냉혹하게 생각했다. 그리고 때로 그렇듯, 초록색 산허리에 구름 하나가 떨어지고 중력이 내려가며, 주변의 모든 언덕들 사이에 어둠과 슬픔이 내렸다. 마치 그 언덕들 자체가 구름이 끼고 어둡게 된 것들의 운명을 곰곰이 생각하며 측은히 여기거나, 실망해 악의에 차 즐기는 것처럼 보였다. 이제 차분하고 결의에 찬 사람들 사이에 앉아 있는 캠은 자신 위로 구름이 드리워지는 것을 느끼며, 강아지에 관한 아버지의 질문에 어떻게 대답할지 궁리했다. 나를 용서하고, 나를 돌봐줘, 하는 그의 간청에 어떻게 저항할 것인가? 반면에 입법자인 제임스는 무릎 위에 영원한 지혜의 서판을 펼쳐놓고 (키 손잡이 위에 놓인 그의 손은 그녀에게 상징적인 것이 되어 있었다) 그에게 저항해, 라고 말했다. 그와 싸워. 그는 너무도 올바르고 정의롭게 말했다. 우리는 폭정과 죽을 때까지 싸워야 해, 하고 그녀는 생각했다. 인간의 모든 자질 가운데서 그녀는 정의를 가장 존중했다. 남동생은 신과 아주 닮아 있었고, 아버지는 더할 수 없이 애절했다. 그들 사이에 앉아 방위를 전혀 알 수 없는 해안을 응시하며, 이제 멀어진 잔디밭과 테라스와 집에 평화가 거주하고 있다는 생각을 하면서 그녀는 누구에게 굴복할지를 생각했다.

"재스퍼요." 그녀는 무뚝뚝하게 말했다. 재스퍼가 강아지를 돌볼 것이었다.

그 개를 뭐라고 부를 거냐고, 아버지는 집요하게 물었다. 그는 어렸을 때 프리스크라는 개를 한 마리 키웠었다. 굴복할 거야, 하고 제임스는 캠의 얼굴에 그가 기억하는 표정이 떠오르는 것을 지켜보며 생각했다. 뜨개질감 같은 것을 내려다볼 때 여자들의 표정이라고 그는 생각했다. 그러다 갑자기 여자들은 시선을 들었다. 뭔가 푸른 빛이 번쩍하고 스쳤고, 그와 함께 앉아 있던 누군가가 웃으며 굴복했던 것을 그는 기억했다. 그래서 그는 무척 화가 났다. 아버지가 옆에서 지켜보고 서 있는 사이, 낮은 의자에 앉아 있던 어머니였던 게 틀림없다고 그는 생각했다. 그는 시간이 끊임없이 그의 뇌에 나뭇잎처럼 한 겹 한 겹 부드럽게 쌓은 무한한 일련의 인상들―향기와 소리들, 거칠거나 공허하거나 감미로운 목소리들, 지나가는 불빛과 탁탁 소리를 내는 빗자루, 철썩거리다가 숨을 죽이는 바다, 그리고 이리저리 왔다 갔다 하다가 그 자리에서 딱 멈추고 똑바로 서서 그들을 내려다보던 어떤 남자―사이를 헤집기 시작했다. 그사이 그는 캠이 물속에 손가락을 담그고 해안을 응시하며 아무 말도 하지 않는 것을 보았다. 아냐, 굴복하지 않을 거야, 하고 그는 생각했다. 그녀는 다르다고 생각했다. 캠이 대답하지 않으면 그녀를 귀찮게 하지 않겠다고 결심하며 램지 씨는 책 한 권을 꺼내려고 호주머니를 더

듦었다. 하지만 그녀는 그에게 대답하고 싶었다. 그녀는 열정적으로 혀 위에 놓여 있는 장애물을 치워버리고, 오, 그래요, 프리스크, 나는 그 개를 프리스크라고 부르겠어요, 라고 말하고 싶었다. 심지어는, 혼자서 황무지를 가로질러 온 그 개인가요, 라고 묻고 싶었다. 하지만 아무리 애를 써도, 격렬하고 협정에 충실한 그녀는 그런 말을 하는 것은 생각할 수도 없었다. 그럼에도 제임스의 의심을 받지 않으며 아버지에게 느끼는 사랑의 은밀한 암시를 그에게 전했다. 그녀는 손을 적시며(이제 매컬리스터의 아들은 고등어 한 마리를 잡았고, 고등어는 아가미에 피가 묻은 채로 바닥에 누워 버둥거리고 있었다), 냉정하게 계속 돛을 응시하거나 이따금 한순간 수평선을 바라보고 있는 제임스를 바라보면서, 너는 이것에, 이 압박감과 감정의 분리에, 이 놀라운 유혹에 노출되어 있지 않잖아, 하고 생각했다. 아버지는 호주머니를 뒤적이고 있었다. 곧 그는 책을 찾을 것이었다. 그녀에게는 그가 누구보다도 매력적이었다. 그의 손과 발, 목소리와 그가 하는 말, 서두름과 성깔, 기벽과 열정, 모든 사람 앞에서 "우리는 사멸한다, 각자 홀로"라고 주저 없이 내뱉는 것, 그리고 그의 냉정함, 그 모두가 그녀에게는 아름다웠다. (그는 책을 펼친 상태였다.) 하지만 여전히 참을 수 없는 것은 그녀의 어린 시절에 독을 주입하고 심한 폭풍우를 일으켜 지금도 그녀가 분노에 몸을 떨며 한밤중에 잠이 깨어 떠올리는, "이것을 해라, 저것을 해라"
라고 명령하는 그의 오만함과 "내게 복종해라"라는 그의 지배력
의 조악한 맹목성과 폭정이라는 생각을 하며, 똑바로 앉아 매컬
리스터의 아들이 다른 물고기의 아가미에서 바늘을 빼내는 것
을 지켜보았다.

그래서 그녀는 아무 말도 하지 않고, 집요하고 서글프게 평화
의 망토에 감싸인 해안을 바라보았는데, 마치 그곳 사람들이 잠
이 들어, 연기처럼 자유롭고 유령처럼 마음대로 오갈 수 있는 것
같다고 생각했다. 그들은 그곳에서 아무런 고통을 겪지 않을 거
라고 그녀는 생각했다.

5

그래, 저게 그들의 배야, 하고 릴리 브리스코는 잔디밭 가장자
리에 서서 생각했다. 회갈색 돛들이 달린 그 배는 이제 바닷물에
납작 붙어 만을 가로질러 쏜살같이 나아가고 있었다. 저기에 램
지 씨가 앉아 있을 것이고, 아이들은 여전히 아무 말도 하지 않
고 있을 거라고 그녀는 생각했다. 그리고 그녀도 그에게 다가갈
수가 없었다. 그에게 건네지 못한 연민이 그녀를 짓눌렀다. 그래

서 그림 그리는 것도 어려웠다.

그녀에게 그는 늘 어려운 상대였다. 결코 그를 면전에서 칭찬할 수 없었던 것이 기억났다. 그 때문에 그들의 관계는 중성적인 면이 있었다. 그가 민터를 대하는 그토록 정중하고, 거의 즐겁게 만드는 태도를 이루는 성적 요소가 빠져 있던 것이다. 그는 민터에게 꽃 한 송이를 꺾어주거나 책들을 빌려주거나 했다. 하지만 민터가 그 책들을 읽는다고 그가 생각할 수 있었을까? 그녀는 그 책들을 갖고 정원을 돌아다니면서, 읽던 곳을 표시해두려고 나뭇잎들을 끼워두었다.

"기억하세요, 카마이클 씨?" 릴리는 노인을 바라보면서 그렇게 묻고 싶었다. 하지만 그는 이미 이마 위에 모자를 반쯤 덮어 쓰고 있었는데, 그녀는 그가 자고 있거나 꿈을 꾸고 있거나 단어들을 생각해내려고 거기에 누워 있는 것이라고 생각했다.

"기억하세요?" 그녀는 그의 옆을 지나며, 큰 통이 오르락내리락하고 편지지가 흩날리는 해변에 있는 램지 부인을 다시 생각하면서, 이렇게 묻고 싶었다. 왜 이 모든 세월이 지난 후, 그 일 이전과 이후의 모든 것이 공백인데, 그 일은 살아남아 원을 이루고, 환해지고, 아주 세세한 것까지 보이는 거죠?

"저건 배인가요? 코르크인가요?"라고 부인은 말했겠지, 릴리는 마지못해 다시 캔버스를 향해 몸을 돌리며 그 말을 되새겼다.

그녀는 붓을 다시 잡으면서, 감사하게도 공간의 문제가 남아 있어, 하고 생각했다. 공간은 그녀를 노려보았다. 그림의 매스 전체가 그 무게에 놓여 있었다. 표면은 아름답고 밝고, 깃털처럼 가볍고 사라져가는 듯하며, 마치 나비 날개 위의 색채들처럼 하나의 색채가 다른 색채 속으로 녹아들어야 하지만, 바탕 아래는 쇠못으로 죈 것처럼 조여 있어야 했다. 그것은 숨을 불어 넣어 흐트러뜨릴 수 있으면서도, 한 떼의 말[馬]들로도 분리시킬 수 없는 것이어야 했다. 그래서 그녀는 빨간색과 회색 물감을 칠하며, 그 비어 있는 공간에 형태를 만들기 시작했다. 동시에 그녀는 해변에서 램지 부인 옆에 앉아 있는 것 같았다.

"저건 배인가요? 큰 통인가요?" 램지 부인은 말했다. 그리고 그녀는 안경을 찾느라고 사방을 두리번거렸다. 안경을 찾은 그녀는 자리에 앉아 말없이 바다를 바라보았다. 그리고 릴리는 꾸준히 그림을 그리면서, 문이 열리며 들어온 누군가가 높다란 성당 같은 무척 어둡고 무척 엄숙한 장소에서 조용히 주위를 응시하며 서 있는 것처럼 느꼈다. 아주 먼 곳에서 외침 소리들이 들려왔다. 증기선들이 수평선 위로 연기를 뿜어내며 사라졌다. 찰스는 돌을 던져 물수제비를 떴다.

램지 부인은 말없이 앉아 있었다. 릴리는 그녀가 누구와도 얘기를 나누지 않으며, 조용히, 인간관계의 극단적인 모호함 속에서 휴식을 취하는 것을 기뻐하고 있다고 생각했다. 우리가 누구인지, 우리가 무엇을 느끼는지 누가 아는가? 심지어는 뭔가에 대해 안다고 생각하는 순간에도, 이것이 앎이라는 것을 누가 알 수 있겠는가? 그 뭔가를 말함으로써 모든 것이 망쳐진 것이 아니겠느냐고 램지 부인은 물었을 것이다(그녀 옆에서의 이 침묵은 너무도 자주 있었던 일 같았다). 침묵함으로써 더 많은 것을 표현하는 것은 아닌가? 그 순간은 적어도 놀라울 정도로 풍요로워 보였다. 그녀는 모래에 작은 구멍을 판 후, 마치 그 구멍 속에 그 순간의 완벽함을 묻기라도 하듯 다시 덮었다. 그것은 과거의 어둠을 밝히려고 살짝 붓을 담그는 한 방울의 은색 물감 같았다.

릴리는 캔버스를 전체적으로 보려고 뒤로 물러섰다. 이 그림을 그리는 일은 이상한 길을 걷는 것 같았다. 멀리멀리 나아가, 더 멀리, 더 멀리 가게 되면 완전히 혼자가 되어 좁은 널빤지 위에서 바다를 굽어보게 되는 것 같았다. 그리고 그녀가 파란 물감에 붓을 담갔을 때 그녀는 거기서 과거에 붓을 담그게 되는 것이다. 이제 램지 부인이 자리에서 일어나는 것을 그녀는 떠올렸다. 점심을 먹으러 집으로 돌아갈 시간이었던 것이다. 그리고 그들은 모두 해변에서 함께 걸어 올라갔는데, 그녀는 윌리엄 뱅크스와 함께 뒤에서 걷고 있었고, 그들 앞에는 구멍 난 양말을 신고 있는 민터가 있었다. 그들 앞에 있는, 분홍색 발꿈치의 그 작고

동그란 구멍이 얼마나 뽐내는 듯이 보였는가! 그녀가 기억하는 한, 윌리엄 뱅크스는 아무 말도 하지 않았지만 그것에 대해 얼마나 개탄했던가! 그것은 그에게 여성다움의 전멸을 의미했고, 흙먼지와 무질서 그리고 떠나버리는 하인들과 한낮이 되어서도 정리되지 않은 침대 같은 것이었다─그 모든 것을 그는 극도로 혐오했다. 그는 치를 떨며, 마치 보기 흉한 물건을 가리기라도 하듯 손가락들을 활짝 펴곤 했는데, 지금 그렇게 하고 있었다─그는 앞으로 손을 들고 있었다. 그리고 민터는 앞장서 걸어갔고, 아마 폴을 만난 후 그와 함께 정원으로 사라졌을 것이다.

레일리 부부, 하고 릴리 브리스코는 초록색 물감 튜브를 짜면서 생각했다. 그녀는 레일리 부부에 대한 인상들을 수집했다. 그들의 삶은 그녀에게 일련의 장면으로 그 모습을 드러냈는데, 그중 하나는 새벽녘 층계 위에서였다. 폴이 들어와 일찍 잠자리에 들었고 민터는 늦었다. 새벽 3시경 민터가 화환을 쓰고, 화장을 하고, 화려하게 꾸민 채로 층계 위에 있었다. 폴은 강도가 들었나 하고 파자마 차림에 부지깽이를 들고나왔다. 민터는 파리한 새벽빛 속에서 층계를 반쯤 올라간 창가에 서서 샌드위치를 먹고 있었고, 카펫에는 구멍 하나가 나 있었다. 하지만 그들은 뭐라고 했는가? 릴리는 마치 바라보는 것으로 그들이 하는 말을 들을 수 있는 것처럼 자문했다. 뭔가 난폭한 말이었다. 그가 말을 하는 사이 민터는 신경에 거슬리게 계속해서 샌드위치를 먹고 있었다. 그는 아이들, 즉 두 어린 아들이 깨지 않도록 중얼거리는 소리로 그녀에게 분개하고, 질투하며, 심한 말을 했다. 그는 시들고 위축되어 있었고, 그녀는 화려했고 부주의했다. 한두 해가 지난 후 모든 것이 느슨해졌던 것이다. 그 결혼은 다소 성공적이지 못했다.

릴리는 붓에 초록색 물감을 묻히며, 이렇게 그들에 관한 장면들을 그려보는 것이 소위 사람들을 "아는 것"이고, 그들에 대해 "생각하는 것"이고, 그들을 "좋아하는 것"이라고 생각했다. 그 어떤 말도 사실은 아니지만 그녀는 그 장면을 그려냈다. 하지만 그럼에도 불구하고 그녀는 그 장면들을 통해 그들에 대해 알았다. 그녀는 계속해서 그녀의 그림 속으로, 과거 속으로 굴을 파듯 들어갔다.

또 한번은 폴이 "커피하우스에서 체스 게임을 한다"고 말했다. 그녀는 그 말 위에 상상의 구조물 전체를 쌓아 올렸었다. 그가 그 말을 했을 때를 그녀는 기억했다. 그가 하녀에게 전화를 걸었고, 하녀는 "레일리 부인은 외출 중인데요"라고 대답했으며, 그도 집에 들어가지 않겠다고 결심했다. 그녀는 그가 어떤 우울한 장소의 구석에 앉아 있는 것을 보았다. 그곳은 붉은 플러시 천 의자에 담배 연기가 달라붙어 있고, 웨이트리스들이 손님과 친하게 되는 곳이었다. 폴은, 차 무역업을 하며 서비턴에 살고 있는 체구가 작은 남자와 체스 게임을 하고 있었는데, 그것이 폴이 그에 대해 아는 전부였다. 그 후 그가 집에 돌아왔을 때 민터는 외출해 있었고, 그런 다음 층계 위에서의 그 장면이 벌어졌다. 그는 강도가 들었을까 봐서 부지깽이를 집어 들었고 (틀림없이 그녀를 겁주기 위해서이기도 했다) 그녀가 자신의 인생을 망쳤다고 매우 신랄하게 말했다. 어쨌든 릴리가 릭먼스워스* 근교의 작은 집으로 그들을 보러 갔을 때 사태는 끔찍할 정도로 긴장되어 있었다. 폴은 그녀를 데리고 정원으로 내려가 그가 기르는 벨기에산 토끼들을 구경시켜주었고, 민터는 노래를 부르며 뒤따라와, 그가 릴리에게 아무 이야기도 하지 못하게, 그의 어깨위에 맨팔을 얹었다.

민터는 토끼들을 지겨워한다고 릴리는 생각했다. 하지만 민터는 결코 내색은 하지 않았다. 그녀는 결코 커피하우스에서의 체스 게임에 관한 것 같은 이야기를 하지 않았다. 그녀는 너무도 의식적이었고, 너무도 조심스러웠다. 하지만 그들의 이야기를 계속한다면 이제 그들이 위험한 단계를 지났다는 얘기를 해야 할 것이다. 릴리는 지난여름 한동안 그들과 같이 지냈는데, 차가

*   런던 북서쪽 하트퍼드셔의 소도시.

고장 나 민터가 그에게 연장을 건네줘야 한 적이 있었다. 그는 길에 앉아 차를 수리하고 있었는데, 그녀는 그에게 사무적이고 솔직하며 친근하게 연장을 건네주었다. 그것이 이제 두 사람의 관계가 괜찮다는 것을 증명해주었다. 그들은 이제 더 이상 "사랑에 빠져 있지" 않았다. 아니, 그는 머리를 땋아 늘어뜨리고 손가방을 든, 진지한 여자를 만났는데(민터는 그녀에게 감사하듯, 거의 경탄하듯 그녀를 묘사했다), 그녀는 여러 모임에 나갔고, 토지세와 자본세에 대해 폴과 견해를 같이했다(폴은 갈수록 자신의 견해를 더 명백하게 밝혔다). 그 관계는 폴과 민터의 결혼을 파탄 내기는커녕 오히려 바로잡아주었다. 그녀가 길에 앉아 있는 그에게 연장을 건네줄 때 그들은 분명 좋은 친구 같았다.

이것이 레일리 부부의 이야기야, 하고 릴리는 미소를 지었다. 그녀는 레일리 부부가 어떻게 되었는지 몹시 궁금해할 램지 부인에게 이야기해주는 상상을 했다. 그녀는 그 결혼이 성공적이지 못했다는 이야기를 램지 부인에게 하면서 약간 의기양양해할 것이었다.

하지만 그림의 구성에서 어떤 장애물에 부닥쳐 잠시 멈추고 생각에 잠긴 그녀는 한 걸음가량 물러서서, 죽은 사람들, 하고 생각하고는, 오, 죽은 사람들! 우리는 그들을 동정하면서도 옆으로 밀쳐내고, 심지어는 약간 경멸하기까지 하지, 하고 중얼거렸다. 우리는 그들을 마음대로 할 수 있어. 램지 부인은 빛이 바래 사라졌다고 그녀는 생각했다. 우리는 부인의 소망들을 무시할 수도 있고, 그녀의 편협한 구식 생각들을 개선할 수도 있어. 그녀는 우리에게서 점점 더 멀어지고 있어. 우습게도 릴리는 이렇게 조리가 닿지 않는 모든 일들 중에서도 램지 부인이 저기 세월의 복도 끝에서 "결혼해, 결혼해!" 하고 (바깥 정원에서 새들이 쩍쩍 소리를 내기 시작하는 이른 아침에 몸을 꼿꼿이 세우고 앉아서) 말하고 있는 모습이 보이는 듯했다. 누군가가 그녀에게 모든 것이 당신의 소망과는 반대로 되어버렸다고 말해야 할 것이다. 그들은 그런 식으로 행복하고, 나는 이런 식으로 행복해요. 인생은 완전히 바뀌어버렸어요. 그 말에 램지 부인의 전 존재가, 심지어는 그녀의 아름다움조차 한순간 먼지투성이가 되고 시대에 뒤떨어진 것이 되었다. 잠시 동안 릴리는 등에 뜨거운 햇살을 받으며 거기에 서서 레일리 부부에 관한 이야기를 요약하면서 램지 부인에 대해 승리를 거두었다. 램지 부인은 어떻게 폴이 커피하우스에 가고 정부들을 두었는지, 어떻게 그가 땅바닥에 앉아 있고 민터가 그에게 연장을 건네주었는지, 어떻게 릴리가 결코 결혼하지 않은 채로—심지어는 윌리엄 뱅크스와도 결혼하지 않은 채로—여기 서서 그림을 그리고 있는지 모를 것이었다.

램지 부인은 계획했었다. 어쩌면 만약 그녀가 살아 있었다면 강제로라도 그렇게 했을 것이다. 이미 그해 여름 그는 "가장 친절한 남자"였다. 그는 "내 남편 말로는 당대 최고의 과학자"였다. 그는 또한 "불쌍한 윌리엄"이었다—"그를 방문해서 그의 집에 좋은 물건이라고는 하나도 없는 것을 보면 나는 슬퍼요, 꽃을 꽂을 사람도 아무도 없죠." 그렇게 해서 그들은 함께 산책을 나갔고, 종잡을 수 없게 만드는 램지 부인 특유의 그 희미한 역설적 어조로, 릴리는 과학적인 사고를 하며 꽃을 좋아하고 너무도 정확한 성격이라는 얘기를 들었다. 결혼에 대한 램지 부인의 이 열광은 무엇 때문이었나? 릴리는 이젤 앞으로 다가갔다가 뒤로 물러났다가 하면서 생각해보았다.

(갑자기, 마치 별이 하늘에서 미끄러지듯이 갑자기, 불그스름한 빛이 폴 레일리에게서 솟아나와 그를 덮으며 그녀의 머릿속에서 불타는 것 같았다. 그것은 멀리 있는 해변에서 야만인들이 어떤 축제의 표시로 피워 올린 불처럼 치솟았다. 그녀는 함성과 불꽃이 탁탁 튀는 소리를 들었다. 수 킬로미터에 걸쳐 굽이진 바다 전체가 붉은색과 금색으로 변했다. 포도주 같은 냄새가 그것과 섞여 그녀를 취하게 했다. 그녀는 또다시 절벽에서 몸을 던져 해변에 있는 진주 브로치를 찾다가 익사하고 싶은 무모한 욕망을 느꼈던 것이다. 그리고 그 함성과 불꽃이 탁탁 튀는 소리가

그녀에게 두려움과 혐오감으로 불쾌감을 주었다. 마치 그것의 광채와 힘을 보면서 동시에 그것이 집 안의 보물들을 탐욕스럽게, 그리고 혐오스럽게 먹어치우고 있는 걸 보는 것 같았고, 그래서 그녀는 그것이 역겨웠다. 하지만 하나의 광경으로서, 하나의 영광으로서 그것은 그녀가 경험한 모든 것을 능가했고, 바다 끝에 있는 사막의 섬에서 신호를 알리는 불처럼 해마다 타올랐으며, "사랑에 빠져 있다"는 말만 하면 그 즉시 지금처럼 폴의 불길이 다시 치솟았다. 그러다 불길이 가라앉았고, 그녀는 웃으면서 "레일리 부부" 하고 중얼거렸다. 폴이 어떻게 커피하우스에 갔고 체스 게임을 했더라.)

하지만 가까스로 벗어났을 따름이라고 릴리는 생각했다. 그녀는 식탁보를 바라보고 있었는데, 나무를 중앙으로 옮겨야겠으며, 결코 누구와도 결혼을 할 필요가 없다는 생각이 문득 스쳤고, 그래서 엄청난 환희를 느꼈다. 그녀는 이제 램지 부인과 맞설 수 있다고 느꼈는데, 그것은 부인이 사람들에게 행사하던 놀라운 힘에 대한 찬사였다. 램지 부인이, 이걸 해요, 하면 사람들은 그렇게 했다. 심지어는 제임스와 함께 창가에 있는 그녀의 그림자도 권위로 가득 차 있었다. 릴리는 어머니와 아들의 중요성에 대해 소홀히 하는 것에 윌리엄 뱅크스가 얼마나 충격을 받았는지를 기억했다. 그들의 아름다움이 경탄스럽지 않나요, 하고 그는 물었다. 하지만 그것은 존중하지 않는 것이 아니라고, 한쪽에 빛이 있으면 다른 쪽에는 그림자가 있어야 한다는 식으로 설명하자 윌리엄이 현명한 아이와도 같은 눈으로 그녀의 말에 귀기울였던 일을 릴리는 기억했다. 그녀는 라파엘이 신성하게 다뤘다고 둘 다 동의한 주제를 폄하하려는 의도가 아니었다. 그녀는 냉소적이지 않았다. 오히려 그 반대였다. 그는 과학적인 사고 덕분에 이해했는데, 이처럼 사심 없는 지성의 증거는 그녀를 엄청나게 기쁘게 하고 위로해주었다. 그렇다면 우리는 남자에게 그림에 대해 진지하게 이야기할 수도 있는 것이다. 정말이지 그와의 우정은 그녀 인생의 기쁨 중 하나였다. 그녀는 윌리엄 뱅크스를 사랑했다.

그들은 햄프턴코트*에 갔고, 그는 늘 완벽한 신사답게 강변을 거닐든가 하면서 그녀가 화장실에 다녀올 시간을 충분히 배려했다. 그것이 그들의 전형적인 관계였다. 굳이 말하지 않은 것들이 많았다. 그러고 나면 그들은 궁정의 안뜰 이곳저곳을 거닐었고, 매해 여름 그 비례와 꽃들을 예찬했으며, 걷는 동안 그는 원근법과 건축에 관한 것들을 이야기했고, 걸음을 멈춰 나무나 호수 위의 경치를 바라보고, 어린아이를 예찬하곤 했는데(그에게

---

* 런던 서쪽 교외의 템스 강변에 있는 궁전.

딸이 없는 것은 그의 커다란 슬픔이었다), 실험실에서 그토록 많은 시간을 보내는 남자에게는 당연하게도, 막연하고 초연하게 그렇게 했다. 그러한 그가 실험실 밖으로 나오면 세상은 그를 눈부시게 했고, 그래서 그는 천천히 걸으며 손을 들어 눈을 가렸으며, 단지 공기를 들이마시려고 머리를 뒤로 젖히고 걸음을 멈추었다. 그때 그는 그녀에게 가정부가 휴가 중이며, 층계에 깔 새 카펫을 사야 한다고 말했다. 어쩌면 그녀는 그와 함께 층계에 깔 새 카펫을 사러 갈 수도 있었다. 그리고 한번은 뭔가가 계기가 되어 그가 램지 부부에 관해 이야기하게 되었다. 그가 램지 부인을 처음 보았을 때 그녀는 회색 모자를 쓰고 있었는데, 그때 그녀는 열아홉 혹은 스물이 채 되지 않은 상태였다. 그녀는 놀라울 정도로 아름다웠다. 그는 마치 분수들 사이에 있는 그녀를 볼 수 있기나 한 것처럼 햄프턴코트의 대로를 내려다보며 서 있었다.

이제 릴리는 응접실의 계단을 바라보았다. 그녀는 윌리엄의 눈을 통해, 평화롭고 조용하며 시선을 아래로 향하고 있는 한 여자의 모습을 보았다. 그녀는 골똘히 생각에 잠겨 앉아 있었다 (그녀는 그날 회색 옷을 입고 있었다고 릴리는 생각했다). 그녀는 눈을 내리깔고 있었다. 그녀는 결코 눈을 들지 않을 것이었다. 주의 깊게 바라보면서 릴리는, 그래, 그런 모습의 부인을 본 게 틀림없지만, 회색 옷을 입고 있지도, 그렇게 조용한 모습으로 있지도, 그렇게 젊지도, 그렇게 평화롭지도 않았어, 하고 생각했다. 그 모습은 너무도 쉽게 찾아왔다. 윌리엄은 램지 부인이 놀라울 정도로 아름답다고 했다. 하지만 아름다움이 전부는 아니었다. 아름다움에는 불이익이 있었다─그것은 너무도 쉽게, 너무도 완전하게 찾아오는 것이었다. 그것은 삶을 정지시켰고, 얼어붙게 했다. 사람이 잊어버리게 되는 작은 동요들, 홍조와 창백함, 어떤 미묘한 뒤틀림, 어떤 빛이나 그림자 같은 것들은 한순간 그 얼굴을 알아보지 못하게 만들지만, 그 후에는 영원히 보이게 하는 자질을 더해주었다. 그 모든 것을 아름다움이라는 덮개 밑에 매끈하게 펴는 것이 더 간단하다. 하지만 부인이 머리에 사슴 사냥꾼 모자를 획 쓰거나 풀밭을 가로질러 달리거나 정원사 케네디를 나무랄 때 어떤 표정이었는지 릴리는 궁금했다. 누가 그녀에게 말해줄 수 있겠는가? 누가 그녀를 도와줄 수 있겠는가?

그녀는 자신의 의지에 반해 표면으로 나와, 마치 비현실적인 것들을 바라보는 것처럼 약간 멍해져서 카마이클 씨를 바라보면서, 자신이 그림에서 반쯤 벗어나 있는 것을 깨달았다. 그는 양손을 배 위에 깍지 낀 채, 책을 읽지도 않고 잠들어 있지도 않으면서, 존재에 포만감을 느끼는 사람처럼 햇볕을 쬐며 의자에 누워 있었다. 그의 책은 풀밭 위에 떨어져 있었다.

그녀는 곧장 그에게 가 "카마이클 씨!" 하고 말을 건네고 싶었다. 그러면 그는 여느 때처럼 연기가 낀 것 같은, 모호한 초록색 눈으로 인자하게 올려다볼 것이었다. 하지만 상대를 깨울 때는 할 말을 분명히 알아야만 한다. 그런데 그녀는 한 가지가 아니라 모든 것을 말하고 싶었다. 생각을 부수고 분할하는 사소한 말들은 사실 아무것도 말하는 것이 없다. "인생에 관해서, 죽음에 관해서, 램지 부인에 관해서"—아냐, 누구에게도 아무 이야기도 할 수 없어, 하고 그녀는 생각했다. 그 순간의 절박감으로 인해 항상 표적을 빗나가게 된다. 단어들은 옆으로 펄럭이고, 몇 센티미터 낮게 물체를 맞힌다. 그렇게 되면 포기하게 되고, 또 그러면 생각은 다시 가라앉는다. 그러면 우리는 미간에 주름이 지고, 끊임없이 근심하는 표정을 지닌, 조심스럽고 은밀한 대부분의 중년 사람들처럼 된다. 어떻게 육체의 이러한 감정들을 말로 표현할 수 있단 말인가? 저기에 있는 저 공허를 표현할 수 있단 말인가? (그녀는 응접실 계단들을 바라보고 있었는데, 그것들은 놀라울 정도로 공허해 보였다.) 그것은 정신이 아니라 육체가 느끼는 것이었다. 계단들의 그 헐벗은 모습과 함께한 육체적 감각들이 갑자기 극도로 불쾌해졌다. 원하지만 갖지 못하는 것이 그녀의 온몸에 경직과 공허감과 긴장감을 올려 보냈다. 그리고 원하지만 갖지 못하는 것 — 원하고 또 원하는 것 — 이 무척이나 그녀의 가슴을 쥐어짜고 또 쥐어짰다! 오, 램지 부인! 하고 그녀는 마치 떠났다가, 그렇게 떠나갔다가 다시 돌아온 부인을 비난하듯, 배 옆에 앉은 그 정수, 부인으로 이루어진 저 추상적인 것, 회색 옷을 입은 그 여자를 향해 소리 없이 외쳤다. 그녀에 대한 생각을 하는 것이 그렇게나 안전해 보였었다. 유령, 공기, 무, 낮이나 밤 어느 때나 쉽고 안전하게 다룰 수 있는 존재. 부인은 그런 존재였다. 그런데 갑자기 부인이 손을 내밀어 그렇게 가슴을 쥐어짰다. 갑자기 텅 빈 응접실의 계단들, 집 안에 있는 의자의 주름 장식, 테라스에서 뒹구는 강아지, 파도 전체와 정원의 속삭임, 이 모두가 한가운데의 완전한 공허 주위를 장식하는 곡선과 아라베스크같이 되어버렸다.

"그것은 무슨 뜻이죠? 당신은 그 모든 것을 어떻게 설명할 수 있죠?" 그녀는 다시 카마이클 씨에게로 몸을 돌려 묻고 싶었다. 이 이른 아침 시간에 온 세계가 생각의 물웅덩이와 깊은 현실의 대야 속으로 용해되어버린 것처럼 보여서, 카마이클 씨가 말을 했더라면 작은 눈물 한 방울이 물웅덩이의 표면을 흩뜨려놓았을 거라고 생각할 수 있을 정도였다. 그리고 그다음에는? 뭔가가 나타날 것이다. 손 하나가 솟아오르든지, 칼날이 번쩍일 것이었다. 물론 그것은 말도 안 되는 것이었다.

그녀가 말할 수 없는 것들을 그가 결국 들었다는 이상한 생각이 찾아들었다. 그는 턱수염에 노란 얼룩이 묻어 있는, 이해하기 힘든 노인이었는데, 그의 시와 수수께끼들이 그의 모든 욕구를 충족시키는 세계를 가로질러 고요하게 항해해 나아갔고, 그래서 그녀는 그가 잔디밭에 누운 채로 손만 내리면 원하는 것은 무엇이든 낚아 올릴 수 있다고 생각했다. 그녀는 자신의 그림을 바라보았다. 어쩌면 그것이 그의 해답이었는지도 몰랐다. '당신' 그리고 '나' 그리고 '그녀'는 지나가고 사라지고, 아무것도 머물지 않으며, 모든 것이 변하지만, 단어들이나 그림은 그렇지 않다는. 그렇지만 내 그림은 다락방에나 걸릴 거야, 하고 그녀는 생각했다. 그것은 둘둘 말려 소파 밑에 처박힐 것이었다. 그렇다 하더라도, 심지어 그런 그림의 경우에도 그것은 사실이었다. 진짜 그림이 아니라, 이렇게 긁적거린 그림에 대해서도, 어쩌면 이 그림이 시도한 것에 대해서도, 그것이 "영원히 남는 것"이라고 말할 수 있겠다고 그녀는 말하려 했다. 아니, 말로 하면 스스로에게조차도 지나치게 자랑하는 듯이 들릴 수 있으니 말없이 암시하려 했다. 하지만 그림을 바라보며 자신이 그것을 볼 수 없는 것을 알고 그녀는 깜짝 놀랐다. 그녀의 눈은 뜨거운 액체로 가득 차 있었는데(그녀는 처음에는 눈물이라는 생각을 하지 못했다) 굳게 다문 입술은 흐트러지지 않고, 공기가 탁해지더니, 그 액체가 볼을 타고 굴러떨어졌다. 그녀는 자신을 완벽하게 통제했다―오, 그렇다!―다른 모든 점에서는. 그렇다면 그녀는 어떤 불행도 의식하지 못한 채 램지 부인 때문에 울고 있었던가? 그녀는 늙은 카마이클 씨에게 다시 말을 건넸다. 그렇다면 그것은 무엇인가? 그것은 무엇을 의미하는가? 사물이 손을 치켜들어 우리를 움켜잡을 수 있는가? 칼날이 자를 수 있는가? 주먹이 잡을 수 있는가? 전혀 안전하지 않단 말인가? 세상 이치를 암기하는 것은 불가능한가? 안내자도, 안식처도 없지만, 모든 것은 기적이고, 탑 꼭대기에서 공중으로 뛰어드는 것일 뿐인가? 심지어는 나이 든 사람에게조차도 이것―놀랍고, 예기치 못하는, 미지의 것―이 인생일 수 있는가? 한순간 그녀는 만약 그들이 둘다, 여기, 잔디밭에서 지금 일어나, 왜 삶이 그토록 짧고 왜 그토록 불가해한 것이냐고, 하나의 해명을 요구하고 격렬하게 말한다면―아무것도 숨길 것이 없는, 완전하게 준비를 갖춘 두 명의 인간이 말하게 될 테니까―아름다움이 드러나고, 공간이 충만해지고, 그 공허한 장식들이 어떤 형체를 이룰 거라고 느꼈다. 만약 그들이 충분히 크게 소리를 지른다면 램지 부인은 돌아올 것이었다. "램지 부인!" 그녀는 큰 소리로 말했다. "램지 부인!" 눈물이 그녀의 얼굴을 타고 흘러내렸다.

6

[매컬리스터의 아들은 물고기 한 마리를 잡아서는 옆구리 살점을 네모지게 잘라내 낚싯바늘에 미끼로 끼웠다. 살점을 떼낸 물고기는 (아직도 살아 있었다) 다시 바닷속으로 던져졌다.]

7

"램지 부인!" 릴리는 외쳤다. "램지 부인!" 하지만 아무 일도 일어나지 않았다. 고통은 커졌다. 고뇌는 사람을 이렇게 어리석게 만들 수도 있구나, 하고 그녀는 생각했다. 어쨌든 노인은 그녀의 말을 듣지 못했다. 그는 여전히 인자하고 침착했다—생각해보면 숭고하다고도 할 수 있었다. 천만다행히도 제발 고통을 멈춰줘! 라는 그 창피한 외침을 들은 사람은 없었다. 그녀는 감각들에서 벗어나지 못한 것이 분명했다. 누구도 그녀가 판자 조각 위에서 절멸의 바다로 뛰어 들어가는 것을 보지 못했다. 그녀는 잔디밭에서 붓을 들고 있는 궁색한 노처녀로 남아 있었다.

그리고 이제 결핍의 고통과 쓰라린 분노가 (다시는 램지 부인 때문에 슬퍼하지 않을 것이라고 생각했는데, 다시 슬픔에 빠진

데 대한 분노였다. 아침 식사 때 커피 잔들 사이에 있는 그녀를 그리워했던가? 전혀 아니었다) 줄어들었다. 그리고 그 고뇌로부터 마치 해독제같이 그 자체가 연고인 듯한 안도감과, 또한 보다 신비스럽게도 거기 누군가가, 램지 부인이 있다는 느낌이 남았다. 세상이 부과한 무게에서 한순간 벗어난 램지 부인은 그녀 옆에 가볍게 머물다가 (이것이 램지 부인이 가장 아름다운 모습이었기에) 이마로 하얀 화환을 치켜올린 후 가버렸다. 릴리는 튜브를 다시 짰다. 그녀는 울타리 문제를 공략했다. 램지 부인이 여느 때의 민첩한 걸음걸이로 들판을 가로질러 자줏빛 부드러운 갈피 사이로, 히아신스나 백합들 사이로 사라지는 모습이 너무도 뚜렷이 보이는 게 이상했다. 화가의 눈이 부리는 속임수 같았다. 램지 부인의 죽음에 대해 듣고 난 후 며칠 동안 릴리는 그렇게 부인을 보았었다. 램지 부인은 이마에 화환을 댔고, 동반자인 그림자와 함께 주저하지 않고 들판을 가로질러 갔다. 그 광경과 그 구절은 위로하는 힘이 있었다. 그녀가 여기 시골에서건 혹은 런던에서건, 어디에서 그림을 그리고 있든 그 환영은 그녀를 찾아왔고, 그럴 때면 그녀는 눈을 반쯤 감으면서 환영의 기반이 될 뭔가를 찾았다. 그녀는 열차의 객차와 합승버스를 내려다보았고, 누군가의 어깨나 뺨의 선을 그려보았으며, 맞은편 유리창들과 저녁때 가로등들이 즐비한 피카딜리 거리를 바라보기도 했다. 모든 것이 죽음의 들판의 일부였었다. 하지만 언제나 뭔가—그것은 하나의 얼굴일 수도, 하나의 목소리일 수도, **스탠더드, 뉴스**[*]를 외치는 한 신문팔이 소년일 수도 있었다—가 밀치고 들어와 그녀를 방해하고 깨워서, 그 환영이 계속해서 다시 만들어지려면 주의를 기울여야 했고, 결국에는 집중했다. 이제 다시 먼 거리와 파란색에 대한 본능적인 욕구로 마음이 움직인 그녀는 아래쪽의 만을 보며, 파도들을 푸른 굽이 작은 언덕들로, 더욱 짙은 자주색 공간들을 돌투성이 들판으로 만들었다. 다시 그녀는 늘 그랬던 것처럼 뭔가 어울리지 않는 것에 깨어났다. 만의 한가운데에 갈색 점 하나가 있었다. 그것은 한 척의 배였다. 그래, 그녀는 잠시 후 그것을 깨달았다. 하지만 누구의 배지? 램지 씨의 배야, 하고 그녀는 대답했다. 램지 씨, 손을 들고 초연하게, 멋진 장화를 신고, 그녀에게 연민을 요구하면서 행렬을 앞장서서 행군하듯 그녀 옆으로 지나간 사람. 그런데 그녀는 그의 요구를 거절했던 것이다. 이제 그 배는 만을 반쯤 가로질러 가고 있었다.

여기저기서 부는 한 줄기 바람을 제외하면 아침은 너무도 화창해서, 마치 돛들이 하늘 높이 걸려 있거나 구름들이 바닷속으로 떨어져 내리기나 한 것처럼 바다와 하늘이 하나의 직물로 보

[*] 〈스탠더드 뉴스〉는 런던에서 발행되는 석간신문이다.

였다. 바다 멀리 있는 증기선 한 척이 대기 중에 거대한 연기의 두루마리를 그렸는데, 연기는 그곳에 머물며 장식적으로 곡선과 원을 그렸다. 마치 공기가 망 속에 모든 것을 폭신하게 감싼 채로 이리저리 흔들기만 하는 섬세한 거즈 같았다. 그리고 날씨가 무척 좋을 때 이따금 그렇듯이 절벽들은 배들을 의식하고 있고, 배들은 절벽들을 의식하고 있어, 그것들이 서로에게 나름의 비밀스러운 어떤 전언을 보내는 것 같았다. 이따금 해안에서 아주 가까이 보이기도 하는 등대는 이날 아침, 아지랑이 속에서 엄청나게 멀리 있는 것 같았다.

'그들은 지금 어디에 있는 것인가?' 릴리는 바다를 내다보면서 생각했다. 그는, 겨드랑이에 갈색 종이 꾸러미를 끼고 말없이 그녀를 지나쳐 간 그 노인은 어디에 있는가? 배는 만의 한가운데에 있었다.

8

저곳 사람들은 아무것도 느끼지 않겠지, 캠은 오르락내리락하면서 꾸준히 더 멀어지고 더 평화로워지는 해안을 바라보며 생각했다. 손으로 물살을 가르는 사이 그녀의 마음은 초록색의 작은 소용돌이와 줄무늬로 어떤 패턴들을 만들었다. 그러면서 그 마음은 무감각하게, 뭔가에 감싸인 채, 상상 속에서 바닷속 세계를 헤매고 있었다. 거기에서는 진주들이 하얀 작은 가지들에 송이 지어 매달려 있고, 한 가지 변화가 초록색 빛 속에서 마음 전체를 사로잡고, 육체는 초록색 망토에 싸여 반투명하게 빛나고 있었다.

그런 다음 손 주위의 소용돌이가 느슨해졌다. 세찬 물결이 멎었고, 세계는 작게 끽끽거리는 소리로 가득 차게 되었다. 마치 항구에 정박한 것처럼 뱃전에 파도가 부서지며 찰싹거리는 소리가 들렸다. 모든 것이 무척 가까워졌다. 제임스가 눈을 고정하고 있던 돛이 그가 아는 사람같이 되더니 완전히 축 처졌다. 그래서 그들은 멈추게 되었고, 해안에서도, 등대에서도 수 킬로미터 떨어진, 뜨거운 햇빛 아래에서 미풍이 불기를 기다리며 돛을 살며시 펄럭거리고 있었다. 온 세상의 모든 것이 가만히 정지한 것 같았다. 등대는 꼼짝하지 않았고, 먼 해안선도 고정되었다. 태양은 점점 더 뜨거워졌고, 모두가 아주 가깝게 모여, 거의 잊고 있던 서로의 존재를 느끼는 것 같았다. 매컬리스터의 낚싯줄은 수직으로 바닷속으로 들어갔다. 하지만 램지 씨는 다리를 꼬고 앉아 계속해서 책을 읽었다.

그는 표지가 물떼새의 알처럼 얼룩덜룩한, 반짝이는 작은 책을 읽고 있었다. 다들 그 끔찍한 고요 속에서 꾸물거리는 사이, 그는 이따금 책장을 넘겼다. 그리고 제임스는 각각의 책장을 자신을 겨냥한 특이한 제스처로 넘기고 있다고 느꼈는데, 어떤 때는 독단적으로, 또 어떤 때는 명령하듯, 또 어떤 때는 동정하게 할 의도로 그러는 것 같았다. 아버지가 책을 읽고 그 작은 책장을 한 장씩 넘길 때 제임스는 아버지가 시선을 들고 이런저런 것에 관해 날카롭게 말을 건넬 순간이 줄곧 두려웠다. 왜 여기서 꾸물대는 거지, 라고 그는 물을 것이었다. 아니면 그와 유사한 완전히 비합리적인 질문을 던질 것이었다. 만약 그렇게 하면, 나는 칼을 뽑아 그의 심장을 찌르게 될 거야, 하고 제임스는 생각했다.

그는 칼을 뽑아 아버지의 심장을 찌른다는 이 오래된 상징을 늘 품어왔었다. 그가 더 나이가 들어, 무력한 분노 속에서 아버지를 노려보며 앉아 있는 지금에 이르러서는 그가 죽이고 싶어 하는 것은 책을 읽고 있는 저 노인이 아니라, 어쩌면 아버지 자신도 모르는 사이 그의 위에 내려앉은 것인지도 몰랐다. 즉 온통 차갑고 딱딱한 부리와 발톱을 가진, 검은 날개의 하피* 독수리가 갑작스럽고 사납게 사람을 공격한 후(그는 어렸을 때 쪼였던 맨다

* 신화에 나오는 괴물.

리에서 그 부리를 느낄 수 있었다) 도망치고 나면, 아버지는 다시, 무척 슬픈 노인이 되어 책을 읽는 것이었다. 제임스가 죽이고 싶고 심장을 찌르고 싶은 것은 그것이었다. 자신이 무엇을 하든, (그는 등대와 먼 해안을 바라보면서 어떤 일이라도 할 수 있다고 생각했다) 사업을 하든, 은행원이나 법정 변호사로 일하든, 어떤 기업체의 대표가 되든, 자신이 폭정과 전제주의라고 말하는 것과, 사람들을 하고 싶지 않은 것을 하게 만들고 말할 권리를 잘라버리는 것과 싸우고, 추적해 박멸하고 싶었다. 그들 중 누가 아버지가, 등대에 가자, 이것을 해라, 저것을 가져와라, 라고 말할 때, 하지만 나는 하지 않겠어요, 라고 어떻게 말할 수 있을 것인가? 검은 날개들이 펼쳐지고, 단단한 부리에 쪼였다. 그다음 순간 그는 거기에서 책을 읽으며 앉아 있었다. 그가 태연히 고개를 들지 누가 알겠는가. 그는 매컬리스터 부자에게 말을 건넬 수도 있었다. 거리에 있는 노파의 얼어붙은 손에 1파운드짜리 금화를 쥐여줄 수도 있다고 제임스는 생각했다. 어부들의 놀이를 보고 고함을 칠 수도, 흥분해 양팔을 공중에 휘두를 수도 있었다. 아니면 저녁 식사 내내 한마디 말도 하지 않고 식탁 상석에 앉아 있을 수도 있었다. 그렇지, 배가 뜨거운 햇볕 아래 파도에 부딪히고 뭉그적거리고 있을 때 제임스는 생각했다. 거기에는 무척 외롭고 엄숙하게 눈과 바위의 황야가 있었다. 그런데 그는 최근 들어 무척 자주, 아버지가 다른 사람들을 놀라게 하는 어떤 말을 할 때면 두 쌍의 발자국만이 거기에 남는 것을 느끼게 되었다. 그 자신의 발자국과 아버지의 발자국이. 그들 둘만이 서로를 이해했다. 그렇다면 이 공포와 이 증오는 무엇이란 말인가? 과거가 그의 내부에 접어놓은 나뭇잎들 사이로 돌아가서, 빛과 그림자가 얽혀 바둑무늬가 지면서 모든 형태가 일그러지고, 한번은 눈부신 햇빛 때문에, 또 한번은 어두운 그림자 때문에 발을 헛디디는 숲의 중심부를 주의 깊게 바라보면서, 그는 감정을 가라앉히고 분리해내서 구체적인 형상으로 다듬어낼 수 있는 이미지를 찾았다. 만약 유모차나 누군가의 무릎에 무기력하게 앉아 있는 아이였던 그가 마차 한 대가 아무것도 모르는 채로, 순진무구하게 누군가의 발을 으깨는 것을 보았다면 어떻게 할 것인가? 잔디밭에서 매끈하고 온전한 발을 먼저 보고, 그다음에 바퀴를, 그런 다음 같은 발이지만 으깨져 자주색이 된 발을 보았다면? 하지만 바퀴는 죄가 없었다. 그래서 지금 아버지가 성큼성큼 복도를 걸어와 이른 아침에 등대에 가자고 그들을 깨웠을 때 그 바퀴는 그의 발 위로, 캠의 발 위로, 모두의 발 위로 지나갔다. 우리는 앉아서 그것을 지켜본 것이다.

하지만 그는 누구의 발을 생각하고 있었으며, 이 모든 일은 어떤 정원에서 일어났는가? 이 장면들을 위한 무대배경이 있었다.

거기서 자라는 나무들과 꽃들, 어떤 빛과 몇몇 인물들. 모든 것은 이러한 우울감이 전혀 없고, 사방에 휘두르는 손들도 전혀 없는 정원에 자리 잡는 경향이 있다. 거기에서 사람들은 아무렇지도 않은 목소리로 말했고, 그곳을 온종일 들락거렸다. 부엌에서는 한 노파가 잡담을 하고 있었고, 블라인드는 미풍에 빨려 들어갔다 나왔다 했으며, 모든 것이 바람에 날리고 있었고, 모든 것이 자라고 있었다. 그 모든 접시와 사발과, 키가 크고 과시하는 듯한 빨갛고 노란 꽃들 위로 밤이면 무척 얇은 노란 베일이 담쟁이덩굴 잎처럼 드리워지곤 했다. 밤이면 사물은 더 조용해졌고 더 어두워졌다. 하지만 잎새 같은 베일은 너무도 섬세해 빛들이 들어 올렸고, 목소리들은 그것을 주름지게 했다. 그는 그 베일 너머로 허리를 구부리고 있는 사람을 볼 수 있었고, 가까이 다가왔다가 멀어지면서 드레스가 사각거리는 소리와 사슬이 찰랑거리는 소리를 들을 수 있었다.

바로 이러한 세계에서 바퀴가 바로 그 사람의 발 위로 지나갔다. 뭔가가 남아 그의 위에 어둠을 드리운 채로 움직이려 하지 않았던 것을 그는 기억했다. 뭔가가 공중에서 휘둘러졌고, 메마르고 예리한 뭔가가 마치 칼날처럼, 언월도처럼 그곳까지 내려와 그 행복한 세계의 나뭇잎과 꽃들을 세차게 내려쳐, 시들어 떨어지게 만든 것을.

"비가 올 거야" 하고 그의 아버지가 말하는 것을 그는 기억했다. "너희들은 등대에 갈 수 없을 거야."

그때 은빛 안개처럼 보이는 탑이었던 등대는 저녁이 되면 갑자기 부드럽게 노란 눈을 떴다. 지금은—

제임스는 등대를 바라보았다. 그는 파도에 하얗게 씻긴 바위들과 황량하게 똑바로 선 탑을 볼 수 있었다. 탑에는 흑백의 줄이 그어져 있었고, 탑 안의 창문들도 보였다. 심지어는 바위 위에 말리려고 널어놓은 빨래까지 볼 수 있었다. 그래, 저것이 등대였단 말인가?

아니, 다른 것도 등대였다. 그 무엇도 단순히 한 가지는 아니었으니까. 다른 것도 등대였다. 등대는 때로 만 건너편에서는 잘안 보이기도 했다. 저녁이면 사람들은 고개를 들어 떴다 감았다 하는 눈을 보았고, 그 빛은 공기가 잘 통하고 햇빛이 비치는 정원에 앉아 있는 자신들에게까지 이르는 듯 보였다.

하지만 그는 정신을 차렸다. 그가 "그들" 혹은 "한 사람"이라고 말할 때마다, 그런 다음 누군가가 다가오며 서걱거리는 소리와 누군가가 떠나느라고 딸그락거리는 소리가 들려올 때마다 그는 방에 있는 사람이 누구든 그 존재에 대해 극도로 민감해졌다. 지금은 그 존재가 아버지였다. 긴장감은 극심해졌다. 만약 곧 미풍이 불지 않으면 아버지는 책 표지를 소리 나게 닫아버리고 "무슨 일이야? 왜 우리가 여기서 꾸물대고 있는 거지, 응?" 하고 말할 것이었다. 전에도 한번 그가 테라스에서 그들 사이로 칼날을 내리쳐 어머니가 온통 경직된 적이 있었다. 만약 그의 옆에 손도끼나 칼 또는 끝이 예리한 뭐든 있었다면 그는 그것을 움켜쥐고 아버지의 심장을 찔러버렸을 것이다. 어머니는 전신이 경직되었다가 팔이 풀렸는데, 그는 어머니가 더 이상 아버지의 이야기를 듣고 있지 않다고 느꼈다. 어머니는 어떻게 해서인지 일어나서 가버린 듯한 모습이었고, 그는 가위를 움켜잡은 채로 무기력하고 우스꽝스러운 모습으로 홀로 남아 바닥에 앉아 있었다.

바람 한 점 불지 않았다. 바닷물이 배의 밑바닥에 고여 킬킬거리고 꾸르륵대고 있었고, 고등어 서너 마리가 잠길 만큼 충분히 깊지 않은 그 물웅덩이에서 꼬리를 위아래로 팔딱대고 있었다. 어느 순간에라도 램지 씨는 (제임스는 그를 감히 바라볼 수도 없었다) 흥분해 책을 덮고 날카로운 말을 할 것 같았지만 당장은 책을 읽고 있었고, 그래서 제임스는 마치 판자가 삐걱거리는 소리에 집 지키는 개가 깰까 두려워 맨발로 소리 나지 않게 아래층으로 내려가듯, 몰래, 그날 어머니는 어떠했으며 어디로 갔는지를 계속해서 생각했다. 그는 그녀를 따라 이 방 저 방 돌아다녔고, 그들은 결국 그녀가 수많은 도자기 접시에서 반사된 것 같은 파란 빛을 받으며 누군가에게 이야기하는 어떤 방에 이르렀으며, 그는 그녀가 말하는 것에 귀를 기울였다. 그녀는 그저 생각나는 대로 하인에게 이야기하고 있었다. "오늘 밤 커다란 접시 하나가 필요할 거야. 그 파란 접시가 어디 있지?" 그녀만이 진실을 말했고, 그는 그녀에게만 진실을 말할 수 있었다. 어쩌면 그것이 그가 끌리는 그녀의 영원한 매력의 원천이었는지도 몰랐다. 그녀는 누군가가 머릿속에 떠오르는 대로 이야기할 수 있는 사람이었다. 하지만 그녀 생각을 하는 내내 그는 아버지가 그의 생각을 따르면서 그림자로 덮고, 그 생각을 떨게 만들고 주춤거리게 하는 것을 의식하고 있었다.

마침내 그는 생각을 멈췄다. 그는 햇빛 속에서 키의 손잡이에 손을 얹은 채 등대를 응시하며, 몸을 움직일 힘도, 마음속에 하나씩 자리 잡는 비참함의 알갱이들을 떨어낼 힘도 없이 앉아 있었다. 그가 밧줄로 그곳에 묶여 있고, 아버지가 밧줄의 매듭을 지어놓았기에, 그는 칼을 잡아 매듭을 내리쳐야만 탈출할 수 있을 것 같았다······. 하지만 바로 그 순간 돛이 천천히 둥글게 부풀며 서서히 바람을 받아서 배가 흔들리는 듯하더니, 잠에서 반쯤 깨어난 상태에서 움직이기 시작했다. 그런 다음 배는 완전히 깨어나 파도를 가르며 나아갔다. 안도감은 놀라웠다. 그들은 모두 또다시 서로에게서 떨어져 나가 편안한 것 같았고, 낚싯줄들은 뱃전을 가로질러 팽팽하게 비스듬히 드리워졌다. 하지만 아버지는 흥분하지 않았다. 그는 단지 오른손을 신비롭게 공중에 높이 치켜들더니, 마치 어떤 비밀스러운 교향악을 지휘라도 하듯 손을 다시 무릎에 떨어뜨렸다.

9

[얼룩 하나 없는 바다야, 릴리 브리스코는 여전히 서서 만을 내다보면서 생각했다. 바다는 만을 가로질러 비단처럼 뻗어 있었다. 거리에는 놀라운 힘이 있었으니, 그들은 그 속에 삼켜져 영원히 사라졌으며, 사물의 본질의 일부가 되어버렸다고 그녀는 느꼈다. 바다는 너무도 잔잔했고 너무도 조용했다. 증기선은 자취를 감추었지만 연기의 거대한 두루마리는 아직도 공중에 걸려, 슬프게 고별하는 깃발처럼 늘어져 있었다.]

10

그러니까 섬이란 저런 거구나, 캠은 다시 한번 손가락으로 파도를 가르면서 생각했다. 그녀는 그전에 바다에 나와 섬을 본 적이 없었다. 섬은 바다 위에 저렇게 놓여 있구나, 중간이 움푹 꺼져 있고, 두 개의 험한 바위산 사이로 바닷물이 들이차서 섬의 양편으로 바다가 수 킬로미터 퍼져 있네. 섬은 아주 작았고, 곤두선 나뭇잎 같은 형상이었다. 그래서 우리는 작은 배를 탔지, 하고 생각하며, 그녀는 침몰하는 배에서 도망치는 모험담을 자신에게 들려주기 시작했다. 하지만 바닷물이 손가락 사이로 흘러가고, 손가락들 뒤로 해초들이 흩어져가는 와중에 진지하게 이야기를 하고 싶지는 않았다. 그녀가 원한 것은 모험과 탈출에 대한 느낌뿐이었다. 배가 계속 항해해 가는 동안 그녀는 방위에 대한 아버지의 꾸짖음이나 협정에 대한 제임스의 완고함, 그녀 자신의 고뇌 등 그 모든 것이 빠져나가 지나갔고, 흘러가버렸다고 생각하고 있었기 때문이다. 그렇다면 다음에는 뭐가 오는가? 그들은 어디로 가고 있는가? 바닷물에 깊숙이 담가 얼음처럼 차가워진 그녀의 손에서 이 변화와 탈출과 모험으로 인한 기쁨의 샘이(이렇게 살아 있고, 살아서 여기에 이르렀다는) 뿜어져 올라왔다. 그리고 이 갑작스럽고 무심한 기쁨의 샘에서 물방울들이 그녀의 마음속 어둡고 나른한 형태들 위에 여기저기 떨어졌다. 실현되지는 않았지만 어둠 속에서 몸을 돌리며 이곳저곳에서 불꽃을 포착한 어떤 세계의 형태들이었다. 그것은 그리스일 수도, 로마일 수도, 콘스탄티노플일 수도 있다. 비록 작지만, 금빛으로 빛나는 물살이 넘나들고 감도는 가운데 곤두선 나뭇잎 같은 형상을 띤 그것은 우주 속에 자리를 차지하고 있다고 그녀는 생각했다—심지어는 저 작은 섬도? 서재에 있는 노신사들이 알려줄 수도 있다고 생각했다. 때로 그녀는 일부러 정원에서 길을 잃은 것처럼 서재에 들어가 그들을 보기도 했다. 거기에서 그들은 (아버지의 상대는 아주 늙고 뻣뻣한 카마이클 씨이거나 뱅크스 씨일 수도 있었다) 나지막한 안락의자에 서로 마주 보고 앉아 있었다. 누군가가 그리스도에 관해 한 말이라든지 런던 거리에서 매머드가 발굴되었다든지, 아니면 위대한 나폴레옹은 어떤 인물이었나 따위에 관해서 무척이나 혼란스러워진 그녀가 정원에서 서재로 들어왔을 때 그들은 자신들 앞에 있는 〈더 타임스〉를 바스락대며 뒤적이고 있었다. 그러면 그들은 그녀의 의문들을 있는 그대로 받아들이며 (그들은 회색 옷을 입고 있었으며, 히스 냄새가 났다) 신문을 뒤적이고 다리를 꼬며 승강이를 하다, 이따금 아주 짧은 말 한마디를 해주었다. 그녀는 일종의 황홀감에 빠져서 책장에서 책 한 권을 꺼내고 거기에 서서, 아버지가 이따금 작은 기침을 하거나 맞은편에 앉은 다른 노신사에게 짤막하게 무슨 말을 하면서 페이지의 한쪽에서 다른 쪽까지 너무도 고르고 깔끔하게 글을 쓰는 것을 지켜보았다. 그녀는 책을 펼쳐 든 채 거기 서서, 여기서는 무슨 생각을 하든 그것을 물속에 있는 나뭇잎처럼 팽창시킬 수 있으며, 만약 담배를 피우며 〈더 타임스〉를 바스락대며 뒤적거리고 있는 그 노신사들 사이에서 그 생각이 잘 받아들여진다면 그것은 괜찮은 것이라고 생각했다. 그리고 서재에서 글을 쓰고 있는 아버지를 지켜보면서 그녀는 (지금은 배 안에 앉아 있는) 아버지는 아주 매력적이고, 매우 현명하며, 허영심에 차 있지도 않고, 폭군도 아니라고 생각했다. 실제로 그녀가 거기서 책을 읽고 있는 것을 보면 그는 그녀에게 최대한 다정하게, 뭐 받고 싶은 건 없는지 묻곤 했다.

이 사실이 틀리지 않기를 바라며 그녀는 표지가 물떼새의 알처럼 얼룩덜룩하고 반짝이는 작은 책을 읽고 있는 그를 바라보았다. 아니다, 그것은 옳았다. 지금 그를 봐, 하고 그녀는 제임스에게 소리 내어 말하고 싶었다. (하지만 제임스는 시선을 돛에 고정하고 있었다.) 제임스는 아버지는 냉소적이고 냉혹한 인간이야, 라고 말할 것이었다. 자기 자신과 자기 책들로 화제를 돌려, 라고 제임스는 말할 것이었다. 참을 수 없을 정도로 자기중심적이야. 최악인 건 폭군이라는 점이야. 하지만 보라니까! 하고 그녀는 그를 바라보며 말했다. 지금 그를 봐. 그녀는 다리를 꼬고 작은 책을 읽고 있는 그를 바라보았는데, 책의 내용은 몰랐지만 책장이 노랗게 된 그 작은 책을 알고 있었다. 그 책은 작았고, 글자가 빽빽하게 인쇄되어 있었는데, 그녀는 그가 먼지에다 저녁 식사에 15프랑을 썼고, 포도주는 얼마였으며, 웨이터에게 팁을 너무 많이 주었다고 써놓은 것을 알고 있었다. 그 페이지 하단에 합계가 깔끔하게 적혀 있었다. 하지만 그의 주머니 안에 넣고 다녀 모서리가 닳은 그 책에 무엇이 쓰여 있는지는 알지 못했다. 그가 무슨 생각을 하는지 그들 중 누구도 몰랐다. 하지만 그는 그 책에 몰두해 있었고, 그래서 지금 한순간 그런 것처럼 그가 고개를 드는 것은 뭔가를 보려는 것이 아니라 어떤 생각을 좀 더 정확하게 분명히 하기 위해서였다. 그렇게 하고 나면 그의 정신은 다시 책으로 되돌아갔고 독서에 빠져들었다. 그는 마치 뭔가를 안내하거나, 아니면 거대한 양 떼를 구슬리거나 하나밖에 없는 좁은 길을 계속 올라가는 것처럼 책을 읽는다고 그녀는 생각했다. 때로 그는 재빨리 곧장 가, 덤불을 뚫고 지나가기도 하고, 때로는 나뭇가지에 걸리기도 하고, 가시나무가 눈앞을 가로막기도 하지만 굴하지 않고, 책장을 넘기면서 계속 나아갔다. 그녀는 침몰하는 배에서 탈출하는 것에 관한 이야기를 자신에게 계속하고 있었는데, 그가 거기 앉아 있는 동안에는 안전했기 때문이다. 그리고 정원에서 기어 들어와 책 한 권을 꺼냈을 때, 노신사가 갑자기 신문을 내리며 나폴레옹이라는 인물에 관해 신문 꼭대기 너머로 아주 짧은 말 한마디를 할 때처럼 느꼈기 때문이다.

그녀는 바다 너머 섬을 다시 돌아보았다. 하지만 나뭇잎 형태
는 선명함을 잃어가고 있었다. 섬은 무척 작았고, 무척 멀었다.
이제는 해안보다 바다가 더 중요했다. 그들 주위에서는 파도가
일었다 가라앉았다 하고 있었고, 어떤 파도에 통나무 하나가 넘
실거리고 있었으며, 또 다른 파도에 갈매기 한 마리가 타고 있
었다. 그녀는 손가락을 물속에 담그면서, 여기쯤에서 배 한 척이
가라앉았는데, 하고 생각했고, 반쯤 잠든 상태에서 꿈꾸듯이, 어
떻게 우리는 사멸하는가, 각자 홀로, 하고 중얼거렸다.

11

그런데 너무도 많은 것이 달려 있어, 릴리 브리스코는 한 점
의 얼룩도 없고 너무나 부드러워서, 돛과 구름이 그 푸른색에 고
정된 듯 보이는 바다를 바라보면서 생각했다. 그런데 너무도 많
은 것이 거리에 달려 있어, 라고. 사람들이 우리 가까이에 있는
지 멀리 있는지에 따라 달라졌다. 램지 씨에 대한 그녀의 감정은
그가 만을 가로질러 점점 더 멀리 항해해 갈수록 변했던 것이다.
그 감정은 길게 뻗어나가는 듯했으며, 그는 점점 더 멀어지고 있

는 것 같았다. 그와 그의 아이들은 그 푸른색에, 그 거리에 삼켜져버린 것 같았다. 하지만 여기 잔디밭 위, 가까이에서 카마이클 씨가 갑자기 끙 하고 앓는 소리를 냈다. 그녀는 웃음을 터뜨렸다. 그는 잔디밭에서 책을 집어 들었다. 그는 무슨 바다 괴물처럼 헉헉대고 헐떡이며 다시 의자에 자리를 잡고 앉았다. 그것은 전적으로 달랐는데, 그가 그토록 가까이 있었기 때문이다. 이제 다시 모든 것이 조용했다. 지금쯤 사람들이 잠자리에서 일어났을 거라고, 그녀는 집을 바라보면서 생각했지만 그곳에는 아무것도 나타나지 않았다. 하지만 그때 그녀는 사람들이 항상 식사가 끝나자마자 각자 볼일을 보러 곧바로 떠났다는 사실을 기억했다. 모든 것이 이 침묵과 이 공허, 그리고 이 이른 아침 시간의 비현실성과 완전히 조화를 이루고 있었다. 그녀는 잠시 머뭇거리며 반짝이는 긴 창문들과 깃털 같은 파란 연기를 바라보면서, 그것이 때로 사물들이 취하는 방식이라고 생각했다. 비현실적이게 된다고. 그래서 긴 여행에서 돌아오거나, 혹은 앓고 난 후, 습관이 표면 위로 다시 펼쳐지기 전에 너무도 놀라운 똑같은 비현실성을, 뭔가가 나타나는 것을 느끼게 되는 것이다. 그 순간 삶은 가장 생생했다. 그때는 편안해질 수 있다. 다행히도 앉을 자리를 찾으러 나오고 있는 늙은 벡위스 노부인을 맞으러 무척 활기차게 잔디밭을 가로질러 가 "오, 좋은 아침이에요, 벡위

326

스 부인! 정말 날씨가 좋죠! 용감하게도 햇빛 속에 나와 앉으시려고요? 재스퍼가 의자들을 감췄어요. 제가 하나 찾아드리죠!" 하고 말한 뒤, 늘 하는 잡담을 이어갈 필요가 없었다. 말할 필요가 전혀 없었다. 누군가는 미끄러지듯 나아갔고, 누군가는 돛들을 (만에는 부산한 움직임들이 있었으니, 배들이 출항하고 있었다) 사물들 사이로, 사물들 너머로 흔들었다. 그것은 텅 비어 있지 않고, 가장자리까지 가득 차 있었다. 그녀는 어떤 물질 속에 입술까지 잠겨 선 채로, 그 속에서 움직이고 떠오르고 가라앉는 것 같았다. 그렇다, 이 물은 그 깊이를 측정할 수 없을 정도로 깊었던 것이다. 그 물속으로 그렇게나 많은 생명이 쏟아져 들어갔다. 램지 부부와 아이들 그리고 그 밖의 온갖 종류의 잡동사니들의 생명이. 바구니를 든 빨래하는 여자와 당까마귀, 레드핫포커, 자주색과 회녹색 꽃들, 이 모든 것을 어떤 공통된 감정이 받쳐주고 있었다.

어쩌면 완전함에 대한 그러한 어떤 느낌 때문에 10년 전 거의 지금 서 있는 곳에 서서 그 장소를 사랑하는 게 분명하다고 말한 것인지도 몰랐다. 사랑은 수많은 형태를 지니고 있었다. 사랑하는 사람들 가운데에는 사물에서 요소들을 선택해 합치고, 실제 삶에서는 그들의 것이 아닌 전체성을 부여함으로써, 어떤 장면이나 어떤 사람들(지금은 모두 사라지고 떨어져 있는)과의 만

남을 생각이 머물고 사랑이 작용하는 압축된 구로 만드는 재능을 가진 사람들이 있을 것이다.

그녀의 눈은 갈색 점으로 보이는 램지 씨의 돛단배에 고정되어 있었다. 점심때쯤이면 그들이 등대에 가 있을 것이라고 그녀는 생각했다. 하지만 바람이 세졌고, 하늘이 약간 변하고 바다도 약간 변하더니 배들도 위치를 바꾸면서, 한순간 전에는 기적적으로 고정된 것처럼 보였던 광경이 이제는 불만족스러운 것이 되었다. 바람은 연기의 흔적을 사방으로 날려버렸고, 배들의 위치에는 뭔가 거슬리는 것이 있었다.

거기에 있는 불균형이 그녀 자신의 마음의 조화를 깨뜨리는 것 같았다. 그녀는 모호한 고통을 느꼈다. 그녀가 그림 쪽으로 몸을 돌렸을 때 그 고통은 확인되었다. 그녀는 오전 시간을 낭비하고 있었던 것이다. 이유야 어쨌든 그녀는 램지 씨와 그림이라는, 필요하지만 상반된 두 개의 힘 사이에서 날카로운 균형을 얻지 못했던 것이다. 어쩌면 구성이 뭔가 잘못된 것인가? 벽의 선을 끊어야 하는 것인가, 나무들의 매스가 너무 무거운 것인가, 하고 궁금해하며 그녀는 얄궂은 미소를 지었다. 시작할 때 문제를 해결했다고 생각한 것이 아닌가?

그런데 무엇이 문제였던가? 그녀에게서 빠져나가는 어떤 것을 잡으려고 애를 써야 한다. 그것은 그녀가 램지 부인을 생각했을 때 그녀에게서 빠져나갔는데, 이제 그림에 대한 생각을 하자 다시 그녀에게서 빠져나갔다. 구절들이 찾아왔다. 이미지들이 찾아왔다. 아름다운 그림들. 아름다운 구절들. 하지만 그녀가 붙들기를 바라는 것은 신경을 거슬리는 소리 자체였고, 어떤 것으로 만들어지기 이전의 사물 그 자체였다. 그것을 잡아 다시 시작해, 그것을 잡아 다시 시작해, 하고 그녀는 이젤 앞에 다시 확고하게 자리 잡으면서 필사적으로 말했다. 그림을 그리거나 감정을 느끼는 데 필요한 인간의 기관은 비참하고 비효율적인 기계라고 그녀는 생각했다. 그 기계는 항상 결정적으로 중요한 순간에 고장이 났다. 용맹하게, 기계가 계속 작동하도록 해야 해. 그녀는 이마를 찌푸리고 응시했다. 아니나 다를까 거기에는 울타리가 있었다. 하지만 다급하게 애원해도 얻게 되는 것은 아무것도 없었다. 벽의 선을 바라보거나, 램지 부인이 회색 모자를 쓰고 있다는 따위의 생각을 한 후에는 뭔가를 응시하게 될 뿐이었다. 램지 부인은 놀라울 정도로 아름다웠다. 때가 되면 오겠지, 하고 그녀는 생각했다. 생각할 수도 없고, 느낄 수도 없는 순간들이 있으니까. 그런데 만약 생각할 수도 없고, 느낄 수도 없다면 어디에 있는 건가? 하고 그녀는 생각했다.

여기 풀 위에, 땅 위에 있지, 그녀는 앉아서, 질경이들의 작은 군집을 붓으로 뒤적여 살펴보면서 생각했다. 잔디밭은 무척 거칠었던 것이다. 여기 세상 위에 앉아 있지, 그녀는 생각했다. 오늘 아침 모든 것이 처음으로, 어쩌면 마지막으로 일어나고 있다는 느낌을 떨쳐버릴 수가 없었던 것이다. 그것은 여행자가 비록 반쯤은 잠이 들어 있다 하더라도, 열차의 창밖을 내다보면서 저 도시 혹은 노새가 끄는 저 마차 혹은 들판에서 일하는 저 여자를 결코 다시는 보지 못할 것이기 때문에 지금 보아야 한다는 것을 아는 것과 비슷했다. 잔디밭이 세상이었고, 그녀는 자신의 생각을 공유하고 있는 것 같은 (비록 그들은 지금까지 한마디도 나누지 않았지만) 늙은 카마이클 씨를 바라보며 그들이 이곳에, 이 고양된 역에 함께 있다고 생각했다. 그리고 어쩌면 그녀는 그를 결코 다시는 보지 못할지도 몰랐다. 그는 늙어가고 있었다. 또한 그녀는 그의 발에 대롱대롱 매달려 있는 슬리퍼를 보고 미소를 지으며 그가 유명해지고 있다는 사실도 기억했다. 사람들은 그의 시가 "너무도 아름답다"고 했다. 40년 전에 그가 쓴 시들이 출간됐다. 저기 카마이클이라는 유명인이 있어, 그녀는 미소를 지으며, 한 인간이 얼마나 많은 형상을 띨 수 있는지, 그리고 그가 신문에서는 유명했지만 여기서는 여느 때와 얼마나 다를 바가 없는지를 생각했다. 그는 똑같아 보였다—머리가 좀 더 세긴 했다. 그래, 그는 똑같아 보여, 하지만 앤드루 램지의 죽음(그는 포탄에 맞아 즉사했는데, 그렇게 죽지 않았더라면 위대한 수학자가 됐을 것이었다)에 대해 들은 카마이클 씨가 "삶에 대한 모든 흥미를 잃었다"는 말을 누군가가 했었지, 하고 그녀는 회상했다. 그것이 무슨 뜻이지—그건? 그녀는 궁금했다. 그는 커다란 지팡이를 움켜쥔 채로 트라팔가 광장을 행진했었는가? 세인트존스우드에 있는 자신의 방에 홀로 앉아 읽지는 않으면서 책장을 거듭 넘겼던가? 그녀는 그가 앤드루가 전사했다는 얘기를 들었을 때 무엇을 했는지 알지 못했지만 그럼에도 그에게 공감을 느꼈다. 그들은 층계참에서 만나면 웅얼웅얼 인사했고, 하늘을 올려다보며 날씨가 좋을 거라든가 나쁠 거라는 말을 했을 뿐이었다. 하지만 이것은 사람을 알게 되는 한 가지 방식이라고 그녀는 생각했다. 그것은 세부적인 것이 아니라 윤곽만 아는 것, 누군가의 정원에 앉아 멀리 히스 속으로 사라져가는 자줏빛 언덕 비탈들을 바라보는 것과 비슷했다. 그녀는 그를 그런 식으로 알았다. 그녀는 그가 어떻게 해선지 변했다는 것도 알았다. 그녀는 그의 시를 한 줄도 읽은 적이 없었다. 하지만 그의 시가 어떻게 느릿하고 낭랑하게 나아가는지를 알고 있다고 생각했다. 그의 시는 노련했고 그윽했다. 사막과 낙타에 관한 것이었다. 종려나무와 석양에 관한 것이었다. 극도로 비개인적인 것이었는데, 죽음에 관해 말했고, 사랑에 관해서는 거의 말하지 않았다. 그에게는 초연함이 있었다. 그는 타인에게서 원하는 것이 거의 없었다. 그는 어떤 이유에서인지 자신이 그다지 좋아하지 않는 램지 부인을 피하려고 애를 쓰면서, 겨드랑이에 신문을 끼고 항상 약간 어색하게 응접실을 비틀거리며 지나가지 않았던가? 그 때문에 물론 그녀는 늘 그를 불러 세우곤 했다. 그러면 그는 그녀에게 절을 하곤 했다. 마지못해 멈춰 서서 고개를 깊이 숙여 절을 했다. 그가 그녀에게서 아무것도 원하지 않는 것에 신경이 쓰인 램지 부인은 그에게 코트나 무릎담요나 신문을 원하지 않는지 물었다(릴리는 그녀가 하는 말을 들을 수 있었다). 아니, 그는 원하는 것이 없었다. (그 말을 하며 그는 고개를 숙였다.) 그녀에게는 그가 그다지 좋아하지 않는 어떤 자질이 있었다. 어쩌면 그것은 그녀의 능수능란함과 긍정적 태도, 그녀 안에 있는 사무적인 성향이었는지도 몰랐다. 그녀는 너무도 직선적이었다.

(응접실 창문에서 나는 어떤 소음이 그녀의 주의를 끌었다―경첩이 삐걱거리는 소리였다. 가벼운 미풍이 창문을 건드리고 있었다.)

부인을 무척 싫어한 사람들이 있었던 것이 틀림없어, 하고 릴리는 생각했다(그렇다, 그녀는 응접실 계단이 비어 있지만, 그 사실이 그녀에게 그 어떤 영향도 미치지 못한다는 것을 깨달았다. 그녀는 지금은 램지 부인을 원하지 않았다). 그런 사람들은 그녀가 지나치게 자신감이 넘치고, 지나치게 과감하다고 생각했다. 또한 그녀의 아름다움이 사람들의 기분을 상하게 했을 수도 있었다. 얼마나 단조로운가, 항상 똑같아! 라고 그들은 말했을 것이다. 그들은 다른 유형―짙은 머리색에 활기찬 이들―을 더 좋아했다. 그런데 그녀는 남편에게 약했다. 그녀는 그러한 장면들을 남편이 연출하게 놔두었다. 그런데 그녀는 과묵했다. 아무도 그녀에게 무슨 일이 일어났는지 정확하게 알지 못했다. 그리고 (카마이클 씨와 그가 싫어하는 것으로 돌아가자면) 램지 부인이 잔디밭에서 오전 내내 그림을 그리며 서 있거나, 책을 읽으며 누워 있거나 하는 것은 상상할 수가 없었다. 그것은 생각할 수도 없는 것이었다. 그녀는 한마디 말도 없이, 일이 있다는 것을 알려주는 유일한 단서인 바구니 하나를 팔에 걸고 읍내에 가거나 가난한 사람들을 방문하거나 숨 막히는 작은 침실에 앉아 있었다. 릴리는 어떤 게임이나 토론 중에 그녀가 팔에 바구니를 걸고 몸을 아주 똑바로 하고 조용히 나가는 것을 자주 보았다. 릴리는 부인이 돌아오는 것을 지켜보았다. 그녀는 반쯤은 웃으면서(부인은 너무도 질서 정연하게 찻잔을 다루었다), 반쯤은 감동해서(그녀의 아름다움은 사람을 숨차게 했다), 고통으로 감기는 눈들이 당신을 지켜보았겠군요, 하고 생각했다. 당신은 그곳에서 그들과 함께했어요.

그런 다음 램지 부인은 마음이 상하기도 했는데, 누군가가 늦

거나 버터가 신선하지 않다거나 찻주전자에 이가 빠졌다거나
하는 이유 때문이었다. 그런데 그녀가 버터가 신선하지 않다고
말하는 내내 사람들은 그리스의 신전들을 떠올리고, 저렇게 아
름다운 여자가 어떻게 그곳에서 환자들과 함께했을까를 생각했
다. 그녀는 결코 그런 일에 관해서는 말하지 않았다—그녀는 제
시간에 정확히 맞게, 곧장 다녀왔다. 마치 본능적으로 제비들이
남쪽으로 가고, 아티초크가 태양을 향하듯, 틀림없이 인류에게
로 향하고 인류의 한가운데에 자신의 둥지를 트는 것이 그녀의
본능이었다. 그런데 이것은 모든 본능과 마찬가지로 그것을 공
유하지 않은 사람들에게는 약간 괴로운 것이었는데, 어쩌면 카
마이클 씨에게 그랬을지도 모르고, 릴리 자신에게는 확실히 그
랬다. 그들 둘 모두에게는 행위란 비효율적이며 사상이 우월하
다는 견해가 있었다. 그녀가 그곳에 가는 것은 그들에게는 비난
과 다름없었고, 세상을 다르게 보게 하는 것이었으며, 그래서 그
들은 자신들의 선입관들이 사라지는 것을 보고, 사라지는 그것
들을 움켜잡으며 항의하기에 이르렀다. 찰스 탠슬리도 마찬가
지였는데, 그 때문에 누군가가 그를 싫어하기도 했다. 그는 다른
사람의 세계의 균형을 뒤엎었다. 릴리는 붓으로 질경이들을 멍
하니 건드리면서 그에게 무슨 일이 일어났는지 궁금해했다. 그
는 연구원직을 얻었고, 결혼해 골더스그린에 살고 있다고 했다.

릴리는 전쟁 기간 중 어느 날 홀에 가서 그가 강연하는 것을 들었다. 그는 뭔가를 비난하고 있었고, 누군가를 규탄하고 있었다. 그는 형제애를 설파하고 있었다. 그녀가 느낀 것이라고는 그가 어떻게 인류를 사랑할 수 있겠는가 하는 것뿐이었다. 그림들도 서로 구별하지 못하고, 그녀 뒤에 서서 독한 살담배를 피우면서("1온스에 5페니짜리예요, 브리스코 양"), 마치 그것이 자신의 일인 양, 여자는 글도 못 쓰고 그림도 못 그린다고—그는 그렇게 믿었다기보다도 어떤 이상한 이유에서 그렇기를 바랐다—그녀에게 말한 그가? 그는 야위었고, 얼굴은 붉어지고 목소리는 쉰 상태로, 연단 위에서 사랑을 설파하고 있었다(그녀가 붓으로 건드린 질경이들 사이로 개미들이 이리저리 기어 다니고 있었는데, 붉고 활기찬 개미들은 찰스 탠슬리와 약간 비슷했다). 그녀는 반은 비어 있는 홀 안의 자신의 자리에서, 그 차가운 공간에 사랑을 주입하고 있는 그를 냉소적으로 바라보았는데, 갑자기 낡은 큰 통 같은 것이 파도들 사이에서 올라왔다 내려갔다 흔들리고, 램지 부인이 자갈 사이에서 안경집을 찾고 있었다. "오, 맙소사! 성가시기도 하지! 또 잃어버렸네. 신경 쓰지 말아요, 탠슬리 씨. 나는 여름마다 수천 개를 잃어버려요." 이 말에 마치 그러한 과장을 용납하기는 두렵지만 자신이 좋아하는 그녀에게 있는 과장벽은 참을 수 있다는 듯이 그는 턱을 다시 옷깃에 대고 눌렀고, 무척 매력적으로 미소를 지었다. 그는 사람들이 흩어져 단둘이서 걸어 돌아오게 되었던 그 긴 소풍들 중에 한번 그녀에게 속마음을 털어놓은 것이 틀림없었다. 그는 누이동생을 교육시키고 있다고 램지 부인이 릴리에게 말한 적이 있었다. 그 사실은 그에게 점수를 듬뿍 주게 하는 것이었다. 자신은 그를 기묘하게 생각했다는 것을 잘 알고 있는 릴리는 붓으로 질경이들을 건드렸다. 어쨌든 다른 사람들에 대한 견해는 대부분 기묘한 것이었다. 사람들은 타인을 자신만의 개인적인 목적들에 맞추는 법이다. 그는 그녀를 대신해 매질당하는 소년*이 되어주었다. 그녀는 기분이 나쁠 때 자신이 그의 야윈 옆구리를 매질하는 것을 깨달았다. 만약 그녀가 그에 대해 진지하기를 원한다면 램지 부인의 말을 듣고, 그녀의 눈을 통해 그를 보아야 할 것이다.

그녀는 작은 산을 쌓아 개미들이 기어올라 넘어가게 했다. 그녀는 개미들의 우주에 이렇게 개입함으로써 그것들이 결정하지 못해 우왕좌왕하게 했다. 어떤 개미들은 이쪽으로 갔고, 또 다른 개미들은 저쪽으로 갔다.

뭔가를 보기 위해서는 50쌍의 눈이 필요하다고 그녀는 곰곰이 생각했다. 저 한 여자를 제대로 보기에는 50쌍의 눈도 충분

---

*   왕자의 학우로서 대신 매를 맞는 소년.

하지 않다고 그녀는 생각했다. 그들 가운데에는 그녀의 아름다움을 전혀 못 보는 사람도 있는 것이 틀림없어. 그녀가 앉아서 뜨개질하고, 이야기하거나, 홀로 창가에 말없이 앉아 있는 모습을 열쇠 구멍으로 몰래 들여다보며 그녀를 감쌀 수 있으려면 공기같이 섬세한 어떤 비밀스러운 감각이 매우 필요했다. 그 감각은 스스로 마음에 들어 증기선의 연기를 머금고 있는 공기처럼 그녀의 생각과 상상과 욕망을 소중히 간직하게 되는 것이었다. 그녀에게 울타리는 무엇을 의미했고, 정원은 무엇을 의미했으며, 부서지는 파도는 무엇을 의미했는가? (릴리는 램지 부인이 고개를 드는 것을 본 것처럼 고개를 들었고, 역시 해변에서 파도가 부서지는 소리를 들었다.) 그리고 아이들이 크리켓 게임을 하면서 "저건 어때? 저건 어때?" 하고 외쳤을 때 그녀의 마음속에서는 무엇이 흔들리고 떨렸는가? 그녀는 잠시 뜨개질을 멈추곤 했다. 그녀는 집중하고 있는 것처럼 보이다가 다시 산만해졌고, 갑자기 램지 씨가 그녀 앞에서 걸음을 딱 멈춰 서면, 어떤 묘한 충격이 그녀를 관통해 지나가며 그녀를 아주 심하게 흔들어 동요시키는 것 같았다. 그럴 때면 그는 그곳에 멈춰 서서 그녀를 굽어보았다. 릴리는 그를 볼 수 있었다.

그는 손을 내밀어 그녀를 의자에서 일으켰다. 어쩐지 이전에 그가 그렇게 한 적이 있는 것 같았다. 마치 언젠가 한번 그가 같은 방식으로 몸을 굽혀 그녀를 배—그 배는 어떤 섬에서 몇 센티미터 떨어진 곳에 있어 신사들이 숙녀들을 그런 식으로 해안에 내리는 것을 도와야 했다—에서 일으켜 세웠던 것 같았다. 그것은 거의 크리놀린* 스커트와 페그톱 바지**가 있어야 하는 구식 장면이었다. 그의 도움을 받는 것을 허락하며 램지 부인은 (릴리가 짐작하기로는) 이제 때가 되었다고 생각했었다. 그렇다, 그녀는 이제 말할 것이었다. 그랬다, 그녀는 그와 결혼할 것이었다. 그리고 그녀는 천천히, 조용히 해안에 걸음을 내디뎠다. 아마도 그녀는 자신의 손을 그의 손안에 여전히 둔 채로 단 한 마디만 했을 것이다. 그의 손에 손이 잡힌 채 그녀는, 당신과 결혼하겠어요, 라고 말했을 것이지만 그 이상은 아무 말도 하지 않았을 것이다. 여러 번 똑같은 전율이 그들 사이를 지나갔을 것이다—분명히 그랬을 거야, 릴리는 개미들을 위한 길 하나를 매끈하게 만들어주면서 생각했다. 그녀가 지어내고 있는 것이 아니라, 단지 여러 해 전에 접힌 상태로 받았던 어떤 것을, 그녀가 이미 본 어떤 것을 매끈하게 펴려 하고 있었을 뿐이다. 그 모든 아이들과 그 모든 방문객들이 있는 거칠고 혼란스러운 일상 속에

---

* 옛날 스커트를 부풀게 하기 위하여 쓰던 말총 등으로 짠 딱딱한 천.
** 엉덩이 부분은 크고 밑단은 좁은 바지.

서는 줄곧 반복에 대한 감각―다른 뭔가가 떨어진 곳에 뭔가가 떨어지고, 그래서 공기 속에서 울려 퍼지는 메아리를 일으키고 그것을 진동으로 가득 채우는―을 갖게 마련이었다.

하지만 어떻게 그들이―그녀는 초록색 숄을 하고, 그는 나부끼는 넥타이를 하고―팔짱을 끼고 온실을 지나 걸어갔는지를 생각하며 릴리는 그들의 관계를 단순화하는 것은 잘못일 수도 있다고 생각했다. 그것은 더없는 기쁨의 단조로움은 결코 아니었다―부인은 충동적이고 민첩했으며, 램지 씨는 몸서리를 쳤고 우울해했다. 오, 결코 그렇지 않았다. 침실 문은 이른 아침에 쾅 소리를 내며 닫히곤 했다. 그는 창밖으로 접시를 던지기도 했다. 그러다가 온 집 안에 문이 쾅 소리를 내며 닫히고 블라인드가 펄럭거리는 어수선한 분위기가 감돌았다. 마치 돌풍이 불어 사람들이 사방으로 뛰어다니면서 해치를 고정하고, 모든 것을 질서 정연하게 하려고 애쓰는 듯했다. 릴리는 그런 어수선한 어느 날 층계에서 폴 레일리를 만났다. 그들은 아이들처럼 웃고 또 웃었는데, 아침 식사를 할 때 램지 씨가 우유 속에서 집게벌레 한 마리를 발견하고는 접시째로 바깥 테라스로 내던져버렸기 때문이었다. 겁에 질린 프루는 "아버지 우유 속에 집게벌레가 있어" 하고 중얼거렸다. 다른 사람들은 지네를 발견할 수도 있을 것이다. 하지만 램지 씨는 자신의 주위에 그러한 고결함의 울타리를 세우고 그 공간을 그토록 위엄 있는 태도로 점유했기에 우유 속의 집게벌레 한 마리도 괴물이나 다름없었다.

하지만 접시들이 날아가고 문들이 쾅 닫히는 것은 램지 부인을 지치게 했고 조금 주눅 들게 했다. 그리고 그들 사이에 이따금 길고 단단한 침묵이 내려앉기도 했는데, 그럴 때면 부인은 릴리를 짜증 나게 하는, 반은 애처롭고 반은 분개하는 마음의 상태 속에서, 그 폭풍우를 차분하게 극복하거나 사람들이 그러는 것처럼 웃어넘기지 못하고, 지친 상태에서 뭔가를 숨기는 것 같았다. 그녀는 생각에 잠겨 말없이 앉아 있었다. 얼마간의 시간이 지나면 그는 살금살금 그녀가 있는 곳 주위를 기웃거렸고, 그녀가 편지를 쓰거나 이야기를 하며 앉아 있는 창 밑을 배회했다. 그가 지나갈 때면 그녀는 바쁜 척하며 그를 피했고, 보지 못한 척했다. 그러면 그는 비단처럼 부드럽고 사랑스럽고 점잖아져, 그렇게 그녀의 마음을 사로잡으려 했다. 그래도 그녀는 피했고, 보통 때는 전혀 보이지 않는, 그녀의 아름다움에 걸맞은 자부심과 과시를 짧은 시간 동안 발산하며 머리를 돌리고, 항상 민터와 폴, 아니면 윌리엄 뱅크스를 옆에 거느린 채로, 어깨 너머로 쳐다보았다. 마침내 그는 이들 무리의 바깥에 서서 굶주린 늑대 사냥개 같은 형상으로(릴리는 풀밭에서 일어나, 계단과 창문을 바라보았는데, 거기서 그를 본 적이 있었다), 부인의 이름을 딱 한 번이지만 완전히 눈 속에서 울부짖는 늑대처럼 불렀는데, 그래도 그녀는 버텼다. 그러자 그가 그녀의 이름을 한 번 더 불렀는데, 이번에는 그의 음색 속의 뭔가가 그녀를 자극해, 그녀는 갑자기 그들 모두를 떠나 그에게 다가갔고, 그들은 함께 배나무와 양배추와 나무딸기 화단 사이로 가는 것이었다. 그들은 함께 해결할 것이었다. 하지만 어떤 태도로, 어떤 말들로? 램지 부부의 관계는 너무도 위엄을 지키는 것이었고, 그래서 그녀와 폴과 민터는 모르는 척하며 호기심과 불편한 심정을 감추고, 저녁 식사 시간이 될 때까지 꽃을 따고 공을 던지고 잡담을 했는데, 저녁 식사 때면 늘 그랬던 것처럼 램지 씨는 식탁의 한쪽 끝에, 램지 부인은 다른 쪽 끝에 앉았다.

"왜 너희들 중에 아무도 식물학을 전공하지 않지? ……팔다리 모두 멀쩡한 너희들 중 하나가……?"그렇게 그들은 여느 때처럼 아이들 사이에서 웃으며 이야기를 했다. 그들 사이에서 오고 간, 공중의 칼날과도 같은 어떤 떨림만을 제외한다면 모든 것이 여느 때와 다르지 않았다. 마치 수프 접시들을 놓고 둘러앉아 있는 아이들의 여느 때와 다르지 않은 모습이, 배와 양배추 사이에서 시간을 보낸 후 그들에게 새롭게 보이는 것 같았다. 특히 램지 부인은 프루를 흘끗 쳐다보았다고 릴리는 생각했다. 프루는 형제자매들 사이 한가운데에 앉아 있었는데, 항상 그 무엇도 잘못되지 않게 지켜보는 것에 너무도 몰두한 나머지 입을 여는 경우는 거의 없는 것 같아 보였다. 프루는 우유 속의 그 집게벌레를 두고 자신을 얼마나 탓했을까! 램지 씨가 접시를 창밖으로 던졌을 때 얼마나 하얗게 질렸던가! 그들 사이의 그 기나긴 침묵 아래에서 얼마나 축 처져 있었던가! 어쨌든 이제 어머니는 그녀에게 보상을 했고, 모든 것이 괜찮다고 확신시켰으며, 조만간 그녀도 똑같은 행복을 누리게 될 거라고 약속했다. 하지만 그녀는 그 행복을 채 1년도 누리지 못했다.

프루는 바구니의 꽃들을 떨어뜨려버렸지, 하고 릴리는 그림을 보려는 것처럼 눈을 찌푸리고 뒤로 물러서며 생각했다. 하지만 그녀는 그림에 손을 대지 않고 있었는데, 모든 감각 기능이 무아지경에 빠져 표면적으로는 얼어붙어 보였지만 그 아래에서는 엄청난 속도로 움직이고 있었다.

릴리도 바구니의 꽃들을 떨어뜨려, 풀밭 위에 흩어진 꽃들이 굴러다녔고, 자신은 마지못해 머뭇거리면서, 하지만 아무런 질문이나 불평 없이 ─그녀에게는 완벽에 복종하는 재능이 있지 않았던가? ─ 갔다. 들판들을 지나, 골짜기들을 가로질러, 하얗게 꽃을 뿌리며 ─그녀는 이렇게 그림을 그렸을 것이었다. 언덕들은 장엄했다. 바위들이 많았고, 가팔랐다. 파도들은 그 아래 돌들 위에서 쏴 하는 소리를 냈다. 그들 셋은 함께 갔는데, 램지 부인은 마치 모퉁이를 돌아서 누군가를 만날 것처럼 앞장서서 조금 빨리 걸었다.

갑자기 그녀가 바라보고 있던 창문 뒤에 하얗고 가벼운 뭔가가 나타났다. 그때 마침내 누군가가 응접실 안으로 들어왔고, 누군가가 의자에 앉고 있었다. 그녀는 제발 그들이 거기에 조용히 앉아 있기를, 허둥지둥 나와서 그녀에게 말을 건네지 않기를 빌었다. 천만다행히도 누군지 모르지만 그 사람은 조용히 안에 머물렀고, 운이 따랐는지 자리를 잡았는데, 그로 인해 계단 위에 이상한 형태의 삼각형 그림자가 드리워졌다. 그것이 그림의 구성을 약간 바꿔놓았다. 흥미로웠다. 그것은 유용할 수도 있었다. 그녀의 기분이 다시 돌아오고 있었다. 감정의 강렬함을, 지연되거나 속지 않겠다는 결심을 한순간도 느슨해지지 않게 하며 계속해서 바라봐야 해. 그 장면을 말하자면 바이스로 꽉 붙들고, 그 무엇도 들어와 그것을 망치지 못하게 해야 해. 붓을 신중하게 물감에 찍으면서 그녀는 일상적인 경험과 같은 수준에서, 단지 저것은 의자야, 저것은 식탁이야, 라고 느끼기를 원하지만 동시에, 그것은 기적이야, 황홀경이야, 라고 느끼기를 원하기도 한다고 생각했다. 결국 문제는 풀릴 수도 있어. 아, 하지만 무슨 일이 일어났는가? 어떤 하얀 파도가 유리창 위로 지나갔다. 바람이 방 안의 공기를 휘저어놓은 것이 틀림없었다. 그녀의 가슴은 부인을 향해 도약했고, 그녀를 잡았고, 그녀를 고문했다.

"램지 부인! 램지 부인!" 그녀는 오래된 공포—원하고 또 원하면서 갖지는 못하는 것에 대한—가 돌아오는 것을 느끼면서 소리쳤다. 부인은 아직도 그런 것을 가할 수 있단 말인가? 그런 다음 마치 부인이 자제한 것처럼, 그것 역시 조용하게 일상적인 경험이 되어버려, 의자와 식탁과 같은 수준에 있게 되었다. 램지 부인—그것은 릴리에게 완벽한 선의 일부였다—은 아주 수수하게 의자에 앉아 바늘을 이리저리 움직이며 불그스름한 갈색 양말을 짜면서 계단 위에 그림자를 드리웠다. 거기에 그녀가 앉아 있었다.

그리고 마치 공유해야 할 어떤 것이 있지만 이젤을 떠날 수는 없는 것처럼, 릴리는 자신이 생각하고 있는 것과 자신이 보고 있는 것으로 너무도 마음이 가득 찬 채로, 붓을 들고, 카마이클 씨를 지나쳐 잔디밭 가장자리로 갔다. 지금 배는 어디 있는가? 그리고 램지 씨는? 그녀는 그를 필요로 했다.

12

램지 씨는 독서를 거의 마친 상태였다. 그가 독서를 끝내는 바로 그 순간 책장을 넘길 준비를 하고 있는 것처럼 손 하나가 책장 위를 맴돌고 있었다. 그는 놀랍게도 모든 것에 노출된 채 바람에 머리칼이 날리며 모자도 안 쓰고 앉아 있었다. 그는 무척 늙어 보였다. 제임스는 어떤 때는 등대를, 또 어떤 때는 탁 트인 바다로 흘러 들어가는 물을 배경으로 머리를 드러내고 있는 그가 모래사장 위에 놓여 있는 오래된 돌 같아 보인다고 생각했다. 아버지는 그들 둘의 마음 뒤쪽에 늘 자리 잡고 있던 것—그들 둘에게 모든 사물의 진실인 고독—을 구현하는 듯 보였다.

아버지는 결말에 간절하게 이르고 싶은 것처럼 무척 빠르게 읽고 있었다. 실제로 이제 그들은 등대에 무척 가까이 있었다. 등대는 황량하고 적나라하게 모습을 드러냈고, 흰색과 검은색으로 눈부시게 빛났다. 그리고 부서진 유리처럼 파도가 바위 위에 하얀 조각들로 부서지고 있는 것을 볼 수 있었다. 바위들의 선들과 주름들도 보였다. 창문들도 선명하게 보였는데, 그중 하나는 하얗게 칠했으며, 바위 위에는 작은 초록색 덤불이 있었다. 남자 하나가 나와 그들을 망원경으로 바라보고는 다시 안으로 들어갔다. 그 세월 동안 만을 가로질러 보았던 등대가 저렇구나, 하고 제임스는 생각했다. 그것은 헐벗은 바위 위에 있는 황량한 탑이었다. 그것에 그는 만족스러웠다. 그것은 그 자신의 성격에 관해 그가 갖고 있던 모호한 감정을 확인시켜주었다. 그는 집에 있는 정원에 대해 생각하면서, 나이 든 여자들이 잔디밭에서 의자를 이리저리 끌고 다니는 것을 떠올렸다. 예컨대 백위스 노부인은 항상 얼마나 좋은지, 얼마나 감미로운지, 그들이 얼마나 자랑스러워하고 행복해야 하는지 말하고 있었지만, 사실 제임스는 거기 바위 위에 서 있는 등대를 바라보면서, 저것과 같아, 하고 생각했다. 그는 다리를 단단히 꼬고 앉아 맹렬하게 책을 읽고 있는 아버지를 바라보았다. 그들은 그 점을 함께 알고 있었다. "우리는 질풍 앞에서 달리고 있다―우리는 침몰할 것이 분명하다." 그는 아버지가 했던 것과 꼭 같이 반쯤 소리 내어 혼잣말을 했다.

아주 오랫동안 아무도 말을 하지 않은 것 같았다. 캠은 바다를 보는 것에 싫증이 났다. 작은 검은색 코르크 조각들이 떠내려갔고, 물고기들은 배의 밑바닥에 죽어 있었다. 아버지는 아직도 책을 읽고 있었고, 제임스는 그를 바라보았고, 그녀도 그를 보았다. 그리고 그들은 죽을 때까지 폭정과 싸울 것을 맹세했다. 아버지는 그들이 무슨 생각을 하는지는 전혀 의식하지 못하고 책을 계속 읽었다. 그가 저런 식으로 피했다고 그녀는 생각했다. 그랬다, 넓은 이마와 커다란 코를 지니고, 작고 얼룩덜룩한 책을 앞쪽으로 굳게 펼쳐 든 채로 그는 피했다. 그에게 손을 얹으려는 시도를 할 수는 있지만, 그러면 그는 새처럼 날개를 펴고 떠올라, 손이 닿지 않는, 아주 멀리 떨어져 있는 어떤 황량한 그루터기 위에 내려앉았다. 그녀는 광대하게 펼쳐진 바다를 응시했다. 섬은 너무도 작아져 이제는 더 이상 나뭇잎같이 보이지 않았다. 그것은 어떤 큰 파도가 덮어버릴 바위 꼭대기처럼 보였다. 하지만 그 여린 것 안에 그 모든 길과 테라스와 침실이 ─ 그 모든 셀 수 없이 많은 것들이 있었다. 하지만 잠들기 직전 사물들이 단순해지면서 수많은 세부적인 것들 중에서 단 하나만 또렷이 나타날 수 있는 것처럼 그렇게 졸음에 겨워 섬을 바라보면서 캠은 그 길과 테라스와 침실들이 희미해지고 사라지고 있으며, 단지 연푸른색 향로만이 남아 그녀의 마음을 이리저리 가로지르며 율동적으로 흔들거리고 있다고 느꼈다. 그것은 공중에 매달린 정원이었고, 새들과 꽃들과 영양들로 가득 찬 골짜기였다……. 그녀는 잠들고 있었다.

"이제 가자." 갑자기 책을 덮으면서 램지 씨가 말했다.

어디로 가는 거지? 어떤 놀라운 모험으로? 캠은 깜짝 놀라서 깼다. 어딘가에 내리기 위해, 어딘가에 오르기 위해? 그는 그들을 어디로 데리고 가고 있는 것인가? 그렇게 오랜 침묵이 있은 후 그가 한 말은 그들을 놀라게 했다. 하지만 그것은 어처구니없는 말이었다. 그는 배가 고프다고 했다. 점심때였다. 게다가 봐라, 하고 그는 말했다. 저기에 등대가 있어. "거의 다 왔어."

"아드님은 아주 잘하고 있어요." 매컬리스터가 제임스를 칭찬하며 말했다. "배를 아주 안정적으로 몰고 있어요."

하지만 아버지는 결코 그를 칭찬한 적이 없다고 제임스는 암울하게 생각했다.

램지 씨는 꾸러미를 풀어 샌드위치를 사람들에게 나눠주었다. 이제 그는 이 어부들과 함께 빵과 치즈를 먹으면서 행복해했다. 제임스는 그가 주머니칼로 노란 치즈를 얇은 판 모양으로 자르는 모습을 지켜보면서 그가 오두막집에 살면서 다른 노인들과 함께 침이나 뱉으며 항구를 어슬렁거리기를 좋아할 수도 있다고 생각했다.

맞아, 바로 이거야, 하고 캠은 계속 이렇게 느끼며 삶은 달걀의 껍데기를 벗겼다. 이제 그녀는 노인들이 〈더 타임스〉를 읽고 있는 서재에서처럼 느꼈다. 이제 나는 내가 하고 싶은 대로 계속 생각할 수 있고, 절벽에서 떨어지거나 물에 빠지는 일이 없을 거야, 나를 지켜보고 있는 아버지가 있으니까, 하고 그녀는 생각했다.

동시에 그들은 바위들 옆을 그토록 빠르게 항해하고 있어 무척 신이 났다—마치 그들은 두 가지 일을 동시에 하고 있는 듯했는데, 여기 햇빛 속에서 점심을 먹는 한편, 거대한 폭풍 속에서 난파당한 후 안전한 곳으로 가고 있는 것 같았다. 물이 모자라지 않을까? 식량이 떨어지지는 않을까? 그녀는 자신에게 이야기를 들려주며 그렇게 자문했다. 동시에 그녀는 무엇이 진실인지 알고 있었다.

자신들은 곧 시대에 뒤떨어질 거라고, 램지 씨는 매컬리스터 영감에게 말하고 있었다. 하지만 아이들은 앞으로 미지의 것들을 보게 될 것이었다. 매컬리스터는 지난 3월에 일흔다섯이 되었다고 말했다. 램지 씨는 일흔한 살이었다. 매컬리스터는 병원에 간 적이 한 번도 없고, 이빨 하나도 빠지지 않았다고 했다. 그리고 우리 아이들도 그렇게 살았으면 좋겠습니다—캠은 아버지가 그렇게 생각하고 있다고 확신했다. 그는 캠이 샌드위치를 바다에 던지는 것을 막았고, 마치 어부들이 어떻게 사는지에 대해 생각하고 있는 것처럼, 먹고 싶지 않으면 다시 꾸러미에 넣어야 한다고 말했던 것이다. 낭비해서는 안 되었다. 그는 마치 세상에서 일어나는 모든 일을 너무도 잘 알고 있는 것처럼 아주 현명하게 말했고, 그래서 그녀는 즉시 샌드위치를 도로 넣었다. 그러자 그는 자기 꾸러미에서 꺼낸 생강 비스킷을, 창가의 숙녀에게 꽃 한 송이를 건네는 (그의 태도는 그토록 정중했다) 스페인의 대단한 신사인 양—그녀는 그렇게 생각했다—주었다. 하지만 빵과 치즈를 먹는 그는 초라했고, 소박했다. 그럼에도 그는 위대한 탐험을 하는 그들을 인도하고 있었는데, 그녀가 알기로 익사할지도 모를 곳으로 이끌고 있었다.

"저기가 그 배가 침몰한 곳이죠." 매컬리스터의 아들이 갑자기 말했다.

"세 사람이 지금 우리가 있는 곳에서 익사했죠." 노인이 말했다. 그는 사람들이 돛대에 매달려 있는 것을 직접 보았다. 램지 씨가 그 지점을 한번 바라보고

하지만 나는 좀 더 거친 바다 아래에서,

하고 한바탕 외칠까 봐 제임스와 캠은 겁이 났다. 그리고 만약 그가 그랬다면, 그들은 참지 못하고 큰 소리로 비명을 지르고 말았을 것이다. 그들은 그의 안에서 끓고 있는 또 다른 열정의 폭발을 견딜 수 없었을 것이다. 하지만 놀랍게도 그가 한 말이라고는 "아"가 전부였다. 마치 그는, 왜 그런 것에 소동을 벌이지? 폭풍우 속에서 사람들은 당연히 익사하지, 하지만 그것은 완벽하게 자명한 일이야, 그리고 바다의 심연은 (그는 샌드위치 포장지에 남은 빵 부스러기를 바다에 뿌렸다) 따지고 보면 물일 뿐이지, 하고 생각하는 것 같았다. 그런 다음 파이프에 불을 붙이고 시계를 꺼냈다. 그는 주의 깊게 시계를 보았다. 어쩌면 그는 어떤 수학적인 계산을 하는지도 몰랐다. 드디어 그는 의기양양하게 말했다.

"잘했다!" 제임스는 타고난 선원처럼 배를 조종했던 것이다.

바로 그거야! 캠은 그렇게 생각하며, 그 생각을 제임스에게 말없이 전했다. 드디어 너는 칭찬을 받았어. 그녀는 그것이 바로 제임스가 원하던 것임을 알고 있었던 것이다. 그리고 그녀는 이 제 그가 칭찬을 받게 된 데에 너무도 기뻐서 그녀도 아버지도 그 누구도 보지 않을 것을 알고 있었다. 그는 약간 부루퉁해져 살짝 얼굴을 찡그린 모습으로, 키의 손잡이에 손을 얹은 채로 똑바로 앉아 있었다. 그는 너무도 기쁜 나머지 그 누구도 자신의 쾌감을 티끌만큼도 앗아 가지 못하게 할 생각이었다. 아버지가 그를 칭 찬했다. 사람들은 그가 완벽하게 무심하다고 생각할 것임에 틀 림없어, 하지만 이제 너는 칭찬을 받았지, 하고 캠은 생각했다.

배는 바람을 받으며 침로를 바꾸면서 나아갔다. 배는 재빠르 게 부유하듯 항해하고 있었다. 암초 옆을 놀라울 정도로 경쾌하 고 유쾌하게 이리저리 지났다. 왼쪽 물속에는 갈색으로 보이는 바위들이 줄지어 있었는데, 수심이 얕은 곳에서는 좀 더 초록색 으로 보였다. 그중 하나, 좀 더 높은 바위 위에서 파도 하나가 끊 임없이 부서져 작은 물기둥들이 솟구치면서 소나기처럼 물방울 들이 떨어졌다. 물이 철썩대는 소리와 물방울들이 후드득 떨어 지는 소리, 그리고 마치 완벽하게 자유로워 영원히 이와 같이 구 르고 뛰노는 야생 동물인 것처럼 구르고 뛰고 부딪히는 파도들이 식식거리는 소리가 들렸다.

이제 등대에는 그들을 지켜보면서 맞이할 준비를 하고 있는 두 남자가 보였다.

램지 씨는 코트의 단추를 잠그고, 바지를 걷어 올렸다. 그는 낸시가 준비해준, 엉성하게 싼 커다란 갈색 종이 꾸러미를 집어 무릎 위에 올려놓고 앉아 있었다. 그렇게 내릴 준비를 완료한 그는 앉아서 섬을 뒤돌아보았다. 원시인 눈으로 어쩌면 그는 금빛 접시에 세워진, 오그라든 나뭇잎 형상의 섬을 아주 분명하게 볼 수 있었을 것이다. 그는 무엇을 볼 수 있을까, 하고 캠은 궁금해했다. 그녀에게는 모든 것이 흐릿하게 보였다. 그는 지금 무슨 생각을 하고 있을까? 그녀는 알고 싶었다. 그토록 뚫어지게, 그토록 열심히, 그토록 묵묵히 그가 찾은 것은 무엇인가? 무릎 위에 꾸러미를 올려놓고, 모자도 쓰지 않고 앉아, 다 타버린 뭔가에서 피어오르는 연기 같은 연약한 파란 형상을 계속해서 응시하고 있는 그를, 그들 둘 다 지켜보았다. 원하는 것이 뭔가요? 캠과 제임스는 둘 다 그렇게 묻고 싶었다. 그들은, 우리에게 무엇이건 요구하세요, 그러면 드리겠어요, 라고 말하고 싶었다. 하지만 그는 그들에게 아무것도 요구하지 않았다. 그는 앉아서 섬을 바라보았고, 우리는 사멸했다, 각자 홀로, 혹은 나는 드디어 거기에 이르렀어, 찾아냈어, 라고 생각하고 있는지도 몰랐지만, 아무 말도 하지 않았다.

그런 다음 그는 모자를 썼다.

"꾸러미들을 가져와라." 그는 등대에 가져가도록 낸시가 싸준 것들을 향해 고개를 까닥이면서 말했다. "등대에 사는 사람들에게 줄 꾸러미들을." 그가 말했다. 그는 일어나 아주 꼿꼿하고 훤칠한 몸으로 뱃머리에 서 있었는데, 제임스는 그가 마치 "신은 없다"라고 말하는 것 같다고 생각했고, 캠은 그가 마치 우주공간 속으로 뛰어들고 있는 것 같다고 생각했다. 그들은 둘 다 일어나, 꾸러미를 든 채 젊은이처럼 가볍게 바위 위로 뛰어내리는 그를 따라갔다.

13

"그는 그곳에 도착한 게 분명해." 릴리 브리스코는 갑자기 완전히 녹초가 된 기분을 느끼며 소리 내어 말했다. 등대는 거의 보이지 않게 되고, 푸른 아지랑이 속으로 녹아들었으며, 그것을 바라보려는 노력과 그가 그곳에 내린다는 생각을 해보려는 노력이―그 두 가지는 매한가지 같은 노력인 것처럼 여겨졌다― 그녀의 몸과 마음을 극도로 긴장시켰던 것이다. 아, 하지만 그녀는 안심이 되었다. 그가 그날 아침 그녀를 떠날 때 그녀가 그에게 주고자 한 것이 무엇이었든, 드디어 그것을 주었던 것이다.

"램지 씨는 내렸어." 그녀는 소리 내어 말했다. "끝났어." 그러자 카마이클 노인이 약간 숨을 훅훅 내뱉으며 갑자기 나타나 그녀 옆에 섰다. 머리칼에는 잡초가 묻어 있고, 손에는 삼지창을 (그것은 프랑스 소설일 뿐이었다) 들고 있는 텁수룩한 모습이 과거 이교도의 신과 같아 보였다. 그는 잔디밭 가장자리에서 그녀 옆에 서 있었는데, 거대한 몸집을 약간 흔들면서 손 그늘이 지게 하며 "지금쯤 내렸을 거요" 하고 말했다. 그녀는 자신이 옳았다고 느꼈다. 그들은 말할 필요가 없었다. 그들은 똑같은 생각을 하고 있었으며 그는 그녀가 아무것도 묻지 않았는데 대답을 했다. 그는 거기에 서서 인류의 모든 약점과 고통 위로 손을 펴고 있었다. 그녀는 그가 인류의 최종적인 운명을 관대하게 연민을 갖고 살펴보고 있다고 생각했다. 대미를 장식한 그의 손이 천천히 떨어졌을 때 그녀는 그가 아주 높은 곳에서 제비꽃과 아스포델로 이루어진 화환 하나를 천천히 나부끼며 떨어지게 해 그것이 마침내 지상에 닿게 하는 것을 본 것같이 생각되었다.

그녀는 뭔가 다시 생각난 것처럼 재빨리 캔버스를 향해 몸을 돌렸다. 거기에는 그녀의 그림이 있었다. 그랬다, 그림에서는 모든 초록색과 파란색 선들이 달려 올라가고 가로질러 가면서 뭔가를 시도하고 있었다. 그녀는 그것이 다락방에 걸리게 될 거라고, 파괴될 거라고 생각했다. 하지만 그것이 무슨 문제인가? 그녀는 붓을 다시 쥐며 생각했다. 그녀는 계단들을 바라보았다. 텅비어 있었다. 그녀는 캔버스를 바라보았다. 흐릿했다. 갑자기 강렬하게, 마치 그것을 한순간 명확하게 본 것처럼 그녀는 그림의한가운데에 선을 하나 그렸다. 완성됐다. 끝났다. 그래, 그녀는극도의 피로를 느끼면서 붓을 내려놓으며 생각했다. 나는 비전을 갖게 되었어.

옮긴이의 말

'의식의 흐름' 기법을 발전시킨 20세기 실험적 모더니스트이자 페미니즘 비평의 선구자인 버지니아 울프는 1882년 1월 25일 영국 런던에서 역사학자이자 비평가였던 레슬리 스티븐과 자선가이자 라파엘전파 모델이었던 줄리아 프린셉 잭슨 사이에서 애덜라인 버지니아 스티븐으로 태어났다.

유년 시절 아버지의 방대한 서재에서 풍부한 문학적 소양을 쌓았으며, 1897년부터 4년간 킹스칼리지 런던에서 고전과 역사학을 공부하고 여성 인권 운동을 접했다. 13세 때 어머니의 사망으로 최초로 정신질환 증상을 보였고, 2년 후인 1897년 언니 스텔라의 사망으로 트라우마가 더해졌다. 1904년 아버지의 사망으로 두 번째로 정신질환 증세를 보이며 자살을 기도했으나 미수에 그쳤으며, 1906년에는 가장 가까웠던 오빠 토비의 이른 죽음마저 겪어야 했다.

아버지의 사망 이후 이사를 간 블룸즈버리에서 화가인 언니 버네사 벨과 함께 리턴 스트레이치, 로저 프라이, 존 케인즈, E. M. 포스터 같은 케임브리지 대학 출신의 지식인, 예술가와 교류했다. 이 모임은 훗날 블룸즈버리그룹으로 알려지게 된다.

1912년 그룹의 일원이던 레너드 울프와 결혼했고, 1917년 남편과 함께 호가스 출판사를 설립해 자신의 작품 대부분과 T. S. 엘리엇, E. M. 포스터, 캐서린 맨스필드 등의 작품들, 프로이트의 초기 저작들을 출간했다. 한적한 시골인 서식스다운스와 런던을 오가면서 평론, 집필, 강연 등 활발한 활동을 펼쳤으나, 2차 세계대전 발발 이후 갈수록 심각해지는 전황과 이에 따른 정신적 고통으로 인해 1941년 3월 28일 남편에게 마지막 편지를 남기고 우즈강에서 스스로 생을 마감했다.

1915년에 첫 소설 《출항》을 발표했으며, 《밤과 낮》(1919)을 거쳐 실험적인 인상주의 소설 《제이콥의 방》(1922)으로 런던의 문학 및 예술 사회에 큰 반향을 일으켰다. 이후 작품들에서도 탁월하고 비범한 일련의 실험을 계속하는 동시에 개인적 삶과 사회적·역사적 힘의 관계를 그려내는 새로운 방식들을 추구했다. 대표작으로 《댈러웨이 부인》(1925), 《등대로》(1927), 《올랜도》(1928), 《파도》(1931), 《세월》(1937), 《막간》(1941), 페미니즘

의 고전으로 평가받는 《자기만의 방》(1929), 《3기니》(1938) 등
이 있다.

*

1927년에 출간된 《등대로》는 1910년에서 1920년 사이 램지
부부와 여덟 명의 아이들로 이루어진 램지 가족과, 그들이 여름
별장이 있는 스코틀랜드 스카이섬에서 지낼 때 그곳을 방문한
사람들에 관한 이야기이다.

《등대로》는 램지 부인이 아들 제임스에게 이튿날 외딴섬에 있
는 등대에 갈 수 있을 거라고 하지만, 램지 씨가 날씨가 좋지 않
아 갈 수 없을 거라며 아이를 실망시키는 것으로 시작하는 1부
'창문', 짧은 분량이지만, 램지 부인이 죽고, 1차 세계대전이 발
발하고 끝나고, 두 아이가 죽게 되는 10년의 시간이 지나가는
2부 '시간은 흐른다', 그리고 램지 씨가 아들 제임스와 딸 캠과
함께 마침내 등대에 가게 되는 3부 '등대'로 이루어져 있다.

특별한 사건이 없는, 단순한 구성의 이 소설을 특별한 작품으
로 만드는 것은 어린 시절의 순수함과 기억과 망각과 상실, 그
리고 예술과 삶과 죽음에 대해 말하는 여러 화자들의 시점이 다
층적으로 교차하면서 인물들의 내면을 울프 특유의 섬세함으로

깊이 있게 그려낸 데 있다.《등대로》는《잃어버린 시간을 찾아서》를 쓴 마르셀 프루스트와《율리시스》를 쓴 제임스 조이스와 함께 이전 시대의 서사적인 소설과 완전히 결별하고, 20세기의 새로운 소설의 장을 연 가장 대표적인 소설가인 버지니아 울프의 가장 중요한 작품들 중 하나이다.

모두 의식의 흐름 기법으로 쓰였지만《잃어버린 시간을 찾아서》는 너무 길고 지루하고,《율리시스》는 읽기가 거의 불가능할 정도로 난해한 반면,《등대로》는 아주 사소하고 평범한 것들을 너무나도 자연스럽게 예외적인 것들로 바꿔놓는 놀라운 상상력과 정확한 시적인 묘사, 그리고 거의 모든 것에서 유머의 요소를 발견하는 탁월한 재능을 잘 보여주는, 울프를 제대로 알고 울프의 매력에 빠지기에 더없이 좋은 작품이다.

역자로서도, 울프의 소설 세계가 어떻게 변화해가는지 그 궤적을 좇을 수 있는 단편 전집과, 거의 읽히지 않지만, 울프의 정점과 천재성을 보여주는 마지막 소설《막간》과 함께 가장 좋아하는 소설《등대로》를 번역하는 일은 그 자체로 좋은 자극을 받는 즐거운 시간이었다.

정영문

은행나무세계문학 에세 · 1

등대로

1판 1쇄 발행 2022년 1월 7일

지은이 · 버지니아 울프
옮긴이 · 정영문
펴낸이 · 주연선

(주)은행나무
04035 서울특별시 마포구 양화로11길 54
전화 · 02)3143-0651~3 | 팩스 · 02)3143-0654
신고번호 · 제 1997—000168호(1997. 12. 12)
www.ehbook.co.kr
ehbook@ehbook.co.kr

ISBN 979-11-6737-118-8 (04800)
ISBN 979-11-6737-117-1 (세트)